Ruby Dixon

Ice Planet Barbarians – Liz und Raahosh

Ruby Dixon

ICE PLANET BARBARIANS

Liz und Raahosh

Aus dem amerikanischen Englisch
von Michaela Link

PIPER

Wenn Ihnen dieser Roman gefallen hat, schreiben Sie uns unter Nennung des Titels »Ice Planet Barbarians – Liz und Raahosh« an *empfehlungen@piper.de*, und wir empfehlen Ihnen gerne vergleichbare Bücher.

Von Ruby Dixon liegen im Piper Verlag vor:
Ice Planet Barbarians 1. Georgie und Vektal
Ice Planet Barbarians 2. Liz und Raahosh
Ice Planet Barbarians 3. Kira und Aehako

Deutsche Erstausgabe
ISBN 978-3-492-70742-8

Titel der amerikanischen Originalausgabe:
»Barbarian Alien«, Selbstpubliziert von der Autorin 2015
Published in agreement with the author,
c/o Baror International, Inc., Armonk, New York, USA

Satz: Satz für Satz, Wangen im Allgäu
Gesetzt aus der Dolly Pro
Druck und Bindung: CPI Books GmbH, Leck
Printed in the EU

Liebe Leser*innen,

Ice Planet Barbarians – Liz und Raahosh
enthält Themen, die triggern können.
Deshalb findet ihr auf Seite 336 eine Inhaltswarnung.

Achtung:
Diese beinhaltet Spoiler für die gesamte Geschichte.
Wir wünschen euch allen ein bestmögliches
Leseerlebnis.

Euer Piper-Fantasy-Team

Für die Leserinnen,
die diese Bücher zum ersten Mal
in die Hand nehmen,
und für die, die ihren Freundinnen nun
schon seit Jahren von den Geschichten
über blaue Außerirdische erzählen.
Ich danke euch.

TEIL 1

Liz

Kira und ich sehen zu, wie Megan und Georgie mit den Fingern über die Wandverkleidung des Raumschiffs der Außerirdischen streichen. Sie versuchen herauszufinden, wie man sie aufkriegt, um die Frauen zu befreien, die darunter gefangen sind. In sechs Tiefschlafröhren, in denen je eine der Gefangenen steckt. Keine der Frauen hat eine Ahnung, wo sie sich befindet oder wieso sie hier ist.

»Ich kann mich nicht entscheiden, ob sie Glück gehabt haben oder doch eher Pech«, sage ich zu Kira.

»Sie hatten Glück«, gibt sie ausdruckslos zurück. Ihr Blick ruht auf den blinkenden Lichtern und der dunklen Wand des Raumschiffrumpfes. »Sie wissen nicht, was wir während der letzten Wochen durchgemacht haben.«

Ich brumme etwas, das vage zustimmend klingt. Ich weiß nicht, ob ich Kira recht geben soll, denn sie kann manchmal ein echter Miesepeter sein. Die letzten Wochen waren für uns alle nicht leicht, aber vielleicht ist es besser, alles zu wissen, als völlig ahnungslos zu sein.

Vielleicht.

Kira und ich sehen den anderen bei der Arbeit zu, weil wir zu schwach sind, um mitzuhelfen. Von uns sechsen ist Georgie immer noch die Kräftigste. Sie war mit dem außerirdischen Mann zusammen, daher hat zumindest sie drei anständige Mahlzeiten am Tag und warme Kleidung bekommen. Wir dagegen saßen derweil in dem gestrandeten Raumschiff fest. Von unserer kleinen Gruppe geht es Megan am besten. Ich bin völlig entkräftet und lethargisch und meine gebrochenen Zehen tun wahnsinnig weh. Josies Bein scheint an zwei Stellen gebrochen zu sein, und keine von uns weiß, wie es gerichtet werden könnte. Kiras Knöchel ist geschwollen und sie ist total geschwächt. Und Tiffany wird wahrscheinlich sterben, denn wir kriegen sie einfach nicht wach. Sie hat sich nur einmal für ein paar Löffel Brühe aufgerichtet und ist dann wieder bewusstlos geworden.

Eine Warnung von den Außerirdischen, dass dieser Planet uns umbringt, ist also gar nicht nötig.

»Sie geht auf«, verkündet Megan, und sie und Georgie treten einen Schritt zurück. Wie in einem Science-Fiction-Film hebt sich zischend die Wandverkleidung. Dahinter befindet sich eine junge Frau in T-Shirt und Slip, mit seltsamen Spiralen um den Leib, die in ihrer Kehle enden.

Ich kann ein Schaudern nicht unterdrücken.

Georgie und Megan sehen sich die Schlafende genau an und überlegen bestimmt, was wohl die beste Methode ist, sie zu befreien. Am Ende reißen sie ihr einfach die Schläuche und Kabel heraus, woraufhin sie aufwacht und zu würgen beginnt. Einen Moment später liegt die Neue auf dem Boden und erbricht den letzten Schlauch, während Megan ihr über den Rücken streichelt.

Das war's. Ob gut oder schlecht, wir sind jetzt eine mehr.

Die Frau reißt die Augen auf und fängt an zu schluchzen. Sie ist offensichtlich verwirrt und verängstigt, und Kira steht auf und öffnet die Arme, um das Mädchen an sich zu ziehen. Sie gibt leise, besänftigende Laute von sich, hält das Mädchen fest und führt sie dann von der Wand weg. Ohne dass jemand etwas getan hätte, öffnen sich plötzlich auch die übrigen Röhren.

»Scheiße, ich glaube, wir haben da irgendetwas ausgelöst«,

sagt Georgie, und dann machen sie sich daran, das nächste Mädchen zu befreien. Binnen Sekunden fallen mehrere junge Frauen auf den Boden. Mühsam komme ich auf die Füße, um mitzuhelfen.

Während ich zu den anderen humpele, höre ich, wie die Außerirdischen sich unterhalten. Ich schaue hoch, als die Frau, die mir am nächsten ist, hysterisch zu heulen beginnt. »Was ist hier los? Wo bin ich? Wer bist du?«

Ich halte ihr die Hand hin. »Ich bin Liz, und ich erkläre dir alles, wenn wir die anderen befreit haben, okay?«

Sie flennt weiter, und ich beiße mir auf die Unterlippe, um sie nicht anzuschreien. Auch mir geht es beschissen und ich stehe wahrscheinlich bloß wenige Schritte hinter Tiffany auf der Todesleiter, aber kreische und jammere ich? Nein, tue ich nicht. Ich reiße mich zusammen, verdammt noch mal!

Ich helfe der nächsten Neuen hoch, einer Frau mit Sommersprossen und grellrotem Haar, und währenddessen gibt der Schreihals entsetzte, erstickte Laute von sich. »O mein Gott, was ist das?« Zitternd zeigt sie nach links und ich schlage ihre Hand herunter.

»Es ist unhöflich, mit dem Finger auf andere zu zeigen«, sage ich, doch auch die anderen Mädchen schnappen nun entsetzt nach Luft beim Anblick der Außerirdischen, die an der Wand des Raumschiffrumpfes herumstehen. Noch eine von den Neuen fängt an zu weinen, und eine dritte klammert sich an meinen Hals, als wollte sie an mir hochklettern, um sich in Sicherheit zu bringen. Das lässt meine gebrochenen Zehen grauenvoll schmerzen und ich wende mich an Georgie. »Wir haben ein Problem«, erkläre ich. »Tu etwas, o furchtlose Anführerin.«

»Okay«, sagt sie und läuft zu den Außerirdischen. Einen Moment später klettern sie alle zurück durch den Riss im Rumpf nach draußen und nur wir Menschenfrauen sind noch hier.

»Lasst uns erst einmal alle da rübergehen und uns hinsetzen«, schlägt Kira mit besänftigender Stimme vor. »Wir haben ein Feuer, Wasser und Decken.«

»Mir ist kalt«, jammert eine der Neuen. »Ich friere so furchtbar und ich habe keine Hose! Wo ist meine Hose?«

»Das liegt daran, dass die Außerirdischen dich im Schlaf entführt haben«, erkläre ich ihr munter. »Keine von uns hat eine Hose an.«

Kira schlägt mir auf den Arm, um mir zu bedeuten, den Mund zu halten. Okay, ich bin also nicht gerade die Geduld in Person. Verklagt mich doch!

»Decken gibt es da drüben«, ermutige ich die Neuen, und es ist eher so, als würde man Katzen hüten – miauende, kreischende Katzen – als Entenküken, aber es gelingt uns, sie ums Feuer zu versammeln und in Felle zu hüllen, die die außerirdischen Typen mitgebracht haben.

»Mir ist immer noch kalt«, sagt eine von ihnen mit klappernden Zähnen, während sie sich in das Fell wickelt.

Ich beobachte sie bloß und versuche, sie nicht zu verurteilen. Vor einer Woche hatten wir nicht einmal das. Felle und ein Feuer und etwas zu essen? Das ist echt Luxus. Doch schließlich steckten diese Frauen in Röhren fest und wissen es nicht besser.

»Was jetzt?«, fragt Kira. Warum sieht sie mich an? Ich bin nicht die Anführerin, das ist Georgie. Georgie ist allerdings verschwunden, um die Außerirdischen dazu zu bewegen, sich mit ihren Furcht einflößenden Gesichtern von uns fernzuhalten, daher bin ich hier wohl … vielleicht könnte man meine Rolle mit Robin bei Batman vergleichen? So etwas in der Art.

Also übernehme ich das Kommando. »Na schön, Leute, setzen wir uns im Kreis auf den Boden. Wir werden eine kurze Vorstellungsrunde machen, wie bei einer Fortbildung. Arbeitet eine von euch im Büro?« Als zwei der schniefenden Mädchen die

Hände heben, nicke ich. Immerhin, ein Anfang. »Dann wisst ihr sicherlich, wie so etwas funktioniert. Ihr sagt nun eine nach der anderen euren Namen und wie alt ihr seid und erzählt, womit ihr euren Lebensunterhalt verdient. Dann verratet ihr drei interessante Dinge über euch. Das hilft, um sich besser kennenzulernen.«

»Wo sind wir?«, fragt eine von ihnen unter Tränen.

»Dazu kommen wir noch«, vertröste ich sie. »Gleich. Und jetzt los. Lass uns mit dir anfangen.« Ich drehe mich der sommersprossigen Rothaarigen neben mir zu. Sie kommt mit der bizarren Situation besser zurecht als die meisten von den anderen. Sie starrt mich an, als hätte ich den Verstand verloren, aber das ist in Ordnung.

Mittlerweile bin ich mir ebenfalls ziemlich sicher, dass ich nicht mehr bei Sinnen bin. Verflixt, ich versuche gerade, ein *Meet and Greet* auf einem abgestürzten Raumschiff zu organisieren.

Aber die junge Frau neben mir zieht die Nase hoch, reibt sich über das Gesicht und beschließt, Ruhe zu bewahren. »M-Mein Name ist Harlow, ich bin zweiundzwanzig und studiere Tiermedizin.« Sie blinzelt einen Moment lang und wirkt verloren.

»Erzähl noch ein bisschen über dich.«

»Ich … hasse Meeresfrüchte?«

Immerhin etwas. Ich zeige auf die Nächste im Kreis.

Sie ist der Schreihals. Sie flennt nach wie vor und ihre Nase läuft die ganze Zeit. Trotz einer Flut von Tränen bekommen wir heraus, dass sie Ariana heißt, in New Jersey geboren ist und Angst hat. Neben ihr sitzt Claire, die große braune Augen hat und ebenfalls aussieht, als würde sie sich fürchten. Ihre Stimme ist kaum mehr als ein Flüstern, doch ich nötige sie nicht, lauter zu sprechen. Dann ist da noch Nora, die grimmig und stinksauer wirkt, außerdem Marlene, die einen leeren Gesichtsausdruck und einen starken französischen Akzent hat, und Stacy, die weint, sich aber wirklich Mühe gibt, es nicht zu tun. Das rechne ich ihr hoch an. Während sich eine nach der anderen vorstellt, wird klar, dass sie alle im selben Alter sind.

Schließlich komme ich an die Reihe. Ich lege mir eine Hand auf die Brust. »Ich heiße Liz Cramer und bin zweiundzwanzig, genau wie ihr. Ich bin Sekretärin im Büro einer kleinen Firma, die Stanzmaschinen produziert. Aufgewachsen bin ich in Oklahoma und ich jage gern mit Pfeil und Bogen. Und vor drei Wochen haben Außerirdische mich entführt.«

Die Frauen schnappen nach Luft. Ariana schluchzt noch lauter.

»Das hast du ihnen ja wunderbar schonend beigebracht«, murmelt Kira.

Ich ignoriere sie. Man sollte es machen wie beim Abreißen eines Pflasters. Am besten, man sagt ihnen klipp und klar, was Sache ist, und lässt sie erst einmal alles verdauen. »Lehnt euch zurück, Leute, denn ihr werdet die beschissenste Lagerfeuergeschichte aller Zeiten hören.«

Und dann fange ich an zu erzählen.

Dass ich vor drei Wochen nachts von kleinen grünen Männchen entführt wurde. Ich mich, als ich aufwachte, in einem dunklen, schmutzigen Frachtraum befand, zusammen mit einem Haufen anderer Frauen, die auch nur einen Schlafanzug oder ein Nachthemd am Leib hatten. Dass wir wie Vieh in irgendeiner interplanetarischen Handelsstation verkauft werden sollten. Dass die Außerirdischen sechs Frauen im Frachtraum in einer Art Schlafkapseln hatten und meine neuen besten Freundinnen und ich im Käfig die »Bonusfracht« waren.

Ihrem Aufkeuchen entnehme ich, dass sie langsam anfangen, sich das Ganze zusammenzureimen. Sie haben richtig verstanden, sie sind die eigentliche Fracht. Kira und ich und die anderen wachen Mädchen dagegen – tja, wir ... »Kennt ihr das, wenn ihr in den Supermarkt geht, um Bier zu kaufen, und Chips im Sonderangebot sind, und ehe ihr euchs verseht, habt ihr einen Einkaufswagen voller Chips? Nennt mich einfach Pringles.«

Niemand lacht über meinen Witz. Mir egal, ich finde ihn trotzdem lustig. Man darf den Humor nicht verlieren. »Wie dem auch sei, anscheinend wurden unsere außerirdischen Kumpel gierig und haben so viele Menschenfrauen eingesackt, wie sie in ihr Raumschiff quetschen konnten. Ursprünglich waren wir zu neunt.«

Meine Zuhörerinnen kommen aus dem Staunen nicht mehr heraus, und Ariana fängt erneut an zu schluchzen. Ich wünschte, ich hätte eine Socke, die ich ihr in den Mund stopfen könnte.

»Woher willst du das wissen?«, fragt Nora in vorwurfsvollem Ton.

»Woher will ich was wissen?«

»Dass sie vorhatten, euch zu verkaufen? Vielleicht wollten sie euch irgendwo hinbringen, wo es schön ist?«

Ja klar, und ich bin Casper, der verdammte freundliche Geist. Ich zeige auf Kira, die mich stirnrunzelnd ansieht.

»Das ist Kira. Kira ist die Einzige von uns, die ein Übersetzungsgerät hat. Sie hatte das ›Glück‹, als Erste aufgelesen zu werden, darum haben sie ihr einen Clip ins Ohr getackert, und deshalb konnte sie verstehen, was die Außerirdischen sagen. So haben wir erfahren, was los ist – dass man uns verkaufen wollte. Und daher wissen wir auch, dass sie uns nicht zum Planeten Malibu bringen wollten, wo wir Margaritas schlürfen und an unserem Teint arbeiten können.«

»Liz!«, ermahnt Kira mich leise. Nora zuckt zusammen.

Ich weiß, ich bin nicht besonders verständnisvoll. Ich weiß es, und ich bin mir nicht sicher, ob es mir etwas ausmacht. »Es ist so: Diese Außerirdischen haben uns aus unserem Zuhause entführt. Sie haben uns markiert wie Vieh.« Ich zeige auf die Beule an meinem Arm, wo ein kleiner Metallgegenstand steckt, von dem ich vermute, dass er genauso funktioniert wie ein GPS-System. »Und sie werden uns zu einem Viehmarkt bringen und uns wie preisgekrönte Schweine an den Höchstbietenden verkaufen. Und während manche Typen ihre Schweine ficken ...«

»Widerlich«, murmelt jemand.

»... wollen andere sie einfach nur essen«, beende ich meinen Satz. »Also werdet ihr mir verzeihen, wenn ich nicht bereit bin, Nachsicht mit unseren Entführern zu üben. Die kleinen grünen Männchen waren nicht nett. Sie hatten Wachen, und diese Wachen haben mehrere von uns vergewaltigt. Sie haben uns in einen Käfig gesteckt. Uns in einen Eimer kacken lassen. Sie haben uns behandelt, als seien wir keine Menschen. Das alles solltet ihr wissen, damit ihr versteht, woher wir kommen und warum wir stinken und müde sind und Hunger haben und uns krank fühlen. Okay?«

Die Mädchen um mich herum nicken.

Ariana fängt wieder an zu weinen. »Jemand will uns essen?«

»Jetzt nicht mehr«, beruhigt Kira sie. Vielleicht sollte sie lieber das Reden übernehmen. Sie ist viel netter. Aber sie sieht mich an, damit ich mit den Erklärungen fortfahre, also tue ich es.

»Die Außerirdischen, von denen ich gesprochen habe, sind weg. Jedenfalls erst einmal.« Ich berichte kurz von unserer Rebellion und wie Georgie einen der Wachposten überwältigt hat, als unser Frachtraum abgekoppelt wurde. Nun sind wir Bewohner von Not-Hoth, wie wir den Ort seit einiger Zeit nennen. Es ist eiskalt hier, es liegt Schnee, und der Planet ist total unwirtlich.

Unsere Landung war verdammt holprig. Niemand hat sie unversehrt überstanden – zwei Frauen sind dabei gestorben. Ich habe drei gebrochene Zehen, was bedeutet, dass ich nicht weiter gehen kann als ein paar Schritte. Aber zumindest bin ich am Leben. »Sobald wir uns über unsere Verletzungen Klarheit verschafft hatten, ist Georgie – die Mutigste von uns und die mit den leichtesten Verletzungen – mit dem einzigen warmen Kleidungsstück, das wir hatten, losmarschiert, um Hilfe zu suchen. Der Rest von uns ist hiergeblieben und fast erfroren. Habe ich erwähnt, dass wir nur Pyjamas anhatten? Nicht unbedingt warm.«

Das Mädchen neben mir – Harlow – wirkt beschämt und bietet mir ihre Felldecke an. Ich schüttele den Kopf. Ich bin zu müde, um mir die Mühe zu machen. Und seltsamerweise habe ich mich daran gewöhnt, mir den Arsch abzufrieren. Für sie ist das alles neu, daher kann sie die Decke gern behalten.

Die letzten sieben Tage waren eine Woche, in der wir verdreckten, jämmerlichen, verletzten Frauen uns zu einem Haufen zusammengedrängt haben, um uns warm zu halten. Es war eine Woche, in der wir den Gestank der anderen ignorierten, uns jedes Geräusch außerhalb des halb zerstörten Raumschiffs in Angst und Schrecken versetzt hat und wir uns gefragt haben, was wohl als Nächstes mit uns passieren würde. Wir hatten schmutziges Haar und stinkende Achselhöhlen, und der Eimer mit unserer Kacke ist übergelaufen. Aber wir hatten keine Schuhe und kaum etwas anzuziehen, wir hätten also nicht einfach nach draußen gehen und uns waschen können. Außerdem tobte draußen die ganze Zeit ein Schneesturm. Wir saßen in der Falle, und unsere Nahrungs- und Wasservorräte gingen zur Neige. Ich versuche, die Erinnerungen wegzudrängen.

Jede Nacht beim Einschlafen habe ich mich gefragt, ob ich den nächsten Tag erleben würde.

»Georgie ist losgezogen, um Hilfe zu holen«, greift Kira den Faden auf, als ich zu lange stumm bleibe.

Ich nicke und erzähle weiter. »Nach ein paar Tagen kam Georgie mit einem riesigen blauen Kleiderschrank von einem Barbaren zurück, mit Hörnern, einem Schwanz und glühenden blauen Augen. Er heißt Vektal und ist ein Einheimischer.«

Ich überspringe den Teil, wie Georgie unverkennbar mit Vektal rumgemacht hat. Ich meine, der Mann ist mit Essen und Decken aufgetaucht, daher konnte es mir egal sein, ob sie dem unglaublichen Hulk nebenbei einen runterholt. Hauptsache war, er hat sich um uns gekümmert.

»Dann haben sie uns mit dem Nötigsten ausgestattet und sind losgezogen, um Verstärkung für unsere Rettung zu holen«, sage ich. »Das sind die Dämonen-Typen draußen.«

Einige Gesichter hellen sich auf. »Dann sind sie also nett?«

»Sie sind unter bestimmten Bedingungen nett.« Ich frage mich, wie viel ich ihnen erzählen soll.

Denn unsere Situation ist verdammt ernst, und uns bleiben nicht allzu viele Optionen.

Not-Hoth ist, wie sich herausgestellt hat, kein besonders gastlicher Planet. Er ist nicht nur verdammt kalt und voller Monster, die uns zum Abendessen verspeisen wollen, in der Luft unserer neuen Heimat gibt es außerdem irgendein giftiges Gas, das uns langsam tötet. Es setzt uns bereits ziemlich heftig zu. Tiffany liegt bewusstlos in einer Ecke, und ich bin so erschöpft, dass ich kaum den Kopf heben kann. Gerade jetzt würde ich am liebsten einfach umkippen und schlafen. Und das wird sich noch verschlimmern. Dieses Element in der Luft wird uns töten, weil wir nicht hierhergehören.

Aber es gibt eine Lösung. Bestimmt.

Die »Kur« für das Todesurteil auf diesem Planeten ist ein Symbiont, den die Einheimischen als *Khui* bezeichnen und dem wir den Spitznamen »Luis« gegeben haben.

Um weiterzuleben, müssen wir uns … infizieren lassen. Ich

gebe zu, dass ich ziemlich wild auf eine Rettung hier war. Im Gegensatz zu Kira, bei der das Glas immer halb leer ist, bin ich Optimistin. Doch der Gedanke, dass irgendeine Art von Käfer in mir leben soll, macht mich völlig fertig.

Der Luis klingt, als sei er die Lösung für all unsere Probleme, nur dass die Sache einen Haken hat, wie wir von Georgie wissen.

Denn der Luis ist an der Vermehrung der Spezies interessiert. Wenn er also zwei Leute sieht, von denen er denkt, sie würden ein gutes Paar abgeben und zusammen den perfekten Nachwuchs produzieren, dann passiert etwas, das sie hier »Erweckung des Khui« nennen. Der Luis fängt an, in deiner Brust zu vibrieren, wann immer man sich in der Nähe seines neuen »Gefährten« befindet, und er gibt keine Ruhe, bis man mit ihm ein Baby gemacht hat. Und dazu kommt, dass es in Vektals Stamm von über zwei Meter großen blauen, gehörnten Außerirdischen bloß vier Frauen gibt.

Wenn wir bleiben, kriegen wir mehr als eine Rettung. Wir bekommen einen Ehemann. Vektal hat sich bereits Georgie gekrallt, und so wie es aussieht, ist sie ziemlich glücklich darüber. Sie können die Hände nicht voneinander lassen.

Wir werden also, wie gesagt, nicht nur mit einem Luis bedacht, sondern auch mit einem Mann. Und wir dürfen ihn uns nicht einmal selbst aussuchen. Ich bin mir noch nicht sicher, was ich davon halten soll. Wenn ich sage, die Männer seien »unter bestimmten Bedingungen nett«, stimmt das. Allerdings sind sie das nur, weil sie jemanden suchen, dem sie einen Braten in die Röhre schieben können.

»Sie sind nett«, wiederhole ich mit einem gepressten Lächeln. »Und jetzt bin ich echt müde.« Ich ignoriere Kiras besorgten Blick, und als mir diesmal jemand sein Fell anbietet, nehme ich es und rolle mich darunter zusammen.

»Was ist denn mit der los?«, fragt jemand. »Sie sieht furchtbar aus.«

Ich bin krank, nicht taub!, denke ich erbost. Aber das Reden hat mich müde gemacht, und ich beschließe, die Antwort Kira zu überlassen.

»Sie hat die Krankheit«, erklärt Kira mit ihrer sanften Stimme. »Wir alle werden sie kriegen, es sei denn, wir bekommen den Symbionten.«

»Ist sie deshalb so gemein?«, flüstert eine von ihnen – vielleicht Claire.

Bin ich gemein? Vielleicht etwas ungeduldig. Definitiv müde. Und krank. Ich krieche einfach tiefer unter das Fell. Den Frachtraum rieche ich nicht einmal mehr. Und ich spüre auch die Kälte nicht. Ich bin einfach nur … müde. So müde.

»Sie hat einen schlechten Tag«, höre ich Kira sagen. »Gebt ihr etwas Zeit.«

Sie hat recht, ich habe einen schlechten Tag. Der Gedanke, dass ich von Außerirdischen entführt worden bin und in einem stinkenden, eiskalten, geborstenen Frachtraum wohne, und das seit einer Woche, bekleidet mit nicht mehr als einem kurzen Nachthemd … Kann es einen schlimmeren Tag geben? Doch, das geht.

Der Verantwortliche für meinen schlechten Tag taucht einen Moment später auf. Während ich versuche, mich unter dem Fell klein und unsichtbar zu machen, kommt er immer näher. Er ignoriert die angstvollen Schreie der anderen und stürmt mehr oder weniger auf mich zu. Dann reißt er mir das Fell weg und hält mir einen dampfenden Becher unter die Nase.

Er sagt nichts, sondern wartet bloß ab.

»Geh weg!«, sage ich gereizt und versuche, mein Fell zurückzuerobern.

Der Außerirdische weigert sich, es loszulassen. Stattdessen

zieht er es sogar noch weiter weg, sodass ich es nicht zu fassen kriege. Dann hält er mir wieder den Becher hin. Es ist offensichtlich, dass ich, wenn ich meine Decke zurückhaben will, den Becher mit dem dampfenden Höllengebräu, den er mir immer wieder aufzudrängen versucht, austrinken muss.

Er ist so ein Arschloch.

Ich nehme ihm den Becher aus der Hand und funkele ihn an, dann versuche ich, ihn einem der Mädchen in der Nähe anzubieten. »Hat irgendjemand Durst?«

Er packt meine Hand und führt sie mit einem leisen Grunzen zu mir zurück, zum Zeichen, dass das Getränk für mich und nur für mich bestimmt ist.

»Wer ist das?«, flüstert eine der Neuen mit verängstigter Stimme.

»Teil des Rettungstrupps«, sage ich trocken. »Der aufdringliche Arschlochteil.« Ich hebe den Becher an die Nase und schnuppere. Der Inhalt riecht nach Fleisch und irgendeiner Pflanze. Und nach Stinkesocke. Außerdem ist noch etwas Scharfes darin, das mir die Tränen in die Augen treibt. »Ich will das nicht.« Ich schiebe den Becher weg. Mein Magen ist durch das Hungern in der letzten Woche geschrumpft, und der Gedanke, dieses Zeug zu trinken, verursacht mir Brechreiz.

Die große Hand des Außerirdischen schiebt mir den Becher wieder hin. Auf seinem hässlichen Gesicht liegt ein finsterer Ausdruck, und er erhebt sich und wartet. Die Botschaft ist klar: Er geht nicht eher weg, bis ich das Zeug getrunken habe.

Herrgott noch mal!

Ich nehme einen Schluck von der Brühe und fange sofort an zu husten. Die Außerirdischen haben seltsame Geschmacksvorlieben. Georgie hat etwas von Vektals Reiseproviant mit uns geteilt, und das war, als beiße man in konzentriertes Pfefferspray. Das Gebräu hier riecht nach heißem Tee mit Sockenaroma und schmeckt noch schlimmer. Ich verziehe das Gesicht und stoße den Becher weg, der Außerirdische drückt ihn mir allerdings wieder an die Lippen.

»Wenn ich ihn verschütte, wirst du mich wahrscheinlich zwingen, das Zeug vom Boden aufzulecken«, murmele ich vor mich hin, nehme aber noch einen Schluck. Beim zweiten Versuch ist es nicht mehr ganz so grässlich … ach, wem versuche ich etwas vorzumachen? Es schmeckt ranzig. Doch ich trinke es, denn Mr Groß, Dunkel und Gnadenlos wird nicht eher wieder gehen, bis ich den Becher geleert habe. Ich brauche eine Ewigkeit, das Zeug herunterzubringen, und als ich zum Boden des Bechers komme, findet sich dort eine Matsche, bei der ich erst recht würgen muss, aber ich zwinge mich, auch die herunterzukippen. Schließlich gebe ich ihm den Becher zurück.

Der Außerirdische legt mir das Fell wieder um die Schultern und zieht es fest um mich zusammen. Danach beugt er sich vor, und ich halte den Atem an. Im Raumschiff ist es totenstill, und ich spüre, dass alle Augen auf uns gerichtet sind. Er zupft das Fell zurecht, und als ich ihn anfunkele, sagt er nur ein Wort.

»Raahosh.«

Dann richtet er sich auf, sieht die anderen finster an, weil sie uns anstarren, und stürmt davon.

»Was hat er gerade gesagt?«, fragt eine der Frauen.

»Das lässt sich nicht gut übersetzen«, erklärt Kira und berührt ihr Ohr, wo sich das Übersetzungsding befindet. »So etwas wie ›Der Zornige, der knurrt‹.«

»Das ist sein Name«, sage ich, obwohl das bloß geraten ist. »Knurriger Mistkerl« passt zu ihm. Das eben war nicht das erste Mal, dass Raahosh aufgetaucht ist, um Hallo zu sagen. Als ich aus meinem komatösen Schlummer aufwachte, stand er direkt vor mir und hat Wasser durch meine trockene Kehle gezwungen. Er hat sich zu meinem persönlichen Retter auserkoren und ist immer wieder erschienen, um mir Fleisch und Getränke zu bringen und sich davon zu überzeugen, dass ich es warm habe.

Kurzum: Er lungert hier herum, seit die Jäger eingetroffen sind, und das nervt mich tierisch.

Normalerweise würde es mich nicht stören, wenn ein Typ auftaucht und mir Geschenke macht, vor allem, da ich halb verhungert war. Aber diese Geschenke macht er mir nicht, weil er so freigiebig ist. Captain Zaunpfahl wünscht sich eine Gefährtin, und er hat mich auserwählt.

Bei ihm hört man allerdings nicht dieses seltsame Vibrieren. Georgie hat mir erzählt, dass Vektal einen Khui hat – den Luis, wie wir ihn nennen – und dass er, wenn er seinen Partner erkennt, anfängt zu schnurren und Sex mit mir haben will. Vektal hat für Georgie vibriert. Doch Raahosh ist stumm geblieben.

Wofür ich dankbar bin ... aber es verwirrt mich. Wenn er bei mir nicht vibriert, warum lässt er mich dann nicht in Ruhe? Es ergibt keinen Sinn. Bescheuerter Außerirdischer! Ich benetze die Lippen und verziehe dann das Gesicht, weil meine Lippen immer noch nach dem Tee schmecken.

»Er ist echt abscheulich«, sagt Claire. »Sehen die alle so aus?«

»Nein, Raahosh ist Furcht einflößender als die anderen«, antworte ich gut gelaunt. Ich bin froh, dass er kein Englisch versteht, denn ich weiß nicht, was er tun würde, wenn er mitbekäme, dass ich so etwas über ihn sage.

Vektal ist auf seine Art schon irgendwie süß, wenn auch riesig. Sein Teint ist blau, und Georgie sagt, seine Haut fühle sich an wie Wildleder. Er hat große, gebogene Hörner, die an seinem Haaransatz hervorsprießen und sich um seinen Kopf winden wie bei einem über zwei Meter großen Widder. Er ist von oben bis unten muskelbepackt, hat einen Schwanz und seltsame Erhebungen und Wülste auf den Armen und der Stirn. Die meisten von denen haben einen ähnlichen Körperbau und unterscheiden sich nur in Größe, Farbe und der Form ihrer Hörner. Eben ganz normale blaue Außerirdische.

Raahosh sticht in verschiedener Hinsicht aus der Gruppe heraus. Zum einen ist er der Größte von ihnen. Das ist erst einmal nicht besonders bemerkenswert, da sie alle über zwei Meter groß sind, aber dadurch wirkt er noch riesiger. Seine Schultern sind nicht so breit wie die Vektals, was bedeutet, dass er nur riesig ist und kein Koloss. Ebenso wie Vektals tendiert auch Raahoshs Hautton eher in Richtung Blaugrau, und das macht ihn noch unansehnlicher als die anderen.

Die Narben verbessern diesen Eindruck auch nicht unbedingt. Eine Hälfte seines breiten, fremdartigen Gesichts ist vernarbt, und tiefe Rillen auf seiner Stirn und über seinem Auge erzählen eine Geschichte über eine Begegnung mit jemandem in der Vergangenheit, die er verloren hat. Die Narben ziehen sich über seinen Hals und verschwinden unter seiner Kleidung. Das Horn auf dieser Seite seines Kopfes ist lediglich ein scharfkantiger Stumpf, während sein anderes Horn sich nach oben biegt wie eine elegante Erinnerung an das fehlende. Man füge dem noch einen festen, geringschätzig nach unten gezogenen Mund hinzu und zusammengekniffene Augen, die in dem seltsamsten Blau glühen, was wohl von dem Symbionten verursacht wird.

Ich denke, man kann mit Fug und Recht behaupten, dass Raahosh noch Furcht einflößender ist als die anderen, ja.

Die Tatsache, dass er mich zu seinem Eigentum auserkoren hat, ist ärgerlich. Ich habe Georgie und den anderen gesagt, dass ich für einen Cheeseburger so ziemlich alles tun würde. Aber zuzulassen, dass ein Außerirdischer Anspruch auf mich erhebt, das fühlt sich dann doch schräg an. Ich habe nicht einmal ein Mitspracherecht? Das ist ja so, als würde ich sagen: »Ich will einen Cheeseburger«, und jemand klatscht mir eine saure Gurke in die Hand und antwortet: »Vergiss es, du kriegst eine saure Gurke.«

Und weil ich gerade an phallische Gegenstände denke, schaue ich noch einmal zu Raahosh. Natürlich nicht irgendwie auffällig. Ich liege auf dem Boden, und meine Augen sind fast ganz geschlossen, aber ich sehe trotzdem, wie er und ein anderer Außerirdischer im Raumschiff packen und Verschiedenes überprüfen. Georgie und Vektal sind nirgends zu sehen. Ich beobachte, wie Raahosh sich bückt und dann wieder aufrichtet.

Er hat einen wirklich langen Schwanz an der Hinterseite. Ich frage mich, ob das ein Hinweis darauf ist, was sich in, ähem, einem anderen Bereich abspielt.

Nicht dass mich das interessieren würde. Wenn wir diesen Parasiten annehmen müssen, wird er wahrscheinlich jemand anderen als ihn auswählen. Wenn das mal Mr Aufdringlich nicht total verärgern wird.

Über der Vorstellung, was er für ein Gesicht machen wird, wenn mein Luis ihn abweist, schlafe ich ein.

Raahosh

Mein Khui ist ein Idiot.

Anders kann es nicht sein. Warum sollte er die Frauen meines Stamms sonst ignorieren, und sobald wir an die Höhle der schmutzigen, zerlumpten Menschen kommen, fängt er in meiner Brust an zu knurren wie ein Stacheltier? Oder dass er sich die schwächste der kranken Menschenfrauen als meine Gefährtin aussucht? Eine Gefährtin, die mich mit zornigen, wissenden Augen anfunkelt und sich weigert, die heilende Brühe zu trinken, die ich ihr bringe? Die meine Hände wegstößt, wenn ich versuche, ihr auf die Füße zu helfen? Die finster dreinblickt, wenn ich ihr Wasser bringe?

Es ist klar, dass mein Khui ein Narr ist.

»Hat irgendjemand deinen Khui zum Schwingen gebracht?«, fragt Aehako neben mir. Er ist dabei, ein Fell in ein Reisebündel zu stopfen. Wir bereiten in der Höhle der Menschen alles für die Reise vor, da sie zu schwach sind, um es selbst zu tun. Alles muss mit, sagt Vektal. Es spielt keine Rolle, wenn es verdreckt oder nutzlos ist. Die Menschen besitzen so wenig, dass sie schätzen werden, was sie haben, und deshalb müssen wir es mitnehmen, denkt er. Zwei Jäger, deren Khui angeschlagen haben, wurden losgeschickt, um Felle aus den am nächsten gelegenen Jägerhöhlen zu holen, denn die Menschen sind erbärmlich schlecht ausgestattet, um der grimmigen Kälte zu trotzen, und sie haben keinen Khui, der sie warm hält.

Das wird jedoch in Kürze behoben werden.

Ein Sa-Kohtsk ist in der Nähe. Die großen Kreaturen tragen viele Khui in sich, und wir werden Jagd auf einen machen, um sein Fleisch zu essen und zu gewährleisten, dass die Menschen nicht an der Khui-Krankheit sterben.

Ich denke an die tief liegenden Augen meiner neuen Gefährtin und wie elend sie aussieht. Die meisten Menschen hatten helle Haut, aber mein Mensch ist noch blasser als die anderen. Das kann nur bedeuten, dass sie noch kränker ist. Also wird sie eine der Ersten sein, die einen Khui bekommt – darauf werde ich bestehen.

Aehako wiederholt seine Frage. »Raahosh? Hat dein Khui angeschlagen?« Ich lüge nicht gern, aber ich will auch nicht, dass irgendjemand es weiß, nicht, solange meine Gefährtin mich anfunkelt, als sei sie sehr zornig.

Raahosh ist Furcht einflößender als die anderen.

Ihre Worte treffen mich. Sie ist glatt und blass und außerdem schwach, und trotzdem bin ich derjenige, bei dem es etwas zu bemängeln gibt? Ich zucke die Achseln und schultere das Bündel. »Es ist einerlei. Wir werden sehen, was passiert, wenn der Khui in den Menschen ist.«

»Mein Khui hat nicht angeschlagen.« Aehako wirkt niedergeschlagen. »Glaubst du, es werden noch mehr Khui in Schwingungen versetzt werden, wenn sie in die Brunft kommen? Vielleicht sind sie gerade nicht in der Paarungszeit.« Er wirft mir einen hoffnungsvollen Blick zu.

»Sehe ich so aus, als wüsste ich etwas über menschliche Paarungszeiten?«, fahre ich ihn an. »Pack dein Bündel fertig. Wir müssen uns beeilen, wenn wir die Menschen nah genug an den Sa-Kohtsk heranbringen wollen, um Jagd auf ihn zu machen.«

Aehako seufzt und wendet sich wieder seiner Arbeit zu. Ich sage mir, dass er noch jung ist. Wahrscheinlich ist er sogar der jüngste Jäger unseres Stammes. Er wird über seine Enttäuschung hinwegkommen, oder der Khui einer Menschenfrau wird später für ihn anschlagen. Oder sogar eine Sa-Khui-Frau, vielleicht eine, die noch gar nicht geboren wurde.

Ich weiß nur, dass mein Khui bei einer der sterbenden Menschenfrauen angeschlagen hat, und wenn sie stirbt, nimmt sie all meine Hoffnungen und Träume mit sich.

Ich hatte noch nie eine Gefährtin. Hatte noch nie eine Geliebte. In unserem Stamm gibt es nicht viele Frauen, und solche, die sich mit einem vernarbten, mürrischen Jäger paaren wollen, noch weniger. Ich hätte mir nie träumen lassen, selbst einmal eine Gefährtin zu haben.

Jetzt, da sie hier ist ... bin ich unschlüssig, wie ich mich verhalten soll. Also sage ich nichts, und es kostet mich meine ganze Energie, meinen Khui dazu zu zwingen, still zu bleiben, als die Menschen aufstehen und sich für den langen Marsch zu den Stammeshöhlen bereit machen. Einige Jäger sind mit Fellen zurückgekehrt, und eins davon wird gerade zerschnitten, um Fußbedeckungen daraus zu machen. Andere befestigen ihre dürftige Kleidung, und Vektals neue Gefährtin Schorschi – ein Name, bei dem man sich die Zunge verknotet – hilft einer von den anderen Frauen, sich in einen dicken Fellumhang zu wickeln.

Fast alle der Menschen machen sich bereit. Aber es gibt auch Ausnahmen. Die mit der dunklen Haut und dem dunklen Haar, das wie ein Büschel Süßgras aussieht, liegt bewusstlos unter ihrem Fell. Vektal sagt, sie sei eine der kränksten. Da ist noch eine mit einem gebrochenen Bein, die sich auf Pashov stützt, um aufzustehen.

Und dann gibt es da noch meine. Meine Menschenfrau, die alle um sich herum ignoriert und störrisch unter ihrem Fell kauert.

Sie ist halsstarrig. Was das angeht, hat mein Khui eine gute Wahl getroffen. Ich bin ebenfalls halsstarrig. Gemeinsam werden wir sehr halsstarrigen Nachwuchs zeugen. Ein wenig Groll in meinem Herzen verschwindet bei der Vorstellung, wie die Menschenfrau mein Kleines an ihre Brust hält. Nach so langer Zeit hätte ich endlich eine Familie.

»Ruft alle Menschen zusammen«, sagt Vektal, als er an mir vorbei zu Schorschi geht. »Wir werden sehr bald aufbrechen.«

»Was ist mit denen, die nicht laufen können?«, fragt Zolaya. »Oder mit der einen, die wir nicht wach bekommen?«

»Wenn sie nicht selbst gehen können, müssen wir sie tragen. Wir lassen niemanden zurück.«

Schorschi schenkt Vektal ein liebevolles Lächeln und umarmt ihn. »Du bist so gut zu uns. Ich kann dir gar nicht genug danken.«

Er berührt ihre Wange. »Du gehörst zu mir. Das ist alles, was zählt.«

Ich tue so, als würde ich nicht sehen, wie sie spielerisch an seinem Daumen knabbert. Es ist in Ordnung, in der Öffentlichkeit Gefühle zu zeigen, aber zu wissen, dass meine kranke Gefährtin in ihrer Ecke sitzt und mich finster anschaut, macht es mir sehr schwer, da zuzusehen. Sie ist nicht glücklich über einen Gefährten.

Sie ist nicht glücklich darüber, dass ich es bin. Sie findet mich abscheulich.

Raahosh ist Furcht einflößender als die anderen.

Ärgerlich greife ich mir ein Fell und stürme auf sie zu. Es spielt keine Rolle, ob sie mich mag oder nicht. Der Khui wählt den Gefährten. Das wird sie einfach hinnehmen müssen.

»Wach auf«, sage ich, als ich neben ihr stehe, und ziehe das Fell weg. »Du …«

Ihr Kopf hängt herunter, und sie ist auf den Boden gesunken.

Also weist sie meine Aufmerksamkeit nicht mit Absicht zurück. Sie ist bewusstlos. Vor lauter Angst verkrampft mein Herz, und ich ziehe sie an meine Brust, eng an meinen warmen Körper. Ihre Haut ist so kalt. Kann sie die Wärme nicht halten? Wie soll sie bloß überleben? Für einen Moment gerate ich in Panik. So muss Vektal sich fühlen, wenn er Schorschi ansieht. Hilflos im Angesicht ihrer Zerbrechlichkeit. Ich drücke die Frau an mich und klopfe ihr auf die Wange.

Einen Moment später wird sie wach, doch bei meinem Anblick schaudert sie. »Captain Zaunpfahl. Hätte ich mir denken können.«

Ich ignoriere den Angriff auf meinen Stolz. Wer dieser »Captain Zaunpfahl« sein soll, weiß ich nicht. Viele menschliche Worte ergeben keinen Sinn. In der Höhle unserer Ahnen haben wir das Wissen um ihre Sprache empfangen, aber es ist offensichtlich, dass manches nicht recht übereinstimmt. Manchmal, wenn meine Menschenfrau spricht, verstehe ich sie nicht.

Doch ihre Geringschätzung mir gegenüber entgeht mir keineswegs.

Ich fasse sie unter den Armen und ziehe sie auf die Füße. Vor Schmerz zieht sie scharf die Luft ein und fällt gegen mich. Als ihr kleiner Rücken gegen meine Brust drückt, erwacht mein Khui sofort zum Leben ... genau wie mein Schwanz.

Ich schließe die Augen, konzentriere mich und zwinge den einen wie den anderen, unbeteiligt zu bleiben. Jetzt ist nicht der richtige Zeitpunkt für so etwas.

Die Menschenfrau wehrt sich gegen mich und schlägt meine Hände weg. »Fass mich nicht an! Lass mich sofort los!«

Sie loslassen? Sie kann ja nicht einmal aufrecht stehen. Auf keinen Fall werde ich sie loslassen. Ich ignoriere ihr Gefuchtel, während ich auf der Suche nach Verletzungen über ihre nackten Beinen streiche. Sie schlägt wieder meine Hand weg, aber ich sehe trotzdem, dass drei ihrer vielen Zehen geschwollen und blau angelaufen sind. Wahrscheinlich sind sie gebrochen, und sie hat keinen Khui, der sie heilt.

Und dennoch lehnt sie meine Hilfe ab? Wie töricht. Ohne ihren Protest zu beachten, hebe ich sie hoch. Wenn es sein muss, werde ich sie eben zur Sa-Kohtsk-Jagd tragen. Sie wird dort hingelangen. Der Gedanke, was passiert, wenn sie es nicht tut, ist mir unerträglich.

»He! Lass mich runter, du großer Trampel!«, brüllt sie mir ins Ohr. Zumindest ihre Lungen sind nicht geschädigt. Ich ignoriere ihr Gebrüll und sorge dafür, dass sie trotz ihres Gezappels in das Fell gewickelt bleibt.

»Raahosh!«, höre ich jemanden warnend rufen.

Ich hebe den Blick – im selben Moment erwischt mich die Hand der zornigen Menschenfrau am Kinn – und sehe meinen Freund, unser Stammesoberhaupt, auf mich zulaufen.

»Du kannst sie nicht herumschleppen, wenn sie es nicht will«, sagt er in unserer Sprache. »Menschen muss man sanft umwerben. Sie sind zart.«

Die Faust meines »zarten« Menschen kracht gegen meinen Wangenknochen. »Lass mich runter, du verdammtes Mistvieh!«, brüllt sie noch einmal.

Ich bin ein ... Mistvieh? Was soll das bedeuten?

»Raahosh«, ermahnt mich Vektal, »du kennst meine Anweisungen.«

Und ob ich sie kenne. Tu nichts, was die Menschen nicht wollen. Ich lasse meinen Menschen behutsam und mit unendlicher Zärtlichkeit auf den Boden hinunter und widerstehe dem Drang, ihn an meine Brust zu ziehen und sein schmutziges Haar zu streicheln. »Sie ist verletzt«, sage ich schroff. »Ich wollte ihr nur helfen.«

»Dafür wird noch genug Zeit sein«, erwidert er und tätschelt mir begütigend den Arm. Natürlich ist er in bester Laune. Er hat seine Gefährtin. Meine sieht mich an, als würde sie mir am liebsten ein Messer in den Rücken stoßen. »Lass sie selbst gehen, wenn sie gehen will.«

»Na schön«, knurre ich. Ich sorge dafür, dass das Fell fest um sie herum zusammengebunden ist, und biete ihr auch eine Bedeckung für die Füße an. Es ist das Mindeste, was ich tun kann, und ich gebe vor, es nicht zu sehen, als sie zusammenzuckt und weitere wütende, unverständliche Worte ausstößt, während sie versucht, einen der Lappen über ihren geschwollenen Fuß zu ziehen. Sie ist am ganzen Körper voller Wunden, dieses menschliche Wesen. Auf ihrem Arm ist eine ganz frische, wo ein »Sensor«, wie sie es nennen, aus ihrem Fleisch entfernt wurde. Der kam von den »Bösen«. Ich weiß nur, dass ich einen Khui in sie hineinkriegen will, damit sie wieder gesund wird.

Im Moment denke ich nicht einmal an eine Paarung. Ich will lediglich, dass es ihr besser geht. Meine Hände zucken in dem verzweifelten Wunsch, zu trösten und zu liebkosen, aber als sie mir einen weiteren hasserfüllten Blick zuwirft, geselle ich mich zu den anderen Jägern.

Ich kann einfach nicht in ihrer Nähe sein, ohne sie berühren zu wollen.

Liz

Eigentlich halte ich mich nicht für besonders zimperlich. Mein Dad war Jäger, und ich bin damit aufgewachsen, Angelhaken mit Ködern zu versehen und der am Tag erlegten Beute das Fell abzuziehen, damit wir sie über dem Feuer braten können. Ich bin Expertin im Umgang mit Pfeil und Bogen. Auch im Fährtensuchen bin ich nicht schlecht. Ein totes Tier zu zerlegen macht mir nicht das Geringste aus.

Aber der Sa-Kohtsk ist ein wirklich gruseliger Hurensohn von einem Mutanten.

Es ist einige Stunden her, dass wir das Raumschiff endgültig verlassen haben. Ich wünschte, ich könnte sagen, es hätte mir nicht leidgetan, dieses stinkende Loch in der Ferne verschwinden zu sehen, aber ich bin doch ein wenig panisch. Wir sind hier auf einem Eisplaneten. Die Antarktis auf Steroiden, und jetzt geht auch noch die Sonne unter. Es liegt so viel Schnee, dass meine neu bedeckten Füße darin versinken wie in Treibsand, und ich sehe auch keine vertrauten Bäume oder irgendeinen Unterschlupf. Es ist irre kalt, meine Zehen schmerzen bei jedem Schritt wie verrückt, und ich fühle mich so schwach, dass ich kaum den Kopf heben kann. Das ist nicht gerade Überlebensmodus. Irgendwann falle ich so weit hinter die anderen zurück, dass mich jemand hochhebt und über die Schulter wirft. Ich brauche das Gesicht des Typen im dichten Schneefall nicht einmal zu sehen, um zu wissen, wer es ist.

Raahosh. Wer sonst?

Nun sitzen die Mädels und ich unter dürren, weidenähnlichen Bäumen, die bei jedem Schritt, den der Sa-Kohtsk macht, erbeben. Der Sa-Kohtsk ist unmöglich zu beschreiben. Er erinnert an ein wuscheliges Mammut, das mit dem Kind der Liebe eines Brontosaurus und eines langbeinigen AT-AT-Kampfläufers aus den *Star Wars*-Filmen gekreuzt wurde. Das Resultat ist ein Haarball auf spindeldürren Beinen, und das Ding kreischt und stöhnt, als die Jäger es töten.

Die Männer scharen sich um die Kreatur. Vektal läuft sofort zu den Frauen und lässt die Hände über Georgie hinwegwandern. »Geht es dir gut?«

Sie macht ebenfalls ein großes Theater um ihn. Würg. Ich wende mich ab und betrachte lieber das erlegte Geschöpf. Mir fehlt das Jagen. Seit mein Vater gestorben ist, war ich nicht mehr auf der Jagd, aber der Anblick des toten Tieres und der Blutgeruch, der in der Luft liegt, wecken Erinnerungen an gemeinsame Jagdausflüge. Ich vermisse Dad.

Ich schaue auf und sehe ein Paar glühende Augen, die mich aus einiger Entfernung ganz genau beobachten. Schon wieder Raahosh. Ich ziehe mein Fell fester um mich und ignoriere ihn, während ich näher zu Georgie und Vektal hinüberhumpele, damit ich mitkriege, was vor sich geht.

Die beiden sind mal wieder dabei rumzumachen. Vektal küsst Georgie auf die Stirn. »Jetzt holen wir uns die Khui. Trommele die Frauen zusammen.«

Echt sexistisch. Ja, trommele all die kleinen Weibsbilder zusammen, damit man sich um sie kümmern kann. Ich verziehe das Gesicht, doch ich bin ja selbst so ein Klischee. Die Wahrheit ist, ich bin so verdammt erschöpft, dass ich nur dastehe und dumm aus der Wäsche gucke.

Georgie tritt mit Tiffany an ihrer Seite vor. Arme Tiff. Sie stammt aus El Paso und kommt mit diesem Wetter wirklich überhaupt nicht klar. Außerdem habe ich den Verdacht, dass sie Diabetikerin ist, daher geht es ihr nicht besonders. Sie hat praktisch die ganze Woche im Koma verbracht. Tiffany steht erschöpft da, während Georgie sich weiter vorwärtsbewegt. »Wo sind die Khui?«

»Da drin«, antwortet Vektal und zeigt auf den Bauch des Geschöpfs. »Bist du bereit, meine Georgie?«

Als hätten wir eine Wahl! Doch ich lasse Georgie antworten, und sie sagt: »Es kann losgehen.«

Daraufhin schlitzen die Männer der Kreatur den Bauch bis zum Brustbein auf, und Blut strömt heraus. Seltsamerweise weckt es erneut Heimweh in mir. »Wie wenn man ein Reh häutet. Keine große Sache. Nicht weiter schlimm.«

Ich schaue auf, und Raahosh beobachtet mich immer noch. Meine Haut kribbelt unter seinem forschenden Blick und ... noch aus einem anderen Grund? Vielleicht werde ich gleich wieder ohnmächtig. Ich hoffe, dass das nicht passiert.

Neben mir schluckt Georgie hörbar.

Es folgt ein Krachen, und ich sehe, wie Vektal auf dem Brustkorb der riesigen Kreatur steht und ihn mit seinen kräftigen Armen auseinanderstemmt. Es folgt das lauteste Knacken, das ich je gehört habe, dann reißt der Brustkorb auf.

»Ein wirklich, wirklich großes Reh«, ergänze ich.

Georgie schluckt erneut. Tiffany stöhnt und stolpert einige Schritte von uns weg.

Ich beobachte weiter das Geschehen, denn ich brauche etwas, worauf ich mich konzentrieren kann. Wenn ich den Blick abwende, sehe ich wahrscheinlich doch nur wieder Raahosh auf mich zukommen, der mich anfassen will. Keine Ahnung, warum der Gedanke mich gleichzeitig verärgert und Hitze in mir aufsteigen lässt.

Vektal nimmt das Herz von einem seiner Männer entgegen, und darin winden sich glühende Würmer, die wie Spaghetti aussehen. Okay, gut. Das finde ich jetzt auch nicht prickelnd.

»Ich glaube, ich muss mich übergeben«, murmelt Kira irgendwo von der Seite, und Tiffany würgt hörbar. Aber Georgie beobachtet Vektal, als sei er im Begriff, ihr einen Diamantring oder so einen Scheiß zu schenken. Sie flüstern leise miteinander, dann holt er sein Messer hervor.

»Was ... was ist, wenn er in mein Gehirn kriecht?«, fragt Georgie.

Das da ist ein Wurm. Echt nicht prickelnd. Ich bin dagegen. »Wäre das etwa besser als in dein Herz?« Ernsthaft?

»Der Khui ist die Essenz des Lebens«, sagt Vektal mit ehrfürchtiger Stimme.

Und dann nimmt die dumme Georgie ihm den Wurm ab, und er macht einen Ritz in ihre Kehle. Ich sehe zu, wie das Ding sich in sie hineinbohrt wie ein Wärme suchendes Geschoss.

Nein, verdammt. Ich bin mit dieser Scheiße nicht einverstanden. Ich habe gesehen, was Würmer im Herzen eines Tieres machen. Jäger wissen, dass man das verseuchte Fleisch nicht isst. Also meldet man sich ganz bestimmt nicht freiwillig, verseuchtes Fleisch zu werden. Ich weiche einige Schritte zurück. Georgie zittert und keucht, dann bricht sie in Vektals Armen zusammen. Ein paar Frauen schreien erschrocken auf, und dann sind auch schon die Männer bei ihnen und bieten ihnen ihren glühenden Luis an.

Ich bin dann mal weg. Tut mir leid, aber ich suche mir eine andere Lösung. Es muss einfach noch eine Option geben. Taumelnd weiche ich rückwärts in das Wäldchen zurück, das keinen Schutz bietet. Die anderen Frauen sehen überrascht zu mir, drehen sich jedoch gleich wieder zu Georgie um. Sie ist unsere Anführerin, also orientieren sie sich an ihr.

Das geht in Ordnung. Wenn Georgie allerdings von einer Klippe springt, heißt das nicht, dass ich das Gleiche tun muss. Auch wenn sie sich von einem großen blauen außerirdischen Schwanz blenden lässt, ich tue es nicht. Intensiver, pochender Schmerz macht sich in meinem Fuß bemerkbar, doch ich achte nicht darauf. Wenn es noch nicht zu spät ist, schaffe ich es vielleicht zurück zum Raumschiff, wo ich die Lage überdenken und mir etwas anderes überlegen kann. Ich weiß, dass ich gerade die Nerven verliere. Ich denke nicht logisch, aber alles, was ich von meinem Vater gelernt habe, sagt mir, dass das mit dem Wurm eine ganz schlechte Idee ist.

Parasiten *töten* ihren Wirt.

Während ich unbeholfen an den anderen vorbeischlurfe, führen die Außerirdischen die Frauen behutsam in ihren Untergang. Du meine Güte, wie lieb von ihnen! Es gibt keinen Beweis dafür, dass das bei einem Menschen funktioniert, und Georgie ist gerade umgekippt. Das ist nicht normal. Ich ziehe mir das Fell noch fester um die Schultern und watschele ein paar Schritte weiter weg von dem Geschehen.

Und bleibe abrupt stehen.

Vor mir steht Raahosh und mustert mich mit zusammengekniffenen Augen.

»Versuch nicht, mich aufzuhalten, Kumpel!«, sage ich, obwohl ich weiß, dass es nichts nutzt. Er versteht kein Englisch.

Aber er packt mich an meinem Fell und versucht trotzdem, mich wieder in die andere Richtung zu lenken.

Ich reiße mich von ihm los und setze meinen Weg fort. In der Ferne höre ich eine weitere Frau aufschreien, nur um sogleich zu verstummen. Es schüttelt mich.

Raahosh packt mich um die Hüften und wirft mich schon wieder über die Schulter.

»Nein!«, rufe ich und dresche mit einer Faust auf seinen

Rücken ein. »Ich will das nicht! Du kannst mich nicht dazu zwingen!«

Er zögert, dann stellt er mich zu meiner Überraschung wieder auf den Boden. Einen Moment lang mustert er mich, bevor er die Hand hebt und mir über das Kinn streichelt. Ich lasse es zu, solange er mich bloß nicht zurückschleppt. Seine Berührung, mit der er meine kalte Wange liebkost, ist erstaunlich sanft. Dann deutet er auf den Boden, als wolle er mich bitten, hier zu warten.

»Na schön. Was auch immer. Ich gehe nur nicht wieder da rüber.« Ich lasse mich in den Schnee fallen, um meinen verletzten Fuß zu entlasten.

Er dreht sich um und marschiert zu dem toten Sa-Kohtsk und der Gruppe der Jäger. Zitternd sehe ich ihm nach, als er in der Dunkelheit verschwindet. Ich werde ein paar Minuten warten und mich dann in Bewegung setzen. Vielleicht sagt er den anderen Bescheid, dass ich meine Meinung geändert habe, und bringt mich zum Raumschiff zurück.

Womöglich ist dieser Typ, dieser Raahosh, ja doch nicht so ein Mistkerl.

Ich schließe die Augen und reibe mir über das Gesicht. Es ist eiskalt hier draußen, und ich bin derart müde, dass ich auf der Stelle einschlafen könnte, Schnee hin oder her. Mein Hirn ist schon ganz vernebelt. Aber es muss noch eine andere Option geben. Wenn ich klar denken könnte, würde mir vielleicht etwas einfallen.

Ich sehe es wieder vor mir, wie Vektal Georgie in den Hals geschnitten hat. Das eifrige Zappeln des Dings, als es sich in sie hineingebohrt hat. Ihr Aufschrei und ihr darauf folgender Zusammenbruch. Ich schaudere.

Eine Gestalt erscheint am Rand meines Gesichtsfeldes. Ich erkenne gerade eben, dass es sich um Raahosh handelt, bevor sich eine riesige Hand auf meine Schulter senkt und mich rücklings in den Schnee drückt.

»W-was soll das?«, stottere ich.

Einen Augenblick später drückt er sein Knie gegen meine Schulter und presst mich in den Boden. Schützend hält er eine Hand an seine Brust, und ich kann gerade eben noch etwas Glühendes, Schlangenähnliches ausmachen, das dort zappelt.

Dann zieht er ein Messer aus einer Scheide an seinem Gürtel.

»Du gottverdammter Hurensohn! Nein!« Ich kämpfe gegen ihn, wehre mich gegen sein Gewicht, das mich in den Boden drückt. Aber ich bin so schwach, und er ist ein Koloss. Ich schaffe es nicht einmal, richtig nach ihm zu schlagen, als er die Klinge an meinen Hals drückt und sorgfältig einen Schnitt über meinem Schlüsselbein macht.

»Nein!«, protestiere ich, doch er beachtet mich nicht. Dieses Arschloch, dieser Mistkerl, will mir den Parasiten aufzwingen.

Er ist nicht mein Freund. Im Gegenteil: Er lässt mich nicht wählen.

Ich wehre mich gegen seine Hände, als er sich mit dem Luis vorbeugt.

»Wenn du das tust, werde ich dich für immer hassen«, zische ich ihn an und versuche, ihn wegzustoßen.

Er wirft mir einen harten Blick zu und beugt sich dann vor. Ich höre ein ganz leises Zischen, als der Luis meine Haut berührt, dann windet er sich in mich hinein.

Und ich werde vor Entsetzen ohnmächtig.

Raahosh

Ich sage mir, dass es keine Rolle spielt, ob sie mich auf ewig hassen wird, und sehe zu, wie ihr bewusstloser Körper zittert und zuckt, während er sich an den Khui gewöhnt. Zumindest wird sie am Leben bleiben. Mein Vater und meine Mutter haben sich nie gut verstanden. Bis zu dem Tag, an dem meine Mutter gestorben ist, hat sie meinen Vater verflucht. Ihre Verpaarung war extrem unglücklich, aber sie waren trotzdem eine Familie.

Mein Mensch kann mich hassen und dennoch meine Gefährtin sein. Ich werde nicht zulassen, dass sie sich für den Tod entscheidet. Nie und nimmer. Ich werde sie beschützen, auch wenn das bedeutet, dass ich sie vor sich selbst beschützen muss.

Ich hebe ihre kleine Gestalt hoch und drücke sie an mich. Sie ist so kalt. Und zart. Ich habe das Richtige getan, als ich ihr den Khui aufgezwungen habe. Ohne ihn hätte sie keinen Tag mehr durchgehalten. Während ich sie fest an mich drücke, denke ich nach.

Wenn ich sie zurück zum Lager bringe und sie wieder zu sich gekommen ist, wird sie außer sich vor Zorn sein. Sicherlich erzählt sie den anderen, ich hätte sie gezwungen, den Khui anzunehmen.

Vektal, unser Stammesoberhaupt, würde das nicht gutheißen. Er sagt, dass wir uns gut um die Menschen kümmern müssen. Ihnen geben sollen, was sie wollen.

Es ist leicht für ihn, das zu sagen, denn Georgie sieht ihn

voller Liebe und Zuneigung an. Nicht so leicht ist es, wenn dein Mensch dich voller Zorn und Abscheu ansieht.

Raahosh ist Furcht einflößender als die anderen.

Wenn ich sie jetzt zu den anderen zurückbringe, werden sie nur schrecklich böse auf mich sein. Mein Khui vibriert in meiner Brust für meine Menschenfrau, und zum ersten Mal an diesem Tag erlaube ich ihm, ungehindert zu summen. Er hat angeschlagen, und es fühlt sich unglaublich an.

Keiner kann sie mir mehr wegnehmen.

Ich drehe mich um und schaue zu den anderen, die sich immer noch bei dem Sa-Kohtsk zusammendrängen. Sie werden noch stundenlang dort bleiben. Die Menschen werden für eine Weile schlafen. Vielleicht einen ganzen Tag. Ich weiß nicht, wie lange es dauern wird. Das Fleisch muss klein geschnitten und in die Stammeshöhlen gebracht werden, und außerdem müssen sie sich noch um die Menschen kümmern.

Alle werden abgelenkt sein.

Statt meine Menschenfrau zum Lager zurückzubringen, drücke ich sie noch enger an mich und verlasse in der entgegengesetzten Richtung das Tal.

Ich werde sie verstecken und nicht eher mit ihr zurückkehren, bis sie ein Kleines von mir in sich trägt und wir wahre Gefährten sind. Dann werden wir wieder beim Stamm auftauchen und ein Teil davon werden.

Bis dahin gehört sie ausschließlich mir.

Es gibt eine Höhle in der Wildnis, die ich insgeheim als meine eigene ansehe. Unser Stamm hat viele Mäuler zu füttern, und manchmal müssen unsere Jäger weit fort, um Nahrung für alle zu finden. Daher haben wir ein Netz von Jägerhöhlen in der Wildnis, die jedem, der die Nacht draußen verbringen muss, einen Ort zur Rast bietet. Dort gibt es Felle und alles, was man zum Feuer machen benötigt, mitunter auch einige andere Dinge, das dem Besucher das Leben erleichtert. Diese Höhlen darf jeder Jäger benutzen, solange er sie im gleichen Zustand verlässt, wie er sie vorgefunden hat.

Aber die Höhle, an die ich denke, gehört bloß mir allein. Ich habe sie beim Jagen entdeckt, als ich noch ein Kleines war, auf meinem ersten Streifzug allein durch die Wildnis. In den grausamen Monaten ist der Eingang hinter einer dicken Schicht Gletschereis verborgen, aber noch haben wir die bittere Jahreszeit, sodass man hineingelangen kann.

Von hier ist es nicht mehr weit, und ich denke schon seit Stunden daran, während ich immer weiter gehe. Mein Mensch in meinen Armen wiegt so gut wie nichts, und er regt sich auch nicht. Es wird einfach seine Zeit brauchen, bis die Menschenfrau sich an den Khui gewöhnt, sage ich mir. Es gibt keinen Grund zur Sorge. Sie war krank. Es dauert eben ein wenig. Trotzdem erfüllt es mein Herz mit Furcht, und meine Schritte beschleunigen sich.

Meine Höhle ist genauso verlassen wie bei meinem letzten Besuch. Es gibt Anzeichen, dass ein Tier hier gehaust hat, doch nun ist die Höhle leer. Ich entferne alles, was sich auf den säuberlich aufgestapelten Fellen in der Ecke abgelagert hat, und lege meine Menschenfrau dann mitten hinein. Sie zittert am ganzen Körper. Ihre Haut ist nicht mehr so eiskalt, was ein Zeichen dafür ist, dass der Khui sie wärmt, aber dennoch bebt sie. Ich beschließe, Feuer zu machen, und verbringe eine ganze Zeit damit, es zu entzünden, während ich versuche, das Dröhnen meines Khui zu ignorieren, der der bewusstlosen Frau in meinem Schlaflager ein Lied vorsingt.

Mein Schlaflager.

Meine Gefährtin liegt in meinem Schlaflager.

Ich stöhne, überrollt von einer Welle so starken Verlangens, dass mir davon ganz schwindelig wird, und ich schließe die Augen und zwinge mich, stark zu bleiben. Bestimmt wird sie früh genug aufwachen, und dann können wir uns paaren.

Sie stöhnt im Schlaf vor Schmerz, und ihr Fuß zuckt. Behutsam nehme ich ihr die Fußlappen ab und massiere dann ihre zarten Füße. Mann, sind die klein, und auch ohne die schützenden knöchernen Erhebungen, die über den empfindlichen Stellen auf meiner Haut liegen! Sie hat fünf Zehen, während ich drei habe, und beim Anblick der violetten Schwellungen fällt mir wieder ein, dass sie gebrochen sind.

Sie müssen gerichtet werden, damit der Khui sie heilen kann.

Wimmernd wirft sie den Kopf hin und her, und ihre Augen bewegen sich unter ihren Lidern. Ich muss es tun, solange sie noch bewusstlos ist, um ihr nicht noch mehr Schmerz zuzufügen. Seltsamerweise zieht sich mir bei dem Gedanken, ihr wehzutun, der Magen zusammen. Ich streiche mit den Fingern über ihre Zehen und vergleiche den Verlauf der Knochen. Dann hole ich tief Luft und richte sie. Ich kämpfe gegen aufsteigende Galle an, als die Knochen knacken, bevor sie an ihren angestammten Platz zurückkehren. Sie gibt einen erstickten Laut von sich und erschlafft.

Es gelingt mir, alle drei Zehen zu richten. Anschließend umwickele ich sie vorsichtig mit Lederstreifen, damit sie sich nicht wieder verschieben, ehe mein Magen rebelliert. Ich schaffe es gerade noch aus der Höhle, als ich mich auch schon übergebe. Angewidert verdecke ich das Erbrochene unter frischem Schnee. Ich habe bereits öfter gebrochene Knochen gerichtet, sowohl bei meinen Stammeskameraden als auch bei mir selbst. Noch nie ist mir übel geworden bei dem Gedanken, jemandem Schmerz zuzufügen.

Diese Frau verändert mich jetzt schon.

Mein Khui summt in meiner Brust und drängt mich, an ihre

Seite zurückzukehren. Sie sieht so klein, zart und elend aus in meinen Fellen. Und schmutzig.

Ich sage mir, dass ich sie entkleiden sollte, um sie auf weitere Wunden zu untersuchen. Dass sie, wenn sie erwacht, eine saubere Mähne und gereinigte Haut zu schätzen wissen wird. Und die ganze Zeit über dröhnt und pulsiert mein Khui zustimmend. Er will, dass ich sie berühre. Dass ich sie in Besitz nehme. Und ich kann seinem lockenden Ruf nicht widerstehen.

Ich stelle einen Dreifuß über das Feuer und hänge eine mit Schnee gefüllte Tierblase darüber. Der Schnee wird schmelzen und warm werden, und dann kann ich sie waschen. Jetzt muss ich mich um meine Gefährtin kümmern.

Ihre verdreckte Kleidung ist auf merkwürdige Weise gefertigt, und ich brauche einige Zeit, um sie ihr auszuziehen. Sobald das geschehen ist, werfe ich sie beiseite, um sie später zu waschen. Sie besteht aus zwei Teilen – einer langen Tunika, die ihr bis zu den Hüften reicht, und einem winzigen Lendentuch, das mir Rätsel aufgibt. Dient es dem Schutz? Es bedeckt kaum ihre Hüften, und es ist offensichtlich, dass die Menschen mit den Temperaturextremen hier nicht zurechtkommen. Sieht sie deshalb so bleich und ungesund aus? Geht sie nie ins Freie?

Als sie nackt ist, sehe ich die Unterschiede zwischen uns deutlicher. Mein Khui singt lauter denn je in meiner Brust, aber ich habe nicht die Absicht, mich auf eine bewusstlose, kranke Frau zu werfen und mich mit ihr zu paaren, daher ignoriere ich ihn. Stattdessen zerdrücke ich Seifenbeeren in dem sich erwärmenden Wasser und rühre. Dann mache ich meine Hände nass und lasse sie über ihren Körper gleiten, um sie zu säubern.

Und wenn ich ehrlich zu mir selbst bin, auch um sie zu berühren. Mein Schwanz ist schon beim ersten Hautkontakt hart wie Stein, aber ich werde mich zwingen, das alles zu ignorieren. Sie ist schmutzig und erschöpft.

Und sie hasst mich.

Das gibt mir neben allem anderen die Kraft, stark zu bleiben. Wiederholt streiche ich mit den Fingern über ihr bleiches Fleisch, reibe an dreckigeren Stellen und erkunde sie. Sie ist am ganzen Körper weich, ihre Haut ohne die Wülste und Erhebungen, die die verletzlichsten Stellen von uns Sa-Khui schützen. Außerdem ist sie fast gänzlich unbehaart, was ich seltsam finde. Die Mitglieder unseres Stammes sind von oben bis unten von flaumweichem Fell bedeckt, aber ihre Haut ist der Kälte ungeschützt ausgeliefert. Kein Wunder, dass sie ständig zittert. Die einzigen Stellen, an denen sie eine Mähne hat, finden sich auf ihrem Kopf und zwischen ihren Beinen. Ich erinnere mich daran, dass Vektal uns von den Menschen und ihrem seltsamen Körperbau erzählt hat. Er behauptet, seine Schorschi habe einen dritten Nippel zwischen den Beinen. Hat meine Menschenfrau auch so etwas? Neugierig streiche ich über ihr Geschlecht und spreize die Schamlippen mit den Fingern auseinander. Und tatsächlich, ein kleiner Knubbel wird sichtbar. Er liegt über ihrem Schlitz und glänzt vor Erregung. Als ich ihn berühre, liegt der Duft ihres Geschlechts in der Luft.

Ich brauche sie.

Ich schließe die Augen und zwinge mich, stark zu bleiben. Mein Khui hört nicht auf, voller Sehnsucht zu pochen. Er erinnert mich an all das, was ich nie gehabt habe, und an das, was ich mir wünsche, schon so lange ich denken kann.

Sie wird in allen Dingen meine Erste sein. Meine erste Gefährtin. Meine erste Geliebte. Die Mutter meiner Sprösslinge. Meine Hand zittert ein wenig, als ich sie von ihrem Geschlecht nehme und dem Drang widerstehe, die weichen Schamlippen zu streicheln, die vor Erregung glänzen. Der Khui in ihr arbeitet bereits, wenn sie sogar bewusstlos auf meine Berührung reagiert.

Hoffentlich wacht sie bald auf.

Der Gedanke, dass meine Gefährtin erwachen könnte, lässt mich jäh lebendig werden. Sie wird etwas zu essen und zu trinken sowie frische, warme Kleidung brauchen. Sie hat bestimmt Fragen ... und sie wird zornig sein. Aus irgendeinem Grund belustigt mich der Gedanke an ihre Wut. Es ist so, als würde sie mir die Schuld an ihrer misslichen Lage geben. Als könnte ich einen Khui kontrollieren und mir meine Gefährtin selbst aussuchen. Schnaubend wende ich mich wieder meiner Tätigkeit zu, ihren Körper abzuwaschen. Das schmutzige Wasser läuft an ihr herunter, und es bedarf mehrerer Durchgänge, bis ihre Haut eine frische Farbe zeigt, mit der ich mich zufriedengebe. Ich wasche auch ihre Mähne, und erstaunlicherweise entpuppt sich das, was dunkel und wenig bemerkenswert aussah, jetzt als von goldener Farbe. Es ist weich und verheddert sich leicht, also ziehe ich einen zweizinkigen Kamm aus meiner Tasche und entwirre langsam ihre nassen Locken, bis sie sauber im Feuerschein glänzen. Und durch meine Finger gleiten wie die weichen, fedrigen Blätter des Sashrem-Baums. Meiner Meinung nach ist das das Hübscheste an ihr, der Rest ihres Körpers ist so weich und schwach, dass ich nicht weiß, was ich davon halten soll. Und ihre schweren Brüste sind sehr nackt, die Nippel darauf kaum zu sehen. Wirklich seltsam.

Als ich fertig bin, sie zu waschen, ziehe ich eine Tunika und einen Rock aus dem Bündel, das ich über der Schulter hatte. Wir haben für Schorschis Menschen abgelegte Anziehsachen von den Frauen unseres Stammes mitgenommen, aber als klar wurde, dass es elf Menschen sind und nicht nur die fünf, mit denen wir gerechnet hatten, war Kleidung ein kostbares Gut, und ich habe für meine Gefährtin versteckt, was ich kriegen konnte. Ich ziehe ihr die Sachen an, so gut ich kann, dann lasse ich sie am Feuer schlafen, während ich etwas von unserem Reiseproviant verzehre. Ich bringe das Essen kaum hinunter. Es ist schwer, etwas zu mir zu nehmen, solange sich meine Gefährtin direkt neben mir befindet und ihre Beine lediglich von einem langen Lederrock bedeckt sind. Ich könnte mich mühelos zwischen ihre Beine schieben und sie in Besitz nehmen, und ihr Körper würde meinen willkommen heißen.

Und dann würde sie mich mit noch mehr Hass in den Augen ansehen. Ich verdränge diese Vorstellung, reibe über die Wölbung meiner Lenden, bis der Schmerz vergeht, und beschließe, für meine Gefährtin jagen zu gehen.

Frische Nahrung. Das ist es, was sie braucht. Mit diesem Gedanken im Kopf greife ich nach meinem Jagdspeer und verlasse die Höhle.

Liz

Mir tut alles weh. Beim Aufwachen fühle ich mich, als hätte ich eine nächtelange Sauftour hinter mir. In meinem Kopf dreht sich alles, mir ist heiß, und mein Fuß schmerzt.

Doch das Erstaunlichste ist: Ich bin nicht müde. Die tiefe Erschöpfung, die seit meiner Ankunft auf diesem Planeten meine ständige Begleiterin war, ist verschwunden. Es riecht nach etwas Frischem, Fruchtigem, und dann wird mir klar, dass ich in einem Nest aus Fellen liege und der herrliche Duft von meinem Haar kommt.

Das lässt mich endgültig wach werden. Ich richte mich auf und sehe mich um. Seit Wochen bin ich nicht mehr frisch geduscht gewesen, und wahrscheinlich habe ich mich daran gewöhnt zu stinken. Aber mein Haar ist sauber, weich und gekämmt, und ich habe neue Sachen an.

Meine Nasenflügel beben, und meine Atmung beschleunigt sich. Ich trage frische Kleidung. Irgendjemand hat mich verdammt noch mal ausgezogen, während ich ohnmächtig war.

Ein schweres Fell bedeckt meine Beine, und über einem Feuer steht ein Dreifuß mit etwas, das wie Tee riecht. Verwirrt setze ich mich auf.

Einen Moment später taucht eine breite Gestalt im Eingang der kleinen Höhle auf.

Raahosh. Als er sieht, dass ich wach bin, hebt er das Kinn und lässt ein frisch erlegtes Tier auf den Höhlenboden fallen. Dann wendet er mir den Rücken zu und beschäftigt sich damit, den Ledervorhang festzumachen, der als Tür dient.

Sein Erscheinen erinnert mich daran, warum ich bewusstlos war. Der Luis. Er ist in mir. Wimmernd taste ich nach der Wunde, die an meiner Kehle sein müsste. Die Wunde, die Raahosh mir zugefügt hat, als ich beschlossen hatte, da nicht mitzumachen.

Sie ist verschwunden.

Die Stelle ist gänzlich verheilt. Das Ding ist in mir drin. Ich kratze an meiner Kehle und versuche verzweifelt, es loszuwerden.

Doch da stürmt auch schon Raahosh auf mich zu und hält meine Hände fest. Während er mich berührt, beginnt es in meiner Brust zu wummern. Zuerst denke ich, es ist mein Magen, aber das Wummern wird lauter, bis meine Brüste praktisch vibrieren. Ich schnurre ... für Raahosh.

O Gott, ich muss unbedingt stoppen!

Ich wehre mich jetzt in einer Mischung aus Zorn und Verzweiflung. Ich will den Luis nicht. Ich will Raahosh nicht. Ich will das alles nicht. Tretend und knurrend setze ich mich gegen ihn zur Wehr, während er nur meine Handgelenke festhält. Ich versuche, mir an die Kehle zu greifen, doch er lässt es nicht zu. Er erlaubt mir nicht, das Ding herauszukratzen. Der Außerirdische packt mich am Kinn und zwingt mich, ihm in die Augen zu sehen.

Dann schüttelt er kaum merklich den Kopf. Nein, sagt er mir damit.

Tja, scheiß drauf. Und scheiß auf ihn. Einen Moment später lässt er probehalber meine Hände los.

Ich schlage ihm mit der Faust ins Gesicht. »Du hast mich angezogen, während ich ohnmächtig war, du Hurensohn? Mich gewaschen? Mir einen verdammten Luis aufgezwungen? Ich hasse dich!« Jedes geschriene Wort wird unterstrichen von Gefuchtel und Tritten, bis ich ein einziger unaufhaltbarer, zorniger Derwisch bin, der gegen ihn wütet.

Und wie sieht seine Reaktion aus?

Ein entnervter Seufzer. Anschließend packt er erneut meine Handgelenke, zerrt sie mit Gewalt hinter meinen Rücken und drückt mich in die Felle herunter.

»Nein!«, kreische ich in derselben Sekunde, in der meine Wange auf das weiche Fell trifft.

Er murmelt etwas auf Außerirdisch, dann spüre ich Seile um die Handgelenke. Der Bastard fesselt mich.

Gerade als ich denke, dass Raahosh sich nicht arschiger verhalten könnte, überrascht er mich. »Ich hasse dich so sehr«, fauche ich.

Als er fertig damit ist, meine Hände zu fesseln, fesselt er meine Füße und setzt sich dann ans Feuer, als sei das alles keine große Sache.

Keuchend und wutschnaubend huscht mein Blick durch die kleine Höhle. Wo befinden wir uns hier? »Wo sind die anderen?«

Er zieht dem kleinen Tier die Haut ab und zerlegt es, ohne meine Fragen zu beachten. Danach schneidet er kleine Stücke ab und legt sie auf einen heißen Stein. Seine Lippen verziehen sich, als das Fleisch zu brutzeln beginnt und langsam gar wird, und sein Blick wandert zu mir.

Mein Magen knurrt. Noch schlimmer, meine Brust dröhnt noch immer von der Reaktion meines Luis auf ihn. Wenn das bedeutet, was ich denke …

Ich habe mir gerade einen außerirdischen Gatten geangelt.

Scheiße.

Dieser Typ?

Ich stöhne, denn das ist nicht das, was ich wollte. Wenn ich schon einen Außerirdischen bekommen muss, warum kann ich dann nicht einen netten, freundlich lächelnden kriegen? Jemanden, der bei meinem Anblick strahlt und der mich wie einen Schatz behandelt? Jemanden, der mich so ansieht, wie Vektal Georgie ansieht?

Stattdessen habe ich die außerirdische Version von Grumpy Cat bekommen, und er hat mich gerade gefesselt wie ein Kalb beim Rodeo. Arschloch.

Ich lasse den Kopf in die Felle sinken und versuche, mich zu beruhigen. »Okay«, sage ich zu niemand Bestimmtem. »Du bist hier, Liz. Wenn das Leben dir Zitronen gibt, mach Limonade draus. Du lebst. Du bist gesund ... wenn man mal von dem Parasiten absieht.« Ich versuche, meine gefesselten Arme zu bewegen. »Du hast einen neuen Freund und eine schöne, warme Höhle. Und jemand macht dir etwas zu essen, statt dass du das Essen bist. Es könnte alles viel schlimmer sein.«

Ich schaue zu Raahosh hinüber.

Er erwidert meinen Blick, dann wendet er gelassen ein Stück Fleisch mit der Spitze seines Messers, um es auch von der anderen Seite zu braten. Es ist klar, dass er mein Gerede nicht beachtet, was einfach zusätzlich unterstreicht, dass er keiner der Außerirdischen ist, die den Sprach-Crashkurs bekommen haben. Es überrascht mich nicht – der unfreundliche Bastard wollte wahrscheinlich gar keine Frau.

»Er spricht also kein Englisch«, flüstere ich und bewege meine gefesselten Hände. »Ich bin mir sicher, dass du irgendwie mit ihm kommunizieren kannst, Liz. Benutz einfach dein Hirn.«

Ich denke nach. Es gibt ein altes Sprichwort aus dem Süden, dass man mit Honig mehr Fliegen fangen kann als mit Essig. Ein Jammer, dass ich der reinste Essig bin, aber ich werde versuchen, mich für einen Moment in Honig zu verwandeln. »He, Raahosh?«, sage ich mit zuckersüßer Stimme.

Beim Klang seines Namens erstarrt er neben dem Feuer. Er kneift die Augen zusammen.

Ich hebe die Hände und deute mit dem Kinn auf sie. »Willst du mir nicht die Fesseln abnehmen? Ich kann dir nicht versprechen, dass ich brav sein werde, aber wer weiß?« Ich lächele ihn weiter aufmunternd an. »Lieber, guter Außerirdischer, komm und befrei den netten Menschen!«

Er blinzelt.

Wieder hebe ich die Hände und rekele mich auf dem Fell. Bei der Bewegung reiben meine Brustwarzen an dem Stoff meiner Tunika, und ... ach du Scheiße. Ich muss das Stöhnen unterdrücken, das aus meiner Kehle zu entweichen droht.

Ich bin so verdammt erregt. Dummer Luis.

Ich presse die Schenkel fest zusammen. Das Ding soll sofort aufzuhören, in meiner Brust zu trommeln. Lass es!, sage ich ihm. Hör sofort damit auf! Irgendwann beruhigt sich der Luis, und ich sehe wieder zu Raahosh. Er sammelt die gebratenen Fleischstückchen in einem kleinen Beutel und kommt dann zu mir.

»Befreist du mich, Raahosh?« Ich deute mit dem Kopf auf meine Hände.

Er stopft mir zur Antwort ein Stück angebranntes Fleisch in den Mund.

»Ich hasse diesen Typen wirklich«, sage ich, während ich schmatzend kaue. »Man kann keine Limonade machen, wenn die Zitrone so ein Riesenarschloch ist.«

Er stopft mir einfach weiter Fleisch in den Mund, ohne mein Elend zu beachten.

Als ich fertig bin mit dem Essen, schlafe ich wieder ein, trotz der Fesseln, und als ich aufwache, ist es bereits dunkel draußen. Das Feuer ist abgedeckt, spendet aber immer noch etwas Licht, und es ist gemütlich warm, trotz des Schneesturms, der draußen vor der Höhle tobt.

Raahosh ist verschwunden.

So wie die Fesseln an meinen Händen und Füßen.

Ich richte mich auf und reibe mir die Augen. Nach meinem zweiten Nickerchen fühle ich mich etwas besser, und meine Schmerzen sind fast gänzlich verschwunden. Ich frage mich jedoch, wo die anderen sind und warum ich mit Raahosh allein bin. Ich kann diese Frage nicht einmal an ihn richten. War das alles so geplant? Eher nicht, denn ich male mir aus, wie die gerade erst aufgewachten Menschenfrauen versuchen, damit fertigzuwerden, dass sie von der Gruppe getrennt und mit einem Fremden zusammengebracht wurden, und ich kann mir nicht vorstellen, dass irgendjemand das für eine gute Idee halten würde.

»Hallo?«, rufe ich.

In der Höhle ist es still und beinahe dunkel. Ich bin allein.

Kurz denke ich an Flucht. Einfach weglaufen und Raahosh den Stinkefinger zeigen. Aber ich bin nicht dumm. Ich habe keine Vorstellung davon, wo er mich hingebracht hat. Ich weiß rein gar nichts über diesen Planeten, und selbst wenn Raahosh ein Arschloch ist, stellt er im Moment die beste Überlebenschance für mich dar.

Doch ich bin unglaublich froh, dass er erst mal weg ist … weil ich so verdammt geil bin.

Ich will das nicht. Tatsächlich müsste das für mich der unerotischste Augenblick meines Lebens sein. Ich bin von Außerirdischen entführt worden, man hat mich gezwungen, auf einem Eisplaneten irgendwie zu überleben, und jetzt bin ich praktisch verheiratet mit Mr Groß, Dunkel und Extrem Angepisst.

Aber sogar der Gedanke an Raahosh lässt meinen Luis erwachen. Er beginnt in meiner Brust zu schnurren, lässt meine empfindlichen Brüste wackeln und meine Brustwarzen sich an dem dicken Stoff der Tunika reiben.

Ich stöhne und lasse mich in die Felle zurückfallen.

Das hier fühlt sich viel zu gut an. Es ist einfach nicht fair.

Ich schiebe meine Hand unter meine Tunika zu meinen Brüsten. O Gott, sie tun so weh! Auch zwischen meinen Beinen fühle ich mich schrecklich unausgefüllt. Ich brauche Sex, und zwar dringend.

Und der einzige Mann in der Nähe ist Raahosh mit seinem großen, schlanken Körper und dem dauerhaft finsteren Gesicht.

Ui, danke, Luis. Vielen, vielen Dank.

Doch wieder sehe ich Raahosh vor mir, und meine Hand schlüpft unter meinen Rock.

Ich bin tropfnass, mein Schamhaar ist feucht und glitschig vor Verlangen. Meine Muschi fühlt sich schmerzhaft geschwollen an, und als ich mit den Fingern über meine Klitoris streiche, ist sie so empfindlich, dass ich fast auf der Stelle komme. Ich stöhne auf und befingere mich.

Eine kurze Runde Masturbation, solange Raahosh fort ist, ist vielleicht genau das, was ich brauche, um den Luis unter Kontrolle zu bringen. Noch während ich mir das einrede, geht mir das Bild von Raahosh durch den Kopf, und ich stelle mir vor, wie er sich mit seinen muskulösen, schmalen Schultern nackt über mich beugt. Ich stelle mir vor, wie sich sein fester, niemals lächelnder Mund in einem lustvollen Ächzen verzieht, wenn Raahosh in mich eindringt und wir anfangen zu vögeln.

Na toll, jetzt masturbiere ich zur Wichsvorlage eines Außerirdischen. Auch daran gebe ich dem Luis die Schuld. Ich mache mir nichts aus dem Typen. Wirklich nicht.

Trotzdem kann ich nicht leugnen, dass der Gedanke an Sex mit ihm mich verdammt feucht macht. Ich schiebe mir einen Finger hinein und wimmere, weil es nicht genug ist. Ich brauche mehr. Ich brauche ihn. Aber vorläufig muss ich mich damit begnügen, mich selbst zu streicheln. Ich positioniere meinen Daumen über meiner Klitoris, beginne zu reiben und drücke den Rücken durch.

»Raahosh!«, stöhne ich und lasse den Daumen über meine Klitoris gleiten.

Und ausgerechnet dann erscheint der Bastard im Eingang der Höhle, als hätte ich ihn gerufen.

Was ich wohl getan habe.

Erwischt, mit der Hand unter dem Rock.

Während ich *seinen* Namen gestöhnt habe.

Ich könnte vor Scham im Boden versinken.

TEIL 2

Raahosh

Es ist spät in der Nacht, als ich vor der Höhle Geräusche höre, die irgendwo aus der Ferne kommen. Mit meinem Speer bewaffnet laufe ich nach draußen, um der Sache nachzugehen. Auf jeden Fall muss ich meine schlummernde Menschenfrau beschützen. Es ist gefährlich, allein im Jagdgebiet unterwegs zu sein, und ein guter Jäger ist stets auf alles vorbereitet. Es handelt sich um eine Herde von Dvisti, die in der Nähe vorbeizieht. Ich beobachte sie eine Weile, insbesondere die Weibchen. Nicht alle haben Junge, und es könnte eine gute Idee sein, eins davon zu jagen, wenn die Sonnen zurückkehren, damit ich meine kleine Höhle mit reichlich Nahrung für meine Gefährtin füllen kann. Mit diesem erfreulichen Gedanken kehre ich trotz der späten Stunde bestens gelaunt zur Höhle zurück …

Nur um die Höhle erfüllt vom Moschus ihres Geschlechts vorzufinden, während meine Gefährtin ihren seltsamen dritten Nippel zwischen ihren Beinen berührt und meinen Namen stöhnt.

Der Anblick erfüllt mich mit Jubel, und mein Schwanz wird hart vor Verlangen. Mein Khui singt in meiner Brust. Sie ist bereit für die Paarung. Sie … sie …

Mir fällt ihr Name nicht ein.

Ich gehe auf sie zu, und mit einem leisen Aufschrei zieht sie die Hände aus ihrem Rock. Dann rutscht sie auf den Fellen nach hinten, aber der Beweis dessen, was sie getan hat, liegt noch immer in der Luft. Ihr Duft ruft so stark nach mir, dass ich ihn praktisch auf der Zunge schmecken kann, und mein Schwanz pocht und zuckt.

Ihr Khui schwingt in ihr, und eine ihrer Hände wandert zu ihrer Brust, als wolle sie ihn zum Schweigen bringen. Mein Khui singt eine Antwort. Es fühlt sich gut an. Richtig. Es kümmert mich nicht, dass sie klein und zart und keine Sa-Khui ist. Es kümmert mich nicht, dass ihr Gesicht flach und glatt ist. Es kümmert mich nicht, dass sie mich nicht einmal mag.

Sie gehört mir. Unsere Khui wissen das.

»Nein«, faucht sie, sobald ich einen Schritt auf sie zu mache, hebt eine Hand und schüttelt den Kopf. »Du darfst mich nicht anfassen. Das hier kriegst du nicht.«

Sie weist mich schon wieder ab? Ich schnaube ungläubig. Dieser Mensch ist unfassbar. Doch ich bleibe wie angewurzelt stehen und sehe sie an. Warte ab, was sie tut. Sie ist unberechenbar.

Es ist … unterhaltsam.

Erneut streicht sie mit den Fingern über ihr Geschlecht, und der Geruch von Erregung erfüllt die Luft. »Ich hasse es«, murmelt sie, während sie den merkwürdigen Nippel zwischen ihren Beinen streichelt und bei der Berührung erbebt. »Keine Frau, die noch bei Sinnen ist, wäre in dieser Situation angetörnt. Aber kann ich aufhören, mich selbst zu berühren? Nein! Weil der Gedanke an Sex mir unvorstellbare Schmerzen bereitet.« Ihre Finger gleiten durch ihre Muschi und reiben sie.

Bei dem köstlichen Anblick stöhne ich und balle die Hände zu Fäusten. Das Verlangen, sie zu berühren, ist förmlich mit Händen zu greifen … aber das gilt auch für ihren finsteren Gesichtsausdruck. Also halte ich mich zurück und warte ab, was sie als Nächstes tut. Schorschi hat sich doch bestimmt nicht gegen Vektal gewehrt, als er sie in Besitz genommen hat.

Aber … offensichtlich denkt sie gerade an mich. Sie stöhnt

meinen Namen, während sie sich selbst berührt. Tja, dass sie noch weiß, wie ich heiße, mildert meinen Verdruss, und ich kneife die Augen zusammen und sehe ihr weiter zu.

Sie stöhnt wieder und hört nicht auf, sich anzufassen. »Ich tue das nicht, weil ich es will«, sagt sie. »Sondern weil ich muss. Weil das summende Ding in meiner Brust mir nicht erlaubt, damit aufzuhören.« Abermals berührt sie sich selbst und streicht über den Nippel, dann wirft sie mir einen Blick zu, in dem so viel Verdruss und Zorn liegen, dass Mitleid mit ihr in mir aufsteigt. Vektal hat gesagt, die menschlichen Paarungsgewohnheiten unterscheiden sich von unseren. Wahrscheinlich fühlt sie sich machtlos.

Ihr Kopf kippt zur Seite, und sie beißt sich auf ihre kleine rosige Unterlippe. Ihre Finger bearbeiten ihre Muschi und den Nippel da unten noch schneller. Es ist offensichtlich, dass sie sich dem Höhepunkt nähert, und sie hat nicht die Absicht, mir zu erlauben, sie anzufassen.

Heißer Zorn steigt in mir auf. Glaubt sie etwa, mir macht das hier Spaß? Dass ich mich an einer Gefährtin erfreue, die meine Berührungen zurückweist? Weiß sie nicht, dass ich an dem gleichen Khui-Wahnsinn leide wie sie? Dass ich mich nach ihrer Berührung verzehre? Danach, meinen Schwanz in ihrer feuchten, warmen Muschi zu versenken? Glaubt sie etwa, dass sie alleine damit dasteht?

Oder bin ich ihr völlig einerlei?

Wenn sie darauf besteht, vor meinen Augen nur nach ihrem eigenen Vergnügen zu suchen und mich um Armeslänge von sich fernzuhalten, dann tue ich eben das Gleiche. Ich löse die Schließen meiner Beinkleider und befreie meinen schmerzenden Schwanz. Stolz und groß ragt er aus meiner Lederhose.

Bei dem Anblick schnappt sie nach Luft und hält in ihrem hektischen Reiben inne. »O mein Gott, Scheiße.«

Sie redet Unfug. Irgendetwas über Geister, aber ihr Gesichtsausdruck sagt mir genau wie ihre geöffneten Lippen alles, was ich wissen muss.

Ich weiß, dass ich, was meine Ausstattung angeht, gesegnet bin. Mein Schwanz ist der größte unter den Männern meines Stammes. Ich habe die anderen beim Baden gesehen, und sie können es in Umfang und Länge nicht mit mir aufnehmen. Ich packe meinen Schwanz und freue mich darüber, dass ihr die Größe gefällt, dann streichele ich langsam daran auf und ab und lasse sie zusehen.

»Das ist der größte Schwanz, den ich je gesehen habe«, haucht sie. »Ich fasse es nicht.«

Ich bekomme nur die Hälfte von dem mit, was sie sagt, aber sie benetzt die Lippen und ihre Finger gehen erneut zu ihrer Muschi. Bei dem Anblick stockt mir der Atem. Sie will sich anfassen, während sie zusieht, wie ich mich anfasse?

Ein Stöhnen entweicht mir, und wieder streichele ich meinen Schwanz. Ich fordere sie dazu heraus hinzuschauen, jeder Bewegung meiner Hand zu folgen. Wie ich mit einer Drehung des Handgelenks den Schaft umfasse. Die Hand über die Eichel und dann wieder zurück zu seiner dicken Wurzel schiebe. Sieh mir zu, befehle ich ihr stumm. Sieh zu, wie ich mich bei deinem Anblick selbst streichele.

Und die ganze Zeit über dröhnt mein Khui und hallt in meiner Brust wider, so laut, dass mir das Blut in den Ohren rauscht.

Ich höre, wie ihr Khui auf meinen reagiert, immer lauter, und sie stöhnt. »O Gott, ich spüre, wie er in mir summt.« Ihre Hand wird schneller, und sie reibt weiter den kleinen Nippel zwischen ihren Beinen. Ihr Blick ist erneut auf meinen Schwanz gerichtet, und sie benetzt abermals die Lippen.

Ihr Anblick bringt mich zum Stöhnen. Überlegt sie gerade, wie ich mich in ihrem Mund anfühlen würde? Der Gedanke ist berauschend. Ich stelle mir vor, ihr meinen Schwanz in den Mund zu stecken, mit der Spitze über ihre weichen, vollen menschlichen Lippen zu streichen … und wie sie meinen Namen sagt, wenn sie ihn in den Mund nimmt. Schon die Vorstellung bringt mich fast um den Verstand.

Ich schließe die Augen, weil es mir alles abverlangt, nicht die Beherrschung zu verlieren und den ganzen Boden der Höhle mit meinem Sperma vollzuspritzen. Zuerst will ich sehen, wie sie kommt.

Sie spricht immer noch, obwohl sie glaubt, ich verstehe sie nicht. Diese Menschenfrau redet gern. Als ich die Augen öffne, sehe ich, dass ihr Blick nach wie vor auf meinen Schwanz gerichtet ist. »Ich kann nicht glauben, dass du auf deinem Schwanz gottverdammte Wülste hast«, sagt sie, während sie fieberhaft ihre Muschi bearbeitet. Mit der anderen Hand fasst sie unter ihre Tunika nach ihrer Brust und ächzt genussvoll. »Und ich weiß nicht, was dieses Horn-Ding darüber ist, aber es macht mich total an.« Ihre Finger gleiten mit einem feuchten Schmatzen in ihre Muschi, und dann stöhnt sie noch lauter. »Verdammt, ich *komme*.«

Meine Nasenflügel beben, als sie zittert und unter der Wucht ihres Orgasmus den Kopf in den Nacken wirft. Die Sehnen in ihrem Hals treten hervor, und ihr ganzer Körper versteift sich, während der Geruch von Sex in der kleinen Höhle noch stärker wird. Ihre Finger bearbeiten ihre Muschi noch heftiger, und sie keucht und gibt leise Laute von sich, während sie sich zum Höhepunkt bringt. Und das nur durch meinen Anblick. Es hat sie angetörnt, meinen Schwanz zu sehen.

Bei dem Gedanken überkommt mich eine starke Welle von Stolz und Begehren. Das Verlangen, sie zu besitzen, wird größer denn je, aber dann fallen mir Vektals Worte wieder ein. Menschen haben andere Paarungsrituale. Vielleicht gehört das hier dazu. Vielleicht habe ich die Signale meiner Menschenfrau total falsch gedeutet. Möglicherweise stößt sie mich gar nicht zurück – sondern es ist einfach ihre Art, mich wissen zu lassen, dass sie interessiert ist. Ein Schritt im Ritual des Umwerbens.

Ich streichele weiter meinen Schwanz, immer fester, während ihre Lider sich flatternd öffnen und sie ihre feucht glänzenden Finger von ihrer Muschi nimmt. Benommen sieht sie zu, wie ich meinen Schwanz bearbeite, und ich stelle mir vor, dass sie näher bei mir ist, so nah, dass ich ihren Atem auf meiner Haut spüre. Schweigend sieht sie mir zu, und ich würde sie so gern in diesen Moment mit einbeziehen, sie wissen lassen, dass das hier ihr gilt. Mein Schwanz, mein Khui, von ihr in Schwingungen versetzt – das alles gehört jetzt ihr.

Nur ihr.

Vor einer Weile hat sie ihren Namen gesagt, und plötzlich liegt er mir auf der Zunge. »Liz.«

Und ich sorge dafür, dass ich ihn richtig ausspreche, als ich komme.

Liz

Also das war … echt versaut.

Ich hatte nicht damit gerechnet, von ihm dabei erwischt zu werden, wie ich mich selbst anfasse. Und dass ich dabei auch noch seinen Namen stöhne, ist natürlich doppelt peinlich. Es hat mich sauer gemacht, und als Beweis meiner Unabhängigkeit habe ich angefangen zu masturbieren. Um ihm zu zeigen, dass mein Körper, anders als er denkt, nicht ihm gehört. Dass der Luis nicht mein Chef ist.

Und was tut er daraufhin? Seinen riesigen Schwanz aus der Hose ziehen und einfach mitmachen.

Und das Schlimmste von allem ist, dass es unglaublich erotisch war. Der Anblick dieser riesigen Hand, die geschickt seinen Schwanz streichelte und mir zeigte, wie sehr es ihm gefällt, berührt zu werden – tja, das hat mich feuchter werden lassen als je zuvor.

Ich gebe dem Luis die Schuld. Ich sollte abgestoßen sein. Ich hätte sofort aufhören sollen, mich anzufassen, als er so unvermutet hereingeplatzt ist. Stattdessen haben wir uns gegenseitig in die Ekstase getrieben. Danach lasse ich mich keuchend und erschöpft auf den Rücken sinken. Sein Sperma ist über den Boden der Höhle verteilt, und er starrt mich mit seinen glühenden blauen Augen herausfordernd an.

Ich mache mich auf dem Fell ganz klein und ziehe die Beine an die Brust. »Wenn du glaubst, dass ich das sauber mache, bist du auf dem Holzweg.« Doch das erinnert mich daran, dass meine Hand von meinen Säften ganz nass ist, und ich will sie nicht an meinen hübschen, sauberen Kleidern abwischen – nicht, nachdem ich mich wochenlang im eigenen Dreck gewälzt habe. Frustriert starre ich auf meine Hand.

Zu meiner Überraschung kommt er näher, splitternackt. Ich keuche auf und weiche gegen die Höhlenwand zurück. »Fass mich nicht an! Fass mich ...«

Er greift nach meiner Hand und schnuppert daran. Dann leckt er, ohne mich aus den Augen zu lassen, meine Handfläche und meine Finger ab.

»O mein Gott«, stöhne ich. »Du bist ein richtig fieser Perverser, was?« Ich versuche, meine Hand wegzuziehen, aber er gibt sie nicht frei, sondern leckt über jede noch so kleine Stelle meiner Hand. Und während der ganzen Zeit ist sein riesiger, außerirdischer Schwanz nur einige Zentimeter von meinem Gesicht entfernt, und er ist bereits wieder hart. Eine zweite Runde wird er definitiv nicht kriegen. Ich winde mich in seinem Griff und hasse es, dass seine Zunge auf meiner Haut meinen Luis schon wieder völlig verrückt macht. Endlich lässt er mich los, und ich weiche vor ihm zurück. »Perversling!« Das ist ein Mann, der mich ausgezogen hat, während ich bewusstlos war, und der keine Skrupel hat, Ansprüche auf meinen Körper zu erheben. Es macht mir schreckliche Angst ... und es macht mir schreckliche Angst, dass es mich zugleich so erregt.

Wobei ich die Schuld daran immer noch dem Luis gebe.

Ich drücke gegen seinen Bauch und versuche, ihn dazu zu bringen, einige Schritte zurückzutreten. »Geh weg! Schon mal was von Privatsphäre gehört?«

Er starrt mich an, und dummerweise habe ich seinen Schwanz direkt auf Augenhöhe. Das verschafft mir einen guten Blick auf die »Extras« seiner Anatomie. Ich meine, er ist ein Außerirdischer, daher erwarte ich nicht, dass er so aussieht wie die Typen in den Clubs daheim, aber ich bin ein wenig angepisst, dass Georgie nichts davon erwähnt hat, als sie uns erzählt hat, dass diese Typen Ehefrauen suchen. Er hat irgend so ein verdammtes Horn über seinem Schwanz. Es ist nicht spitz wie die Hörner auf seinem Kopf und sieht fast aus wie ein zusätzlicher Daumen, der über seinem Gehänge hervorragt, und ich habe keine Ahnung, wozu zum Teufel das Ding gut sein könnte. Schlimmer noch, auf seinem Schwanz – nicht dass ich ihn mustern würde, wohlgemerkt! – hat er die gleichen Wülste und Erhebungen wie auch auf den Armen und auf der Brust.

Wirklich schräg.

Ich finde es überhaupt nicht antörnend.

Kein bisschen. O nein.

Der Luis in meiner Brust dröhnt, und ich bringe ihn mit einem Klaps zum Schweigen.

Verdammter Luis. Ich ziehe an den Fellen unter Raahoshs Füßen. »Kann ich die bitte haben?« Zu meiner Erleichterung tritt er beiseite, und ich schnappe mir die Felle und wickele mich fest darin ein, während ich vor mich hin brumme, die Augen schließe und versuche, wieder einzuschlafen. Der Luis in meiner Brust, dieses Arschloch, schnurrt einfach weiter, und ich bin übellaunig und verspüre mitnichten irgendwelche angenehmen Nachwirkungen unserer kleinen Session eben.

Es ist, als hätte das Masturbieren alles nur noch schlimmer gemacht. Was echt ätzend ist.

Aber ich bin nach wie vor total erschöpft. Mein Körper signalisiert mir, dass er noch mehr Schlaf braucht. Na ja, eigentlich signalisiert er mir, dass er Sex braucht und dann Schlaf. Schlaf kann ich ihm geben. Ich schließe die Augen und versuche, Raahosh zu ignorieren, der am anderen Ende der Höhle umhergeht. Ich glaube nicht, dass er irgendetwas versuchen wird; wenn er das wollte, hätte er es längst getan. Also dämmere ich weg, obwohl ich mich allein mit einem verrückten Außerirdischen in einer Höhle befinde und wir gerade gleichzeitig ein wüstes Masturbationsfest gefeiert haben.

Als ich am nächsten Morgen aufwache, finde ich es nicht allzu überraschend, einen großen, warmen Körper an mich geschmiegt zu spüren. Raahosh ist nicht unbedingt Mr Zurückhaltung, aber wenn er nichts anderes tut, als zu schlafen, kann ich damit leben. Gähnend setze ich mich auf und rücke von ihm weg.

Automatisch legt sich sein kräftiger Arm um meine Taille. Stöhnend zieht er mich wieder an sich, dann kuschelt er sich tiefer in die Felle.

Typisch Mann. Ich entferne gewaltsam seinen Arm von mir. »Manche von uns müssen pinkeln.« Ich entwinde mich seinem Griff und erhebe mich taumelnd. Meine Beine zittern, aber ich fühle mich stark. Ich wackele mit den Zehen, und auch sie sind in bester Verfassung. Puh. Vielleicht ist der Luis doch nicht das Schlimmste auf der Welt. Allerdings hat er einen grässlichen Geschmack, was Männer angeht.

Der Boden der Höhle ist sauber gefegt, und in der Feuerstelle liegen ein paar warme Kohlen, was mir verrät, dass Raahosh noch nicht lange schläft. Ich gähne und halte Ausschau nach Schuhen, aber das Einzige, was ich sehe, sind seine Stiefel. Ich zucke die Achseln und schiebe meine Füße hinein, dann trampele ich in den Schnee hinaus, um mich zu erleichtern.

Ich gehe nicht allzu weit weg, denn ich bin schließlich nicht dumm. Dieser Ort ist mir vollkommen fremd, und es könnten hier alle möglichen Gefahren lauern. Deshalb entferne mich nicht weit vom Höhleneingang, und wenig überraschend sehe ich, als ich mich umdrehe, Raahosh dastehen, mit verschlafenem Gesicht und einem Speer in den Händen, bereit, mich zu beschützen.

Oder, na ja, mich wieder einzufangen.

»Ich gehe nirgendwohin«, sage ich. »Zumindest solange es nicht um die Ecke einen Starbucks gibt.« Er deutet auf den Eingang der Höhle, und ich verdrehe die Augen und gehe wieder hinein. »Ernsthaft, was glaubst du, wohin ich gehen würde? Ich habe keine Ahnung, wo ich bin, und keinen Schimmer, in welcher Richtung die anderen sich befinden. Denkst du, ich würde einfach auf gut Glück eine x-beliebige Richtung einschlagen? Nach allem, was ich hinter mir habe?«

Er starrt mich bloß an.

Ich seufze. »Vergiss es. Ich rede hier ganz offensichtlich gegen eine Wand. Übrigens, danke, dass du mich entführt hast. Echt eine Glanzleistung, dass du eine beschissene Situation noch verschlimmert hast! Das weiß ich wirklich zu schätzen.«

Er funkelt mich an und deutet wieder auf die Höhle.

»Richtig. Da wollte ich sowieso gerade hin.«

Ich gehe wieder in die Höhle und lasse mich neben dem Feuer auf den Boden fallen. Es dauert einen Moment, bis ich begreife, dass ich gar nicht mehr zittere. Entweder bin ich mittlerweile vollkommen unempfindlich, was die Kälte hier angeht, oder der Luis entfaltet seine Magie. Ich meine, es ist durchaus frisch, und ich könnte eine schöne warme Jacke gebrauchen, aber ich habe nicht mehr das Gefühl, als würden sich meine Füße gleich in Eisblöcke verwandeln. Ich setze mich auf die Felle, ziehe Raahoshs Stiefel aus und halte sie ihm hin.

Mit zusammengekniffenen Augen nimmt er sie entgegen. Dann untersucht er sie sorgfältig, als könnte ich in den drei Sekunden, seit ich sie ausgezogen habe, eine Bombe darin untergebracht haben. Ich schnaube. »Mach mir ein Paar Schuhe, dann muss ich dir nicht deine stehlen.« Ich streiche mir eine Strähne aus dem Gesicht. Mein Haar ist immer noch sauber und glänzt und es riecht gut, doch dafür ist es jetzt völlig durcheinander, weil es ungekämmt getrocknet ist. Ich sollte mir einen Zopf flechten, um es aus dem Gesicht zu haben. Ich versuche, mich im Schneidersitz hinzusetzen, aber mein langer Lederrock hindert mich daran. Ich brauche eine Hose. Eine Hose, Schuhe und etwas, womit ich mir das Haar zurückbinden kann. »Ich nehme nicht an, dass es in diesem Schuppen Kaffee gibt?«, frage ich ihn, obwohl ich ganz genau weiß, dass er nicht antworten kann. »Wenn du vorhast, mich hier weiter festzuhalten, rechne mit der anspruchsvollsten, zickigsten Gefangenen, mit der du es je zu tun hattest. Mach dich also auf etwas gefasst, du barbarischer Mistkerl!«

Raahosh hockt sich ans Feuer, ohne auf meine Beleidigungen zu reagieren. Er holt eins seiner aus Knochen geschnitzten Messer hervor und stochert damit in der Glut, um die Flammen zum Leben zu erwecken. Dann geht er in den hinteren Teil der Höhle und schnappt sich einige Brocken von etwas, von dem ich hoffe, dass es Torf ist, nicht Kacke. Er legt sie aufs Feuer und stochert erneut mit seinem Messer darin herum. Und die ganze Zeit über beobachte ich ihn. Ich versuche, nicht zu registrieren, dass er, wenn er geht, eine Anmut hat, beinahe wie ein Tänzer. Oder dass seine enge Hose aus irgendeinem seltsamen Leder gemacht und so zusammengenäht worden ist, als sei sie an einem Lendenschurz befestigt, und worunter sich eine ziemlich interessante Ausrüstung abzeichnet, die ich erst gestern mit eigenen Augen aus nächster Nähe gesehen habe. Seine Beinmuskeln spannen sich mit überirdischer Schönheit an, als er sich wieder ans Feuer hockt, und der Schwanz auf seiner Hinterseite klatscht auf den Boden und peitscht hin und her wie der einer verärgerten Katze. Ist er sauer auf mich? Oder bedeutet das etwas anderes?

»Du hast etwas von einer Katze, wenn ich so darüber nachdenke«, sage ich. »Dein Schwanz zuckt wütend hin und her, und ich wette, wenn ich dich streichele, schnurrst du. Ha. Wenn ich dich jetzt noch dazu bringen könnte, einem Mäuschen hinterherzujagen, damit du mich in Ruhe lässt …«

Wieder mustert er mich mit zusammengekniffenen Augen.

»Ich rede von Essen«, lüge ich und strahle ihn weiter an. Dann tue ich so, als würde ich mir etwas in den Mund stecken. »Wie wär's mit etwas Leckerem für mein Bäuchlein, Miezekätzchen?«

Ächzend erhebt er sich, und ich schwöre, ich glotze ihn nicht an, auch nicht seine riesigen, steinharten Oberschenkel. Tue ich nicht. Tue ich *nicht*. Er geht wieder auf die andere Seite der Höhle, wo er in einem kleinen Bündel seine Habe aufbewahrt, und holt einen Wasserschlauch heraus. Ich habe so etwas schon früher gesehen. Mein Dad war als Jäger ein Anhänger der alten Schule, und er hatte einen ganz ähnlichen. Ich strecke die Hand danach aus.

Raahosh schüttelt den Schlauch ein wenig und lässt das Wasser darin hin und her schwappen. Dann hebt er den Schlauch an den Mund.

»Du Mistkerl!«, sage ich entrüstet. »Verarscht du mich?«

Kurz bevor er einen Schluck nimmt, schaut er mich an, und ein teuflisches Grinsen gleitet über seine Züge.

Ich fange sofort an zu schnurren, und zwischen meinen Beinen pocht es. Verdammt, Luis, das ist jetzt nicht der richtige Zeitpunkt!

»Völlig klar, du verarschst mich«, knurre ich, aber dann reicht er mir den Wasserschlauch und streichelt mir über die Wange zum Zeichen, dass ich alles darin haben kann. Ich finde seine verspielte Seite nicht witzig. Wirklich nicht. Überhaupt nicht. Ich lächele auch kein bisschen. Meine Lippen sind allerdings Arschlöcher, weil sie nicht auf mich hören.

Ich trinke das Wasser und bin ein wenig enttäuscht, dass es

kein Kaffee ist. Für ihn lasse ich etwas übrig, weil ich nicht gemein bin. Auch er trinkt, dann geht er wieder zum Höhleneingang, füllt den nun leeren Schlauch mit Schnee, knotet ihn zu und hängt ihn an einen kleinen Sims an der Wand.

Vor meinen Augen zieht er sich die Stiefel an.

»Oooh, gehen wir jagen?«, frage ich aufgeregt. Ich richte meine Kleidung und erhebe mich. »Früher habe ich meinem Dad bei der Jagd geholfen. Ich bin eine sehr gute Bogenschützin. Natürlich habe ich im Moment keinen Bogen, aber ich bin sehr treffsicher. Wenn du mir etwas Holz leihst, könnte ich wahrscheinlich einen Bogen daraus machen. Auf der Highschool habe ich mal einen im Werkunterricht gefertigt.«

Darauf erwidert er nichts, sondern zieht nur seinen Stiefel an und verknotet die Bänder direkt unter dem Knie, sodass seine ganze Wade bedeckt ist, ehe er die Prozedur auf der anderen Seite wiederholt. Er greift nach seinem Speer, dann geht er ohne einen Blick auf mich nach draußen.

Ich reiße die Augen auf. Dieser Mistkerl. Er hat mich einfach total ignoriert und geht ohne mich auf die Jagd. Stinksauer stürme ich hinter ihm her, barfuß … und komme ungefähr drei Schritte weit. Dann gebe ich auf, denn selbst der Luis kann meine Zehen nicht warm halten. Zitternd wende ich mich wieder in Richtung Höhle, voller Wut auf meinen Entführer.

Wenn er denkt, dass das die richtige Methode ist, mich zu umwerben, ist sein Kopf genauso kaputt wie diese sogenannte Beziehung.

Ich stapfe zurück in die Höhle, setze mich ans Feuer und warte darauf, dass mein Entführer-Arschloch zurückkommt.

Raahosh

Reden kann meine Liz. Obwohl sie denkt, dass ich sie nicht verstehe, plappert sie in einer recht einseitigen Unterhaltung vor sich hin. Mir kommt das ziemlich merkwürdig vor, da ich selbst schon immer eher still war. Sogar mein Stamm macht Witze darüber, dass ich am liebsten schweige.

Aber ich weiß gar nicht, ob das stimmt.

Sie sprach vom Jagen, als ich die Höhle verlassen habe, und schien enttäuscht zu sein, dass ich sie nicht mitnehme. Jagt meine Frau? Ein ungewohnter Gedanke. Unsere Frauen sind zwar durchaus dazu in der Lage, doch es sind so wenige, und Frauen sind bei uns derart kostbar, dass wir es nicht wagen, ihr Leben auf einem gefährlichen Jagdausflug aufs Spiel zu setzen. Wenn sie sich erst der Khui-Verbindung zwischen uns ergeben hat, werden wir vielleicht zusammen jagen. Wir könnten zusammen Beute aufspüren und uns in einer Höhle ein Lager einrichten und uns während langer Winternächte lieben …

Und Liz würde die ganze Zeit plappern und sämtliches Wild vertreiben.

Die Vorstellung erfüllt mich nach wie vor mit Freude, der Gedanke, nach so langer Zeit eine Gefährtin zu haben. Ich habe meinen Stamm, aber ich war immer allein. Ein Außenseiter. Vielleicht lag es daran, dass ich nie eine Gefährtin oder eine Geliebte hatte. Ich habe angenommen, dass niemand mich haben will.

Dann plötzlich macht sich Mutlosigkeit in mir breit. Es will mich immer noch niemand. Liz will mich auf keinen Fall. Zornig auf mich selbst stoße ich den Schaft meines Speers in den Schnee und benutze ihn als Gehstock. Sie wird ihre Meinung ändern. Sie muss ihre Meinung ändern. Ich weiß nicht, was ich tun würde, wenn meine eigene Gefährtin mich trotz des Khui in ihrer Brust verschmäht.

Bei dem Gedanken schmerzt meine Seele vor Einsamkeit.

Das Wild ist rar hier am Gletscher, und es dauert ein wenig, bis ich auf ein Tier stoße, das für uns beide ein ausreichendes Mahl ergeben würde. Ich schleiche mich an mein Opfer heran und stoße ihm die Klinge in die Kehle, bevor es weglaufen kann. Dann lasse ich den Kadaver ausbluten und schlitze ihn vom Rumpf bis zur Kehle auf, weil ich nicht will, dass das Blut gerinnt, ehe ich wieder bei meiner Gefährtin sein kann. Ich nehme die Eingeweide heraus und benutze sie als Köder für eine Falle, nach der ich morgen sehen werde. Die übrigen wohlschmeckenden Organe esse ich auf dem Weg zurück zur Höhle, da Vektal gesagt hat, die Menschen seien wählerisch und würden die besten Stücke der Beute ohnehin verschmähen.

Als ich in die Höhle zurückkomme, ist das Haar meines Menschen nass, als hätte sie noch einmal gebadet. Der Wasserschlauch ist wieder voller Schnee, und sie sitzt ohne ihren Rock auf den Fellen. Beim Anblick ihrer zarten, nackten Flanke halte ich inne, und die Wölbung ihres Hinterns lässt meinen Khui gnadenlos in meiner Brust surren.

Rasch zieht sie die Felle über ihre Lenden, um sie vor meinen Blicken zu verbergen, und ihr Gesicht färbt sich in einem interessanten Rosaton.

»Echt nett von dir zurückzukommen«, sagt sie.

Mein Herz hämmert. Meint sie das ehrlich? Mein Schwanz ist steif und schmerzt vor Verlangen, sie in Besitz zu nehmen, aber sie sieht nicht aus, als würde sie sich freuen, mich zu sehen. Es ist verwirrend. Ist auch das ein Paarungsritual der Menschen, das ich nicht verstehe?

Warum hat Vektal uns nicht mehr über das Umwerben der Menschen erzählt? Ich bin ratlos.

Ich sehe zu, wie meine Menschenfrau mit einem Knochenmesser ein Loch in ihren Rock sticht. Tatsächlich ist es kein Rock mehr – es sieht aus, als mache sie sich Beinkleider. Sehr schlau. Ihr Haar ist zu einer Krone auf ihrem Kopf geflochten, und ihr Einfallsreichtum beeindruckt mich.

Gleichzeitig bin ich ein wenig besorgt – ich habe ihr mit Absicht Schuhe vorenthalten, weil ich annahm, dass sie dann sofort verschwindet. Ich darf sie nicht aus den Augen lassen.

Ein Knurren erfüllt die Höhle, und kurz denke ich, es sei ihr Khui, dann wird mir klar, dass es ihr Magen ist. Sie hat Hunger.

Ich trete ans Feuer und nehme mir mehrere Zweige, um daraus Spieße zu machen. Menschen mögen ihr Fleisch gern verbrannt, also werde ich das für Liz tun. Ich häute das Tier und bemerke, dass Liz mich voller Interesse beobachtet. Sie ist nicht abgestoßen, wie ich vermutet hätte.

»Ist das ein Stachelschwein?«, fragt sie, als ich die Haut des stacheligen Tieres beiseitewerfe. »Es sieht aus wie eine Kreuzung zwischen Katze und einem Schnabeltier.«

Die meisten dieser Worte kenne ich nicht. Ich mache mich daran, lange Streifen von dem saftigsten Fleisch der Flanken des Tieres abzuschneiden und sie auf die Zweige zu spießen, um sie über dem Feuer zu braten. Sie beobachtet mich weiter und macht gelegentlich Bemerkungen.

»Ich nehme den Geruch des Fleisches nicht so gut wahr, wie ich gedacht hätte«, sagt sie. »Merkwürdig. Als sei meine Nase verstopft, aber das ist sie nicht. Irgendwie ist nur mein Riechvermögen nicht mehr so wie früher.« Sie hebt einen Arm und beschnuppert die Haut darunter. »Selbst mein eigener Körpergeruch ist praktisch nicht existent. Ist das der Luis? Oder etwas Physiologisches? Stinkt man überhaupt, wenn niemand da ist, der es riechen kann?«

Ihr zusammenhangloses Gerede reißt nicht ab, und irgendwann nehme ich einen Fleischstreifen vom Feuer und schnuppere daran. Er sieht scheußlich aus, was wahrscheinlich bedeutet, dass das Fleisch gar ist. Ich halte es ihr hin, denn ich will meiner Gefährtin zu essen geben.

Sie greift danach, doch bevor sie es vom Spieß ziehen kann, ziehe ich ihn weg.

Liz mustert mich stirnrunzelnd. »Ernsthaft? Spielen wir wieder dieses Spiel?« Sie wirft mir einen missmutigen Blick zu und hält die Hand auf.

Na schön. Ich kann meine Gefährtin genauso leicht untersuchen, wenn sie die Hände voll hat. Ich gebe ihr das Fleisch, und jetzt sind ihre Hände beschäftigt. Ich beuge mich vor, lege die Finger auf ihr Gesicht und betrachte eingehend das Blau ihrer Augen. Obwohl sie versucht, sie wegzuschlagen, bin ich zufrieden mit dem, was ich sehe – ihre Augen leuchten in einem kräftigen Blau, was mir verrät, dass ihr Khui gesund ist. Dass er bei meiner Berührung in ihrer Brust zu schwingen beginnt, sagt mir, dass unsere Verbindung sie genauso plagt wie mich.

Gut.

Ich hocke mich vor sie und sehe zu, wie sie an einem Stück Fleisch knabbert. Sichtlich frustriert kaut sie vor sich hin. »Es schmeckt nach nichts.«

Ich esse noch ein Stück von dem rohen Fleisch und beobachte sie weiter. Sie verzieht ihr flaches Gesicht, schnappt sich ein weiteres Stück von einem der Spieße und isst es. »Warum schmecke ich das Fleisch nicht?« Sie betrachtet mich, als ich ein rohes Stück Fleisch nehme und es mir in den Mund stecke. Sie benetzt die Lippen, und mein Schwanz reagiert, als würde sie an ihm lecken. Mein Khui dröhnt heftig, und ihrer antwortet ihm. Sie beachtet es nicht, sondern schaut stattdessen auf mein Essen. »Darf ich etwas von deinem Fleisch probieren?«

Sie zeigt auf das rohe Fleisch, das ich mir von dem Tier abgeschnitten habe. Nanu? Hat Vektal nicht gesagt, seine Gefährtin sei ziemlich zimperlich, wenn es um rohes Fleisch geht? Aber Liz' Augen sind vor Neugier aufgerissen, und sie schaut auf eine Weise auf meinen Mund, die in mir das Bild aufsteigen lässt, wie wir uns paaren, mein Mund auf ihre weiche, blasse Haut gepresst.

Ich würde ihr alles geben, worum sie mich bittet. Alles. Absolut alles.

Ich schneide einen dicken Brocken Fleisch von dem Stacheltier für sie ab. Als sie danach greift, drücke ich ihre Hand beiseite. Wenn meine Gefährtin mein Essen will, werde ich sie damit füttern. Sie wirft mir einen verärgerten Blick zu, als ich es versuche, aber daran bin ich inzwischen gewöhnt. Einen Moment später öffnet sie brav den Mund und wartet darauf, dass ich sie füttere.

Ein leises Stöhnen des Verlangens entringt sich mir.

Sie schließt die Augen. »Du bist so ein Perversling«, sagt sie heiser und öffnet den Mund noch ein wenig weiter.

Behutsam lege ich ihr das Fleischstück zwischen die Lippen. Die Gedanken, mit denen meine Gefährtin mich erfüllt, sind sinnlicher Natur und falsch, weil ich mir vorstelle, wie sie mit ihrem rosigen Mund über meine Haut fährt, wie er die Wülste an meinen Armen und auf meinem Bauch liebkost ... und dann tiefer hinabwandert.

Ich bin mir nicht ganz sicher, ob das überhaupt jemand macht, aber ich werde das Bild nicht mehr los. Mein Schwanz drückt gegen meinen Lendenschurz, in dem verzweifelten Verlangen, meine Gefährtin in Besitz zu nehmen.

Nachdenklich kaut sie. Dann nickt sie und öffnet die Augen. »Besser. Viel besser. Jetzt verstehe ich, warum ihr das Zeug roh esst.« Sie legt mir die Hand aufs Knie und schaut mich mit großen, unschuldigen Augen an, wie ich es von unseren Kleinen kenne, wenn sie versuchen, ihren Eltern etwas abzubetteln. »Kann ich dein Essen haben?« Sie zeigt auf das Fleisch, das ich für mich beiseitegelegt habe.

Und um ihrer Bitte Nachdruck zu verleihen, streichelt sie mit dem Daumen über mein Knie.

Mit großen Augen und einer einfachen Berührung will sie es mir abschmeicheln. Das alles dient nur dazu, mich dazu zu bringen zu tun, was sie will. Das weiß ich, aber ich stelle fest, dass mir das einerlei ist. Wenn sie ihre Hand dort liegen lässt, werde ich sie mit jedem Fitzelchen Fleisch, das sich in der Höhle findet, füttern. Ich schneide ihr noch ein Stück ab und füttere sie erneut, fasziniert von den Bewegungen ihres kleinen Mundes und dem erfreuten Ausdruck auf ihrem Gesicht.

Und der Hand auf meinem Knie. Ich würde alles dafür geben, wenn sie unter meinem Lendenschurz läge und meinen Schwanz streicheln würde.

Ich füttere sie mit einem Stück nach dem nächsten, und sie empfängt sie aus meiner Hand, während ihr eigener Khui dröhnt. Ich vergesse völlig, selbst zu essen. Die Nähe meiner Gefährtin hat die Kontrolle über all meine Sinne übernommen.

Irgendwann seufzt sie, tätschelt sich den Bauch und wehrt ab, als ich versuche, ihr noch einen Bissen anzubieten. Daraufhin hole ich den Wasserschlauch und halte ihn ihr hin, damit ich ihr noch ein paar Augenblicke länger nah sein kann. Sie trinkt, und ihr Mund glänzt feucht, was mich völlig in den Bann schlägt.

Als ich die ersten Menschen sah, dachte ich, sie seien hässlich, ihre Gesichter seltsam und ihre Haut zu weich. Sie haben keine festen Wülste an den Armen und auf der Brust zum Schutz der Muskeln und Organe, wie wir. Sie haben weder Hörner noch Schwänze. Sie sind vollkommen wehrlos. Selbst ihr kleines Gesicht ist anders als das meiner Leute, mit seiner flachen Stirn und dem bleichen Haar, das eine Farbe hat, die ich noch nie zuvor gesehen habe.

Aber all das hat sich in meine Träume eingebrannt. Wenn ich mir nun Glück vorstelle, habe ich ihr Gesicht vor Augen. Es spielt keine Rolle, dass sie anders ist – sie gehört mir, und ich gehöre ihr.

»Du starrst mich an«, sagt sie, nachdem sie den Wasserschlauch beiseitegelegt hat. »Ständig starrst du mich an, Alter.« Einen Moment später seufzt sie, bevor ich den Blick abwenden kann. »Ich wünschte, du würdest Englisch sprechen, damit ich dir sagen könnte, wie seltsam ich das alles hier finde.«

Ich heuchle Unwissenheit und strecke die Hand aus, um abermals ihr Gesicht zu berühren.

»Nee«, sagt sie, und das ist ein Wort, das ich nicht kenne. Doch es bedeutet offensichtlich, dass sie mich wegschickt. Sie hebt beide Hände und schüttelt den Kopf. »Jetzt reicht es erst einmal mit den Kuscheleinheiten. Wir müssen uns unterhalten. Zeit für Sprachunterricht.« Sie legt eine Hand auf meine Brust. »Raahosh.«

Ich lege eine Hand auf dieselbe Stelle an ihrer Brust. »Liz.«

Ihr Gesicht wird dunkelrot, und sie schlägt meine Hand weg. »Nicht auf den Busen!«

Was habe ich nur falsch gemacht? Ich will sie erneut berühren, und wieder schlägt sie meine Hand weg. Ihr Khui dröhnt, und ich sehe, dass ihre Brustwarzen unter dem dünnen Leder der Tunika hart werden. Ah. Das erregt sie? Außerstande, mich zu beherrschen, streiche ich mit den Fingern über ihre Brustwarze.

Sie kreischt und schlägt mir ins Gesicht. »Nein bedeutet nein, du Arschloch!« Dann steht sie auf und stürmt von dannen.

Verwirrt fasse ich mir an die Wange. Ihr Klaps aufs Kinn hat nicht wehgetan, aber ich bin fassungslos, dass sie mich geschlagen hat.

Meine Liz ist ziemlich wild. Das gefällt mir.

Und wenn sie denkt, dass sie mich mit einem Klaps ins Gesicht verschrecken kann, irrt sie sich. Ich grinse in mich hinein, als sie sich die Felle schnappt und schnaubend abzieht, wobei sie mir bewusst den Rücken zukehrt. Ich höre ihren Khui immer noch dröhnen. Er verrät, wie sehr ihr meine Berührung gefallen hat – wie auch der Duft der Erregung, der plötzlich in der Luft liegt.

Die Erregung meiner Gefährtin.

Das muss ein weiteres der seltsamen menschlichen Paarungsrituale sein. Vielleicht ist es das, was *Nee* bedeutet. Ich wiederhole das Wort im Geiste, damit ich es zu gegebener Zeit auch zu ihr sagen kann.

Liz

Du bist wirklich dumm, Liz!, sage ich mir. Du musst ernsthaft an deinen Kommunikationsfähigkeiten arbeiten. Ich habe ihm meine Hand auf die Brust gelegt und seinen Namen gesagt. Und auch er kannte meinen Namen. Er hat ihn zwischen diesen großen Reißzähnen hervorgestoßen, als er sich einen runtergeholt hat.

Ich werde nicht heiß, weil ich daran denke. Das tue ich nicht. Absolut nicht. Ich schlage mir gegen die Brust, um sicherzustellen, dass mein Khui auf mich hört.

Natürlich hat er mir dann eine Hand auf die Titten gelegt. Auf dieselbe Stelle, bloß eben bei mir. Doch ich hatte vergessen, wie empfindsam mein Körper dank des Luis ist, und habe mich bei der Berührung fürchterlich erschrocken. Möglicherweise bin ich ein wenig ausgeflippt. Nur ein ganz klein wenig. Denn eine weitere Berührung nach diesem Grapscher und ich hätte die Barbarenversion meines Höschens heruntergelassen …

Oh, Moment, stimmt ja. Ich trage gar kein Höschen.

Ich liege ohne Slip unter den Fellen, und meine halb fertige, aus dem Rock gemachte Hose muss erst noch zu Ende genäht werden. Meine Hand sehnt sich verzweifelt danach, sich zwischen meine Beine zu pressen und mich zu befriedigen … Doch ich weiß ganz genau, dass es nicht funktionieren wird. Und ich habe keine Ahnung, was ich tun werde, wenn er wieder anfängt, seinen gewaltigen Schwanz zu streicheln. Ich traue meinem vom Luis verrückt gemachten Ich nicht, dass ich mich nicht einfach an ihn anschleiche und ihn überall ablecke. *Oh, ist das dein Ohr? Entschuldigung, aber es ist so sexy. Dein Ellbogen auch. Und diese Augenbrauen erst. Sie betteln förmlich darum, dass man an ihnen leckt.*

Tatsächlich bin ich so geil, dass mich schon der Gedanke, seine Augenbrauen zu lecken, feucht macht. Oder mit der Zunge an seinen Hörnern entlangzufahren. Oder, äh, mich rittlings auf eines seiner Hörner zu setzen und mich daran zu reiben.

Hör auf damit, Liz, das ist ja grauenhaft!

Ja, wirklich. Ich seufze. Ich brauche einen Schlachtplan. Je länger ich nur mit Raahosh und meinem Luis in dieser Höhle hocke, desto schwerer wird es, dem Ruf meines Körper zu widerstehen. Ich sollte meine Flucht planen. Ich habe keine Ahnung, wohin ich gehen soll, aber dass ich nicht hierbleiben kann, ist mir klar. Im Geiste liste ich die Dinge auf, die ich zum Überleben brauche. Etwas zu essen. Wasser. Waffen. Schuhe. Warme Kleidung. Einen Unterschlupf.

Zu Hause in Oklahoma haben mein Dad und ich immer Jagdausflüge unternommen. Ich weiß, wie man Feuer macht. Ich weiß, dass man keinen gelben Schnee essen darf. Ich habe Kleidung, und die Felle eignen sich bestens, um sich zum Schutz vor dem kalten Wind darin einzuwickeln. Ich weiß, wie man jagt, wenn ich also eine Waffe habe, komme ich auch an Nahrung. Ein Ort, an dem ich Unterschlupf finde, könnte heikel werden, aber das kann ich im Grunde nicht planen, sondern muss einfach das Beste hoffen.

Eigentlich fehlen mir jetzt bloß noch Schuhe und Waffen. Schuhe kann ich mit Leder von meiner Hose und von einem Fell machen – allerdings erst, wenn Raahosh auf der Jagd ist, damit er nichts merkt.

Was Waffen angeht, könnte ich Raahosh vielleicht den Speer

stehlen, aber das Ding ist riesig und sehr schwer, und meine Muskeln lassen durchaus zu wünschen übrig. Ich weiß nicht, ob ich damit effektiv jagen könnte. Was ich wirklich brauche, ist ein Bogen und Pfeile. Wenn ich einen Bogen hätte, ließe sich der ganze Survival-Scheiß gut regeln. Mit Pfeil und Bogen kann ich echt verdammt gut umgehen.

Also zuerst die Schuhe, dann suche ich mir Material, aus dem ich einen Bogen machen kann. Sobald ich den habe, werde ich mich hinaus ins wilde weiße Unbekannte wagen.

Und was dann? Da bin ich mir nicht ganz sicher, aber es ist zumindest ein Plan. Man muss halt mit dem arbeiten, was man hat.

Raahosh

Meine Gefährtin ist sehr still. Die endlos plappernde Liz, obwohl sie weiß, dass ich sie nicht verstehe, Liz, die mit einem Stein sprechen würde, wenn er Ohren hätte, die sogar im Schlaf redet – sagt keinen Ton. Aus ihrem Nickerchen ist sie mit einem listigen Ausdruck in ihren leuchtenden Augen erwacht, und sie beobachtet mich, während ich mich wieder bereit mache, auf die Jagd zu gehen.

Den größten Teil des Tages bin ich fort, um Nahrung für meine Gefährtin zu beschaffen, und als ich zurückkehre, ist sie immer noch still, aber guter Laune. Sie erlaubt mir, sie mit rohen Fleischstücken zu füttern, und stößt mich nicht einmal weg, als ich ihre Wange liebkose.

Ich wittere eine Falle.

Doch sie gähnt niedlich und lächelt mich an, als sie zum Schlafen unter ihr Fell zurück kriecht, und ich fühle mich trotzdem zu ihr hingezogen, und mein Khui summt vor Verlangen. Ist das Teil des menschlichen Paarungsrituals? Muss ich jetzt Nee sagen? Wird sie in meine Arme sinken und die Beine für mich spreizen, damit wir uns paaren und eins werden können?

Auf diesem Gebiet habe ich keine Erfahrung. Ich lege mich zu ihr ins Bett, außerstande, mich davon abzuhalten, ihre Schultern und ihren Rücken zu liebkosen, der mir zugewandt ist.

Sie schiebt meine Hand weg, und seltsamerweise fühle ich

mich nun besser. Das ist vertraut. Ich warte, bis sie einschläft, dann schlafe auch ich ein.

Irgendwann kurz vor Sonnenaufgang nehme ich wahr, wie ihre kleine Gestalt sich anspannt.

Ich atme gleichmäßig weiter, damit sie nicht merkt, dass ich wach bin. Es macht mich neugierig zu sehen, was sie vorhat. Will sie weglaufen? Den Versuch machen, mich zu töten? Das ist nicht wie davor, als sie sich aus dem Bett wälzte und laut mit den Lippen schmatzte, bevor sie hinausging, um sich zu erleichtern. Diesmal versucht sie, heimlich zu Werke zu gehen. Ganz langsam und vorsichtig nimmt sie meine Hand von ihrer Taille und legt sie auf die Felle. Dann schlägt sie behutsam die Felldecke zurück und schlängelt sich darunter hervor, wobei sie sehr darum bemüht ist, mich nicht im »Schlaf« zu stören. Als sie sich endlich aus den Fellen befreit hat, schaut sie zu mir, aber ich verstelle mich immer noch und atme mit geschlossenen Augen ruhig weiter. Solchermaßen zufriedengestellt, höre ich, wie sie sich einige Schritte entfernt, und öffne die Augen einen Spalt, um sie durch die Wimpern zu beobachten.

Sie geht in die Ecke der Höhle, nimmt sich meine Stiefel und schiebt ihre kleineren Füße hinein. Dann rollt sie das Leder bis zu ihrem Oberschenkel nach oben und befestigt es mit den Bändern, und der Anblick ist einfach atemberaubend sexy ... auch wenn ich mich frage, was sie da tut. Mein Schwanz ist steinhart, als sie in meinen anderen Stiefel schlüpft. Mein Khui hat aufgrund ihrer Nähe die ganze Nacht über nicht aufgehört zu dröhnen, und der Schmerz in meinem Körper ist mittlerweile geradezu mit Händen zu greifen. Ich habe einen starken Drang, meine Gefährtin endlich in Besitz zu nehmen.

Sie betrachtet meinen Speer, begutachtet ihn und schaut dann wieder zu mir, um sicherzugehen, dass ich immer noch schlafe.

Still liege ich da und warte ab, was sie als Nächstes tut.

Liz dreht sich um und schleicht lautlos aus der Höhle, meinen Speer in der Hand.

Jetzt muss ich einfach wissen, was sie vorhat. Ich wälze mich aus dem Bett und beschließe, ihr in sicherem Abstand zu folgen. Der Schnee ist kalt an meinen Füßen, aber ich achte nicht weiter darauf. Meine Haut ist an die unwirtlichen Bedingungen gewöhnt, und ich vertrage ein wenig Eis, im Gegensatz zu ihr mit ihrem zarten, menschlichen Körper. Außerdem fällt mir auf, dass sie mit ihren Beinkleidern fertig geworden ist, während ich fort war. Bewundernd starre ich auf die Rundung ihres Hinterns, während sie sich durch den Schnee bewegt und in meinen großen Stiefeln sichtlich Mühe hat. Der Schnee an der Eiswand reicht mir bis zu den Knien und ihr bis zu den Hüften. Sie murmelt unglücklich in ihrer Menschensprache vor sich hin, während sie sich vorwärtskämpft und mit jedem Schritt im Pulverschnee versinkt. Vielleicht wird sie irgendwann müde und dreht um.

Doch mein Mensch ist hart im Nehmen, und ich unterdrücke ein Feixen, während sie sich weiter abmüht und etwas murmelt, das ich nicht ganz mitkriege.

Zu meiner Überraschung steuert sie die Bäume in der Ferne an. Hat sie Hunger? Die Blätter sind nicht essbar, und die Rinde dient nur heilenden Zwecken, aber erst, wenn man sie stundenlang in heißem Wasser eingeweicht und über Nacht trocknen lässt. Neugierig folge ich ihr in großzügigem Abstand. Was hat sie vor? Ich wünschte, der Khui würde mich in die Lage versetzen, ihre Gedanken zu lesen, denn es ist völlig unmöglich, meine menschliche Gefährtin zu verstehen.

Liz

Nicht allzu weit von unserem Versteck entfernt stehen Bäume. Ich halte direkt auf sie zu und stapfe durch den tiefen Schnee. Wenn Raahosh merkt, dass ich fort bin, wird er durchdrehen, also muss ich schnell sein. Ich habe nicht vor zu fliehen – noch nicht. Ich suche nach Material für einen Bogen. Für die Sehne brauche ich etwas Elastisches, aber dafür könnte ich ungegerbtes Leder verwenden, aus dem ich eine feste, dehnbare Schnur drehe. Raahosh hat die Pelze der erlegten Tieren gesammelt, und die plane ich zu verwenden. Sogar aus Fasern könnte ich eine Sehne machen oder aus meinem eigenen Haar, wenn es sein muss – mir wird schon etwas einfallen.

Doch ich habe bisher nicht viele Werkstoffe gesehen, die für sich allein genommen einen guten Bogen ergeben würden. Es muss etwas Langes, Holzähnliches sein, ein wenig biegsam, aber nicht zu sehr.

Ich habe eine Menge Zeit darauf verwandt, mir Raahoshs Speer ganz genau anzusehen, weil er über zwei Meter lang und ein wenig biegsam ist. Für das, was ich brauche, ist er allerdings zu schwer. Ich bräuchte etwas Leichteres, Stärkeres.

Also stapfe ich zu den Bäumen. Sie sehen anders aus als alle Bäume, die ich kenne. Eigentlich wirken sie eher wie Wimpern oder Federn und weniger wie richtige Bäume. Sie biegen sich im bitterkalten Winterwind hin und her, und die Blätter sehen aus wie flatternde rosafarbene Zahnseide. Doch sie sind das, was Holz am nächsten kommt, und darum gehe ich auf sie zu.

Unter den Bäumen liegt der Schnee zum Glück nicht mehr ganz so hoch. Das macht das Durchkommen einfacher, und ich gehe zum ersten Baum und streiche mit einer Hand über die Rinde. Zumindest glaube ich, dass es Rinde ist. Aber sie fühlt sich schwammartig und ein wenig klebrig an, was ich ziemlich abstoßend finde. Der Stamm selbst hat vielleicht einen Durchmesser wie eine Limodose, und als eine weitere Brise aufkommt, flattert er im Wind. Verdammt. Das wird wahrscheinlich nicht funktionieren. Mit der großen Steinspitze von Raahoshs Speer schneide ich in die Rinde. Vielleicht ist der Kern des Baumes darunter ja fest und nutzbar?

Doch als ich in das Holz säge (und diese Bezeichnung ist wirklich ein Witz), scheint die Pflanze nur noch gallertartiger und breiiger zu werden, und rosafarbenes Zeug quillt hervor, das grauenhaft riecht und an meinen Fingern klebt. Ich wische mir die Hände im Schnee ab und rümpfe die Nase.

Daraus lässt sich kein Bogen anfertigen.

Ich seufze und sehe mich unglücklich um. Es muss doch irgendetwas auf diesem verdammten Eisplaneten geben, aus dem man einen Bogen machen kann. Ich weiß, dass Raahoshs und Vektals Stamm, was die Technik angeht, ziemlich unterentwickelt ist, weil sie genau wie wir hier gestrandet sind, aber ernsthaft, Bögen sind etwas Einfaches.

Doch ich habe bisher noch niemanden mit einem Bogen gesehen. Alle hier haben Schlingen, Speere und Messer.

Verdammt.

Ich bin noch nicht lange unterwegs, daher trotte ich einfach weiter geradeaus. Keine Ahnung, wohin mich das führen wird, aber Scheiß drauf. Hinter mir ist ein riesengroßer Eisgletscher, von dem ich weiß, dass sich an dessen Fuß unsere Höhle befindet.

Sollte ich mich verirren, orientiere ich mich einfach daran, um wieder zurückzufinden. Nachdem ich ein oder zwei Hügel überstiegen habe, sehe ich ... irgendwas. Ich stapfe noch etwas weiter durch den Schnee. Auch wenn es kalt ist, kommt es mir nicht mehr ganz so eisig vor, und das habe ich mit ziemlicher Sicherheit meinem Luis zu verdanken. Er sorgt dafür, dass sich mein Körper an die Umgebung anpasst und ich hier zurechtkomme.

Ich bin immer noch ein wenig verbittert über diese Scheiße, ganz gleich, welche Vorteile das alles hat. Ich kann nicht mehr so riechen wie früher, mein Geschmacksinn hat sich verändert, und der Luis will mich mit dem griesgrämigsten Außerirdischen verkuppeln, den man sich vorstellen kann.

Mit dem größten Gehänge. Nicht dass ich jetzt daran denke. Verdammt. Oder an seine Hand, die langsam seinen Schwanz auf und ab fährt, um mich zu peinigen.

Sofort fängt mein Luis an zu schnurren, so heftig, dass meine Brüste wackeln. »Herrgott, Luis, du bist so ein Arschloch!«, teile ich ihm mit und schlage mir erneut auf die Brust, um ihn dazu zu bringen, sich zu beruhigen. Nicht dass es funktionieren würde, aber ich tue es trotzdem.

Doch dann bleibe ich stehen, denn in der Ferne sehe ich eine dunkle, sich durch den Schnee schlängelnde Linie. Neugierig gehe ich weiter, und als ich näher komme, erkenne ich, dass es sich um einen Bach handelt. Aus dem Wasser ragen einige stängelartige Dinger, die wie Bambus aussehen. Sie scheinen leicht und steif zu sein. Vielleicht kann ich ja die verwenden. Mit frischem Mut kämpfe ich mich voran. Ich werde die Dinger abchecken und eins davon aus dem Wasser ziehen, und dann gehe ich zurück, bevor Raahosh aufwacht. Ich werde meine Beute unter dem Schnee am Eingang zur Höhle verstecken, und das Arschloch wird nie erfahren, dass ich mir klammheimlich eine hübsche, handliche Waffe baue, um abzuhauen.

Die Sonnen gehen auf der anderen Seite des Himmels auf und tauchen die Welt in milchiges Licht, das niemals genug Wärme erzeugt, um den Schnee schmelzen zu lassen. Obwohl es zwei Sonnen sind, handelt es sich bei ihnen um so kleine Himmelskörper, dass ich annehme, Not-Hoth (wie wir Mädels den Planeten nennen) ist von den Sonnen seines Sonnensystems erheblich weiter entfernt als die Erde von ihrer Sonne. Vielleicht ist es deshalb immer so kalt hier. Als ich den Fluss erreiche, steigt mir ein schwacher Geruch von verfaulten Eiern in die Nase – Schwefel. Es ist eine heiße Quelle, was erklärt, warum es fließendes Wasser ist und keine Eisfläche. Georgie hat erwähnt, dass sie auch welche gesehen hat, als sie mit Vektal unterwegs war. Ich sollte froh sein, dass der Bach einigermaßen warm ist, denn anderenfalls wäre dieser Planet noch unwirtlicher.

Die Böschung ist schlammig, aber glatt, und ich rutsche sie hinunter zum Wasser. Der Schwefelgeruch ist hier durchdringender, doch das Wasser ist schön blau. Vielleicht könnte ich schwimmen gehen. Die Bambusstängel sind mindestens drei Meter hoch und ragen wie beliebig verteilte Zahnstocher aus dem Wasser, und ich beuge mich über seine blaue Oberfläche und strecke die Hand nach dem nächstbesten aus. Ich werde ihn herausziehen und feststellen, wie stabil das Material ist. Wenn es so leicht ist, wie ich vermute, könnte es vielleicht funktionieren …

»Liz!!!«, höre ich eine vertraute Stimme brüllen, und ich rutsche ab, die Böschung hinunter bis fast ins Wasser.

Raahosh. Und wegen ihm wäre ich beinahe in den Fluss gefallen. Mistkerl. »Könntest du mich bitte verdammt noch mal nicht anschreien, wenn ich am Wasser stehe? Ich …«

Ich schnappe nach Luft, und meine zornigen Worte bleiben mir in der Kehle stecken. Am anderen Ende meines Stocks befindet sich ein grauenvolles Gesicht mit hervorquellenden Augen und großen, scharfen Zähnen. Es sieht aus wie eine dieser monströsen Kreaturen aus den dunklen Tiefen des Ozeans – nur dass es ungefähr dreißig Zentimeter von meinem Gesicht entfernt ist.

Ein Schrei löst sich aus meiner Kehle, und ich taumele rückwärts, während ich immer noch meinen Bambus umklammere.

Zu meinem Entsetzen kommt die Kreatur zusammen mit dem Bambusstängel aus dem Wasser. Es haftet offenkundig am anderen Ende des Stocks und zappelt und spritzt wie wild.

Wieder schreie ich und schleudere das Ding in den Schnee. Fauchend bewegt es sich auf mich zu, und ich schaue mich um, auf der Suche nach Raahoshs Speer. Er liegt einige Schritte entfernt, wo ich ihn fallen gelassen haben muss. Am anderen Ende des Bambusstängels schlägt in der Zwischenzeit das Ding weiter um sich und zischt. Sein Maul schnappt zornig in meine Richtung.

Etwas Großes erscheint in meinem Augenwinkel, und ich sehe, wie Raahosh mit einem Messer in der Hand auf das Ding, das ich aus dem Wasser gezogen habe, zuläuft. Er sieht extrem sauer aus, als er das Ding an einer seiner schlagenden Flossen packt und es auf den Boden schmettert. Dann stößt er ihm mit erstaunlicher Mühelosigkeit sein Messer ins Auge.

Die Flossen des Wesens rudern in der Luft, Blut spritzt auf den weißen Schnee, dann hört es auf, sich zu bewegen. Während ich die Kreatur mit großen Augen anstarre, schaut Raahosh zu mir herüber, wirft seine Klinge auf den Boden und kommt dann in großen Schritten auf mich zu.

Ich weiche einige Schritte zurück. »Das wusste ich nicht! Wie hätte ich denn ahnen sollen, dass am Ende des Bambusstängels eins von diesen Dingern hängt! Ich wollte mir nur ein bisschen

Holz holen!« Mein Gefasel führt nicht dazu, dass er auch bloß eine Sekunde lang innehält. Natürlich nicht. Er kann mich nicht verstehen. Mein schnelles Gerede ist völlig sinnlos.

Der große Außerirdische kommt auf mich zugeschossen, als sei ich seine Beute. Ängstlich weiche ich noch weiter zurück – ängstlich und ein wenig erregt von dem unbarmherzigen Ausdruck in seinen Augen. Als er sich über mich beugt, fängt mein Luis sofort an zu dröhnen, und zu meinem Entsetzen und Verdruss werden meine Brustwarzen hart.

Verfluchter Luis.

Seine Nasenflügel beben, und er schaut mit zusammengekniffenen Augen auf mich herunter.

»Ich bin nicht angetörnt«, erkläre ich mit zittriger Stimme, obwohl ich spüre, wie mir das Blut in den Adern pulsiert und rauscht, während mein Luis in meiner Brust schnurrt. Ich bin wirklich eine miese Lügnerin. Nichts wünsche ich mir mehr, als die Hand zwischen meine Beine zu schieben und wieder meine Klitoris zu reiben. Vielleicht liegt es am Adrenalin. Oder an der Art, wie er auf mich herabschaut, als könne er sich nicht entscheiden, ob er mir die Kleider herunterreißen oder mich übers Knie legen und mir den Hintern versohlen will. Von beiden Vorstellungen wird mir ein wenig schwindelig.

Warum auch immer, aber mein Körper ist sich seiner mit allen Sinnen bewusst, und der Luis dreht durch. Keuchend setze ich mich in den Schnee, und im selben Moment wird mir bewusst, dass meine Schenkel weit geöffnet sind.

Seine Nasenflügel beben. Mir entweicht ein leises Stöhnen. Warum ist das alles hier so verdammt heiß? Herrgott, ich hasse diesen Luis!

»Liz!«, knurrt er, und das Wort kommt ungezähmt und wild heraus.

»Ich will dich nicht«, keuche ich, doch mein Luis schnurrt so laut, dass er mich praktisch übertönt. »Mein Luis ist ein elender Lügner.«

Er streckt mir seine große Hand hin, um mir aufzuhelfen.

Ich schlage die Hand weg, und ich bin gleichermaßen auf ihn und auf mich selbst sauer, weil ich so erregt bin, nachdem mir um ein Haar ein Fluss-Cthulhu am Stiel das Gesicht weggefressen hätte. »Geh weg!«

Zornig beugt er sich herunter und packt mich vorne an meiner Tunika. Ich weiß, dass er mich hochzerren will, da ich seine Hilfe nicht annehme, aber dann nähert sich sein Gesicht dem meinen.

Mir kommt jegliche Vernunft abhanden. Ich packe das Horn, das aus seiner Stirn hervorragt, und schließe die Finger um den abgebrochenen Stumpf des anderen, und dann ziehe ich seinen Kopf näher zu mir, um ihn zu küssen. Ich bin mir sicher, dass ich es später bereuen werde, aber in diesem Augenblick singen meine Hormone, und mein Körper wünscht sich nichts mehr, als seinen Mund auf meinem zu spüren. Ich höre sein leises Aufkeuchen kaum, als ich seine Unterlippe zwischen meine Zähne ziehe und sanft hineinbeiße.

Tief aus Raahoshs Kehle kommt ein leises, schnarrendes Ächzen, dann presst er seinen Mund auf meinen.

Es ist klar, dass der Mann nicht weiß, wie man küsst. Das ist okay – mein Luis schnurrt so heftig, dass ich wahrscheinlich gar nicht aufhören könnte, selbst wenn ich es wollte. Ein leises Wimmern entringt sich mir, dann zeige ich ihm, wie man richtig küsst. Meine Lippen liebkosen seine, langsam und sinnlich. Er erstarrt in meinen Armen, seine großen Hände an meinen Seiten, seine riesige Gestalt steif und unbeweglich. Also beschmeichele ich ihn weiter mit meinem Mund. »So geht das, Großer«, murmele ich zwischen zwei Küssen und liebkose als Nächstes mit den Lippen seinen fest geschlossenen Mund.

Einen Moment lang steht er stocksteif da, dann öffnet er die Lippen und lässt mich hinein. Ich lecke über seine Unterlippe und über seine Reißzähne, was mir jäh in Erinnerung ruft, dass er ein Außerirdischer ist. Ich schaudere und mache Anstalten, mich von ihm zu lösen.

Doch in diesem Moment erwidert Raahosh meinen Kuss. Zunächst noch verhalten, werden seine Bewegungen kühner, als meine Zunge auf seine trifft, was mich dazu bringt, hungrige, leise Laute von mir zu geben. Auf seiner Zunge sind Wülste und Erhebungen, ganz ähnlich denen, die seinen Körper bedecken. Damit streicht er über meine Zunge und erweckt einzigartige Gefühle in mir. Oh, wow. Davon hat Georgie nichts erzählt. Sie hat nichts erwähnt, was dem hier auch nur nahekommt. Ich frage mich, ob er diese unglaublichen Erhebungen ebenfalls an anderen spaßigen Körperstellen hat.

Küssen gefällt ihm offensichtlich, denn seine Lippen liebkosen meine, dann streichelt er mich mit seiner Zunge, bis mein Luis so laut knurrt, dass ich kaum denken kann und es sich anfühlt, als würde mein ganzer Oberkörper vor Verlangen vibrieren. Auch meine Muschi schmerzt in unerfüllter Begierde, und für einen Moment habe ich das Gefühl, dass ich sterben werde, wenn er mich nicht bald berührt. Keuchend reiße ich mich los.

Sofort erobert er von Neuem meinen Mund. Seine Zunge schnippt in einer stummen Frage an meine.

»Ich will das nicht«, hauche ich, während ich gleichzeitig seine Hörner packe und seinen Mund erneut zu meinem zerre. Mein Stöhnen, das pures Entzücken verrät, wird von seinem Mund verschluckt. Als ich ihm die Beine um die Taille schlinge, spüre ich, wie er sich vor Überraschung in meinen Armen versteift. »Ich will deine Zunge nicht in meinem Mund«, fauche ich ihn an, bevor ich ihm meinerseits wieder die Zunge wie eine Wilde in den Mund stoße.

Raahosh löst sich von mir und starrt mich an, der Blick so wild, wie ich mich fühle. Er beugt sich vor und erobert meinen Mund für einen weiteren atemberaubenden Kuss, und ich verliere fast den Verstand, als er an meiner Oberlippe saugt. Dieser Mann lernt wirklich schnell. Vielleicht zu schnell. Ich verliere die Kontrolle über die Situation.

Vorausgesetzt, dass ich überhaupt jemals die Kontrolle hatte.

Wieder löse ich meinen Mund von seinem, reiße seine Hand aus dem Schnee und lege sie mir auf die Brust. »Ich will nicht, dass du das anfasst«, sage ich zu ihm, wild und eine Spur zornig. Die Wahrheit ist, ich bin gleichermaßen zornig wie erregt. Dabei bin ich mir nicht einmal sicher, ob ich das bin oder der Luis, aber ich weiß, dass ich jetzt nicht aufhören kann. Und als er meine Brust durch den dicken Stoff der geborgten Tunika drückt, werfe ich den Kopf in den Nacken, stöhne wieder und lasse die Hüften im Schnee kreisen.

Ich brauche ihn so sehr. Es ist, als habe mein Körper halb geschlafen, und nun, da wir uns berühren, werde ich munter. Meine Sinne sind geweckt, und mein Körper singt …

Und ich brauche jetzt Sex, wie ich Luft zum Atmen brauche.

Er reibt mit einem Daumen meine Brustwarze durch das Leder hindurch, und ich keuche auf. Das sollte sich nicht so gut anfühlen. Wirklich nicht. Und doch will ich mehr als nur das. Er bleckt die Zähne, und ich schnappe beim Anblick seiner spitzen Reißzähne nach Luft. Ich muss den Verstand verloren haben, denn auch sie erregen mich, und ich versetze seinem Kopf einen kleinen Stoß.

»Ich will nicht, dass du meine Muschi leckst«, sage ich und drücke ihn weiter nach unten, um deutlich zu machen, was ich entgegen meiner Worte will. Es ist sowieso egal, denn ich rede dummes Zeug wie eine Irre. »Ich will deinen Mund auf gar keinen Fall überall auf mir spüren«, sage ich ihm und hebe die

Hüften, während ich mir gleichzeitig mit einer Hand meine neue Hose herunterziehe.

Obwohl er mich nicht versteht, kapiert er, worauf ich hinauswill, und nun zieht er mir meine Hose bis zu den Knien herunter. Dann wirft er mir einen heißen Blick zu, bei dem ich innerlich schmelze, und sofort fühlen sich meine Brustwarzen unter meiner Ledertunika wie harte, schmerzende Knospen der Qual an. Sie brennen darauf, berührt zu werden, daher spiele ich selbst daran herum. Mein Luis summt so heftig, dass mein ganzer Körper vibriert und mir vor Verlangen alles wehtut.

Meine Hose verfängt sich an meinen Knie, und er zerrt einen Moment lang frustriert daran herum. Dann packt er den Stoff, zieht ruckartig meine Beine nach vorn und drückt mir die Knie gegen die Brust. Mein Hintern hängt in der Luft, und ich bin von der Taille bis zu den Knien nackt.

Und sitze in der Falle.

Ich schnappe nach Luft und warte ab.

Raahosh schaut auf mich herunter, auf die rosafarbene Körperstelle, die höchstwahrscheinlich ganz glitschig ist und die in schmerzhaftem Verlangen pocht. Er sieht zu mir hoch, seine glühenden blauen Augen zusammengekniffen, und ich habe keine Ahnung, was er denkt. Dann fasst er mich an. Seine Finger gleiten über mein empfindlichen Schamlippen und erkunden mich.

Ich weine fast, so intensiv ist das Gefühl. Bebend atme ich aus, und ein leiser, wehklagender Laut entweicht meiner Kehle. Ich will mehr als nur diese erkundende Berührung. Ich will – nein, ich muss seinen Mund auf mir spüren. »Küss mich dort ja nicht!«, stoße ich zähneknirschend hervor, während ich gleichzeitig die Beine ein Stück sinken lasse, damit er einen besseren Blick auf das werfen kann, was ich anzubieten habe. »Auf gar keinen Fall.«

Raahosh ignoriert die Lügen, die ich von mir gebe, und mustert mich eindringlich. Seine Nasenflügel beben, und dann streicht er wieder mit einem Finger an meiner Muschi auf und ab. Ich schreie auf und drücke den Rücken durch, und als er seine große Hand zurücknimmt, glänzt sie von meinen Säften. Er betrachtet seinen feuchten Daumen und seine Finger, dann hebt er sie an den Mund, um zu kosten.

»Oh, verdammt, das war versaut. Du bist so versaut«, sage ich zu ihm und bin heißer und angetörnter denn je.

Mit einem beinahe ehrfürchtigen Gesichtsausdruck leckt er sich die Finger ab, als würde ich besser als die feinste Schokolade schmecken. Und der Anblick seiner wundervollen, großen, höckerigen Zunge, die über seine Finger gleitet und sie sauber leckt, lässt mich vor Lust erbeben. Allein zu sehen, wie er sich die Hand ableckt, macht mich wahnsinnig. Er sollte mich lecken.

Moment mal, nein, stimmt nicht. »Ich will das alles absolut nicht«, zische ich ihn an, voller Wut auf mich selbst und auf ihn wegen des wilden Verlangens, das meinen Körper schüttelt. »Ich will dich nicht. Ich will deinen Mund nicht auf meiner Muschi und auch nicht, dass du mich leckst, bis ich komme.« Der bloße Gedanke daran lässt mich erbeben, so intensiv ist die Vorstellung.

Und weil ich es nicht unbedingt will, greife ich zwischen meine Beine und spreize meine Schamlippen, damit er sich meine Muschi ansehen kann.

In seinen Augen flammt Verlangen auf, dann drückt er den Kopf zwischen meine Beine. Mit seinen großen Händen öffnet er meine Schenkel, und ich spüre, wie die unordentlichen Nähte meiner selbst gefertigten Hose unter der Spannung meiner gespreizten Beine nachgeben. Egal. Raahosh drückt meine Schenkel auseinander und schaut auf meine offene, glitschige Muschi. Ich bin so heiß, und meine Muschi schmerzt und ist geschwollen. Ich will mich gerade selbst berühren, als er meine Hand beiseiteschlägt und dann seine Zunge über meine Haut gleiten lässt.

Ein Schrei explodiert von meinen Lippen.

O mein Gott!

Ich packe sein Horn und den Stumpf des anderen und drücke sein Gesicht an meine erhitzte Haut. Ich bin wild vor Verlangen, und als seine Zunge – Gott segne diese herrliche, höckerige Zunge – über meine Haut gleitet, schreie ich erneut auf. Rhythmisch hebe ich die Hüften, während er mich stöhnend leckt, sein Verlangen nicht weniger stark als meins. Seine Zunge ist überall, leckt und drückt gegen meine weichsten Stellen, und ich spüre, wie sie mit jedem Zungenstrich über meine Klitoris schnippt. Dann reibt er seine Nase an meiner Klitoris.

Er reibt die Nase daran!

Und ich komme so heftig, dass ich Sterne sehe. Meine Schreie hallen durch die Schneelandschaft, und ich reibe meine Muschi an seinem Gesicht und hole wirklich jedes bisschen Orgasmus heraus. Er scheint nichts dagegen zu haben, dass ich seine Hörner als Lenkrad benutze und seinen Mund mal in diese, mal in jene Richtung steuere, um mehr von ihm zu verlangen. Dafür ist er viel zu erpicht darauf, meiner Aufforderung nachzukommen, mich in seliges Vergessen zu lecken. Ich komme mit jeder Zungenbewegung über meine empfindlichen Stellen, bis ein zweiter Orgasmus mich schüttelt und ich mich buchstäblich auf dem Boden winde, sein Gesicht bedeckt mit meinen Säften.

Als es vorbei ist, sinke ich keuchend in den Schnee. Mein Luis rasselt ein wenig, dann wird er leiser, wenigstens vorläufig zufrieden.

Raahoshs Luis dagegen brummt so heftig, dass er wie ein Motor klingt, und als er mich abermals leckt, drücke ich seinen Kopf weg, weil ich im Moment zu empfindlich für eine weitere Runde bin. »Noch nicht«, wimmere ich. »Ich kann nicht.«

Mit wildem Blick schaut er zu mir hoch, und in seinen Augen glüht ein unheilvolles Licht. Sein fester, sexy Mund ist feucht von meinen Säften, und dann bleckt er seine Reißzähne und schaut mich auf eine Art an, dass meine Brustwarzen sich aufs Neue zusammenziehen.

»Du gehörst mir«, knurrt er und vergräbt das Gesicht erneut zwischen meinen Beinen.

Einmal mehr leckt er mich, und ich kreische. Ich sinke wieder auf den Rücken, bereit, ganz ihm zu gehören, wie er es gerade gesagt hat, und ...

Moment mal! War das *Englisch?*

Ich stütze mich auf die Ellbogen und starre auf den Außerirdischen, der mich hingebungsvoll leckt. »Was hast du da gerade gesagt?«

TEIL 3

Raahosh

Eine kleine Hand reißt an meinem Horn, bevor ich das Gesicht erneut zwischen den Beinen meiner Menschenfrau vergraben kann, um den süßen Nektar zu trinken, der aus ihrem Körper fließt.

»Was hast du gesagt?«, wiederholt sie und sieht mich zutiefst erzürnt an.

Mit zusammengekniffenen Augen betrachte ich sie und will schon erneut den Kopf senken, als sie die Finger in mein Haar krallt und stattdessen daran zerrt, woraufhin ich sie anknurre. Ich will nichts mehr, als sie erneut zu schmecken, sie Stunde um Stunde zu lecken, bis sie unter mir erbebt. Dann werde ich meinen Schwanz in ihren warmen, wartenden Brunnen gleiten lassen, und wir werden uns als Gefährten paaren. Wie es sein soll. Aber die Hand in meinem Haar ist beharrlich, und sie presst die Knie zusammen und versucht, mich wegzudrücken.

»Verdammt, du hast Englisch gesprochen.«

»Das habe ich«, sage ich und drücke ihre Knie mit Gewalt wieder auseinander. Ich will mehr von ihrem schweren, süßen Honig. Ich will mich stundenlang zwischen ihren Beinen verlieren. Die Männer meines Stammes sagen, nichts geht über den Geschmack deiner Khui-Gefährtin auf der Zunge, und sie haben recht. Ich wusste nie, wovon sie sprachen, bis jetzt. Jetzt will ich nur noch sie schmecken, für den Rest meines Lebens.

An ihrer Muschi will ich mich nähren. Alles andere ist der Beachtung nicht wert.

Wieder senke ich den Kopf, entschlossen, sie zu lecken. Es gefällt ihr, wenn ich das tue. Hat sie mir nicht noch vor wenigen Augenblicken ihre glitschigen, feuchten Blütenblätter ins Gesicht gesteckt? Und mehr verlangt? Ich werde ihr mehr geben. Mein Schwanz, so hart wie die Steinspitze meines Speeres, schmerzt. Ich sehne mich danach, mich in ihr zu versenken, aber zuerst will ich mehr von ihr auf meiner Zunge.

Sie gibt ein zorniges Kreischen von sich und rammt mir ihre kleine Faust ins Auge. Dann schreit sie vor Schmerz auf und schüttelt ihre Hand. »Du verdammter Mistkerl! Warum ist dein Kopf so hart?«

Das lässt mich aufmerken. Meine Gefährtin hat sich verletzt. Ich richte mich auf und nehme ihre kleine Hand in meine, doch sie versucht wieder, mir einen Schlag zu versetzen.

»Fass mich nicht an!«, brüllt sie mir ins Ohr. »Ich bin so stinksauer auf dich! Du sprichst *Englisch!*«

»Ja.« Ich fange die Hand auf, die in die Höhe geht, um nach mir zu schlagen, bevor sie erneut meine Stirn treffen kann. Es ist nicht so, als würden ihre Schläge wehtun – vielmehr wird sie noch ihre weichen, kleinen menschlichen Hände beschädigen. Meine Stirn ist gepanzert, und ihre winzigen Fäuste sind schwach.

»Du hast mich angelogen!«

Das macht mich wütend. Sie glaubt, ich hätte sie willentlich hintergangen? Zu welchem Zweck? »Wie habe ich das gemacht?«

»Du hast es mir nicht erzählt!«

»Du hast nicht gefragt«, gebe ich zurück, und mein Ärger wächst. »Du redest nur und redest und nimmst an, dass ich dich nicht verstehe. Du hast mich gar nicht gefragt, ob ich es kann.«

Sie wird rot und keucht, und ihr Atem bildet in der kalten Luft weiße Wölkchen. »Du bist ein Arschloch.«

»Ich weiß nicht, was dieses Wort bedeutet.«

»Ach nein?« Sie klingt höhnisch. »Und ich dachte, du wärst Experte für die menschliche Sprache.«

»Du verwendest manchmal Worte, die ich nicht gelernt habe.«

»Witzig. Ich dachte, ›Arschloch‹ gibt es auch in der Sprache deines Volkes.«

Stirnrunzelnd schaue ich sie an. »Das Wort Arschloch kenne ich nicht. Ich bin ein Sa-Khui. So heißt mein Volk.«

Sie verdreht die Augen und drückt wieder gegen meine Brust. »Das nennt man Ironie.«

»Das Wort kenne ich nicht, Ironie ...«

»Vergiss es«, blafft sie, offensichtlich sehr erzürnt. »Herrgott noch mal!«

Sie ist wütend auf mich? Ich habe sie doch gerettet! Wenn sie ins Wasser gefallen wäre, wäre ihr auf der Stelle das Fleisch von den Knochen gerissen worden. Der Gedanke daran, dass sie leiden – sterben – könnte, erfüllt mich mit einem unbegreiflichen Zorn. Ich richte mich auf und starre auf sie hinab, während sie immer noch mit nackten, gespreizten Beinen im Schnee liegt. Sie funkelt mich an, was es mir leichter macht, ihrer Schönheit zu widerstehen. »Du hättest nicht aus der Höhle weglaufen sollen.«

»Weglaufen? Ich bin nicht weggelaufen.«

Sich selbst kann sie belügen, aber mich nicht. Ich trete vor, fasse ihre Tunika und zerre sie auf die Füße. Sie ohrfeigt mich, doch ich stelle sie trotzdem auf den Boden, dann zerrt sie mit bösem Gesicht am Saum ihres Oberteils. Ich beuge mich dicht über sie. Ihr Duft steigt mir in die Nase, und mein Khui beginnt vor Hunger zu schwingen. Ich wünsche mir nichts mehr, als meinen Mund auf ihren zu drücken und mich erneut mit ihm zu paaren.

Aber nicht, solange sie mich ansieht, als sei ich das Letzte. Mein Herz verhärtet sich ein wenig, und ich senke den Kopf. »Du gehörst mir.«

Wütend schlägt sie mir gegen die Schulter. »Ich gehöre niemandem.«

»Es gibt keinen Ort, an den du laufen könntest, wo ich dich nicht finden und zurückholen werde.« Ihr ist nicht bewusst, dass der Ruf ihres Khui mit jedem Tag, an dem sie ihm keine Beachtung schenkt, lauter werden wird. Mit einem Khui kann man nicht streiten, seine Meinung lässt sich nicht ändern. Er will, was er will.

Und in diesem Fall will er, dass Liz meine Gefährtin wird.

Ich will das ebenfalls. Sie gehört mir, und ich werde sie schon noch in Besitz nehmen.

»Herrgott, du bist so ein Stalker«, murmelt sie ärgerlich und verschränkt die Arme vor der Brust. »Wenn du es unbedingt wissen musst, ich habe nach Holz für einen Bogen gesucht.«

»Einen Bogen«, wiederhole ich. Dieses Wort ist mir bekannt, aber das Ding, das es in meinem Kopf heraufbeschwört, ist mir nicht vertraut. »Ein Bogen ist eine Waffe, ja?«

»Ja«, sagt sie und schaut mich herausfordernd an. Dann reckt sie das Kinn vor. »Ich weiß, wie man mit Pfeil und Bogen schießt. Auch ich kann jagen.«

Ich brumme etwas Undeutliches. Einerseits freut es mich, dass sie jagen will, doch es macht mir auch Sorgen. In unserem Stamm gibt es so wenig Frauen, dass sie nicht mit auf die Jagd gehen. Sie bleiben in der Nähe der Höhlen, weil wir in den letzten Jahren zu viele von unserem Stamm verloren haben, und wenn wir noch mehr verlieren, aufhören werden zu existieren.

Aber ich sehe die Entschlossenheit in Liz' Gesicht und weiß, dass ihr diese Antwort nicht gefallen würde.

Also ist ein Brummen alles, was sie von mir zu hören bekommt.

»Was soll das heißen?« Sie baut sich direkt vor mir auf und versucht, nach einem meiner Hörner zu greifen, zweifellos, um mich zu sich herunterzuziehen und sich meine Aufmerksamkeit zu sichern. Meine Liz ist mutig. Dafür respektiere ich sie, auch wenn es ärgerlich ist.

Ich richte mich zu meiner vollen Größe auf, sodass sie nicht weiter an meinen Haaren oder Hörnern reißen kann. »Du gehörst mir. Wenn du etwas brauchst, kommst du zu mir. Meine Aufgabe ist es, dich zu versorgen.«

»Na toll«, sagt sie gereizt. »Wie wäre es, wenn du mich mit meinen Freundinnen versorgst?«

Ich ignoriere diese Frage. Ich werde sie erst zurückbringen, wenn wir uns gepaart haben. Stattdessen gehe ich zu dem Gesichtsfresser, den ich für sie getötet habe. Wenn sie ihn für ihren Bogen haben will, soll sie ihn kriegen. »Komm mit. Du musst zurück zur Höhle. Dein menschlicher Körper ist trotz deines Khui immer noch schwach.«

»Meine Güte, als du mich gepackt und mir die Hose heruntergerissen hast, hast du ihn noch nicht für so schwach gehalten.«

Ich drehe mich um, um ihr einen beschwichtigenden Blick zuzuwerfen. Versucht sie, so zu tun, als hätte es ihr nicht gefallen, als ich sie berührt habe? Ihre Wangen sind leuchtend rot, was seltsam ist. Ich mustere sie noch einen Moment, und sie windet sich unter meinem festen Blick. »Es hat nicht den Eindruck erweckt, als würde meine Berührung dir etwas ausmachen.«

Die Röte in ihren Wangen verstärkt sich. »Oh, reib mir das nur unter die Nase!«

Ihre Worte ergeben keinen Sinn für mich, aber die Farbe in

ihren Wangen sagt mir genug. Es ist ihr unangenehm. Ich finde es entzückend, umso mehr, als sie versucht, das winzige Haarbüschel zwischen ihren Beinen vor meinen Blicken mit den Händen zu verbergen. Glaubt sie wirklich, das würde etwas nützen? Gerade erst habe ich jede noch so kleine Stelle von ihr abgeleckt. Ich mustere ihre nackten Schenkel und ihre Füße, die nach wie vor in meinen Stiefeln stecken. Meine eigenen Füße nehmen die Kälte kaum wahr, aber ich sehe, dass sie aufgrund der niedrigen Temperaturen eine Gänsehaut hat. Ich muss sie ins Warme kriegen, mich um sie kümmern.

Doch Liz ist eine Kämpferin, und sie entscheidet sich dafür, gegen mich zu kämpfen. Also packe ich den toten Gesichtsfresser und das lange Rohr, das sie als Lockmittel einsetzen, und werfe mir beides über die Schulter. »Kommst du mit, oder soll ich dich tragen?«, frage ich sie.

Sie sieht mich finster an. Mit einer ruckartigen Bewegung zieht sie die zerrissenen Hälften ihrer Hose hoch und stürmt vor mir her. »Du bist so ein Arschloch. Ich hasse dich.«

»Hörst du eigentlich jemals auf zu reden?«, frage ich.

Sie streckt mir ihren Mittelfinger entgegen. Ich bin mir nicht sicher, was das bedeutet, aber ich kann mir denken, dass es nichts Nettes ist. »Dann muss ich wohl ohne Hose zurückgehen. Herzlichen Dank.«

»Willst du meinen Lendenschurz?«

Ihr Gesicht nimmt erneut diesen leuchtenden Rotton an, und sie wirft mir einen entsetzten Blick zu. »Und du bist nackt? Nein danke.«

Ihre Ablehnung betont nur noch mehr, wie wenig anziehend sie mich findet. Es schmerzt. »Was immer dich zum Schweigen bringt«, stichele ich zurück.

Sie gibt einen empörten Laut von sich, dann stürmt sie vor mir her.

Auf dem Weg zu meiner geheimen Höhle bleibt Liz stumm. Ich lasse sie vor mir hergehen, damit ich sie bewachen kann … und um ihren kleinen, festen Hintern, dessen Muskeln sich beim Gehen anspannen, vor Augen zu haben. Sie hat keinen Schwanz, daher sieht es etwas seltsam aus … aber trotzdem erregend. Ich stelle mir vor, wie ich sie auf den Boden drücke, ihre Hinterbacken auseinanderziehe und dann erneut an ihrer feuchten Muschi lecke, bis sie wieder ihre Lust herausschreit.

Als wir zurück in die Höhle kommen, schlägt mein Khui an, und mein Schwanz schmerzt fürchterlich. Er drückt sich in fast unerträglicher Qual gegen meinen Lendenschurz. Leidet sie nicht auch? Warum wehrt sie sich so dagegen?

Eine Khui-Verpaarung ist immer etwas Endgültiges.

Liz geht, ohne mich anzusehen, in die Höhle. Sie ist immer noch wütend – der Zorn geht in Wellen von ihr aus. Bitte, wenn sie es so will. Soll sie Widerstand leisten, wenn sie glaubt, es würde etwas ändern. Sie gehört mir. Sie war mein, von dem Augenblick an, in dem ihr Khui für mich angeschlagen hat.

Nichts, was sie tut, wird daran etwas ändern.

Als spüre sie meine aufgewühlten, besitzergreifenden Gedanken, schnappt sie sich eins der Felle, wickelt es sich um die Hüften und dreht sich dann zu mir. »Ich weiß, welches Ziel du hier verfolgst.«

Ich ziehe die Brauen zusammen. Mein Ziel? Ich habe kein anderes Ziel, als Anspruch auf sie als meiner Gefährtin zu erheben. Damit wir uns vereinen können.

»Du willst mich verstecken, bis ich schwanger bin, habe ich recht?« Sie klingt mutlos, und sie sieht todunglücklich aus.

»Und was ist, wenn es so wäre?«

»Ich werde wieder mal wegen meiner Vagina in Geiselhaft gehalten.« Sie seufzt. »Was ist los mit euch Außerirdischen?

Kann eine Frau nicht ausnahmsweise einmal ihre eigenen Entscheidungen treffen? Ist das verdammt noch mal so schwer?«

»Der Khui hat es entschieden«, erkläre ich.

Sie schüttelt kaum merklich den Kopf. »Immer entscheidet jemand anders. Wann ist es einmal meine Entscheidung?«

Ich beobachte sie frustriert. Es gibt keine Entscheidung zu treffen. Der Khui hat entschieden. Doch es gefällt mir nicht, welche Gefühle ihre Worte in mir wecken.

Ebenso wenig gefällt mir die Mutlosigkeit in ihrer Stimme. Liz ist eine Kämpferin. Ich will nicht, dass sie aufgibt.

Liz

Die Stimmung ist angespannt, als wir in die Höhle zurückkommen. Ich ignoriere Raahosh und konzentriere mich darauf, meine Hose mit einigen Lederstreifen zu reparieren. Ich knote meine Hose alle paar Zentimeter mit den Bändern zusammen, statt einen einzigen langen Faden zu verwenden, in der Hoffnung, dass es dann besser hält. Und die ganze Zeit über, während ich arbeite, bin ich knallrot im Gesicht.

Raahosh werkelt im vorderen Teil der Höhle herum, holt Wasser und lässt es schmelzen, als Nächstes sammelt er weitere Dungbrocken als Brennmaterial, und schließlich zerteilt er das Ding, das wir am Fluss getötet haben. Er legt den Bambus für mich zur Seite, danach geht er mit den Teilen der Kreatur hinaus, während er etwas über »Köder für die Fallen« murmelt.

Ich sage nichts. Ich bin immer noch sauer auf ihn. Tatsächlich ist »sauer« nicht der richtige Ausdruck. Ich bin frustriert. Unglaublich frustriert. Ich weiß, es ist nicht seine Schuld, dass unser jeweiliger Luis beschlossen hat, wir sollen Freunde werden. Aber kann der Bursche mir nicht ein bisschen entgegenkommen und mir verdammt noch mal helfen, statt so zu tun, als sei ich das Problem? Verzeihung, wenn ich nicht automatisch mit ihm in die Felle hopse und darum bettele, dass er mir ein Baby macht.

Mein Gesicht wird heiß, als ich an unser kleines Gerangel im Schnee denke. Ich sehe ihn vor mir, wie er mir die Hose herunterreißt, und mein Luis beginnt zu vibrieren, und ich werde schon wieder feucht zwischen den Beinen. Mann, das ist so frustrierend.

Ich weiß nicht, was schlimmer ist – die ständige Geilheit, die der Luis mit sich bringt, oder die Tatsache, dass Raahosh mich hat plappern und plappern lassen, ohne mir zu verraten, dass er meine Sprache versteht. Ich versuche, mich an all die Dinge zu erinnern, die ich gesagt habe, und mir fällt nichts ein. Die Wahrheit ist, dass ich die Angewohnheit habe zu schwafeln, und ich erinnere mich meist gar nicht genau, was da alles aus meinem Mund gekommen ist. Puh.

In den Stunden, die ich allein bin, repariere ich meine Hose, und als ich sie anziehe, sitzt sie erheblich enger, passt aber trotzdem noch. Raahoshs Abwesenheit lässt außerdem meine Laune steigen und gibt mir Gelegenheit, einiges aus einem anderen Blickwinkel zu betrachten.

Tatsächlich sitzt er genauso in der Falle wie ich. Und vielleicht sind es die Orgasmen, die da aus mir sprechen, doch er hat viel gegeben und nur sehr wenig genommen bei unserer, ähem, Aktion im Schnee. Vielleicht bin ich zu streng mit ihm. In einem Punkt hat er allerdings recht: Ich habe mir gar nicht erst die Mühe gemacht, ihn zu fragen, ob er meine Sprache spricht. Ich habe einfach angenommen, er sei ein dummer Außerirdischer … was mich irgendwie wie ein Miststück dastehen lässt.

Ich seufze. Ich bin mir nicht sicher, ob ich bereit bin, mich zu entschuldigen, aber mir ist völlig klar, dass mich das ständige Streiten mit ihm völlig auslaugt. Es führt zu nichts. Mein Dad hat immer gesagt, man fängt mehr Fliegen mit Honig als mit Essig.

In letzter Zeit habe ich nichts anderes getan, als Essig von mir zu geben. Kein Wunder, dass mich das nicht weiterbringt.

Und auch wenn Raahosh und ich immer noch gegensätzliche

Wünsche haben – er wünscht sich eine Ehefrau, mit der er ein Baby machen kann, und ich will in Ruhe gelassen werden –, können wir uns ja dennoch wie Erwachsene benehmen.

Es wäre schön, wieder einen guten Freund zu haben, denke ich sehnsüchtig. Mit den Frauen, mit denen ich auf dem Schiff gefangen war, verbindet mich doch bloß eine Zweckfreundschaft. Wenn man uns nicht zusammengeworfen hätte, hätten wir doch niemals mehr als zwei Worte miteinander gewechselt! Ich vermisse mein Zuhause. Ich vermisse meine Freunde. Ich vermisse meinen Dad, der jetzt schon seit fünf Jahren tot ist.

Kurz vor Sonnenuntergang mache ich eine Bestandsaufnahme in der Höhle, denn ich weiß, dass Raahosh bald zurückkommen wird. Ich habe versucht, alles so präsentabel wie möglich herzurichten, zusätzliches Wasser beschafft, mir das Haar geflochten, damit es mir nicht ins Gesicht fällt, meine Kleidung repariert, Brennmaterial aufs Feuer gelegt, an einer Sehne für meinen Bogen gearbeitet. Der Bambus, den wir mitgenommen haben, ist nicht so, wie ich erwartet habe, aber er ist hohl und anders als Knochen ein wenig nachgiebig. Ich werde versuchen, ihn an bestimmten Stellen mit Leder zu verstärken, und einfach das Beste hoffen.

Kurze Zeit später betritt er die Höhle, zwei kleinere Tiere in der Hand. Das heutige Abendessen.

»Willkommen zurück«, begrüße ich ihn.

Raahosh stutzt und betrachtet mich stirnrunzelnd, und ich kann förmlich sehen, wie es in seinem Kopf rattert. Er versucht herauszufinden, was ich vorhabe. Als hätte ich irgendetwas anderes vor, als mich wie ein anständiger Mensch zu benehmen.

Ich seufze. »Hör mal. Wir haben uns auf dem falschen Fuß erwischt, okay? Du hast mich gezwungen, den Luis in mich aufzunehmen, und seitdem lasse ich dich dafür büßen. Können wir für ein Weilchen einen Waffenstillstand schließen? Ich bin müde.«

Er grunzt etwas Unverständliches und kniet sich hin, um das Feuer neu zu bestücken.

»Du bist selbst an den besten Tagen kein schwatzhafter Typ, was?«

Er schaut zu mir herüber. »Und du würdest mit Wänden reden, wenn sie zuhören würden.«

Mein Lächeln gerät ins Wanken. »Du machst die Sache mit dem ›Waffenstillstand‹ ziemlich schwer, Alter. Ich warne dich.«

Ich erwarte ein weiteres Grunzen von ihm. Stattdessen nickt er. »Das war nicht nett von mir. Bitte entschuldige.«

Ich lehne mich zurück, überrascht, dass er einlenkt. »Tja ... dann ist es ja gut.« Ich gehe zum Feuer und setze mich Raahosh gegenüber. »Brauchst du Hilfe bei der Vorbereitung des Dinners?«

»Dinner?«

Ich deute auf die toten Tiere. »Die da vorbereiten, häuten? Essen daraus machen?«

Er sieht mich einmal mehr mit zusammengekniffenen Augen an. Keineswegs zornig, denke ich, sondern eher, als würde er versuchen, mich zu verstehen. »Es ist meine Aufgabe, meine Gefährtin zu versorgen.«

»Ah.« Ich denke einen Moment lang nach, dann ziehe ich die Knie an und lege die Arme darum. Ich wackele mit den nackten Zehen am Feuer. »Können wir die Häute für Stiefel für mich nehmen?«

Er nickt.

»Danke«, sage ich leise. »Ich werde nicht weglaufen, nur damit du Bescheid weißt. Ich kann ohnehin nirgendwohin.«

Wieder nickt er. Ich starre ins Feuer, während er sich daranmacht, seiner Beute die Haut abzuziehen. Ich muss ihn zum

Reden bringen, und sei es auch bloß, damit ich die harte Schale knacken kann, die um sein Wesen zu liegen scheint. Es ist schwer, diesen Raahosh zu durchschauen. »Also, erzähl mir etwas über diesen Ort.«

Er sieht mich an. »Das ist meine Höhle.«

»Nein, ich meine nicht speziell diesen Ort«, sage ich und deute auf die Höhle. »Ich meine diesen Planeten. Diese ganze Welt. Ich weiß bisher nur, dass es hier kalt ist.«

Raahosh brummt etwas Unverständliches, und ich denke schon, dass er meine Fragen ignorieren wird. Er zieht ein kleineres Messer zum Häuten hervor und schneidet dann das Fleisch in mundgerechte Stücke. »Jetzt ist die warme Jahreszeit. Wir nennen sie auch die bittere Jahreszeit, und die kälteren Monate die grausame Jahreszeit.«

Ich verschlucke mich und reiße die Augen auf. »Aber es liegt meterhoch Schnee!« Wie kann das die warme Jahreszeit sein?

Er verzieht langsam den Mund, und ich sehe, wie sich ein überwältigendes Lächeln auf seinem Gesicht ausbreitet. Alle Luft weicht aus meinen Lungen und verwandelt seine harten, kantigen Züge in etwas tödlich Erotisches. »Du wirst dich einfach an den Schnee gewöhnen müssen.«

»Schnee. Richtig.« Ich ignoriere das Pochen zwischen meinen Beinen als Reaktion auf dieses Lächeln. Mein Luis regt sich, und ich hüstele und klopfe mir gegen die Brust, um das verdammte Ding zum Schweigen zu bringen. »Das jetzt ist also ... Sommer?«

Er legt den Kopf schräg, ich nehme an, er sucht nach Worten, dann nickt er. »Was du Winter nennst, ist eine Zeit mit sehr wenig Licht. Die Sonnen zeigen sich kaum, und es ist meistens dunkel. Es wird erheblich kälter, und Wild ist rar. Deshalb ist es so wichtig, während der warmen Monate genug zu jagen.«

Ich nicke, während ich diese Information verdaue. Nun gut,

wenn es nicht wärmer wird, werde ich es irgendwie überleben. Es gefällt mir nicht, aber ich werde es überleben. »Und du bist ein Jäger?«

Er nickt und bietet mir einen Happen von dem roten, blutigen Fleisch an. Ich nehme den Bissen aus seiner Hand und stecke ihn mir roh in den Mund. Eine Geschmacksexplosion schießt über meine Zunge, und ich stöhne. Das Fleisch schmeckt so gut.

Seine Hände, mit der er die Beute festhält, zucken, und ich sehe, wie sein Lendenschurz über seinem Schritt eng wird. Hoppla.

»Es ist wirklich lecker. Entschuldigung.«

»Du musst dich nicht entschuldigen.« Brutal säbelt er an dem Fleisch herum. »Es freut mich, dass ich meine Gefährtin ernähren kann.«

Ja, man sieht, dass er sich freut. Die Tatsache lässt sich nicht verbergen. Ich beäuge einen Moment lang unter halb gesenkten Wimpern seine beeindruckende Ausstattung. Er reicht mir einen weiteren Bissen, und ich beuge mich vor und nehme ihn, ohne nachzudenken, mit dem Mund direkt von seinen Fingern. In seinen glühenden blauen Augen flackert es, und mein Luis fängt erneut an zu lärmen.

Dieser blöde Luis muss mich natürlich wieder verraten.

Raahosh sieht zu, wie ich kaue, und als er mir ein weiteres Stückchen Fleisch hinhält, zieht er es zurück, als ich mit den Fingern danach greife. Er will, dass ich es wieder mit dem Mund aus seiner Hand nehme. Ich beuge mich vor und lasse die Zunge über seine Fingerspitzen gleiten, nur weil es mir auf grausame Weise Spaß macht, mit ihm zu spielen.

Und es törnt mich an. Ein ganz klein wenig.

Mit seinen blutverschmierten Fingerspitzen zeichnet er meine Lippen nach, bevor er die Hand wieder zurückzieht, dann hockt er sich hin. Sein Schwanz liegt wie eine harte Stange an seinem Bein, größer, als das Gehänge eines Mannes von Rechts wegen sein sollte.

»Also, wie nennt man diese Lebewesen?«, frage ich ihn und reibe mir die Arme, um keine Gänsehaut zu bekommen. Ich bin gerade total angetörnt, verdammt. Rohes Fleisch und ein Arschloch, das mich gefangen hält, sollten meine Muschi nicht feucht machen, aber ich kann es nicht ändern.

Er schaut auf das rohe Fleisch und schneidet ein weiteres Stück für mich ab. »Wir nennen es Zweizahn.« Er zieht die Lippen der Kreatur zurück, um mir zwei riesige Reißzähne zu zeigen. Es sieht aus wie ein Biber. Irgendwie. Ein Vampir-Biber. Mit einer Reihe von Stacheln auf dem Rücken und sehr flauschigen, weichen Pfoten.

Okay, es ist also etwas ganz anderes als ein Biber, doch mein Gehirn fühlt sich besser dabei, wenn ich es mit Tieren von der Erde vergleiche.

»Du isst ja gar nichts.« Ich zeige auf ihn, als er mir noch einen Happen hinhält.

»Meine Gefährtin kommt an erster Stelle«, sagt er und wirft mir wieder einen glühend heißen, intensiven Blick zu. Er schiebt mir das Fleisch in den Mund und streicht mit dem Daumen über meine Lippen. »Ich esse, wenn sie gesättigt ist.«

Ich winde mich ein wenig. Das ist die bizarrste, erotischste Mahlzeit meines Lebens. Ich sollte das nicht halb so sehr genießen, wie ich es tue. »Erzählst du mir etwas von deinem Stamm? Deiner Familie?«

Der hungrige, erregte Ausdruck in seinen Augen verblasst, und ich sehe, wie seine Gesichtszüge entgleisen. »Ich habe keine Familie.«

»Gar keine? Aber was ist mit deinen Eltern?«

»Die sind tot.« Seine Miene ist verschlossen.

»Ich verstehe. Hast du Geschwister?«

Er schüttelt den Kopf. »Mein jüngerer Bruder ist kurz nach meiner Mutter gestorben.«

»Ah.« Raahosh scheint in Gedanken verloren zu sein, daher spreche ich weiter. »Hast du enge Freunde in deinem Stamm?«

»Vektal.«

Diesem Mann muss man wirklich alles aus der Nase ziehen. »Den habe ich bereits kennengelernt. Was ist mit den anderen?«

Er beäugt mich. »Warum willst du das wissen?«

»Weil ich bald dort leben werde? Weil es auch mein Stamm sein wird?« Es laut auszusprechen krampft mir ein wenig das Herz zusammen. »Was ist, wenn sie mich nicht mögen?«

Seine dicken, wulstigen Brauen ziehen sich herunter, als begreife er das nicht recht. »Du bist meine Gefährtin. Da gibt es nichts zu mögen oder nicht zu mögen. Du gehörst dann zum Stamm.«

»Du hast leicht reden«, sage ich. »Du bist bei ihnen aufgewachsen. Du gehörst derselben Spezies an. Ich bin eine merkwürdige Außenseiterin, die nicht aufhören kann zu quasseln, schon vergessen?«

Er betrachtet mich, ohne eine Miene zu verziehen. Nach einer gefühlten Ewigkeit bietet er mir ein weiteres Stückchen Fleisch an. Ich nehme es, und er sagt: »Gegenwärtig gibt es zwei Kleine in unserem Stamm. Zusammen mit Schorschis Kleinem werden es drei sein. Und wenn bei den anderen der Khui ins Schwingen versetzt wird, kommen noch mehr.«

Ich verarbeite diese Information. »Und Frauen? Wie viele Frauen?«

»Ohne die Menschen? Vier, wenn du die Kleinen nicht mitzählst.«

Ich erbleiche. Damit bleiben viele unbefriedigte Männer. Vielleicht ist es ganz gut, dass Raahosh mich für ein Weilchen in dieser Höhle versteckt. Ich frage mich, ob man sich um die anderen Frauen, deren Luis nicht angeschlagen hat, prügelt wie um die letzten Reste des Abendessens. »Wie viele Männer?«

»Es sind noch vierundzwanzig von uns übrig. Zwanzig davon ohne Gefährtin.«

»Übrig?«

Er nickt und schneidet ein weiteres Stück Fleisch ab. »Das Leben hier ist hart. Bei einer übel ausgegangenen Jagd vor einigen Jahren haben wir viele Stammesmitglieder verloren. Vier Männer und eine Frau wurden getötet, bevor wir den Feind besiegen konnten.« Er schüttelt den Kopf. »Es war eine schlimme Zeit.«

»Klingt gefährlich.«

»Darum gehen unsere Frauen auch nicht mehr auf die Jagd. Nicht, weil sie es nicht können, sondern weil wir das Überleben des Stammes nicht aufs Spiel setzen wollen, indem wir sie in Gefahr bringen.«

Ich öffne den Mund zu einer Antwort, und er schiebt sofort einen Bissen Fleisch hinein. Mir kommt es vor wie eine Taktik mit dem Ziel, mich zum Schweigen zu bringen, daher kaue ich schnell und spreche dann weiter. »Aber ihr habt doch jetzt die Menschen-Mädels. Das heißt, ihr seid kein Würstchen-Verein mehr. Damit kommt der Stamm auf ...« Ich zähle kurz durch. »Zwölf Frauen und dreißig Männer, wir sind also insgesamt zweiundvierzig. Jede Menge Jäger.«

»Nicht viele davon werden das Risiko eingehen wollen, dass auch ihre Gefährtin auf die Jagd geht«, sagt er und hält mir ein weiteres Stückchen Fleisch hin. Ich lehne es ab, und so isst er es mit nachdenklichem Gesicht selbst. »Viele werden überhaupt nicht mehr jagen wollen.«

»Warum nicht?«

»Auf der Jagd ist es von Natur aus sehr einsam. Wir sind immer längere Zeit im Schnee unterwegs. Es ist durchaus möglich, dass wir für einen ganzen Mondenzyklus von zu Hause fort sind.«

»Du meinst, einen Monat lang?«

Er zuckt die Achseln. »Die meisten von uns jagen allein. Damit lässt sich ein größeres Gebiet abdecken. Wir jagen kleineres Wild in vielen verschiedenen Richtungen und verbergen die Beute unter dem Schnee. Später holen wir sie dann, wenn das Land unwirtlich wird und das gute Wild Winterschlaf macht, um der Eiseskälte zu entfliehen.«

»Also sind Jäger viel allein? Das ist wahrscheinlich nicht das Schlimmste auf der Welt, wenn man bedenkt, dass ihr zu Hause nur vier Mädels habt«, überlege ich laut. »Ist es das, was du tust?«

Er nickt. »Ich bin Jäger. Ich verbringe mehr Zeit draußen in der Wildnis als in den Stammeshöhlen.«

»Warum?«

»Warum was?«

»Warum verbringst du mehr Zeit allein als zu Hause?«

Mit seinen glühenden blauen Augen sieht er mich unverwandt an. »Es gibt dort nichts, was mir etwas bedeutet. Zumindest kann ich in der Wildnis für meinen Stamm sorgen. Zu Hause sehe ich nur immer, was andere haben und ich nicht. Manchmal ist es ... schwer.« Der Blick, den er mir zuwirft, ist erneut durch und durch besitzergreifend, und ich weiß, dass er über Gefährtinnen redet.

Ich schlucke. Also geht er freiwillig für lange Zeit in die Verbannung, um nicht mit den ganzen glücklichen Paaren zusammen sein zu müssen? Mein Herz zieht sich vor Mitleid mit ihm zusammen. Kein Wunder, dass Raahosh in der Gesellschaft anderer immer so mies drauf ist. »Verdammt, bring mich nicht dazu, dass du mir leidtust!«

Er grunzt und säbelt aufgebracht noch ein Stück Fleisch von

seiner Beute und kaut mit bitterer Miene. »Ich will dein Mitleid nicht.«

»Mehr als Mitleid bekommst du heute Nacht aber nicht von mir«, scherze ich.

Er fletscht knurrend die Zähne. »Deine Worte sind für mich nicht vergnüglich.«

»Ich habe auch nicht versucht, dich zu amüsieren«, sage ich. Dann stehe ich verärgert auf. »Puh. Ich weiß wirklich nicht, was ich mit dir machen soll.«

»Ich will meine Gefährtin«, stößt er hervor, die Augen auf das Feuer gerichtet. »So muss es sein. Der Khui hat entschieden, dass du und ich verpaart werden. Daran lässt sich nichts ändern. Du wirst mir gehören, mehr gibt es dazu nicht zu sagen.«

»Ach ja?« Ich drehe mich wieder zu ihm um und stemme die Hände in die Hüften. »Und ich will auf die Jagd gehen. Wie schmeckt dir das?« Er legt den Kopf schräg, und mir wird klar, dass er versucht, den Sinn hinter meinen Worten auszumachen. »Es ist eine Redewendung unter Menschen«, blaffe ich. »Ich will jagen und für mich selbst sorgen. Und weißt du was? Ich treffe auch gern meine Entscheidungen selbst. Wann darf ich entscheiden, was ich will, verdammt?« Ich breite die Arme aus. »Alle um mich herum meinen, sie wüssten, was ich tun sollte, aber weißt du, was? Keiner weiß es, weil ich gar nicht gefragt werde.«

»Du willst jagen«, sagt Raahosh mit ausdrucksloser Stimme.

»Das wäre zumindest ein Anfang.«

»Na schön. Morgen früh nehme ich dich mit auf die Jagd.«

Ich blinzele ihn überrascht an. Trotz seiner düsteren Stimmung will er mich zum Jagen mitnehmen? »Wirklich? Einfach so?«

»Vorausgesetzt …« Er hält inne und wirft mir einen weiteren hitzigen Blick zu.

»Ah, es geht los«, murmele ich, dann bedeute ich ihm, weiterzusprechen. Es gibt immer einen Haken, nicht wahr? »Ich bin ganz Ohr.«

»Ich werde dich mit auf die Jagd nehmen, wenn du heute Nacht bei mir liegst, wie eine Gefährtin.«

»Wenn du glaubst, dass ich mit dir bumsen werde für das Privileg, jagen gehen zu dürfen …«

»Kein Sex. Bumsen?« Er sieht mich neugierig an. »Kein Bumsen. Nur anfassen. Sich in den Arm nehmen.«

Mein schuldbewusstes kleines Herz zuckt erneut. Er ist einsam. Herrgott, ich bin so ein Miststück. Armer Raahosh, dass er ausgerechnet die halsstarrigste Frau aller Zeiten abbekommen hat. Ich gebe ein klein wenig nach. »Ich denke, damit komme ich klar.«

Raahosh nickt mir wortlos zu, dann richtet er sich auf. »Wir sollten die Höhle sauber machen und uns für die Jagd morgen vorbereiten.«

»Lass es uns in Angriff nehmen«, sage ich und verberge meine Aufregung. Um die Wahrheit zu sagen, ich bin ein wenig nervös und zittere bei dem Gedanken, heute Nacht in seinen Armen zu schlafen und ihm zu erlauben, mich zu berühren. Meine Gedanken wandern zurück zu dem wilden Muschilecken vorhin, und wieder schießt Verlangen durch mich hindurch. Mein Luis fängt sofort an, wie eine Kettensäge zu schnurren. Verdammter Luis. Reiß dich am Riemen, Mädel!

Während der nächsten Stunden werkeln wir in der Höhle herum, was sich überraschend kameradschaftlich anfühlt. Raahosh macht mir aus ein paar geschabten Häuten, die er in den letzten Tage dafür zurückbehalten hat, ein Paar Schuhe. Ich weiß, dass er sie mit einem Brei aus Innereien und den Exkrementen der Tiere selbst behandelt hat, und das Ergebnis ist zähes Leder mit ein wenig Fell auf der Innenseite, um meine Füße warm zu halten. Die Schuhe sind kaum mehr als Fäustlinge für meine Füße, mit Schnüren an den Knöcheln, aber ich freue mich trotzdem darüber. Derweil arbeite ich an meinem Bogen, und als ich Raahosh erzähle, welche Art von Material ich für die Sehne brauche, holt er etwas aus seinem Reisebündel, das stark nach einer dicken Schnur aussieht. Ich spanne meinen Bogen und hoffe, dass er hält, dann widme ich mich der Aufgabe, Pfeile zu machen. Dafür habe ich nur Knochen zur Verfügung, und die Rippen und Flügelknochen von einem Tier, dessen Namen ich nicht kenne und das aussieht wie ein Strauß mit kürzeren Beinen – vier davon, wohlgemerkt – erweisen sich am Ende als perfekt. Ich habe jetzt Pfeile, die eine Spur kürzer sind als die, an die ich gewöhnt bin, aber sie sind leicht und mit einer Spitze so tödlich wie Nadeln, wenn man sie ordentlich schärft. Stundenlang spitze und befiedere ich meine Pfeile, wie es sich anfühlt, bis das Feuer heruntergebrannt ist und ich mit dem Messer in der Hand einnicke.

Raahosh nimmt mir den Pfeil aus der Hand, während ich mühsam versuche, die Augen offen zu halten. »Es ist Zeit, schlafen zu gehen«, sagt er zu mir.

»Oh, aber ich habe erst vier«, antworte ich ihm in schwachem Protest. »Das ist nicht besonders viel für eine Jagd.«

»Wir haben ja auch noch Speere und Messer. Du könntest neue Jagdmethoden erlernen«, entgegnet er mit leiser, zärtlicher Stimme, während er ruhig meinen Bogen und meine Pfeile beiseitelegt. »Komm und kleide dich für die Nacht aus, meine Gefährtin.«

Eigentlich müsste ich protestieren, ihm sagen, dass ich nicht seine Gefährtin bin, aber alles, was ich zustande bringe, ist ein Gähnen. »Ich kann doch in meinen Sachen schlafen.«

»Nicht wenn wir als Gefährten beieinanderliegen«, murmelt er. »Das hast du mir versprochen.«

Das habe ich. Ich bin zu müde, um zu widersprechen, und mir

wird erst richtig klar, wie erschöpft ich bin, als er mich hochzieht und meine Beine sich wie Wackelpudding anfühlen. Als Raahosh mich gegen sich lehnt und sich daranmacht, die Schnüre am Halsausschnitt meiner Tunika zu lösen, merke ich, wie warm er ist und dazu seltsam weich, trotz der harten, schützenden Wülste auf seinen Armen, seiner Brust und anderen Körperteilen.

Meine Hand wandert unter seine Weste zu seinen Brustmuskeln, und ich streichele darüber. »Du bist weich«, murmele ich. Ihn zu berühren ist, als würde man Wild- oder Rehleder anfassen. Auf seiner Haut ist ein feiner Flaum, der mir bis jetzt nicht aufgefallen ist, aber es ist so herrlich weich und warm, dass ich gar nicht aufhören will, ihn zu streicheln. Tatsächlich macht mir der Gedanke nichts mehr aus, nackt in seinen Armen zu schlafen, wenn er sich so anfühlt.

Mein Luis, die kleine Hure, schnurrt zustimmend.

»Arme hoch«, sagt er leise mit rauer Stimme, und ich hebe sie schläfrig und ohne nachzudenken. Im nächsten Moment wird mir meine Tunika über den Kopf gestreift, dann stehe ich auch schon mit freiem Oberkörper vor ihm. Mein Luis summt in meiner Brust, und meine Brustwarzen werden hart, während ich ein weiteres Mal gähne. »Nun die Hose«, sagt er, und er befummelt mich nicht oder vermittelt mir ein seltsames Gefühl, daher ziehe ich gehorsam die Hose aus und gebe sie ihm. Mit müden Augen beobachte ich, wie er sich abwendet und meine Sachen ordentlich zusammenfaltet, bevor er sie neben uns auf den Boden legt. Danach wendet er mir den Rücken zu und beginnt sich auszuziehen.

Das erregt meine Aufmerksamkeit. Ich beobachte das Spiel seiner Armmuskeln, während er die Schnüre an seiner Brust löst und dann seine eigene eng anliegende Tunika ablegt. Schließlich hat er nur noch seine hohen Stiefel und seinen Lendenschurz an. Mittlerweile begaffe ich ihn unverhohlen und bewundere die sich anspannenden Muskeln an seinem Hintern, als er die Schnüre seines Lendenschurzes löst und der zu Boden fällt. Als er über das Tuch hinweg tritt, hebt er mit beiläufiger Anmut ein Bein, sodass seine Eier sachte zwischen seinen Beinen schwingen. Dann spannt er erneut den Hintern an, seine Rute peitscht hin und her, und ich kann ihn nur anstarren.

Was finde ich an einem Schwanz bloß so sexy? Warum macht der Anblick dieser Rute, die über seinen straffen Hintern streicht, so schrecklich unartige Dinge mit meiner Muschi? Er schaut mich über seine Schulter hinweg an, und der Blick ist so heiß, dass ich von einer Sekunde auf die andere total erregt und zappelig bin. Ich weiß nicht, ob es eine gute Idee ist, nackt neben ihm zu liegen, aber ich könnte es wahrscheinlich, selbst wenn ich wollte, nicht verhindern.

Und ... eigentlich will ich es nicht.

Er dreht sich wieder zu mir, und sein Schwanz steht von seinem Körper ab, lang und unübersehbar. Er ist vollkommen erigiert, und ich versuche, nicht auf seine andersartige Anatomie zu starren. Ich bin keine Jungfrau mehr, doch Raahosh hat wirklich einen monströs großen Schwanz, und zu allem Überfluss scheint er auch noch Wülste darauf zu haben, höckerige, raue Erhebungen wie auf seinen Armen und seinem Oberkörper.

Das würde sich entweder unglaublich anfühlen oder richtig schrecklich.

Ich runzele die Stirn, während ich das stumpfe Horn einige Zentimeter oberhalb seines Schwanzes anstarre. Ich erinnere mich daran noch vom letzten Mal, aber sein Anblick verblüfft mich bei der zweiten Betrachtung nicht weniger. »Wozu dient das da?«

Er macht einen Schritt auf mich zu und liebkost es auf eine Weise mit der Hand, bei der mich reinstes, unartigstes Verlangen durchströmt. »Mein Sporn?« Er zuckt die Achseln. »Er ist Teil meines Körpers.«

»Ja, aber hat er irgendeinen Zweck? Ich meine, abgesehen davon, Erdenmädchen in Panik zu versetzen?«

Raahosh nimmt meine Hand und zieht mich zu dem Nest aus Fellen. »Haben eure Männer so etwas nicht?«

»Nein! Eindeutig nicht.«

»Mache ich dir Angst? Ist das der Grund, warum du mich abweist?« Er sieht mich beinahe hoffnungsvoll an.

Schräg. »Ich habe keine Angst vor dir.«

Seine Miene verdüstert sich. »Dann weist du mich aus anderen Gründen ab.«

»Gründe wie, dass es nicht meine Entscheidung ist? Das ist für mich Grund genug.« Ich stampfe zu den Fellen, schlüpfe darunter und rutsche dann an den äußersten Rand der Schlafstatt. Die Felle bilden ein hübsches, kuscheliges Nest, aber kein sehr großes.

Er kommt nicht zu mir ins Bett, und ich ziehe die Decken hoch, um meine Brüste zu bedecken, plötzlich total verschämt. Doch da bin ich die Einzige, denn er hockt sich neben das Bett und mustert mich, und sein Schwanz steht von ihm ab wie ein drittes Bein, während er sich nachdenklich am Kinn kratzt. Ich versuche, ihm nicht allzu offensichtlich auf den Schritt zu starren.

»Liegt es daran, dass ich hässlich bin?«, fragt er nach einer Weile. »Ist das der Grund, warum es dir so verhasst ist, mit mir verpaart zu sein?« Versonnen reibt er sich die Narben auf der einen Seite seines Gesichts.

Ich mustere ihn stirnrunzelnd. »Du bist nicht hässlich.«

»Ich bin voller Narben. Das ist dir doch bestimmt aufgefallen.«

Ich schnaube. »Ich bin schließlich nicht blind. Es ist ziemlich offensichtlich.«

Seine Miene verfinstert sich, und er steht auf. Ich habe seine Gefühle verletzt. Verdammt, der Mann ist noch kratzbürstiger, als ich es je gewesen bin. Ich packe seinen Knöchel, um ihn aufzuhalten, und er schaut mit einem stechendem Blick aus zusammengekniffenen Augen auf mich herab, die kein Gefühl nach außen dringen lassen.

»Du hast mich missverstanden«, sage ich. Ich weiß nicht, warum es für mich so wichtig ist, ihm nicht wehzutun, doch das ist es. »Ich meinte, es ist offensichtlich, dass du viele Narben hast. Dir fehlt ein Horn. Aber ich habe nicht gesagt, dass das unattraktiv ist.« Ich benetze die Lippen. »Irgendwie gefällt es mir.«

Er kneift erneut die Augen zusammen.

Meine Finger gleiten über seinen weichen wildlederartigen Knöchel und liebkosen die harten Sehnen unter seiner Haut. Er hat kein Gramm Fett an sich, sondern ist total schlank und wild und ... na ja, selbst wenn ich keinen Luis in mir hätte, wäre er wahrscheinlich absolut mein Typ. »Das Einzige, was mir an dieser Situation missfällt, ist die Tatsache, dass ich keine Wahl habe. Es liegt nicht an dir. Es liegt an mir. Verstehst du das?«

Er hockt sich wieder hin, und sein Schwanz kommt meiner Hand gefährlich nah. Ich versuche, es nicht zu bemerken, wobei »versuche« das Schlüsselwort ist. »Niemand hat eine Wahl, wenn es um die Verpaarung geht. Der Khui entscheidet. Nur so entsteht starker Nachwuchs.«

»Da, wo ich herkomme, entscheidet die Frau.« Okay, es mag vielleicht ein wenig übertrieben sein, da viele Frauen keine Gelegenheit bekommen, eine Entscheidung zu treffen, aber ich lasse es mal so stehen. »Der Mann umwirbt sie, und sie lässt ihn wissen, ob sie seine Bemühungen zu schätzen weiß.«

Er breitet die Arme aus und deutet auf die Höhle. »Umwerbe ich dich denn nicht? Sind das nicht alles Anstrengungen, um dir zu zeigen, wie gut ich für dich sorgen kann?«

»Mich zu entführen, von den anderen zu trennen und dann so zu tun, als sei das ein Liebeswerben, das zählt nicht, nein«, fauche ich. »Weißt du, was? Ich gebe den Versuch auf, nett zu sein. Du bist entschlossen, alles, was ich sage, falsch zu verstehen. Vergiss es.« Ich lege mich hin, ziehe das Fell über mich und drehe ihm den Rücken zu.

Er legt sich neben mich. Das war ja klar. Der Mann würde das Wort »Nein« nicht erkennen, selbst wenn es ihn ins Gesicht beißt. Ich ignoriere ihn trotzdem, entschlossen einzuschlafen. Er will, dass wir wie ein Paar im Bett liegen? In Ordnung – das wird seine erste Erfahrung mit der kalten ehelichen Schulter. Willkommen im Eheleben, Raahosh!

Ich verdrehe die Augen, als er nach meinem Arm greift und ihn streichelt. »Hast du deine Meinung geändert?«

»Ob ich meine Meinung geändert habe?« Ich drehe mich nicht um, um ihn anzusehen, denn wenn ich es tue, kriegt er möglicherweise eine Faust ins Gesicht.

»Was die Jagd betrifft? Willst du morgen früh nicht mit mir gehen?«

Mein Kiefer verkrampft sich. »Du bist so ein erpresserischer Mistkerl!«

Er stutzt. Seine Hand wandert an meinem Arm hinab und löst eine Reaktion aus, die mich fast so sehr auf die Palme bringt wie sein nächster Kommentar. »Ich verstehe diese Worte nicht. Was ist ein Mistkerl?«

»Dein ganzes Volk. Nächste Frage?«

Er brummt irgendetwas, und ich kann nicht sagen, ob er sich über meinen abfälligen Kommentar ärgert. »Erpresser…isch? Was bedeutet das?«

»Dass man jemanden dazu zwingt, Dinge zu tun, die er nicht will, als Gegenleistung für etwas, das er will.«

Diesmal gibt er einen ungläubigen Laut von sich. Seine langen Finger gleiten an meiner Haut auf und ab, die daraufhin zu kribbeln beginnt. Es pocht heftig zwischen meinen Beinen, und ich spüre, wie ich schon bei dieser leichten Berührung feucht werde. »Du sagst, dass du es nicht willst. Der Einzige, der sagt, dass du es nicht willst, ist dein Mund.«

»Er darf auch mitreden.«

»Er redet viel«, kommentiert er spitz.

»Und siehst du, wegen solcher Scheiße wirst du nicht flachgelegt.« Ich entziehe ihm meinen Arm. »Hör auf, mich anzufassen.«

Er kichert und beugt sich vor, und sein Mund streift meine Haut. »Ah. Kommt jetzt wieder das Paarungsritual? Daran erinnere ich mich noch.«

Und dann legt er mir die Hand auf die Brust und kneift mir sanft in die Brustwarze.

Ich schnappe nach Luft und schlage seine Hand weg, ungeachtet der Tatsache, dass mein Luis zusammen mit seinem zu einer Symphonie anhebt. »Was machst du da?«

Seine Hand kehrt zu meiner Brust zurück, und sein großer Arm klemmt meine fuchtelnden Arme ein. Er liebkost meine Brust, während er mich festhält, und fängt an, an meiner Schulter zu knabbern. »Ich umwerbe dich, so wie du es mir gezeigt hast. Du sagst, ich soll dich nicht anfassen ... was menschliches Paarungsgerede ist und mich auffordert, dir Lust zu bereiten.«

»Ist es nicht!« Aber dann erinnere ich mich daran sein, als sein Gesicht zwischen meinen Beinen war und wie ich meine Muschi an ihm gerieben habe. *Ich will nicht, dass du das anfasst.*

Verdammt. Da habe ich diesem Jungen wohl ziemlich verwirrende Signale gegeben. Es ist Zeit für eine Erklärung. »Raahosh, ich denke, wir müssen uns mal unterhalten. Ich ...« Ich breche mit einem überraschten Aufschrei ab, als er seine Reißzähne über meine Schulter zieht und meine Nervenenden daraufhin ausflippen. Eigentlich dürfte sich das nicht so gut anfühlen. Das sollte nicht meinen ganzen Körper zum Singen bringen. Aber mein Luis dreht durch vor Wonne, und als Raahosh erneut an meiner Schulter knabbert und mit seiner Zunge über meinen Hals fährt, wehre ich mich nicht. Dann legt er die Hand zwischen meine Beine, direkt auf meinen Venushügel.

Ich bin feucht. Dermaßen feucht.

Und ich stöhne, unfähig, der Versuchung zu widerstehen.

»Siehst du«, murmelt er und streift mit der Zunge mein Ohr. Oh, die Zunge hat ebenfalls eine Wulst. Ich vergesse immer wieder, dass auch darauf eine Erhebung ist, und das Reiben dieser Zunge auf meiner Haut lässt mich durchdrehen. »Ich lerne, wie ich meine Liz umwerben muss.« Seine Finger gleiten durch meine Schamlippen und tauchen dann auf der Suche nach meiner feuchten, heißen Muschi in mich ein. Einer davon liebkost den Eingang, und ich dränge mich ihm entgegen, denn ich sehne mich nach mehr als nur einem Finger. Ich spüre seinen harten, unmöglich langen Schwanz an meinem Rücken und wünsche mir nichts mehr, als davon ausgefüllt zu werden.

»Kein Sex«, hauche ich. Um die Wahrheit zu sagen, wenn er mich auf den Bauch rollen und von hinten in mich eindringen würde, wäre mir das höchstwahrscheinlich absolut recht. Aber ein Mädchen muss an seinen Grundsätzen festhalten.

»Ich bin immer noch dabei, dich zu umwerben, meine Gefährtin«, sagt er leise, und durch seinen in Schwingungen versetzten Luis summt es in seiner Kehle genauso heftig wie bei mir. »Erlaube mir, dich heute Nacht zu lecken und dir Lust zu bereiten, wie wir es uns versprochen haben.«

Das klingt gar nicht übel.

Oh, wem versuche ich hier etwas vorzumachen? Er soll mich so wie gestern berühren. Ich brauche seine Hände überall auf mir. Ich brauche ihn, damit er meinen Körper erkundet, mit dem ganzen sanften Gestreichle aufhört und endlich, endlich zur Sache kommt. »Raahosh!«, stöhne ich und fasse hinter mich, um ihn zu berühren. Meine Finger gleiten in seine dicke, dunkle Haarmähne, und ich stoße auf ein Horn. Ich umklammere es und bin dankbar, dass ich mich daran festhalten kann, als er meinen Körper mit seinen Fingern erbeben lässt und es in seiner Brust genauso heftig schnurrt wie in meiner eigenen.

»Dein Nektar füllt deine Muschi für mich«, flüstert er mir zu, dann leckt er zärtlich an meiner Ohrmuschel. »Soll ich daran nippen und meine Gefährtin kosten?«

»Wie kann man bloß so schmalzig sein!«, hauche ich, aber verdammt, seine Sprüche machen mich ganz zappelig vor Verlangen. Seine Finger umkreisen immer wieder meine pochende Mitte, und ich wünsche mir nichts mehr, als dass er tief dort eindringt und anfängt, mich mit seinen großen Fingern zu vögeln, statt mich nur zu necken.

»Schmalzig?«

»Noch so ein Ausdruck«, sage ich und gebe dann ein seltsames Wimmern von mir, als er den Finger tief in mich hineingleiten lässt. »O Gott, mach weiter. Genau so.«

»Willst du meine Finger?« Er vergräbt das Gesicht an meinem Hals, und ich spüre die harten Wülste auf seiner Stirn an meinem Kinn, als er die Lippen darauf drückt. Meine Brüste sehnen sich schmerzhaft nach seiner Berührung, und ich beginne mit meinen Brustwarzen zu spielen und rhythmisch die Hüften gegen seinen Finger zu stoßen, der nur ein winziges Stück in mich eingedrungen ist. »Oder willst du, dass ich den Nippel zwischen deinen Beinen lecke, bis du meinen Namen schreist?«

Ein entsetztes Kichern entweicht mir. »Hast du gerade N-Nippel gesagt? Zwischen meinen Beinen?«

Das erregt seine Aufmerksamkeit. Er richtet sich auf und schaut mich stirnrunzelnd an. »Ist das kein Nippel?«

»Nein! Brüste haben Nippel!«

Seine Hand verlässt meine Muschi und gleitet zu meinen Brüsten, und ich stöhne, als er mit seinen feuchten Fingern eine Brustwarze umkreist. »Das sind Nippel, ja?«

Ich nicke bloß, denn sprechen kann ich nicht. Seine Berührung fühlt sich einfach zu gut an.

»Menschen sind so weich«, bemerkt er und schnippt mit seinem großen Daumen gegen meine harte Brustwarze. Danach rollt er sie zwischen den Fingern, völlig fasziniert von ihr. »Wir sind nicht so beschaffen.«

»Nein?« Ich rolle mich auf den Rücken, damit ich ihn anschauen kann. Kühn liebkose ich seinen Brustmuskel, dann lasse ich eine Hand über seine Brustwarze gleiten. Und tatsächlich, sie fühlt sich hart wie Stein an. Meine Finger schnippen darüber, und ich bin überrascht. »Wow. Das ist … anders.«

Bei meiner Berührung entweicht zischend der Atem aus seiner Kehle. Solchermaßen ermutigt, reibe ich mit dem Daumen weiter über seine Brustwarze – obwohl sie bereits hart ist, merke ich, wie sehr er meine Berührung genießt.

Er liebkost noch einen Moment meine Brust, bevor er seinen Mund auf meinen senkt. Ich komme ihm entgegen, obwohl ich mir sage, dass es nicht klug ist, ihn zu küssen. Dass es zu nichts anderem als falschen Erwartungen führen wird. Doch ich kann einfach nicht an mich halten. Sobald die samtige Haut meine streift und seine Lippen auf meine treffen, ist es um mich geschehen. Ich öffne mich ihm, werde selbst aktiv und schwelge in dem Gefühl seines harten Mundes. Während er an meiner Zunge saugt, liebkost seine Hand immer noch meine Brust, und ich dränge mich ihm entgegen. Ich lege ihm die Arme um den Hals und ziehe ihn zu mir herunter, spüre seinen starken, schweren Oberkörper auf meinen Brüsten. Die Wülste auf seiner Haut – raue, harte Stellen an seinen Armen und auf seinem Oberkörper – kombiniert mit dem weichen Wildleder seiner restlichen Haut, ist seltsam, aber als ich meine Brustwarzen an ihm reibe, fühlt sich der Gegensatz unglaublich an. Wieder stöhne ich, verliere mich in dem Gefühl.

Sein Schwanz stupst gegen meinen Bauch, und ich spüre die heißen Perlen der Lusttropfen auf meiner Haut, die dort feuchte Spuren hinterlassen. Er küsst mich weiter, seine Zunge tanzt über meine, und seine Hand bewegt sich an meiner Seite hinab und bleibt auf meiner Hüfte liegen. »Wenn es kein Nippel ist, was ist es dann?«

Ich kichere dicht an seinem Mund, amüsiert über das außerirdische Unverständnis der weiblichen Anatomie. Tatsächlich ergibt es vielleicht sogar Sinn, es als Nippel zu betrachten. »Man nennt ihn Klitoris.«

Seine Hand gleitet zu meinem Schamhaar, und er zieht die Finger hindurch, ehe er meine Klitoris wiederfindet. Er streift sie mit den Fingerspitzen in einer sorgfältigen Erkundung, die dazu führt, dass ich ihn heftig an mich ziehe. »Und welchem Zweck dient er?«

»Sie, ähm, fühlt sich einfach gut an.« Keine Ahnung, ob meine Klitoris irgendeinen anatomischen Zweck erfüllt. Wahrscheinlich nicht wie eine Niere oder so. Ich atme scharf ein, als er sie erneut mit dem Finger umkreist. »O Gott. Wirklich, wirklich gut.«

»Mm? Es gefällt dir also, wenn ich sie berühre?«

Ich schreie auf und bohre ihm die Fingernägel in die Haut, als er mit dem unverschämten, mich in den Wahnsinn treibenden Umkreisen der empfindlichen Stelle weitermacht. Danach schlinge ich ihm ein Bein um die Hüften, und mein Becken presst sich seiner Berührung entgegen. »O Gott, ja. Bitte …«

»Würdest du wohl meinen Namen sagen, Liz?« Er drückt mir sanfte Küsse auf den Mund, während er fortfährt, meine Klitoris in langsamen, kreisenden Bewegungen zu berühren, die mich verrückt machen.

Ich benetze die Lippen und wimmere. »Warum?«

»Weil ich meine Gefährtin meinen Namen sagen hören will, wenn sie für mich kommt«, murmelt er und knabbert an meinem Kinn.

Ein weiteres Wimmern entringt sich mir. »Wie …« Herrgott, es fällt mir immer schwerer, einen klaren Gedanken zu fassen. Ich will nur noch nach seiner Hand greifen, seine großen Finger in mich hineinstoßen und ihn reiten wie eine Irre, bis ich einen Orgasmus habe. »Woher willst du wissen … dass ich gleich komme?«

»Tust du es denn nicht?« Seine Zähne kratzen über mein Kinn, dann leckt er über meinen Hals. »Soll ich deinen süßen Nektar aus der Quelle trinken, bis du es tust?«

»O Gott«, stöhne ich. Ich bohre ihm die Fingernägel in die Schultern. Sein schmutziges, merkwürdiges Gerede wird mich wie verrückt kommen lassen. Ich bin ohnehin schon fast so weit. »Raahosh … du musst mir einen Finger reinstecken. Mach es mir mit deiner Hand.«

Er stöhnt dicht an meiner Kehle, und seine Zunge schnippt über die Sehnen meines Halses. »Sag noch einmal meinen Namen, und ich gebe dir alles, was du willst.«

»Raahosh!«, rufe ich, und ein einzelner großer Finger streift erneut meine Muschi. Als ich mich diesmal gegen ihn presse, versenkt sich der Finger tief in mir. Wieder brülle ich seinen Namen, und mein Luis in meiner Brust wird in einem lang gezogenen, heftigen Beben geschüttelt. »Genau so! O Gott!«

»Sag ihn noch einmal«, verlangt er und stößt mit dem Finger in mich hinein.

Während ich mich an seinem Finger reibe, klammere ich mich fest an ihn. »Raahosh! Raahosh!« Mein Luis schnurrt so laut, dass er mich fast übertönt, und dann, als Raahosh erneut zustößt, gleitet sein Daumen über meine Klitoris. Dann komme ich gewaltig und wiederhole dabei seinen Namen mit einem schrillen Heulen.

Zischend entweicht ihm der Atem, während er wieder und immer wieder mit dem Finger in mich eindringt. »Ich spüre es«, sagt er mit vor Staunen ganz sanfter Stimme. »Ich spüre, wie du dich um meine Finger herum zusammenkrampfst.«

Eine heiße Röte steigt mir in die Wangen, und ich drücke gegen seine Hand, da ich langsam zu empfindlich werde. Er ignoriert meine Versuche, ihn wegzuschieben, und stößt weiter in mich hinein, einen faszinierten Ausdruck auf dem Gesicht.

»Meine Gefährtin«, sagt er ehrfürchtig. »Meine Liz.«

Oje. Ich habe das Gefühl, wenn ich ihn nicht von seinem schönen neuen Spielzeug ablenke, komme ich hier nicht raus, ohne dass er endgültig »Anspruch« auf mich erhebt. Natürlich durchläuft mich bei dem Gedanken ein weiterer Schauer, und meine Oberschenkel ziehen sich um seine Hand zusammen, was die Sache nicht besser macht. Der Luis in seiner Brust schnurrt noch lauter, und im Verein mit meinem klingeln mir davon die Ohren.

»Lass mich von dir kosten«, sagt er und schiebt sich an meinem Körper nach unten.

Halt, halt, halt! Ich bin noch nicht wieder bereit. Nicht, solange meine Beine immer noch total zittern. »Jetzt bin ich an der Reihe, mit dir zu spielen«, sage ich, und mir kommt eine Idee. Ich lasse eine Hand an seinem kräftigen Arm hinabgleiten und bewege sie dann kühn hinunter zu seinen Lenden, wo ich seinen großen, gewaltigen Schwanz packe. »So umwerben sich die Menschen.«

Er schaut zu mir hoch und runzelt die Stirn. »Das ist Umwerben?«

»In manchen Kreisen schon«, sage ich und winde mich aus seinem Griff. Sein Finger rutscht aus mir heraus, und für einen Moment fühle ich mich so leer, dass ich mich am liebsten wieder auf den Rücken werfen und von ihm vögeln lassen würde. Doch das ist wahrscheinlich nur wieder der Luis, der aus mir spricht. Und ich bin fest entschlossen, mich nicht von ihm beherrschen zu lassen, daher fahre ich mit der Hand an seinem Schwanz auf und ab, um seine Aufmerksamkeit zu erlangen.

Der Trick funktioniert. Zischend entweicht der Atem aus seinen Lungen, und er bedeckt meine Hand mit seiner. »Warte ...«

»Mach dir keine Gedanken«, sage ich und lockere meinen Schraubstockgriff um seinen Schwanz ein wenig. »Hattest du seit einer Weile keinen Sex mehr?« Die Frage ist berechtigt, wenn man bedenkt, dass es nur vier Frauen in ihrem Stamm gibt und zwei davon Babys haben. »Wir können es langsam angehen lassen.«

Er beißt die Zähne zusammen, wendet den Blick von mir ab und schiebt meine Hand von sich.

»Ähm, seit richtig langer Zeit?«

»Ist das wichtig?«, knurrt er.

O Mann. Ich habe mir eine waschechte außerirdische Jungfrau geangelt. Ich betrachte ihn ein paar Sekunden, und mein Herz zieht sich vor Mitgefühl zusammen. Kein Wunder, dass er glaubt, er sei hässlich. Wenn niemand in seinem Stamm ihn je berührt hat, muss er denken, es läge an seinem Aussehen. Ein Stamm mit nur vier Frauen bedeutet, dass die Ladys freie Wahl unter den Männern haben – natürlich bloß bis ihr Luis einen Partner für sie findet. Diese Erfahrung hat Raahosh wahrscheinlich nie gemacht.

Armer Kerl. Nie liebevoll berührt zu werden? Gestreichelt? Bloß so zum Spaß herumzuknutschen? Er hat so viel versäumt. Plötzlich fühle ich mich mies, weil ich ihn ständig zurückgewiesen habe. Wahrscheinlich projiziert er auf mich all seine Träume, und dass ich ihn ständig abweise, muss wehtun.

Langsam bekomme ich eine Vorstellung davon, wie einsam sein Leben gewesen ist ... und was ich ihm bedeute.

Auf einmal will ich, dass sich das hier gut für ihn anfühlt. Es geht mir nicht mehr nur darum, Raahosh abzulenken, damit er aufhört, an mir herumzuspielen. Ich will ihm Lust bereiten, ihn anfassen, damit er erkennt, dass er sexy und begehrenswert ist und ihn doch jemand will.

»Vertraust du mir?«, frage ich ihn und lege ihm eine Hand auf die Brust, dort wo sein Herz ist. Es ist eine ungefährliche Stelle, die rau und wulstig ist wie die Haut über seinen Brauen.

Er zögert kurz, doch schließlich nickt er und beißt die Zähne zusammen.

»Dann leg dich hin«, sage ich leise. »Und lass dich von deiner Gefährtin ein wenig verwöhnen. Das gehört alles zu den menschlichen Paarungsritualen.«

Ein paar Sekunden lang verkrampft er sich, und ich denke schon, er wird mich zurückweisen. Kurz darauf wirft er sich in die Felle auf den Rücken, sodass sein Schwanz in die Luft ragt. Er stützt sich auf die Ellbogen, damit er mir mit zusammengekniffenen Augen zusehen kann.

Ich werde langsam vorgehen müssen, damit das hier nicht zu schnell vorbei ist. Also zermartere ich mir das Hirn und versuche, mir Methoden auszudenken, wie sich ein Orgasmus bei einem so unerfahrenen Mann hinauszögern lässt. Ich werde wohl improvisieren müssen. Es wäre ihm sicher unangenehm, wenn er seine Ladung zu schnell verschießt, er würde die Schuld bei sich suchen, und ich will nicht, dass das passiert.

Also lege ich ihm die Hände auf die Oberschenkel und warte. »Ist das okay?«

Er verfolgt meine Bewegungen mit einem hitzigen Blick, und nach einem langen, angespannten Moment nickt er.

»Darf ich dich erkunden?«

Sein Schwanz zuckt, und weitere Lusttropfen treten an der Spitze hervor. Mit zusammengebissenen Zähnen nickt er erneut.

Vielleicht sollte ich ihn sich erst ein bisschen abreagieren lassen. Also rutsche ich nach vorn und drücke mit den Armen meine Brüste (die nicht besonders beeindruckend sind) an den Seiten zusammen. »Ich werde dafür sorgen, dass du kommst«, eröffne ich ihm und ziehe sacht die Nägel an einem Oberschenkel hinunter. »Und dann lasse ich mir Zeit mit dir. In Ordnung?«

»Tu, was du tun musst.« Er klingt angespannt. Armer Kerl. Wahrscheinlich kommt er gleich, und es wird ihm ein wenig peinlich sein. Mein Luis schnurrt weiter wie ein Irrer, und seiner brummt noch lauter, als ich mich vorbeuge.

Ich packe seinen Schaft, aber es gelingt mir nicht, die Hand darum zu schließen. Das ist interessant. Außerdem ist sein Schwanz hart und weist Wülste und Erhebungen auf, und bei dieser Entdeckung presse ich ganz von selbst erneut die Oberschenkel zusammen. Er ist nicht beschnitten, und ich ziehe versuchsweise seine Vorhaut zurück.

Er keucht auf, und dann explodiert sein Sperma aus der großen Eichel seines Schwanzes und spritzt mir auf die Hand. Ein Ruck durchläuft ihn, und ich lege erneut die Hände flach auf seinen Oberschenkel. »Das ist in Ordnung«, sage ich, und als er mich anschaut, beuge ich mich vor und lecke das Sperma von seinem Schwanz.

Ich war noch nie ein großer Fan des Geschmacks – er erinnert ein wenig an Bleichmittel, woran ich mich einfach nicht gewöhnen kann –, aber da der Luis meine Sinne verändert, ist Raahoshs Aroma nicht unangenehm, sein Sperma schmeckt ganz leicht nach Moschus, was eigentlich sogar ganz nett ist. Es ist ein Vergnügen, ihn und seinen Schwanz sauber zu lecken, und sein unterdrücktes Stöhnen und sein heftiges Atmen geben auch mir ein ziemlich gutes Gefühl.

Als ich fertig bin, schaue ich auf und lasse die Zunge noch einmal über seine Eichel wandern. »Darf ich jetzt mit dir spielen?«

Seine Nasenflügel beben, und er schnappt scharf nach Luft, bevor er nickt.

»Wenn du noch einmal kommst«, beruhige ich ihn, »ist das in Ordnung. Aber ich werde versuchen, sanft mit dir umzugehen.« Ich zwinkere ihm zu, und er sieht mich ungläubig an.

Dann lasse ich die Finger an seinen Oberschenkeln auf und ab wandern und erkunde die Unterschiede zwischen ihm und mir. Ich bin recht durchschnittlich – durchschnittliche Größe, durchschnittliches Gewicht, durchschnittlicher Busen. Raahosh dagegen ist über zwei Meter groß und muskelbepackt. An den Seiten seiner kräftigen Oberschenkel finden sich wulstige Platten, eine Reihe von Erhebungen ziehen sich von seiner Brust bis ganz hinunter, wo eine feine Haarlinie wäre, wenn er denn Haare in der Schamgegend hätte, außerdem hat er Wülste auf den Armen und den Schultern. Ich habe den Verdacht, dass wenn ich mit den Händen über seine Wirbelsäule streichen, dort ebenfalls Wülste vorfinden werde.

Natürlich gibt es da noch interessantere Dinge zu betrachten, wie zum Beispiel sein Gehänge. Meine Hände wandern zurück zu seinem Schwanz. Es ist unmöglich, dem zu widerstehen, denn das verflixte Ding ist einfach atemberaubend. Lang, dick, mit einer großen dunkelblauen Spitze, und er fühlt sich hier noch samtiger an als an irgendeiner anderen Stelle. Auch seine Eier sind von beeindruckender Größe, sein Sack eng an seinem Körper.

Blaue Eier. Ich kichere. Noch nie war der Ausdruck passender.

Er runzelt die Stirn und schlägt meine forschenden Hände weg.

»Ich habe nicht über dich gelacht«, erkläre ich und beiße mir auf die Unterlippe. »Es gibt da nur eine Redewendung, bei uns Menschen, und dabei geht es um blaue Eier.«

»Was ist das für eine Redewendung?« Sein Atem rasselt in seiner Kehle, als ich erneut seinen Schwanz in die Hand nehme und beginne, an seinem Schaft entlangzuknabbern.

»Nicht wichtig.« Ich lasse meine Zunge an einer einzelnen dicken Ader hinabwandern und dann wieder hinauf über die knotigen Wülste. »Wie fühlt sich das an?«

Als er mir nicht antwortet, schaue ich von meiner Tätigkeit auf.

Seine glühenden blauen Augen durchbohren mich mit einem intensiven Blick. »Warum hörst du auf?«

Ich kichere. »Weil ich dir eine Frage gestellt habe?«

»Es fühlt anders an als ... alles, was ich je erlebt habe.« Seine Stimme ist heiser vor Verlangen, und noch während er spricht, bilden sich auf seinem Schwanz weitere Lusttropfen.

»Die Antwort ist gut genug.« Ich wende mich wieder der Aufgabe zu, an seinem Schaft zu knabbern und zu lecken und herauszufinden, was er mag. Anscheinend bekomme ich die stärkste Reaktion, wenn ich mit den Zähnen über seine empfindliche Haut kratze oder wenn ich die Wurzel seines Schwanzes fest drücke.

Also tue ich natürlich beides ziemlich oft, bis er in meine Hand stößt und Schweißperlen auf seiner Stirn erscheinen. Doch er wendet nicht den Blick von mir und meinen Bemühungen ab. Selbst wenn draußen wieder ein Raumschiff von Außerirdischen landen würde, bezweifle ich, dass er aufschauen würde. Er ist vollkommen fasziniert von meinem Mund.

Ich setze die Erkundung seines Körpers fort und lecke einige Male über die Oberseite seines Schaftes, den harten, wulstigen Teil, dann komme ich zu dem daumenähnlichen Ding, das über seinem Schwanz hervorragt. »Wie nennt ihr das noch mal?«

»Es ist ein Sporn.«

»Ist das so etwas wie eine Klitoris? Fühlt es sich gut an, wenn ich ihn berühre?« Prüfend lasse ich die Finger darübergleiten. Der Sporn fühlt sich anders an als sein Schwanz. Wo sich der wie Samt über harten Muskeln anfühlt, fühlt sich sein Sporn einfach ... eigenartig an. Ein wenig wie ein Knochen unter Haut und Muskeln. Weder erschlafft er noch wird er größer, wenn sein Schwanz es tut, und als ich mit dem Finger darüberstreiche, reagiert Raahosh nicht so, wie er es tut, wenn ich seinen Schwanz lecke.

Er zuckt die Achseln. »Alles, was du tust, fühlt sich gut an.«

»Aber das fühlt sich nicht an wie ... hm ... als würden Blitze einschlagen, wenn ich ihn lecke?« Ich beuge mich vor und lasse versuchsweise die Zunge darüber hinwegschnippen, wobei ich sein Gesicht nicht aus den Augen lasse.

Daraufhin zuckt sein Schwanz. »Fühlt sich gut an«, murmelt er.

Doch das reicht nicht, ich will, dass er den Verstand verliert. Also wende ich mich wieder seinem Schwanz zu, presse die Eichel in der Faust zusammen und lecke dann über den Schlitz. »Und das?«

Bevor ich meinen Satz beenden kann, stößt er keuchend in meine Hand. Ich schließe kurz die Augen, höre aber, wie er sich stöhnend zurück in die Felle fallen lässt.

»Ja, das fühlt sich besser an. Okay, gut zu wissen.« Ich gehe wieder dazu über, an seinem Schwanz zu lecken und zu saugen, denn es kann als Frau nie schaden, sich an das zu halten, wovon man etwas versteht. Tatsächlich bin ich irgendwie froh, dass sein Sporn keine wichtigere erogene Zone ist; wie man mit einem Schwanz umgeht, weiß ich. Aber das gilt keineswegs für den Sporn. Ich sauge noch ein wenig an seinem Schwanz, dann kommt mir eine Idee. Also beuge ich mich vor und fahre mit der Zunge um den unteren Rand seines Sporns, während ich mit der Hand seinen Schwanz bearbeite.

Ein Ruck geht durch seinen Körper. Raahosh schreit auf, dann ist meine Hand auch schon voller heißem, klebrigem Sperma, während ein neuer Orgasmus durch ihn hindurchrast.

Ich lasse meine Zunge weiter über die Unterseite seines Sporns gleiten, und er kommt gewaltig mit bebenden Hüften. Ich merke, dass er sein Bestes tut, sich nicht zu bewegen, um mich nicht mit dem Ding aufzuspießen, aber es freut mich, dass ich ihn habe so heftig kommen lassen. Ich hebe den Kopf und bewundere die Spermaflüssigkeit, die auf meinen Fingern glänzt. »Also bist du dort wohl doch empfindlich.«

Er sieht mich lange an, dann greift er nach meiner Hand.

»Ich hätte nicht ...«

»Nein?« Ich unterbreche ihn, ehe er mir wieder total mürrisch wird. »Wolltest du lieber in meinem Mund kommen?«

Raahoshs Nasenflügel beben erneut, das einzige Zeichen, dass meine Worte zu ihm durchdringen. Wie süß, er ist schüchtern! Ich schenke ihm ein strahlendes Lächeln, dann gähne ich. »Ich hole Wasser und mach uns ein bisschen sauber, und dann können wir wieder ins Bett gehen, okay?«

Das Schnurren in seiner Brust hat sich – wie das in meiner – in ein tiefes Brummen verwandelt. Sein Luis ist zumindest fürs Erste befriedigt. Meiner auch. Doch es überrascht mich, als er aufsteht und mir über die Wange streichelt. »Warte hier.«

Einen Augenblick später kommt er mit einem kleinen, weichen Stück Fell und dem Wasserschlauch zurück. Anschließend nimmt er meine Hand und wischt mit dem Wasser und dem

Felllappen sein Sperma von mir ab. Eine sehr aufmerksame Geste, und ich kann nicht anders, als ihm bewundernd dabei zuzusehen, wie er danach sich selbst säubert.

Auch wenn ich den Mann sehr häufig nicht besonders mag, er bietet dennoch einen hübschen Anblick.

Er legt den Wasserschlauch zurück in sein Ablagefach und kommt dann zu unserem Nachtlager zurück. Sein Schwanz hängt jetzt auf halbmast – ich weiß nicht, warum ich immer wieder hinschaue, ich tue es eben –, und auf seinem harten Gesicht liegt nun ein sanfterer Ausdruck. Wieder berührt er meine Wange. »Wollen wir schlafen gehen? Wir müssen morgen früh aufbrechen.«

Ich blinzele, und plötzlich wird mir bewusst, wie müde ich bin. Ich schätze, die nach dem Sex ausgeschütteten Endorphine versiegen langsam. Mein Luis summt ein Lied für seinen, und ich nicke und lasse mich wieder in die Felle sinken. Kaum dass ich liege, ist er an meiner Seite und zieht mich an sich. Ich schmiege mich mit dem Rücken an seine warme Brust, und er hält mich fest in seinen Armen. Dann drückt er die Nase in meinen Nacken und legt die Hand über meine Brust.

Ich habe die Befürchtung, dass er unseren Spielchen zu viel Bedeutung beimisst. »Nur damit du's weißt, das ändert gar nichts«, sage ich ihm. »Ich akzeptiere dich trotzdem nicht als meinen Gefährten.«

»Streite es ruhig ab«, gibt er selbstgefällig zurück. »Sag, was du willst. Ich spiele bei diesem Umwerbungsritual gern mit.«

Oje.

Raahosh

Hat ein Sa-Khui-Jäger jemals so gut geschlafen wie ich in der vergangenen Nacht? Als ich aufwache, presst sich mein steifer Schwanz gegen den weichen, rutenlosen Hintern meiner schläfrigen menschlichen Gefährtin, und ich spüre eine nie zuvor empfundene Zufriedenheit. Liz murmelt irgendetwas und kuschelt sich tiefer in die Felle, daher streichele ich ihr über die Schulter und bewundere ihren weichen Körper.

Was sie gestern Nacht mit ihrem Mund gemacht hat … bei der Erinnerung daran wird mein eigener Mund ganz trocken. Solche Dinge tun eigentlich Gefährten nicht miteinander, oder doch? Vielleicht sind Menschen, was das angeht, einfach einfallsreicher. Und was immer der Grund ist, ich bin dankbar dafür – und auch dankbar für sie. Wir scheinen langsam ans Ende der seltsamen menschlichen Umwerbungsrituale zu kommen, und mein Schwanz sehnt sich schmerzlich danach, sich tief in ihr zu versenken. Schon der bloße Gedanke daran versetzt meinen Khui in Schwingungen, und zur Antwort beginnt ihrer in ihrer Brust zu singen.

Ich lasse sie noch ein wenig schlafen und erleichtere mich außerhalb der Höhle, dann kehre ich zurück, um das Feuer zu schüren. Den größten Teil des Tages werden wir auf der Jagd sein, aber ich will, dass die Kohlen in der Feuergrube bei unserer Rückkehr immer noch glühen, damit ich ihr eine wohlschmeckende Brühe aus Knochen kochen kann. Sie ist nach wie vor blass und dünn, meine verletzliche menschliche Gefährtin, und trotz des guten, rohen Fleisches, das sie gegessen hat, und trotz eines starken Khui in ihr ist sie immer noch zarter, als mir lieb ist. Dann werde ich sie eben wie ein krankes Kleines aufpäppeln. Mit vielen herzhaften Mahlzeiten und vielen Schalen mit Markknochenbrühe, damit ihre Wangen wieder Farbe bekommen.

Selbst wenn es sich bei dieser Farbe um ein ziemlich merkwürdiges Rosa handelt.

Ich ziehe meinen Lendenschurz und meine Stiefel an und schlüpfe in meine Tunika. Liz wird sich warm anziehen müssen, wenn wir den ganzen Tag draußen sein wollen, und ich werde sie genau im Auge behalten. Liz ist nicht die Art Frau, die freiwillig zugeben würde, dass sie vielleicht nicht Schritt halten kann. Sie würde protestieren und knurren und Forderungen stellen, auch wenn sie vor Schwäche taumelt.

Ich bewundere ihre Willenskraft, aber draußen in der Wildnis ist es besser, auf Sicherheit zu setzen. Ein vorsichtiger Jäger ist ein erfolgreicher Jäger.

Ich knie mich hinter meine schlafende Gefährtin und ziehe die Felle weg. Ihr blasser menschlicher Körper besteht aus weichen Kurven und den sanften Wölbungen ihres Hinterns, der förmlich danach ruft, dass ich ihn berühre. Ich bewundere ihre wohlgerundeten Schenkel und die Form einer halb verborgenen Brust, und ich male mir aus, welche Freuden sie mir heute Nacht zeigen wird.

Vielleicht wird sie mich in ihrer Muschi willkommen heißen und die ganze Zeit protestieren, weil es zu ihren bizarren menschlichen Ritualen gehört.

Und ich bin endlich zu Hause.

Als sie nicht aufwacht, stupse ich sie an. »Komm, meine Gefährtin. Es wird spät, und wir müssen den Tag beginnen.«

Stöhnend dreht sie sich in den Fellen herum, wodurch sie mir einen verführerischen Blick auf ihre Brüste und den Flecken weichen Fells zwischen ihren Beinen gewährt. »Ich bin nicht deine Gefährtin«, sagt sie gähnend. »Die letzte Nacht war nur zum Spaß.« Dann zieht sie das Fell wieder über sich.

Ich runzele die Stirn. Nicht das schon wieder. Es spielt keine Rolle, ob sie mich in ihrem Körper willkommen heißt oder nicht. Unsere Khui haben entschieden. Sie hat meinen Schwanz in den Mund genommen und mich kommen lassen. Natürlich sind wir Gefährten. Verstimmt reiße ich ihr die Felle weg und werfe sie zur Seite. »Wenn du nicht meine Gefährtin bist, dann brauche ich dich auch nicht sanft zu behandeln, oder? Steh auf, oder du bekommst eine Ladung Schnee ins Gesicht, genau wie ich es bei jedem anderen faulen Jäger machen würde.«

Sie öffnet die Augen und funkelt mich an. »Ernsthaft? Wer hat dir denn in die Cornflakes gepinkelt? Du hast schlechte Laune.«

»Und du bewegst dich zu langsam. Möchtest du mit auf die Jagd kommen, oder soll ich ohne dich losziehen?«

»Ich komm ja schon«, beschwert sie sich und richtet sich auf. »Arschloch.«

»Ist das der Ausdruck, das du den letztens schon verwendet hast?«, frage ich nach, weil mir ihre früheren Worte einfallen.

»Du hast es kapiert.«

Sobald Liz in Bewegung ist und das Bett verlassen hat, kommt sie in Schwung, und ich muss nicht länger auf sie warten. Wir decken das Feuer mit Asche zu und lassen die Höhle hinter uns, und ich zeige ihr, wie ein Sa-Khui-Jäger sich in der Wildnis bewegt. Wenn ich allein wäre, würde ich Äste an meine Rute binden und sie im Gehen durch den Schnee ziehen, um meine Spuren zu verwischen. Aber da ich mit Liz unterwegs bin, will ich, dass die Spuren bleiben für den Fall, dass wir getrennt werden. Sie soll in der Lage sein, den Rückweg zur Höhle zu finden.

Außerdem hat sie keine Rute.

Wir stapfen durch den Schnee, und Liz schlägt etwas vor, das sich Schneeschuhe nennt. Sie ist kleiner als ich, und die größeren Schneeverwehungen reichen ihr bis zur Taille. Auf ihren Vorschlag hin laufen wir zu den Bäumen und brechen uns ein paar dünne Zweige ab, damit meine Gefährtin mit ihrer Schuhidee herumspielen kann, wenn wir wieder in der Höhle sind.

Sie ist glücklich darüber, draußen zu sein. Ihre Wangen sind gerötet, aber ihre Augen funkeln, und ein Lächeln liegt auf ihrem Gesicht. Voller Stolz präsentiert sie mir ihren Bogen. Ich hocke mich hin und sehe zu, wie sie ihn ausprobiert. Es ist eine seltsame Waffe, ein wenig wie eine Schlinge, die Pfeile abschießt statt Steine. Sie zieht an der Sehne, um ihre Pfeile zu verschießen, und gibt unzufriedene Laute von sich, wenn der Pfeil einige Schritte entfernt landet. Sie nimmt ein paar Veränderungen am Bogen vor und bearbeitet die Federn am Pfeilende, dann versucht sie es noch einmal, und diesmal gelingt es ihr, aus geringer Entfernung mit einem einigermaßen schnell fliegenden Pfeil einen Baum zu treffen.

Ich bin beeindruckt. »Das ist eine interessante Waffe. Du bist ziemlich schlau.«

Sie strahlt mich an. »Als Jugendliche bin ich ständig mit Pfeil und Bogen auf die Jagd gegangen. Das hier ist nicht ganz das Gleiche, und ich muss mich noch an den Bogen gewöhnen, aber es kommt der Sache schon sehr nah. Ich glaube, das Ding wird funktionieren.« Liz klopft sich auf die Taille. »Jetzt muss ich mir nur noch einen Köcher für die Pfeile machen, der hier hingehört.«

Ich nicke. »Dabei kann ich dir helfen, wenn wir zurück sind.«

Sie beißt sich auf die Unterlippe, einen glücklichen Ausdruck auf dem Gesicht, und mein Khui beginnt augenblicklich zu singen. Sie ist wunderschön, selbst mit ihren merkwürdig flachen menschlichen Gesichtszügen. Ihr Khui antwortet meinem, und ihr Lächeln gerät ein wenig ins Stocken.

Ah, ja. Wieder die menschlichen Rituale. Sich gegen eine Verpaarung stemmen. Ich beachte das nicht weiter und deute auf die Doppelsonnen, die nun hoch am Himmel stehen. »Bist du dann bereit für die Jagd? Wir könnten zum Wasser gehen.«

»Zum Wasser?« Ihre Miene hellt sich auf. »Gibt es hier noch einen heißen Fluss? Ich könnte ein Bad gebrauchen.« Sie hebt ihre Tunika an und rümpft die Nase. »Ich bin ein wenig verschwitzt.«

Für mich ist ihr Duft der reinste Wohlgeruch, aber ich zucke die Achseln. »Wir können baden, oder wir können jagen.«

»Lass uns jagen. Vielleicht können wir heute Abend baden?« Sie sieht mich unschuldig an. »Wenn wir etwas fangen, erlaube ich dir vielleicht sogar, mir den Rücken zu schrubben.«

Ich werde für sie das langsamste, trägste Geschöpf in dieser Schneelandschaft finden, damit sie es mit ihren Pfeilen durchsieben kann.

Liz

Mit Raahosh auf die Jagd zu gehen macht irgendwie Spaß. Die Luft ist frisch, und auch wenn alles tief verschneit ist, leuchten die Doppelsonnen, und es tut gut, draußen zu sein und die Gegend zu erkunden. Ich war zu lange in der Höhle eingesperrt. Raahosh ist nicht der geduldigste Mensch, aber ich stelle mich nicht allzu dumm an. Mein Bogen ist noch nicht optimal, doch nach einigen Versuchen bin ich zuversichtlich, dass ich etwas mit ihm anfangen kann.

»Da«, sagt Raahosh, als wir gerade eine zerklüftete Anhöhe hinaufsteigen. Er reißt sich ein paar Haare aus, lässt sie fliegen, um auszumachen, aus welcher Richtung der Wind kommt. Dann deutet er zum Horizont. »Siehst du die Fährten?«

Ich blinzele. »Wie zum Teufel kannst du aus einer solchen Entfernung irgendetwas erkennen?«

Er packt mich am Kinn und drückt es herunter. »Du schaust nicht in den Schnee.«

Ich mache mich los und spähe hinunter. Und tatsächlich, da sind Fährten im Schnee. Sie führen zum nächsten Hügel. »Also gehen wir in die richtige Richtung?«

»Das tun wir«, stimmt er mir zu. »Man sieht sich den Schnee an … oder man folgt seiner Nase.«

»Seiner Nase?«

»Dem Geruch des Wassers, das heiß aus der Erde kommt.«

Ich schnuppere, und er hat recht – da liegt ein schwacher Geruch von faulen Eiern in der Luft, also muss Wasser in der Nähe sein. »Verstanden.«

Er zieht seine buschigen Brauen hoch, was beeindruckend ist, weil seine Stirn mit all ihren Panzerungen fast unbeweglich ist. »Welche Art zu jagen hat dein Vater dir denn gezeigt?«

»Wenn das ein Seitenhieb in Richtung meines toten Vaters ist, trete ich dir in den Hintern …«

Wieder nimmt er mein Kinn und dreht meinen Kopf zu sich herum, bevor ich seine Hand wegschlage. Er verzieht belustigt den Mund. »Warum so schnell beleidigt? Ich habe mir nichts dabei gedacht. Deine Waffen sind anders. Also nehme ich an, dass ihr auch andere Jagdmethoden habt.«

Oh. Ich entspanne mich etwas. »Na ja, mein Daddy besaß ein wenig Land, ganz weit abgelegen. Er hatte einen mobilen Hochsitz, mit dem wir uns immer bei den Fährten eingerichtet haben.« Mit wenigen Worten versuche ich ihm zu erklären, was ein Hochsitz ist, und er nickt zum Zeichen, dass er es verstanden hat. »Und dann gibt es natürlich noch Mais für die Hirsche und eine Salzlecke.«

»Mais für Hirsche?«

»Genau, man füttert sie jeden Tag an derselben Stelle und so weiter. Und wenn sie schön fett und an gute Gaben gewöhnt sind, kommen sie zu einem, statt dass wir sie jagen müssen.«

Er brummt etwas Zustimmendes, dann beschirmt er mit einer Hand die Augen und schaut in den Schnee. »Wir haben Kleine, die das Gleiche mit Zweizähnen in den heimischen Höhlen machen. Wir nennen diese Tiere ›Haustiere‹.«

»He«, verteidige ich mich und boxe ihm auf den Arm. »Nicht jede Familie kann sich einen Tiefkühlschrank voll mit frischem Fleisch leisten, weißt du. Man tut, was nötig ist, um zu überleben. Kein Grund, uns zu verurteilen.« Nicht dass ich mich nicht daran erinnere, das Gleiche zu meinem Vater gesagt zu haben, als ich jünger war. Der Apfel, der nicht weit vom Stamm fällt, und so. »Wenn man dadurch etwas zu essen auf den Tisch kriegt, ist es Jagen.«

»Weise Worte«, sagt er. »Aber jetzt musst du lernen, Fährten zu lesen.«

Er hat natürlich recht. »Geh du voran, o weiser Mann.«

Wir nähern uns den Hügeln, und ich mühe mich durch den Schnee. Ungefähr fünfzig Meter entfernt sehe ich den schäumenden Teich, leuchtend blau vor dem Hintergrund des Schnees. Was großartig ist … nur dass sich ungefähr anderthalb Meter vor uns ein Abhang befindet, wo es steil hinuntergeht, mindestens acht oder zehn Meter. Am Wasser steht ein zotteliges, ponyähnliches Geschöpf, das aussieht wie eine Kreuzung zwischen Bambi und einem Schäferhund, und trinkt.

»Ein Dvisti«, erklärt Raahosh.

»Alles klar. Sieht lecker aus.« Ich hebe meinen Bogen, lege einen Pfeil ein und ziele. Der Wind kommt von vorn, und wir sind ziemlich weit entfernt. Ich habe mich immer noch nicht an den Zug des Bogens gewöhnt, und meine nadelähnlichen Knochenpfeile sind bestenfalls zweifelhaft. »Ich glaube nicht, dass ich es von hier aus treffen werde. Wie kommen wir da runter?«

»Warte hier«, sagt er und richtet sich auf. »Ich werde einen Pfad nach unten suchen.« Raahosh schleicht davon, seinen Speer in der Hand, und es könnte sein, dass ich ihm ein wenig auf den Hintern starre.

Nur ein wenig.

Ich nehme meinen Pfeil von der Sehne und behalte das Tier im Auge, um zu sehen, wenn es wegläuft. Ich bin so darauf konzentriert, es zu beobachten, dass ich beinahe das Zirpen überhöre, das hinter mir ertönt. Aber dann höre ich es wieder.

Ich schaue über meine Schulter.

Da steht ein verdammter Ewok. O mein Gott.

Okay, es ist natürlich nicht wirklich ein Ewok. Es ist ein flauschiges Ding, das eher so aussieht wie ein überdimensioniertes Furby mit langen Armen und Beinen, doch die runden Augen, die mich anblinzeln, sind wirklich niedlich. Es zirpt abermals, dann flitzt es ein oder zwei Schritte vor und dann wieder zurück. Es schaut mich an, bevor es das Ganze wiederholt und im Kreis läuft.

Ist das ein Spiel? Trotz der vielen Haare und seines spitzen Gesichts sieht das Tier jung aus. Vielleicht liegt es an den großen, feuchten Augen. Als es mich erneut anzirpt, stellen sich die Härchen in meinem Nacken auf.

Das hier ist womöglich gar nicht so gut. Wie wenn man ein glückliches, kugelrundes Bärenjunges findet und einem aufgeht, dass Mama Bär ganz in der Nähe ist. »Raahosh? Bist du noch da?«

Das Geschöpf legt den Kopf schräg und huscht davon, und ich lege langsam meinen Pfeil wieder in Schussposition. Erneut ertönt dieses Zirpen …

Und dann wird es von einem anderen Tier mit tieferer Stimme wiederholt. Und noch einem. Und noch einem. Während ich auf die verschneiten Hügel hinter mir schaue, scheinen sie von überall zu kommen. Immer mehr von den großen, haarigen Kreaturen mit schmutzigem, verfilztem Fell und hervorquellenden Augen.

Ich hatte recht. Das erste war ein Jungtier. Die anderen sehen nicht annähernd so freundlich aus.

»Raahosh?«, rufe ich erneut und hebe meinen Bogen, als eins der größten Wesen auf mich zukommt. »Hilfe?«

»Liz«, sagt Raahosh leise, ein kleines Stück von mir entfernt. Mit wild klopfendem Herzen schaue ich zu ihm hinüber und sehe, dass er einige Meter entfernt steht, den Speer wurfbereit in der Hand. Er starrt drei große, abscheuliche Exemplare dieser

Geschöpfe an. Ohne zu mir zu sehen, nimmt er Kampfhaltung ein. Er ist bereit anzugreifen, sobald irgendjemand einen Muskel bewegt.

»Was sind das für Kreaturen?«, zische ich. Eins der Geschöpfe macht einen Schritt vorwärts, und ich weiche zurück, bis mir einfällt, dass ich am Rand eines Abgrunds stehe. Scheiße. Scheiße. Scheiße. »Das sind Metlaks. Und wo einer ist, sind hundert.«

»Tja, ich sehe hundert«, sage ich, womit ich ein wenig übertreibe. Aber bloß ein wenig. Es sind wahrscheinlich nur zwei Dutzend oder so. Puh. Mehr nicht.

»Meine Gefährtin«, sagt Raahosh leise. »Wenn ich sage, lauf, musst du laufen. Widersprich mir nicht.«

Wovon redet er? Hat er vor, sie abzulenken, damit ich weglaufen kann? »Was? Nein! Ich …«

»Liz«, sagt er noch einmal, und diesmal stiehlt sich ein warnender Unterton in seine Stimme. Seine Hand umklammert den Speer. »Streite nicht mit mir. Jetzt – los!« Mit diesen Worten stößt er einen Kampfschrei aus und prescht vor.

Scheiß auf seine Anweisung! Ich ziele und lasse meinen Pfeil genau in dem Moment fliegen, als die erste Kreatur das Maul öffnet und sich mit einem Knurren auf mich stürzt.

TEIL 4

Raahosh

Das Geschehen vor mir ist etwas aus meinen schlimmsten Albträumen. Liz' kleine Gestalt steht am Rand des Abgrunds, und sie umklammert ihre seltsame Waffe. Metlaks – diese wilden, unberechenbaren Geschöpfe – umzingeln sie. Ich habe schon gesehen, wie sie binnen Augenblicken einen Jäger in Stücke gerissen haben, und ich habe gesehen, wie sie an einem anderen vorbeigegangen sind, als würde er nicht existieren. Es ist unmöglich, sie zu verstehen, und wenn man sie provoziert, sind sie grausam.

Und ein Junges steht neben Liz' Bein, was definitiv als Provokation aufzufassen ist.

»Lauf!«, befehle ich ihr noch einmal, aber die halsstarrige Frau hört nicht auf mich. Stattdessen hebt sie einen ihrer aus Knochensplittern gefertigten Pfeile, zielt und wartet ab. Ein zorniger Beschützerinstinkt überwältigt mich, als einer der Metlaks seine großen gelben Zähne bleckt und in meine Richtung schaut. Sie denken, sie können meiner Gefährtin etwas antun? Sie mir wegnehmen, nachdem ich so lange auf sie gewartet habe? Ich werde ihnen die Knochen brechen und sie in ihren verdreckten Pelzen unter meinem Stiefel zerquetschen, bevor ich ihnen erlaube, sie auch nur anzurühren. Ein wildes Knurren entringt sich meiner Kehle, und ich ziehe eins meiner tödlichen Knochenmesser aus seiner Hülle, meinen Speer in der anderen Hand.

Liz macht einen weiteren Schritt nach hinten, noch näher an die Kante des Abgrunds. Mein Herz hämmert, und eine Welle purer Angst erfasst mich.

»Liz«, brülle ich, als einer der Metlaks zu ihr vorpirscht, »lauf an mir vorbei! Sofort! Ich werde sie ablenken. Schnell!«

»Ich lass dich nicht allein«, ruft sie, ohne den Blick von dem Metlak vor ihr abzuwenden.

»Sei nicht töricht«, knurre ich, als er noch näher an sie herangeht. Zwei Schritte mehr, und er könnte sie mit seinen langen Armen erreichen. Sie muss sich beeilen. »Komm schon, Liz ...«

Mir bleibt das Herz stehen, als er sich auf sie stürzt. Ich schreie auf und mache einen Satz nach vorn, und schon fliegt mein Speer durch die Luft. Er bohrt sich in die Seite des Metlaks, als er nach meiner geliebten Gefährtin greift. Der Metlak taumelt und fällt dann vornüber zu Boden, wobei er immer noch die Pfoten nach ihr ausstreckt. Ich schreie vor Zorn auf und stürme durch den Schnee zu ihr.

Ein weiteres dieser Geschöpfe trommelt sich brüllend auf die Brust, lässt seinen wütenden Ruf durch die verschneite Landschaft hallen. Die anderen Metlaks antworten darauf, und einer rennt los. Ich habe diese Taktik bereits einmal gesehen. Sie wollen uns an den Abgrund treiben und später, sobald sie sicher sind, dass wir tot sind, unsere Kadaver holen. Ich weigere mich zurückzuweichen.

Ein Pfeifen.

Eine von Liz' Knochennadeln fliegt vorbei und landet in der Augenhöhle eines der größeren Männchen. Der Metlak stöhnt und fällt mit zuckenden Gliedern in den Schnee. Ein wunderschöner Schuss, und jetzt erschließen sich mir die Möglichkeiten der Waffe.

Doch schon legt sie einen weiteren Pfeil auf die Sehne des Bogens und zielt. Als der nächste Metlak auf uns zu gesprungen kommt, schießt sie erneut, und wieder trifft ihre Knochennadel ihr Ziel. Der Metlak ist tot, bevor er auf dem Boden aufkommt.

Es ist wunderschön mitanzusehen, und grimmiger Stolz auf meine Gefährtin steigt in mir auf.

Dann brüllen die verbliebenen Metlaks und preschen alle gleichzeitig vor.

Meine Instinkte sind durch jahrelanges Jagen geschärft, und der Drang in mir, sie zu beschützen, ist stark. Mit einem eigenen Schrei presche ich vor. Ich höre Liz aufkeuchen, aber das bestärkt mich nur in meiner Wildheit.

Ich werde sie nicht in ihre Nähe lassen. Zuerst müssten sie über meine Leiche steigen.

Voller Ingrimm stürze ich mich auf den ersten Metlak, und meine Knochenklinge schlitzt seinen wolligen Hals mit solcher Gewalt auf, dass ich ihm fast den Kopf abtrenne. Dann mache ich einen Satz auf den nächsten zu, doch statt gegen mich zu kämpfen, duckt er sich weg. Ein weiterer landet auf meinem Rücken und reißt an meinen Haaren und meiner Kleidung. Scharfe Zähne bohren sich in meine Schulter, und ich höre Liz schreien. Ich ramme dem vor mir mein Messer in den Leib, während der Metlak auf meinem Rücken zu Boden rutscht. Ich sehe einen weiteren von Liz' dünnen Knochenpfeilen aus seiner Kehle ragen.

»Ich habe bloß noch einen Pfeil«, ruft sie hinter mir, und im selben Moment springen zwei weitere Metlaks auf mich zu, während ein dritter mich von vorn angreift. Einer nach dem anderen wären sie kein Problem. Aber Metlaks sind wilde, reißende Tiere. Schon jetzt bohren sich ihre Krallen und Zähne in mich hinein und zerren an mir. Ich knurre vor Schmerz, als einer mir das Gesicht aufschlitzt und Blut meine Sicht trübt. »Raahosh«, ruft Liz aus einiger Entfernung, »du bist zu nah am Abgrund! Ich – he! Geht weg!« Ihre warnende Stimme nimmt einen verängstigten Ton an, und knurrend drehe ich mich zu ihr um. Drei Metlaks nähern sich ihr und blecken ihre großen Zähne. Der auf meinem Rücken beißt mir in den Nacken, und Schockwellen laufen durch meinen Arm, als meine Klinge sich in die Brust eines anderen versenkt.

Ich muss meine Gefährtin retten.

Der Gedanke hallt immer wieder durch meinen Kopf.

Ich muss Liz retten.

Sie ist mein Ein und Alles.

Mit einem brutalen Aufschrei packe ich die beiden Metlaks vor mir. Meine Finger versenken sich in einer Handvoll zotteligem Fell, und ich werfe mich in Richtung der Kante des Abgrunds.

»Raahosh, Vorsicht!«, ruft sie.

Aber sie erkennt meinen Plan erst, als es zu spät ist. Während ich in den Abgrund falle und fünf der grausamen Kreaturen mit mir nehme, höre ich Liz entsetzt aufschreien.

Auf diese Weise werde ich einen kleinen Vorteil für sie herausschlagen. Vielleicht wird sie den zwei oder drei Metlaks, die noch übrig sind, entkommen.

Die Erinnerung an Liz' Gesicht taucht kurz vor meinem inneren Auge auf, ehe ich mit einem Übelkeit erregenden Knirschen auf dem Boden aufschlage und alles dunkel wird.

Liz

Als Raahosh über die Felskante fliegt und mehrere der Kreaturen mit sich reißt, schreie ich entsetzt auf. Ich eile auf die Seite, wo er hinuntergefallen ist, und schaue nach unten. Dort geht es mindestens zehn Meter in die Tiefe, und Raahosh liegt auf dem Rücken im Schnee. Sein Bein steht in einem seltsamen Winkel ab, und er liegt auf einem toten Metlak. Die anderen sind um ihn herum verstreut und bewegen sich nicht, und der Schnee ist voller Blut. Ich kann nicht erkennen, ob er noch lebt oder tot ist.

Ich kann nicht allein hier draußen bleiben. Das darf nicht sein. Ich darf ihn nicht verlieren.

Heiße Panik überfällt mich. Ich habe nur noch einen Pfeil, und da stehen noch drei der Kreaturen, zusammen mit dem Jungen, das nach wie vor im Schnee herumtollt, als sei das alles ein Spiel. Ich weiß nicht, was ich tun soll. Sie rücken weiter vor, und ich erkenne scharfe Krallen an der Spitze jedes ihrer Finger, und ihre an Furbys erinnernden Gesichter wirken immer unheilverkündender, je näher sie kommen.

Und sie haben Raahosh getötet. Diese verdammten Arschlöcher!

Mein letzter Pfeil zittert in meiner Hand, und dann kommt mir eine Idee. Ich werfe meinen Bogen beiseite, packe das Metlak-Junge, das in meiner Nähe umhertollt, und drücke ihm den Pfeil unters Kinn, während ich es gleichzeitig an mich presse. Eine Geiselnahme ist die einzige Chance, die ich habe – ich weiß allerdings nicht, ob die Kreaturen klug genug sind, um zu begreifen, was das bedeutet. Sie wirken fast menschenähnlich, doch ich könnte mich total irren. Sie starren mich vielleicht einfach nur an und reißen mir dann trotzdem die Kehle auf.

Aber sie brüllen und bleiben stehen, als ich das Junge packe. Es zappelt in meinen Armen und bohrt die Krallen in mein Fleisch, doch ich drücke weiter in grimmiger Entschlossenheit den Pfeil unter sein Kinn. Als ich einen Schritt zur Seite trete, folgen mir ihre panischen Blicke. Sie geben seltsame, gurrende Laute von sich, und die Kreatur in meinen Armen antwortet.

Die Sache könnte tatsächlich funktionieren.

Ich schaue in den Abgrund und suche verzweifelt nach einem Weg nach unten. Ich muss zu Raahosh. Ich muss einfach. Wenn es mir gelingt, zu ihm zu kommen, kann ich ihn retten, bilde ich mir ein. Ich muss ihm doch sagen, dass ich ihn nicht wirklich hasse, dass ich bloß verwirrt und unglücklich bin, aber dass sein Lächeln die Welt nicht mehr ganz so schlimm erscheinen lässt.

Ich gehe am Rand des Abgrunds hin und her und behalte, während ich weiter nach einem Weg nach unten suche, die anderen Metlaks im Auge. Dann entdecke ich etwas, das wie ein Pfad aussieht, und bewege mich darauf zu. Meine Geisel windet sich und bohrt die Krallen durch die Felle in meine zerkratzten Arme. Werden die erwachsenen Tiere zurückbleiben? Sie stehen in gebeugter Haltung im Schnee und beobachten mich mit Raubtieraugen. »Raahosh!«, rufe ich und hoffe inständig, dass er mir antwortet und es ihm gut geht und meine Augen mich nur täuschen. Doch es bleibt alles still.

Verzweifelt rufe ich noch einmal seinen Namen, während ich den steilen Pfad hinab schlittere. »Raahosh, bitte antworte mir!«

Kurz vor dem Fuß des Abhangs endet der »Pfad«, und ich kullere mit meiner Geisel die letzten Meter hinunter in den Tiefschnee. Mir bleibt die Luft weg, und ich bleibe keuchend auf dem Rücken liegen. Neben mir springt mein Gefangener auf und flitzt von dem Felsen fort, statt wieder hinauf zu seinen Eltern zu laufen. Das Junge verschwindet hinter einer Schneeverwehung, und ich überlege, ob ich ihm folgen soll. Aber dann rappele ich mich hoch, schnappe mir meinen letzten Pfeil und eile an Raahoshs Seite.

»Raahosh?« Ich drücke ihm eine Hand auf die Brust. Blut färbt seinen Mund, und seine Augen sind geschlossen. An seinem Kopf findet sich eine kleine Blutlache, und ein Schluchzen löst sich bei ihrem Anblick aus meiner Kehle. Ich drücke auf die gepanzerte Haut über seinem Herzen und höre es schlagen, langsam und stetig.

Gott sei Dank. Einen Moment lang würde ich am liebsten die Arme um seinen dicken blauen Hals werfen und mir die Seele aus dem Leib heulen, doch ich schaue hoch auf die Kuppe des Felsens, meinen Pfeil fest in der Hand, und warte ab, ob die anderen mir und dem Jungen folgen werden.

Aber nichts passiert. Minutenlang passiert nichts, während ich wachsam neben Raahosh sitze und warte. Ich kann weiter warten oder ich könnte ihm helfen. Ich konzentriere mich auf den Mann vor mir, lasse zitternd die Hände über ihn hinweggleiten und versuche, mir ein Bild von seinen Verletzungen zu machen. Sein Bein ist seltsam verdreht und seine Atmung flach, doch ich kann nicht erkennen, ob er gebrochene Rippen hat oder etwas Schlimmeres passiert ist. Ich versuche, nicht daran zu denken. Sein Luis meldet sich bei meiner Berührung, und ich hoffe einfach darauf, dass das ein gutes Zeichen ist. »Ich werde dich von hier wegbringen«, flüstere ich dem bewusstlosen Mann zu. »Du kannst dich auf mich verlassen. Es wird alles gut.«

Ich wünschte, er würde aufwachen und mich anlächeln. Oder die Stirn runzeln. Oder irgendetwas. Aber er liegt vollkommen reglos da.

Einer der Metlaks zuckt und gibt einen gequälten Laut von sich. Erschrocken keuche ich auf und drehe mich nach ihm um, während meine Hände bereits nach einer Waffe tasten. Das Einzige, was ich habe, ist ein letzter Pfeil, denn mein Bogen ist oben auf dem Felsen zurückgeblieben.

Doch er steht nicht auf. Er stößt einen kläglichen Schrei aus und zuckt, als versuche er vergeblich, sich zu erheben. Seine Hüfte wirkt irgendwie verdreht, und als ich mich umschaue, sehe ich, dass sich noch einer der Metlaks bewegt, wenn auch nur ganz schwach. Ich blicke nach oben zur Kuppe des Felsens, um festzustellen, ob die anderen zurückkommen werden, aber ich kann keine Spur von ihnen entdecken.

Wahrscheinlich haben sie ihre verletzten Kameraden aufgegeben, weil sie glauben, dass sie tot sind.

Es zieht mir schmerzhaft das Herz zusammen. Nicht einmal ich würde unseren Angreifern solche Qualen wünschen. Die Laute, die sie von sich geben, sind schrecklich, und ich schaue mich um und entdecke nicht weit entfernt Raahoshs Knochenklinge. Das Messer in der Hand, beuge mich über die erste der verletzten Kreaturen. Es sind insgesamt fünf, doch es bewegen sich bloß noch zwei. Ich weiß nicht, ob der Sturz ausgereicht hat, um sie zu töten, und ebenso wenig, was ich tun soll, wenn sie aufwachen und mich erneut angreifen.

Mir bleiben nicht viele Möglichkeiten. Also knie ich mich neben das erste der verletzten Tiere. »Es tut mir leid«, sage ich und schlitze ihm die Kehle auf. Ich rufe mir ins Gedächtnis, dass es ein Gnadentod ist. Hier draußen heißt es töten oder getötet werden, und diese Kreatur ist so schwer verletzt, dass sie sich unmöglich aufrappeln und nach Hause humpeln kann. Dennoch fühle ich mich bei dem Gedanken nicht besser. Die Sache war leichter, als sie mich angriffen und ich gar keine Zeit zum Nachdenken hatte. Ich wende mich der nächsten Kreatur zu. Sie bewegt sich nicht, aber ich schlitze ihr trotzdem die Kehle auf, nur um auf der sicheren Seite zu sein. Als ich den letzten der Metlaks getötet habe, bin ich voller Blut und weine.

Ich gehe wieder zu Raahosh und berühre seine Wange. Fühlt er sich kühl an? O Gott. Ich weiß nicht, was ich tun soll. »Bitte, stirb nicht, Raahosh. Bitte, bitte.« Ich beuge mich über ihn und gebe mich noch ein bisschen länger meinen kindischen Tränen hin. Dann richte ich mich auf und wische mir über die Augen, denn Tränen werden es nicht auf magische Weise besser machen.

Ich muss ihn irgendwie zurück in unsere Höhle schaffen.

»Okay, denk nach, Liz«, befehle ich mir und sehe mich schniefend um. »Du musst einen großen, schweren Außerirdischen, den du nicht tragen kannst und der nicht imstande ist zu gehen, nach Hause kriegen.«

Ich schaue Raahosh an und frage mich, ob mein Luis mich vielleicht stärker gemacht hat. Könnte ich ihn vielleicht ziehen? Unsere Höhle liegt oben auf dem Felsen und ist einige Meilen entfernt, aber es muss einen Weg zurück dort hinauf geben, auch ohne den beschissenen Pfad nehmen zu müssen, über den ich heruntergekommen bin. Es muss einen anderen Weg darum herum geben. Ich muss ihn nur finden. Ich stehe auf und untersuche Raahosh, dann packe ich seinen Arm und ziehe zaghaft daran.

Der Scheißkerl ist wirklich schwer. Ich versuche mit aller Kraft, ihn von der Stelle zu bewegen. Er gibt ein leises, schmerzerfülltes Stöhnen von sich, und ich lasse sofort von ihm ab. »Scheiße. Tut mir leid!« Ich untersuche seinen anderen Arm in der Hoffnung, dass der in einer besseren Verfassung ist, und ich sehe einen Knochen an seinem Handgelenk herausragen. Verdammt. An dem Arm kann ich auf keinen Fall ziehen. Was nur gut ist, denn der Versuch eben hat mir gezeigt, wie extrem schwer er ist.

Ich muss mir eine bessere Methode einfallen lassen.

Verzweifelt sehe ich mich um. In der Ferne stehen die biegsamen rosafarbenen Bäume, die sich im Wind bewegen, und ich greife nach Raahoshs Knochenmesser und gehe auf sie zu, während eine Idee in meinem Kopf Gestalt annimmt. Wenn mein Dad einen Hirsch geschossen hatte, haben wir für gewöhnlich die Beine um eine Stange gebunden und sie dann geschultert, aber diesmal ist niemand da, der das andere Ende für mich tragen könnte. Doch einmal war ich bockig, und mein Dad ist sauer geworden und hat sich aus zwei Ästen und einer Plane etwas gebaut, womit er den Hirsch hinter sich herziehen konnte, während ich flennend neben ihm herlief.

Gott segne mich dafür, dass ich so ein widerborstiges kleines Mädchen war. Ich werde mir eine Schleppvorrichtung bauen und Raahosh nach Hause ziehen.

Es kostet mich fast eine Stunde, einen der dürren Bäume abzuhacken, aber er wird seinen Zweck bestens erfüllen. Der »Stamm« ist dick genug, dass ich ihn bequem umfassen kann, und auch wenn er sich klebrig und schwammartig anfühlt, sollte ich in der Lage sein, ihn problemlos hinter mir herzuziehen. Ich hacke noch einen Baum ab, und als ich meine Beute zu Raahosh zurückschleppe, zittere ich vor Erschöpfung und Sorge, ich könnte sein Knochenmesser stumpf gemacht und damit ruiniert haben.

Es bleibt mir jedoch keine Zeit, mir darüber den Kopf zu zerbrechen, denn jetzt beginnen feine Schneeflocken zu fallen, und der Himmel verdüstert sich. Wenn ich Raahosh nicht rasch nach Hause schaffe, sitzen wir bis zum Hals in der Scheiße. Also knie ich mich auf den Boden, schlüpfe aus dem warmen Umhang, den er mir am Morgen gegeben hat, und knote ihn an die Stangen als Unterlage für die Schleppbahre. Ich benutze einige Bänder von meinen Beinkleidern, um den Umhang festzubinden, und als ich fertig bin, zitternd vor Kälte, ist meine Kleidung zerstört und halb verschwunden, und der Schnee fällt nun in dichten Flocken.

»Raahosh?«, rufe ich leise und klopfe ihm auf die Wange, um festzustellen, ob er wach ist. Keine Reaktion.

In gewisser Weise bin ich froh darüber. Das Ganze wird weniger wehtun, wenn er bewusstlos ist. Mit einer stummen Entschuldigung greife ich nach seinem unverletzten Arm und mache mich daran, ihn zu der Schleppbahre halb zu schleppen, halb zu rollen. Er stöhnt vor Schmerz, wird aber nicht wach.

Ich nehme die Stangen auf, klemme mir das Messer zwischen die Zähne und zerre meine improvisierte Bahre hinter mir her. Scheiße. Das Ding ist schwer, aber eine andere Möglichkeit sehe ich nicht. Ich muss einfach durchhalten. Hier können wir jedenfalls nicht bleiben. Ich beiße mir auf die Unterlippe und trete den langen, beschwerlichen Marsch nach Hause an.

Ich brauche Stunden, um den Weg aus der Schlucht zu finden, doch als ich es endlich geschafft habe, finde ich im fallenden Schnee das, was von unseren Fußabdrücken noch da ist, und sehe den Gletscher in der Ferne. Ich werde Raahosh nach Hause bringen. Ich schaffe das. Meine Finger sind mittlerweile Eisklumpen, und ich habe Blasen an den Händen, aber ich sehe Licht am Ende des Tunnels.

Als ich ein weiteres Mal an der Bahre ziehe, stöhnt Raahosh. Ich keuche auf und lege sie behutsam ab, dann eile ich an seine Seite. »Raahosh? Bist du wach?«

Er wirft den Kopf hin und her, dann sieht er mich mit vor Schmerz glasigen Augen an. Ich bin mir nicht ganz sicher, ob ihm bewusst ist, wo er ist. »Liz«, flüstert er und versucht, die Hand nach mir auszustrecken. Sein Gesicht verzieht sich vor Qual, und er fällt zurück auf die Bahre.

»Nicht bewegen«, sage ich zu ihm. »Ich bringe dich hier weg. Es wird alles gut.«

»Lass ... mich ... hier«, keucht er. »Ich bin zu schwer verletzt.«

»Quatsch«, sage ich, obwohl er meine größte Angst in Worte fasst, »das wird schon! Du musst dich nur für ein paar Tage ausruhen und wieder gesund werden. Lass den Luis seine Arbeit tun!«

»Du bist ... nicht ... sicher.« Seine Lider schließen sich wieder.

»Ich komme schon klar«, blaffe ich ein wenig lauter als nötig. Ich beuge mich vor und fasse Raahosh am Kragen. »Verstehst du mich? Ich komme klar, und dir wird es auch bald wieder gut gehen. Stirb mir ja nicht weg!« Er antwortet nicht, und ich gerate ein wenig in Panik. Ich schüttele ihn, was ihm ein weiteres Stöhnen entlockt. Es ist mir egal. Solange er stöhnt, lebt er. »Scheiße, wag es ja nicht, mich zu verlassen, Raahosh!« Ich lasse ihn los und streiche seine Kleidung glatt, dann beuge ich mich vor und lege ihm eine Hand auf die Brust. Sein Khui vibriert bei meiner Berührung, und ich beschließe, dass Bestechung die beste Waffe ist, die ich habe. Ich halte meinen Mund dicht an sein Ohr. »Wenn du das hier lebend überstehst, Raahosh, werde ich dir die Seele aus dem Leib vögeln, so wahr mir Gott helfe.«

Raahosh

Ein Schleier aus rotem Schmerz und schwarzen Träumen. Manchmal nehme ich wahr, wie mein Khui in meiner Brust in Schwingungen versetzt wird, und alles fühlt sich besser an. Manchmal durchzuckt mich dunkler Schmerz, und ich versinke tiefer in der Finsternis. Ich sollte mich konzentrieren, mein Geist will jedoch einfach nicht wach bleiben.

Aber ich muss wach bleiben, rufe ich mir ins Gedächtnis. Ich muss Liz beschützen.

»Liz«, hauche ich, »meine Gefährtin.«

»Ich bin hier«, kommt eine sanfte Stimme aus der Dunkelheit. Zärtliche Finger streichen über meine Wange, und ich kämpfe gegen die Flut des Schmerzes, die mich in die Tiefe zu ziehen droht. Meine Lider fühlen sich an, als würde jemand darauf sitzen, so schwer sind sie. »Ruh dich aus«, sagt sie, und ihr süßer Atem weht über mein Gesicht. Ich spüre ihre Lippen, als sie mich auf die Wange küsst, dann liebkost sie mich noch einmal. »Du bist in Sicherheit. Werd einfach gesund, in Ordnung?«

Ich benetze die Lippen. »Die Metlaks ...«

»Darum habe ich mich gekümmert. Ich habe Feuer gemacht und trockne Fleisch, und dein Messer ist auch frisch geschärft.« Sie streichelt mir über die Brust und die Arme, und dabei steigt brennender Schmerz in mir auf. Ein Zischen entringt sich mir. »Deine Wunden verheilen gut. Wirklich schnell. Ich musste deine gebrochenen Knochen richten. Es tut mir leid, das hat sicherlich wehgetan. Aber jetzt entspann dich einfach, okay?«

Mein Khui summt in meiner Brust, und ich höre ihren antworten. Obwohl ich schwer verletzt bin und schreckliche Schmerzen habe, regt sich mein Schwanz. Wir haben schon zu viel Zeit verstreichen lassen, um dem Ruf des Khui zu folgen, und mein Körper erinnert mich daran, dass wir ihm bald gehorchen müssen. »Verlass mich nicht …«

»Das werde ich nicht«, sagt sie leise. »Du musst nur überleben. Schlaf jetzt.« Ihre Finger streichen über meine Lippen. »Schlaf«, wiederholt sie.

Und das tue ich.

Eine gefühlte Ewigkeit verliere ich immer wieder das Bewusstsein und bin dazwischen nur kurze Zeit wach. Im Geiste spüre ich die sanften Berührungen von Liz' Händen und höre ihre besänftigenden Worte, wenn sie mir Suppe einflößt, und auch den pochenden Schmerz in meinem Körper, obwohl mein Khui daran arbeitet, ihn zu heilen. Nicht nur meine Extremitäten schmerzen – in meinem Schwanz brennt wildes Verlangen nach meiner Gefährtin, und ich mache mir Sorgen, dass ich, wenn ich geheilt erwache, womöglich über Liz herfallen und sie dazu zwingen werde, sich mit mir zu paaren.

Das würde einem Menschen wahrscheinlich nicht gefallen. Nicht bei all den Verweigerungsritualen.

Aber ich habe gar keine Wahl. Mein Körper braucht Zeit und Ruhe, um zu heilen, daher gleite ich immer wieder in Traumwelten.

Irgendwann wache ich auf und habe einen überraschend klaren Kopf. In meinem Körper gibt es einen nie nachlassenden Schmerz wie von einem verfaulten Zahn, doch das ist nicht allzu schlimm. Ich bin in der Lage, die Augen zu öffnen, ohne dass es mir wie schwere Arbeit vorkommt, und ich schaue zum Feuer.

Dort ist Liz, vor sich meinen ledernen Teeschlauch an einem über dem Feuer stehenden Dreifuß. Sie schärft das Messer an einem Stein, und ich sehe Streifen von getrocknetem Fleisch an einem Netz aus Gräsern an der Wand hängen. Ihr Bogen – nein, das ist ein neuer – lehnt an der Hinterwand, und ein weiterer ohne Sehne liegt in der Nähe.

Mein Mund fühlt sich an wie Leder. Ich benetze erneut die Lippen und versuche, mich aufzurichten. Ich habe Durst. Ich bin schwach, und mein Khui pocht und summt zudem vor Hunger.

Liz schaut überrascht auf. »Raahosh!« Sie kommt zu mir und legt mir eine Hand auf die Brust. »Bleib liegen. Ernsthaft, du bist immer noch sehr schwach.«

Ich beachte ihre Besorgnis nicht weiter und setze mich auf, untersuche meinen Körper. Mir tut alles Mögliche weh, aber in meinem Brustkorb scheint alles an seinem Platz zu sein. Probehalber bewege ich eine Hand. Ich fühle brennenden Schmerz, aber mein Handgelenk ist ganz gerade und liegt in einer improvisierten Schiene.

»Ich musste die Knochen richten«, erklärt Liz und zieht das Fell fester um mich. »Fühlt es sich okay an?«

»Das hast du gut gemacht«, sage ich mit belegter Stimme. Ihre Nähe weckt in mir Schmerzen einer anderen Art von Hunger. Mein Schwanz tut weh, und mein Khui schlägt an, als sie sich vorbeugt, um mir ihre kleinen Finger auf die Stirn zu legen. Ich halte ihre Hand fest und küsse die Innenfläche, und ich wünschte, sie würde sie um meinen Schwanz legen und ihn streicheln. Ich weiß noch, wie sich das angefühlt hat – es hat sich in mein Gedächtnis eingebrannt.

»Hast du Durst? Hunger?«, fragt sie und schaut mich mit

großen Augen an. Sie entzieht mir ihre Hand und steht auf, dann geht sie zum Feuer. »Ich habe dir Brühe gemacht. Du musst wieder zu Kräften kommen.«

Als sie den Becher mit Brühe zu mir bringt, erscheint mir der Duft ihrer warmen Haut reizvoller als das Getränk. Sie hebt den Arm, um mir die Tasse an die Lippen zu halten, und ich liebkose durch ihre Kleidung hindurch ihre runden, wunderschönen Brüste. Liz bebt, und mein Khui schwingt im selben Rhythmus wie ihrer. »Wie ich sehe, fühlst du dich besser«, bemerkt sie mit zittriger Stimme und schiebt meine Hand weg. »Kein Ferkeleien jetzt.«

»Ferkilein?«, frage ich. Ich weiß nicht, was dieses Wort bedeutet. Doch es interessiert mich auch nicht. Liz hat sich das Haar geflochten, und ich würde gern das Gesicht an ihrem hübschen, entblößten Hals vergraben. Ich will ihren kleinen Körper auf meinem spüren, will das Schlagen ihres Herzens fühlen, will ihre Erregung riechen und sie berühren und in Besitz nehmen.

»Genau«, sagt sie atemlos. Ich höre ihren Khui in ihrer Brust vibrieren. »Nun ist nicht der richtige Zeitpunkt dafür. Es geht dir noch nicht wirklich wieder gut.«

Ich streiche ihr über die Wange, berühre ihr Kinn, ihre Kehle. Ich berühre sie an jeder Stelle, die ich erreichen kann, bevor sie etwas von mir abrückt, während sie mir gleichzeitig den Becher an die Lippen hält und mich nötigt zu trinken. Als sie den Becher wegnimmt, lehne ich den Kopf an die Höhlenwand und schließe die Augen. Ich bin müde, aber wenn ich sie berühre, fühle ich mich gleich besser.

Sie stellt den Becher beiseite und schlägt die Felle von meinen Beinen zurück. Ich höre ein gedämpftes Schnauben. »Immerhin funktioniert ein Teil von dir anscheinend ganz hervorragend«, sagt sie.

Ich öffne die Augen und schaue nach unten. Mein Schwanz hat Haltung angenommen. Er schmerzt, und kurz gebe ich mich der Hoffnung hin, dass sie ihn erneut in ihren weichen, menschlichen Mund nehmen und an ihm lutschen wird. Doch es soll nicht sein. Sehr nüchtern überprüft Liz meine Verbände, und sie schnalzt mit der Zunge, als sie meine Wunden sieht. »Du bist auf dem Weg der Heilung, aber mehr auch nicht.«

»Meinem Khui ist das gleich«, sage ich. Sie beugt sich über mich, mit dem Gesicht nah an meinem Schwanz, während sie an meinen Verbänden zupft. »Er will, dass ich dich in Besitz nehme.«

Tief aus ihrer Kehle kommt ein Summen, aber ich kann nicht beurteilen, ob es eine Zustimmung ist oder nicht. »Sag deinem Khui, dass jetzt nicht der richtige Zeitpunkt dafür ist.«

Sie steht auf und beginnt in der Höhle umherzugehen. Unter ihrer formlosen Lederkleidung ist sie anmutig und schlank, und ihre Augen leuchten. Sie riecht nach dem süßesten Honig, und meine Sinne hungern nach ihr. Ich bewege mich auf meiner Pritsche. »Ich erinnere mich … an ein Versprechen, das du mir gegeben hast.«

Ihr Gesicht wird rot, sie schiebt sich einen ihrer Zöpfe hinters Ohr und tritt ans Feuer. »Ich beabsichtige, mein Versprechen einzulösen, wenn es dir besser geht. Aber fürs Erste brauchst du Schlaf.« Sie reibt sich die Augen, und erst jetzt fallen mir die dunkle Ringe darunter auf. Sie sieht selbst erschöpft und müde aus. Ihre Kleidung ist schmutzig und zerlumpt, und ihr Haar ist seit vielen Tagen nicht gewaschen. Außerdem ist sie dünn, so mager wie damals, als sie krank war.

»Wie lange kümmerst du dich schon um mich?«, frage ich beschämt. Während ich hier gelegen und geschlafen und meinem Khui Zeit gegeben habe, mich zu heilen, hat sie hart gearbeitet.

Sie geht zur Höhlenwand und berührt sie, und ich sehe Striche, die mit Kreide auf den Stein gemalt sind. »Neun Tage«, zählt sie, dann greift sie nach einem Kreidestein und fügt einen weiteren Strich hinzu. »Tatsächlich sogar zehn.«

Kein Wunder, dass mein Körper auf ihre Nähe reagiert. Ich habe noch nie von einem Paar gehört, das über so einen langen Zeitraum eine Khui-Paarung vermieden hat. Ich frage mich außerdem, ob der Umstand, dass mein Körper so lange braucht, um gesund zu werden, damit zu tun hat. Mithilfe der Heilerin Maylak lässt sich ein Bruch innerhalb von wenigen Tagen heilen. Wenn ich neun Tage lang die meiste Zeit bewusstlos war, dann könnte das bedeuten, dass mein Khui überanstrengt und unbefriedigt ist.

Schon bald wird er aufhören zu bitten und anfangen zu fordern. Ich frage mich, ob Liz das klar ist.

Jetzt, da ich wieder bei Bewusstsein bin, hat mein Khui beschlossen, dass er Liz in Besitz nehmen muss, und zwar auf der Stelle. Es spielt keine Rolle, dass mein Körper noch nicht ganz geheilt ist oder dass Liz erschöpft ist. Alles, was zählt, ist die Paarung, auf die der Khui besteht. Liz' Khui wird jedes Mal in Schwingungen versetzt, wenn sie in meine Nähe kommt, und manchmal, wenn sie von draußen in die Höhle zurückkehrt, riechen ihre Hände nach Sex, als hätte sie sich selbst Lust bereitet. Ich weiß, dass sie das Verlangen zwischen uns auch spürt. Sie versteckt ihre Begierden, weil sie meinen Körper für zerbrechlicher hält, als er es tatsächlich ist.

Das einzig Zerbrechliche an mir ist meine Selbstbeherrschung.

Jede Nacht rollt sie sich an mich gedrückt zusammen, erschöpft von einem Tag, an dem sie gejagt und das Feuer unterhalten und sich dann um mich gekümmert hat. Sie badet mich sanft und füttert mich mit kleinen Stücken von getrocknetem Fleisch von den Tieren, die sie getötet hat. Die ganze Zeit über ist sie damit beschäftigt, Waffen zu fertigen oder noch mehr Eis zu schmelzen oder den Eimer mit meinen Hinterlassenschaften auszuleeren, da sie darauf besteht, dass ich mein Bein nicht belasten darf.

Es fällt mir zunehmend schwerer, ihr zu widerstehen. Wenn sie an mir vorbeiläuft, strecke ich automatisch die Hand nach ihr aus. Wenn sie sich in unserem Nachtlager an mich schmiegt, kostet es mich meine ganze Willenskraft, sie nicht auf die Felle zu drücken und zu vögeln.

Und wenn sie zurückkommt und ihre Hände nach ihrer süßen Muschi riechen? Dann muss ich die Augen schließen und mir ins Gedächtnis rufen, dass ich meine Menschenfrau mit Selbstbeherrschung gewinnen werde, nicht mit roher Gewalt.

Aber meine Selbstbeherrschung hat Grenzen, und ich befürchte, dass sie mir wie Wasser durch die Finger rinnen wird.

Liz

Es bedeutet eine Menge Arbeit, so primitiv zu leben und mich um Raahosh zu kümmern. Der Tag kommt mir wie eine nimmer endende Liste von Verpflichtungen vor. Die Höhle fegen, Raahosh waschen, die Felle ausschütteln, Schnee für Trinkwasser schmelzen, essen, Fallen überprüfen, übrig gebliebenes Fleisch räuchern, mehr Schnee auftauen, Waffen reparieren, Raahosh versorgen, noch mehr Schnee schmelzen und so weiter und so fort. Außerdem ist Raahosh ein ganz schrecklicher Patient. Seine Verletzungen heilen schneller, als ich es je bei jemandem erlebt habe, und ich habe den Verdacht, dass das das Werk des Luis ist. Ein Jammer, dass es nicht seine Laune hebt. Trotz seiner Verletzungen kann er nicht die Finger von mir lassen und reagiert unwillig, wenn ich sie wegschiebe. Er ist mitten im Heilungsprozess, was bedeutet, dass rumzumachen eine schreckliche Idee ist, ganz gleich, wie gut es sich für mich anhört.

Die Wahrheit ist, ich bin unbeschreiblich geil.

Noch nie in meinem Leben habe ich mich so gefühlt – als müsste ich Raahosh bespringen oder sterben. Aber Raahoshs Knochen wachsen gerade zusammen, und ich darf das einfach nicht. Er muss sich schonen. Und dazu kommt, dass ich müde bin und mich nicht besonders hübsch fühle. Ich bin schmutzig und verschwitzt von all der Arbeit in unserer Höhle, und meine Lederkleidung ist voller Blut von Raahosh, mir und den Metlaks, die ich getötet habe, ganz zu schweigen von dem Blut der Tiere, die ich von der Jagd mitbringe.

Aber heute Nachmittag schneit es heftig, und ich habe jede Menge Brennmaterial für das Feuer. Es gibt getrocknetes Fleisch zum Abendessen, und Raahosh hält ein Nickerchen, seine langen Beine in den Fellen von sich gestreckt. Manchmal beobachtet er mich und tut dann so, als schlafe er. Doch im Moment, denke ich, schläft er wirklich. Ich kratze mir die juckende Kopfhaut, und mein stramm geflochtenes Haar fühlt sich schmutzig an. Mit Blick auf das Feuer frage ich mich, ob ich mich rasch mit einem Lappen waschen sollte, während er sich ausruht.

Sobald mir die Idee gekommen ist, bin ich Feuer und Flamme. Ich fülle den Kochschlauch mit Schnee, und als er schmilzt, füge ich händeweise weiteren Schnee hinzu, bis über dem Feuer eine ausreichende Menge Wasser heiß wird. Ich hole die Seifenbeeren, von denen Raahosh mir erklärt hat, sie seien zum Waschen da, nicht zum Essen, und zerdrücke ein paar davon zwischen den Fingern, bevor ich sie ins Wasser werfe. Während es heiß wird, entledige ich mich meiner Lederkleidung und recke und strecke mich am Feuer.

In Raahoshs Nähe lasse ich meine Kleider an, vor allem, weil ich ihn nicht in Versuchung führen will. Nicht dass ich nicht mehr mit ihm schlafen wollte. Als ich ihn beinahe verloren hätte, ist mir klar geworden, dass ich okay, ja, heißen, schmutzigen Sex mit dem Mann, äh, Außerirdischen haben will. Indem ich ihm den Sex verwehrte, habe ich mich die ganze Zeit bloß selbst gepeinigt. Ich weiß nicht genau, wie ich mit dem »Gefährten«- und »Babys«-Gerede umgehen soll, aber immer eins nach dem anderen. Und im Moment bin ich auf Sex gepolt. Sex, Sex, Sex. Still vor der Höhle zu masturbieren hat nicht wirklich etwas gebracht, und ich kann es kaum erwarten, dass der Mann wieder auf die Beine kommt, damit ich ihn bespringen kann.

Natürlich nur rein bildlich gesprochen.

Und solange wir uns alle körperlichen Freuden versagen, klingt eine schöne, schnelle Waschung einfach wunderbar. Ich nehme ein an Kaninchen erinnerndes Stück Fell zur Hand, tauche es in das warme Wasser und beginne mich damit abzureiben. Schmutziges Wasser läuft dabei an meinen Armen herunter, und ich unterdrücke ein wohliges Stöhnen. Mich zu waschen fühlt sich schon jetzt himmlisch an. Rasch wische ich mir mit dem Fellfetzen über den Nacken und wasche mich auch unter den Armen. Meine Brüste sind empfindlich, und ich wimmere, als das nasse Fell darüber hinweg gleitet. Halb fürchte ich mich davor, halb freue ich mich darauf, mich zwischen den Beinen zu waschen. Doch als ich zu diesem Bereich komme, verziehe ich das Gesicht und wasche mich bloß schnell grob, während ich versuche, mich selbst nicht mehr zu berühren als notwendig. Es bringt nichts, sich heißzumachen, nur um null Befriedigung zu finden. Ich tauche den Felllappen ins Wasser und wringe ihn über meinen Zöpfen aus, um sie nass zu machen, in der Hoffnung, dass ich so mein Haar ein wenig von Schmutz befreien kann. Als es sich etwas sauberer anfühlt, drücke ich das Wasser aus meinen Zöpfen, dann sind bloß noch meine Beine übrig.

Ich beuge mich vor, um meine Waden mit dem Lappen abzurubbeln.

Warme Hände umfassen meinen Hintern, und ich fahre zusammen. »Raahosh?« Als ich über meine Schulter schaue, sehe ich, wie er den Mund auf meine Hüfte drückt, mit einem Gesichtsausdruck schierer und vollkommener Glückseligkeit. Er ist nackt – er liegt schon seit Tagen nackt unter den Fellen. Und er ist total erregt.

Und plötzlich schießt mein Puls in die Höhe und mein Luis spielt verrückt.

»Du sollst doch nicht aufstehen«, sage ich und klinge dabei genauso atemlos, wie ich mich fühle.

Er drückt Küsse auf meine feuchte Hüfte, und seine Hand gleitet an der Innenseite meines Schenkels nach oben. »Ich kann deine Erregung riechen, meine Gefährtin. Ich rieche sie an deinen Händen, wenn du von draußen hereinkommst. Glaubst du, ich merke das nicht?«

Eine heiße Röte stiehlt sich in meine Wangen. »Ich musste, ähm, die Sache unter Kontrolle bringen.«

»Ich habe keine Kontrolle, was dich betrifft«, murmelt er und knabbert mit seinen langen Reißzähnen, die nichts Menschliches haben, an mir. Ich habe keine Ahnung, warum ihr Anblick mich so heißmacht, aber verdammt, er tut es.

»Dir geht es nicht gut ...«

»Mein größter Schmerz hat nichts mit meinen Knochen zu tun«, unterbricht er mich und hört einfach nicht auf, mich zu streicheln.

Ein Wimmern entringt sich mir.

»Bück dich.« Sein Atem kitzelt an meinem Bein. »Ich will meine Gefährtin kosten.«

Ich kralle die Finger in das feuchte Stück Fell, das ich als Waschlappen benutzt habe, und werfe es dann beiseite. Mein ganzer Körper ist erhitzt, und während ein Teil meines Gehirns schreit, dass ich dem, was der Außerirdische will, nicht nachgeben soll, summt mein Luis ein verlockendes Lied im Takt mit seinem, und ich bin so voller Verlangen, dass ich aus meiner eigenen Haut fahren könnte. Also beuge ich mich langsam vor und lege die Hände auf die Rückseiten meiner Waden, als befände ich mich im Sportunterricht und würde Dehnübungen machen. Nur dass ich nackt bin, splitterfasernackt und total angetörnt.

Ich spüre, wie Raahosh meine Pobacken auseinanderzieht,

dann ist sein Mund auch schon auf meiner Muschi und leckt mich mit einem wilden Hunger, der mir die Knie schwach werden lässt. Ich schreie auf und stolpere sofort nach vorne, zu nah ans Feuer. Allein sein starker Arm um meine Oberschenkel bewahrt mich davor, in die Flammen zu stürzen. Stattdessen dreht er mich herum, bis ich den Fellen zugewandt bin, und schiebt mich dann vor sich her, den Arm noch immer um meine Oberschenkel gelegt. Er drückt mich in die Pelze, meine Wange am Boden, mein Hintern in der Luft.

Und nach wie vor leckt er mich mit unerbittlicher Entschlossenheit. Meine Zehen krümmen sich, und Schreie entweichen meiner Kehle, während seine Zunge, wulstig und dick, tief in mich eindringt. Oh, verdammt. Das ist zu viel für mich. Es fühlt sich einfach zu gut an.

Stöhnend hält er inne, und ich schnappe nach Luft. »Du schmeckst so süß.« Das ist die einzige Vorwarnung, bevor er sich wieder auf mich stürzt, und meine Beine verkrampfen sich in schmerzhaftem Verlangen. O Gott. Ich bin jetzt schon *so* nah dran zu kommen, und dabei hat er bisher nichts anderes getan, als sein Gesicht an meine Muschi zu drücken und zu lecken. Natürlich macht mich das verrückt, und ich winde mich an seinem Mund und stemme mich nach hinten, als wolle ich sein Gesicht reiten.

»Meins«, knurrt er, dann stößt er erneut die Zunge in mich hinein.

Schreiend kralle ich die Finger in die Felle, als ich komme, und meine Beine verkrampfen sich, während der Orgasmus mich durchfährt. Mein Körper zuckt von der Wucht meines Höhepunkts, und Feuchtigkeit strömt zwischen meine Beine.

Es bringt nun auch Raahosh um den Verstand. Er knurrt, dann packt er erneut meine Hüften. Ehe ich wieder zu Atem kommen kann, hat er mich auch schon auf den Rücken geworfen, und jetzt sind meine Beine in der Luft. Er nimmt seinen Schwanz in die Hand und stößt in mich hinein.

Und wieder schreie ich. Es fühlt sich an, als würde ich von innen ausgehöhlt, so groß ist er. Es ist schlicht und einfach unglaublich. Ich hatte bereits Sex, aber noch nie habe ich jeden Zentimeter eines Mannes gefühlt, wenn er in mir war.

Das hier ist einfach unglaublich intensiv. Ich kann jede Wulst auf seinem Schwanz spüren, jede raue Erhebung, jede Ader. Und verdammt, auf jeden Fall spüre ich den Sporn über seinem Schwanz. Sobald er in mich hineinstößt, gleitet der Sporn zwischen meinen Schamlippen über meine Klitoris und streicht darüber wie ein weiterer Finger.

Ich bin völlig überwältigt von diesen Empfindungen.

Plötzlich erstarrt er und kneift seine glühenden Augen zusammen. Er ist vollkommen reglos, atmet nicht einmal. Ich kann seine Miene nicht deuten.

»Liz, habe ich ... dir wehgetan?« Er wischt sich über den Mund, und mir wird klar, dass sich hinter seinem kontrollierten Gesichtsausdruck Beunruhigung verbirgt.

»Alles gut«, antworte ich und hebe die Hüften. »Bitte, hör nicht auf.«

Er stößt ein tiefes, kehliges Knurren aus, und der wilde Ausdruck kehrt in seine Züge zurück. Danach beugt er sich vor, legt mir eine Hand auf die Hüften und rammt sich erneut tief in mich hinein.

Und ich schreie noch einmal auf, denn wie sollte ich es auch verhindern? Es fühlt sich an, als würde mein Innerstes nach außen gekehrt. Es ist das Irrsinnigste, was ich je erlebt habe. Sein Haar hängt dicht vor meinem Gesicht, und ich kralle die Fäuste hinein und halte ihn genauso grob, wie er mich hält. »Scheiße, hör nicht auf«, knurre ich ihn an. »Hör nicht auf!«

Seine Nasenflügel beben, und dann rammt sich Raahosh

noch heftiger in mich hinein. Schreiend komme ich, und ich reiße an seinen Haaren und hebe die Hüften, um seinen Stößen entgegenzukommen. Es ist, als hätte mein Orgasmus von eben gar nicht aufgehört. Er rollt einfach weiter durch mich hindurch, und ich schreie und schreie, während es immer weiter geht. Mit jedem Stoß streift Raahoshs Sporn über meine Klitoris, und es zerreißt mich fast. Ich kann mit so viel Lust nicht umgehen. Ich kann einfach nicht.

Ein Zucken durchläuft Raahoshs Körper, und einen Moment lang denke ich, er wird sich über sein Knie oder einen Muskelkrampf beklagen, so dermaßen überrascht sieht er aus. Aber dann zischt sein Atem durch seine zusammengepressten Lippen, ein Ruck durchläuft ihn, und mir wird klar, dass er ebenfalls gekommen ist.

Raahosh

Ich bin völlig neugeboren.

Jeder Muskel in meinem Körper, jede Sehne, jedes Organ – nichts davon gehört noch Raahosh. Es gehört alles Liz, damit sie damit tut, was ihr beliebt. Ich gehöre ganz und gar ihr.

Ich sinke auf meine Gefährtin, verausgabt von unserer wilden Vereinigung. Es hat nicht lange gedauert, und mein Schwanz zuckt nach wie vor, obwohl er tief in ihr versenkt ist und ich gekommen bin. Aber unsere Khui singen immer noch. Wenn überhaupt, wird ihr Gesang mit jedem verstreichenden Augenblick stärker, unsere Khui vereint in einem Lied.

Liz' Hände gleiten aus meinem Haar, und sie verzieht das Gesicht beim Anblick der langen Strähnen an ihren Fingern. »Ich … ich habe vielleicht ein paar Hände voll ausgerissen. Es tut mir leid.« Sie hält mir das Haar hin.

Ich nehme die Strähnen aus ihren Fingern und werfe sie beiseite. »Ich habe noch mehr als genug davon.« Wenn sie will, kann sie mir alle Haare ausreißen. Mir ist es einerlei. Ich will nur in ihr bleiben. Ich rolle mich auf die Seite und ziehe sie mit mir, drücke ihr Gesicht an meine Brust. Ich habe noch nie so empfunden, nie so viel auf einmal gefühlt.

Sie gehört mir. Ganz mir. Und sie ist erfüllt von meinem Sperma. Ich kann spüren, wie ihre Muschi sich fest um mich zusammenzieht, wie heiße Krämpfe sie schütteln. Bei jedem einzelnen keucht sie leise auf, und mir scheint, dass sie sehr lustvoll für sie sind. Ich streiche mit einer Hand über ihre hellen Zöpfe, die noch feucht vom Waschen sind. »Meine Gefährtin«, murmele ich. »Meine Liz.«

Meine Menschenfrau gibt einen kleinen Laut von sich, der halb nach Stöhnen, halb nach Seufzen klingt, aber vor allem Wohlbehagen ausdrückt. Sie schmiegt sich an meine Brust und streichelt mit einer Hand meinen Arm. Ich mache das Gleiche bei ihr und genieße den Unterschied in der Beschaffenheit unserer Körper. Ihrer ist nicht von weichem Flaum bedeckt, wie es bei meinem Volk der Fall ist. Menschenhaut ist anders, doch ich mag es. Ich kann gar nicht aufhören, sie zu berühren, und es erinnert mich daran, wie es sich angefühlt hat, als ich das Innere ihrer glatten Muschi geleckt habe.

Es ist eine gute Erinnerung und etwas, das ich wieder tun will, und zwar sofort. Meine Finger wandern an die Wurzel meines Schwanzes, der immer noch tief in ihr steckt, und ich streiche über die Ränder ihrer Öffnung, wo sie mich fest in sich hält. Die Falten ihrer Muschi sind stark gedehnt.

Sie schnappt nach Luft. »Was ...«

»Es gefällt mir, wie du dich anfühlst, wenn ich in dir bin«, sage ich ihr, und die Röte auf ihrem Gesicht vertieft sich noch. »Du bist weit gedehnt, um Platz für mich zu haben.«

»Angeber«, erwidert sie neckend und streichelt mir nachdenklich über die Brust. »Wir haben übrigens wahrscheinlich alles falsch gemacht.«

»Ach ja?« Ich bin erschrocken, dass ich etwas getan habe, das ihr missfallen hat. »Gibt es irgendein menschliches Ritual, von dem ich nichts weiß?«

Sie kichert und fährt mit dem Finger über meine Brustmuskeln, dann schnippt sie gegen meine Brustwarze. »Nicht direkt, es sei denn, du bezeichnest das Vorspiel als Ritual.« Sie bewegt sich, und ich spüre jeden Muskel in ihrer Muschi an meinem

Schwanz. Ich atme scharf ein, denn ich bin bereit, meine Gefährtin aufs Neue in Besitz zu zunehmen, aber da sie spricht, versuche ich zuzuhören. »Meistens«, fährt sie fort, »wollen Frauen zum Sex überredet werden.«

Überredet? Das verstehe ich nicht. Sie hat doch laut genug nach mir gerufen. Ich schmecke immer noch die Feuchtigkeit ihrer Erregung auf meiner Zunge. Einen Moment lang mustere ich sie nachdenklich. Ah – vielleicht ist es Zeit für das umwerbende Wort. »Nee«, sage ich ihr.

Sie schlägt mir gegen die Brust. »Was meinst du mit nee?« Sie wirkt gekränkt. »Ich darf ein verdammtes Vorspiel wollen! Das ist wohl kaum zu viel verlangt.«

»Moment. Ist das kein umwerbendes Wort?«

Sie gibt einen entrüsteten Laut von sich. »Ich habe dich um ein Vorspiel gebeten, und du hast Nein gesagt?«

»Ich habe Nee gesagt«, korrigiere ich sie. »Ist das nicht richtig? Du hast es einmal zu mir gesagt, als deutlich war, dass dir meine Berührungen gefallen.«

Liz wirft mir einen ungläubigen Blick zu und drückt gegen meine Brust. »Ich habe keine Ahnung, wovon du redest, du Spinner! Lass mich los …«

»Niemals«, entgegne ich und packe eine Faustvoll ihres Haars, wie sie es bei mir gemacht hat. Völlig reglos liegt sie da, und ich mustere sie. Ein schneller Puls pocht in ihrer schönen Kehle, und heißer Zorn – und Lust – lodern in ihren Augen. »Erklär mir, was es mit diesem ›Vorspiel‹ auf sich hat.«

»Verdammt, du machst Witze, oder?«

Ich lasse mir die Worte durch den Kopf gehen, aber die Übersetzungen klingen nicht richtig. »Mein Schwanz erhebt nicht zum Spaß Anspruch auf dich, nein.«

»Herrgott noch mal, so meinte ich es nicht. Ich …« Sie stößt frustriert den Atem aus. »Okay. Vorspiel. Das sind Sachen, wie sanft an die Titten zu fassen und so. Du musst deine Frau für Sex in Stimmung bringen. Dafür sorgen, dass sie schön feucht ist und bereit.«

Ich schaue sie stirnrunzelnd an. »Du warst feucht.«

»Ich weiß! Aber …«

»Ich habe deine Feuchtigkeit von den Innenseiten deiner Schenkel geleckt. Deine Muschi war so feucht, dass sie getropft hat …«

Sie drückt mir mit den Fingern die Lippen zusammen und wirkt … verlegen. »Sag nicht so schmutzige Dinge.«

Schmutzig? Es war wunderschön, all diese Feuchtigkeit zu sehen, die ich hervorgerufen habe. Ich würde stundenlang von ihrem süßen Nektar trinken, doch ihr scheint der Gedanke unangenehm zu sein. Menschen sind seltsam. »Dann erklär es mir«, beharre ich. »Was sind Titten? Dieses Wort kenne ich nicht.«

»O Gott«, haucht sie. »Was hat dieses Übersetzungsprogramm dir eigentlich beigebracht?« Sie tätschelt sich den Oberkörper. »Du weißt schon, Busen. Brüste. Sie fühlen sich gut, wenn du sie berührst.«

Sofort lege ich ihr eine Hand auf die Brüste und liebkose sie, dann schaue ich Liz ins Gesicht.

Liz kichert. »Doch nicht jetzt. Vor dem Sex, um mich aufzuwärmen. Damit ich bereit bin loszulegen.«

»Ich bin bereit loszulegen«, eröffne ich ihr. Mein Schwanz ist hart und immer noch in ihr, und ich würde am liebsten schon wieder zustoßen, aber ich warte auf das bei Menschen übliche Zeichen, dass das für sie in Ordnung ist. Dass das hier Vorspiel ist. Also drücke ich ein weiteres Mal zaghaft ihre Brust. »So in etwa?«

Sie zieht die Brauen zusammen. »Du meinst … du willst noch einmal Sex haben?«

»Bedeutet es das?« Ich drücke erneut ihre Brust zusammen.

»Nein, jetzt drückst du auf meine Titten wie auf eine Hupe.«

»Du hast doch gesagt, dass du genau das willst!«

Sie verdreht die Augen. »Das war Umgangssprache, Baby.«

»Und jetzt sagst du, ich sei ein Kind?« Ich bin gekränkt. »Ich …«

Sie legt mir einen Finger auf den Mund und bringt mich erneut zum Schweigen. »›Baby‹ ist ein Kosewort für den Partner. Habt ihr keine solchen Worte? Wie würdest du mich nennen?«

»Liz?«

Sie schlägt mir wieder gegen die Brust. »Ich spreche von einem Kosenamen. Einem Spitznamen, den man sagt, weil man den anderen mag.«

Ich denke kurz nach. »Frau?«

Sie gibt einen ärgerlichen Laut von sich. »Weißt du was? Vergiss es. Ist auch egal …«

Aber jetzt verstehe ich, wonach sie fragt. »Meine Frau?«, murmele ich, drehe ihr Gesicht zu mir und fahre mit den Lippen über die zarte Kinnlinie. »Meine Liz?«

Ich spüre, wie ein kleiner Schauer sie von Kopf bis Fuß durchläuft, und ihre Muschi erbebt von tief innen. »O Gott, du bist schon wieder hart, oder? Ich kann dich *fühlen.*« Ihr Khui dröhnt und vibriert noch lauter, was ich als Ermutigung werte.

»Was tun Menschen denn sonst noch beim Vorspiel?« Ich lecke ihr über die Stelle zwischen ihrer Nasenspitze und ihrer Oberlippe, wo eine kleine Vertiefung ist. Sie ist dort so herrlich weich.

Sie seufzt leise in meinen Armen und schließt die Augen. »Küssen ist gut. Streicheln. Sanfte Berührungen. Liebkosungen.«

Ah. Dann habe ich schon früher mit ihr vorgespielt. Ich kannte nur das Wort dafür nicht. »Ich möchte jetzt mit dir vorspielen, Liz. Ich will, dass deine Muschi für meinen Schwanz bereit ist, damit ich dich noch einmal ausfüllen kann.«

»Dein Schwanz ist bereits in mir, das wäre also schon mal erledigt«, sagt sie, aber sie windet sich ein wenig unter mir, als mache sie die Erinnerung, dass ich in ihr stecke, ganz zappelig.

Ihr Haar ist noch immer um meine Hand geschlungen, und es gefällt mir, dass ich sie festhalten kann. Außerdem merke ich, dass es ihr ebenfalls gefällt. Ihr Atem kommt in leisen, raschen Stößen, und als sie die Augen öffnet, um mich anzusehen, steht ein verträumter, erregter Ausdruck darin.

Dann werde ich nun mit ihr vorspielen. Sie will Küsse? Ich kann ihr Küsse geben. Es ist die Paarung des Mundes, die Menschen so gernhaben und von der Vektal in den höchsten Tönen geschwärmt hat. Ich habe es auch jedes Mal genossen, denn Liz' Mund ist genauso weich und glatt wie ihre Muschi. Also streichele ich mit meinen Lippen über ihre, und als ihr Mund sich für mich öffnet, lasse ich meine Zunge über ihre gleiten, als würde ich sie tief drinnen mit meinem Schwanz streicheln.

Sie keucht und stöhnt zur Antwort.

Das gefällt mir. Nein, ich *brauche* es. Meine Gefährtin liegt endlich in meinen Armen und erlaubt mir, sie in Besitz zu nehmen. Es gibt nichts Besseres auf der Welt. So etwas habe ich noch nie erlebt, und ich habe die Absicht, gierig mit ihr zu sein. Mein Mund erobert den ihren immer wieder, bis sie stöhnend und bebend unter mir liegt. Ich lecke über ihre volle rosige Unterlippe und beiße dann sanft hinein, weil sie weich und süß ist und mich an ihre wunderschöne Muschi erinnert. Ein leiser Aufschrei entweicht ihr, und ich spüre, wie ihre Muschi zittert und sich um meinen Schwanz zusammenkrampft, während ihre Pupillen sich weiten und sie sich unter mir versteift.

Ich ziehe erneut meine Zunge über ihren geöffneten Mund. »Habe ich dir richtig vorgespielt?«

»Ich glaube, ich bin gerade noch einmal gekommen«, seufzt sie, einen glasigen Ausdruck in den Augen.

»Möchtest du, dass ich aufhöre?«

»Nein, natürlich nicht!« Ihr glasiger Blick liegt auf meinem Gesicht, und ich spüre, wie sie unter mir die Hüften kreisen lässt. »Ich fühle mich unglaublich gut.«

»Das ist der Khui«, erkläre ich ihr und lege eine Hand zwischen ihre Brüste. »Wir haben uns seinen Wünschen unterworfen, und jetzt belohnt er uns.«

»Bravo, Luis.« Sie hebt das Kinn, eine unauffällige Aufforderung, sie wieder zu küssen. Dem komme ich mit Freuden nach, während meine Hand zu ihrer Brust wandert. Ihr menschlicher Brustkorb erbebt unter der Wucht des schwingenden Khui, und ihre Brustwarzen sind hart und aufgestellt. Ich streiche mit der Hand darüber, und sie schreit erneut auf und schließt die Augen.

Ah. Noch mehr Vorspiele. »Soll ich meinen Mund darauf drücken?«

Etwas benommen, aber vor allem hungrig sieht sie mich an. »Da habe ich nichts gegen.«

Ich halte inne. »Ist das ein Ja?«

»Erst die Brüste«, sagt sie und drückt meinen Kopf auf ihren Busen. »Reden später.«

Ich rutsche tiefer, wie sie es verlangt, und mein Schwanz gleitet aus ihrer feuchten, warmen Muschi. Sie gibt einen unwilligen kleinen Laut von sich, doch ich werde schon bald dorthin zurückkehren. Wie sie sagt, erst einmal Brüste. Ich fange ihre Brustwarze mit dem Mund ein. Sie keucht und windet sich unter mir und bäumt sich vor Verlangen in den Fellen auf. Ah, das gefällt mir. Ich schnippe mit der Zunge über die Spitze und genieße ihre Schreie.

Liz stöhnt und schiebt die Hände in mein Haar, zu meinem

noch verbliebenen Horn, und sie klammert sich verzweifelt an mich. Das alles gefällt ihr sehr. Mein Schwanz schmerzt, weil er wieder in ihre feuchte, heiße Muschi zurückwill. Ich kann der Versuchung nicht widerstehen, sie zu berühren und mit der Hand über ihre Muschi zu streicheln und mit den weichen, feuchten Falten dort zu spielen. Sie ist glitschig zwischen den Beinen, da sich unsere Säfte dort vermischen, und sie stöhnt, als ich abermals die Finger in sie hineingleiten lasse.

»Das reicht nicht«, stößt sie hervor.

Ich beiße sanft in die Spitze ihrer Brust. »Meine Finger?«

»Wir können später ›Finde den G-Punkt‹ spielen«, sagt sie, schon wieder so ein unsinniger menschlicher Ausdruck. »Ich will dich wieder in mir spüren, Raahosh. Ich sehne mich nach dir. So sehr, dass es wehtut. Bitte.«

Mein Schwanz zuckt zur Antwort, aber ich bin noch nicht fertig mit dem Vorspielen. Nach wie vor bin ich damit beschäftigt, meine süße, weiche Gefährtin zu erkunden, ganz gleich, wie sehr sie protestiert. Ich schaue meinen Fingern zu, die in ihrer Muschi ein und aus fahren, und wie ein Tropfen meines Spermas an ihren Schamlippen herunterrollt. Ohne nachzudenken, fange ich ihn auf und streiche ihn wieder in sie hinein. Ich werde sie so viele Male nehmen, bis wir zusammen ein Kind gemacht haben. Und wenn dann ihr Bauch rund ist von unserer Paarung, dann werden wir zu meinem Volk zurückkehren, und niemand wird sie mir mehr wegnehmen können.

»Was machst du da?« Sie bewegt sich unruhig unter mir.

»Ich sorge dafür, dass mein Sperma in dir bleibt.«

»Wie überaus barbarisch von dir«, murmelt sie. Ihre Beine spreizen sich noch ein wenig weiter, und sie seufzt. »Weißt du, was noch mehr Sperma in mir hinterlassen würde?«

»Was?«

»Wenn du mich noch einmal vögeln würdest.« Liz zappelt ein

wenig. »Lass einfach den Zwischenhändler aus und begib dich direkt an die Quelle.«

Einmal mehr ergeben einige ihrer Worte keinen Sinn, doch das spielt keine Rolle. Sie verlangt weiteren Sex, und mehr muss ich nicht wissen. Mein Khui schwingt heftig in meiner Brust und besteht darauf, dass ich sie abermals nehme. Und wie kann ich es ihr verweigern, wenn sie so lieb darum bittet? Ich schiebe mich wieder nach oben und küsse sie auf den Mund, und sie klammert sich wimmernd an mich. Ihre Hüften heben sich erneut, und so drücke ich einmal mehr mit meinem Schwanz gegen ihren Eingang und ziehe die Spitze durch ihre Feuchtigkeit.

»O Gott, ja«, stöhnt sie und krallt aufs Neue die Fäuste in mein Haar. »Gib mir deinen Schwanz.«

Ich versenke mich in ihr, und sie kreischt vor Wonne, während ich vor Lust beinahe schiele. Es gibt kein Gefühl, das über das warme Zupacken der Muschi meiner Gefährtin geht, die sich fest um meinen Schwanz schließt. Und als ich mit rhythmischen Stößen in sie eindringe, geht mir immer wieder ein Gedanke durch den Kopf, und er vibriert genau wie mein Khui.

Liz gehört mir.

Liz gehört mir.

Meine Gefährtin. Mein Ein und Alles.

Liz

Irgendwann in den frühen Morgenstunden wache ich auf, meine Wange an Raahoshs Brust gedrückt, und ich habe ihn ein wenig vollgesabbert. Hoppla. Ich setze mich auf und wische mir über den Mund und dann über seine nackte Haut, aber er zieht mich bloß wieder an sich. »Ich muss pinkeln«, eröffne ich ihm schläfrig und schlüpfe aus dem Bett.

Ich watschele hinaus vor die Höhle, um mein Geschäft zu verrichten – wir haben es in der vergangenen Nacht so heftig und so oft getrieben, dass es mich überrascht, dass meine Beine überhaupt noch funktionieren.

Jetzt verstehe ich, warum Georgie vollkommen einverstanden damit war, dass Vektal sie als seine Gefährtin für sich beansprucht hat. Wenn er auch nur ansatzweise so talentiert ist wie Raahosh, hat er ihr das Hirn aus dem Kopf gevögelt. Ich fühle mich selbst ziemlich hirnlos, und mir ist schwindelig. Ich meine, ich hatte schon früher Sex, aber Sex mit Raahosh? Das ist irgendwie Sex in Großbuchstaben und mit Herzchen drum herum. Es war echt unglaublich. Ich bin am ganzen Körper klebrig und zerschunden, gleichzeitig jedoch völlig benebelt durch die Endorphine und freue mich irrsinnig.

Ich reibe ein wenig Schnee über meinen schmerzenden Unterleib, um mich zu säubern, dann fahre ich mit einigen weiteren Händen voll Schnee über meine vom Schweiß klebrige Haut. Danach gehe ich gähnend in die Höhle zurück.

Inzwischen ist er wach und sitzt inmitten der Felle und beobachtet mich mit einem Raubtierblick, bei dem mein Luis sofort wieder anfängt zu summen. Ich weiß nicht, ob ich noch eine Runde aushalte, ohne mich in eine knochenlose Pfütze zu verwandeln, daher setze ich mich sittsam ans Feuer, die Beine fest zusammengedrückt, und stochere mit einem Stock in der Asche herum.

»Komm zurück ins Bett«, sagt er und klopft auf die Felle.

Ich bin mir ziemlich sicher, dass es nicht schlafen ist, was er im Sinn hat. »Es ist fast Morgen«, sage ich. »Ich habe heute viel zu tun.«

»Das kann warten.«

»Weißt du, du hast ganz schön Energie für einen Mann, der noch letzte Woche unzählige gebrochene Knochen hatte.«

Er hebt einen Arm, und für einen Moment denke ich, er würde seinen Bizeps spielen lassen. Aber er untersucht ihn bloß und zuckt die Achseln. »Der Khui hilft uns, schneller gesund zu werden.« Er schaut wieder zu mir und tätschelt erneut die Felle. »Komm zurück. Ich möchte dich noch einmal mit meinem Sperma füllen.«

Mein blöder Luis fängt an, zu summen wie ein Idiot, doch ich ignoriere ihn. »Wie wär's, wenn wir, du weißt schon, darüber reden würden, wie es weitergeht?«

Er legt den Kopf schräg und sieht mich neugierig an. »Warum?«

Ich verschlucke mich. »Was soll das heißen, warum? Weil wir hier eine Beziehung aufbauen!«

So wie Raahosh mich mit zusammengekniffenen Augen mustert, macht deutlich, dass er denkt, er sei sehr geduldig, obwohl er das ganz bestimmt nicht ist. »Ich sehe keine Notwendigkeit, uns zu unterhalten. Du bist meine Gefährtin. Du gehörst mir.«

Wieder verschlucke ich mich. »Also sind wir nun wieder beim

Thema Besitz?« Da geht sie hin, meine postkoitale Euphorie. Ich stehe auf, um mir meine Anziehsachen zu holen. »Weißt du, was? Ich will jetzt nicht mit dir reden.«

»Was tust du da?«

»Mich anziehen. Ich muss nach meinen Fallen sehen.«

Er erhebt sich und reißt mir das Kleidungsstück aus der Hand. »Du kannst nicht jagen gehen. Es ist gut möglich, dass du bereits mein Kind in dir trägst. Unser Kind.«

O nein, er kommt mir doch wohl jetzt nicht mit der guten alten Heimchen-am-Herd-Sache, oder? »Du willst wirklich sehen, wie mein Kopf explodiert, was?«

Er runzelt die Stirn. »Ich würde dir niemals etwas Böses wünschen …«

»Aaaah!« Ich reiße die Hände hoch. »Na schön. Du willst mir so kommen?« Ich steche meinen Finger gegen seine Brust – was wehtut, weil das verdammte Ding gepanzert ist. »Zwischen uns ist nichts weiter vorgefallen als ein paar schnelle Nummern. Wir hatten Sex, mehr nicht. Ich bin nicht auf magische Weise dein Eigentum geworden, und du nicht auf magische Weise zu meinem Kerl. Nichts hat sich zwischen uns geändert, das heißt, wir sind immer noch zwei Arschlöcher, die gern miteinander zanken. Meine Fähigkeiten als Jägerin sind von deinem Sperma nicht beeinträchtigt worden. Ich weiß, dass es da draußen gefährlich ist. Schon vergessen, dass ich deinen zerschundenen Körper ungefähr drei gottverdammte Meilen durch den Schnee geschleppt habe?«

Er verschränkt die Arme vor der Brust.

»Ja, das dachte ich mir.« Ich deute auf den Höhleneingang. »Also, ich gehe jetzt und fange uns etwas zum Frühstück. Du kannst ja hier sitzen bleiben und, hm, dir wie ein echter Neandertaler auf die Brust trommeln, oder so.« Ich mache Anstalten, nach meinem Bogen zu greifen, und er hält ihn fest, ehe ich ihn mir über die Schulter schieben kann. Ich funkele ihn wütend an.

Als Raahosh spricht, klingt er ganz ernst. »Bevor du hier auf dieser Welt angekommen bist, hatte ich nichts, wofür es sich zu leben lohnte. Ich bin auf die Jagd gegangen. Ich habe existiert. Ich habe mich auf nichts gefreut. Aber nun bist du da, und du trägst vielleicht bereits mein Kind in dir.« Er beißt die Zähne aufeinander. »Ich weiß, was du alles kannst. Das Problem liegt nicht bei dir. Es liegt bei mir. Diese Welt ist gefährlich, und wenn ich daran denke, wie du allein da draußen durch die Wildnis streifst, ist das mehr, als ich ertragen kann.« Er sieht mich derart lange und eindringlich an, dass ich schon befürchte, ihm bricht gleich der Kiefer, weil er die Zähne so fest aufeinanderpresst. »Wenn ich dich verliere«, fügt er schließlich schroff hinzu, »habe ich gar nichts mehr.«

Und weil ich so ein totaler Waschlappen bin, lasse ich mich erweichen. Ich tätschele seine Wange, aber er drückt sich fester gegen meine Hand, und die Geste verwandelt sich in eine Liebkosung. »Raahosh, ernsthaft. Ich kann gut auf mich selbst aufpassen.«

»Das kann ich auch. Und trotzdem hat mich eine Horde von Metlaks überwältigt.«

Durchaus ein guter Einwand. »Dann komm mit. Wir können auch zusammen jagen.« Ich nicke ihm zu. »Falls du dich dem gewachsen fühlst.«

»Ich habe eine bessere Idee«, murmelt er und nimmt mir den Bogen aus den Händen. »Wir essen das geräucherte Fleisch. Du kommst zurück ins Bett und lässt mich deine weiche Muschi mit meinem harten Schwanz füllen.« Er legt mir die Arme um die Taille und zieht mich an sich. Sobald wir uns berühren, schlägt bei uns beiden der Luis an. »Und dann gehen wir morgen auf die Jagd. Zusammen.«

Es ist schwer, weiter sauer auf einen Mann zu sein, wenn er einen streichelt und dafür sorgt, dass einem der ganze Körper kribbelt vor Verlangen. Ich denke einen Moment lang nach. »Was ist mit den Fallen?«

Er schaut zum Höhleneingang. »Es schneit. Was immer darin gefangen ist, wird noch einen Tag gefroren bleiben.«

»Mm.« Ich tue so, als würde ich darüber nachdenken. Im Grunde gibt es da nichts zu überlegen. Mein Luis vibriert wie verrückt, und ich spüre, dass ich bereits feucht zwischen den Beinen bin. »Falls wir wirklich Gefährten sein sollen …«

»Da gibt es kein *falls*. Wir *sind* Gefährten«, beharrt er.

»Dann müssen wir gleichberechtigte Partner sein«, erkläre ich ihm. Ich streichele über seine wunderschöne nackte Brust und lasse die Hand dann zu seinem Nacken emporwandern, um ihn zu liebkosen. »Niemand ist irgendjemandes Besitz. Du gehörst ebenso mir, wie ich dir gehöre. Verstanden?«

»Ich gehöre dir«, stimmt er mir zu. »Ganz und gar.«

»Dann kann ich auch dir gehören.«

Er beugt sich zu mir und küsst mich sanft auf die Lippen. »Meine Gefährtin. Meine Liz. Du bist mein Ein und Alles.«

Tja, es ist definitiv schwer, da weiter sauer zu sein.

Am Ende lümmeln wir noch ein paar Stunden im Bett herum, lieben uns einige Male und halten ein Nickerchen. Zu seinen Gunsten sei gesagt, dass er verspricht, in Zukunft verständnisvoller zu sein, was das Jagen angeht. Die ganze Zeit über liebkost er meinen Bauch, wenn er denkt, dass ich es nicht bemerke.

Ich habe nie ernsthaft darüber nachgedacht, Mom zu werden. Aber es ist klar, dass ich und dieses Baby für Raahosh das Wichtigste sind. Und das bringt mich auf die Frage, wie sein Leben in den Stammeshöhlen aussieht. Bei Vektal hat es sich so angehört, als lebten alle zusammen quietschvergnügt in Iglus oder so ein Scheiß. Doch vielleicht ist das Leben dort einsamer, als ich es mir vorstelle, zumindest für jemanden wie Raahosh, mit seinen Narben, der kein gutes Händchen im Umgang mit anderen Leuten hat. Die Tatsache, dass er noch Jungfrau war, verrät mir, dass die wenigen Ladys im Stamm ihm nicht gerade die Tür eingerannt haben, um in den Genuss seines Schwanzes zu kommen.

Ganz gleich, wie prachtvoll er ausgestattet ist.

Und es ist seltsam, aber ich bin irgendwie froh darüber, dass er mir ganz allein gehört. Es gibt keine Frau, die zu Hause auf ihn wartet. Keine Ex-Freundinnen, mit denen ich mich eventuell auseinandersetzen müsste. Er gehört einfach nur mir. Als hätte er schon immer auf mich gewartet.

Also werde ich wohl nicht allein auf die Jagd gehen, damit er sich nicht ins Hemd macht.

Doch als wir abends Hunger bekommen, sträubt sich alles in mir dagegen, schon wieder trockenes, geschmackloses geräuchertes Fleisch essen zu müssen. »Du kannst ja mitkommen«, versuche ich Raahosh zu beschwatzen. »Wir sehen nach den Fallen und haben dann vielleicht etwas Frisches und Leckeres zu essen. Wäre das nicht schön?« Ich klopfe mir auf den Bauch. »Und frische Nahrung ist ohnehin besser, wenn ich wirklich schwanger sein sollte.«

Er brummt eine Antwort und bindet sich seinen Lendenschurz um, weshalb ich annehme, dass wir nach draußen gehen. Es ist seltsam, aber ich kann es gar nicht erwarten, an die frische Luft zu kommen und durch den Schnee zu stapfen. Ich sehe gern nach, was in meine Fallen gewandert ist. Und ich habe wirklich Lust auf frisches, rohes Fleisch. Schräg, ich weiß.

Wir decken das Feuer ab, räumen die Höhle auf und gehen dann hinaus, bekleidet und bewaffnet für einen größeren

Marsch. Der Himmel ist bewölkt, und es sieht aus, als könnte es bald wieder schneien. Große Überraschung. Es schneit hier jeden verdammten Tag.

Während Raahosh noch dabei war, sich zu erholen, habe ich noch zwei der speerartigen Dinger von den hässlichen Fischen aus dem Wasser gezogen und Bögen daraus gemacht, außerdem einen ganzen Haufen Pfeile. Es ist mir sogar gelungen, aus ein paar Fellen zwei improvisierte Köcher anzufertigen. Ich fühle mich wie eine Pelzjägerin im Wilden Westen.

Schon komisch – ich weiß noch, wie ich mit meinem Vater jagen war als kleines Mädchen, ohne mir etwas dabei zu denken. Jetzt, da ich mit Raahosh draußen bin, fallen mir viele Dinge wieder ein, die ich vergessen hatte, und mehr als das … Ich amüsiere mich prächtig. Ich habe mich nie als Naturkind betrachtet, aber es gibt nichts Befriedigendes, als einen gut gemachten Pfeil auf ein Tier abzuschießen.

Na ja, okay, Sex mit Raahosh ist noch befriedigender. Das Jagen kommt ganz knapp dahinter auf Platz zwei.

Raahosh bleibt ganz dicht an meiner Seite, während wir durch den Schnee stapfen, bis ich seine Hände wegschlage, als er versucht, mir durch eine besonders tiefe Schneewehe zu helfen. Seine Lippen zucken belustigt, als ich ihm einen angepissten Blick zuwerfe, und mir wird klar, dass er sich einen Spaß mit mir erlaubt.

Mistkerl. Das zahle ich ihm heute Nacht in der Höhle so etwas von heim. Während wir die Fallen untersuchen, denke ich über Möglichkeiten nach, wie ich meinen Außerirdischen mit Sex peinigen kann. Mich ihm zu verweigern steht außer Frage. Vielleicht ein schöner, langsamer Blowjob, bei dem ich ihn nicht kommen lasse …

»He!«, ertönt eine Stimme aus einiger Entfernung, über dem heulenden Wind nur schwach zu hören.

Ich sehe überrascht zu Raahosh. War das Englisch? Habe ich Halluzinationen?

Er erstarrt, dann lässt er den Blick über den Horizont wandern. Sofort greift er nach meinem Arm und schickt sich an, mich dorthin zurück zu manövrieren, wo wir hergekommen sind. »Schnell, Liz.«

»Moment mal. Wovor laufen wir weg?« Ich halte meinen Bogen bereit, während wir uns durch den Schnee kämpfen. »Sind das schon wieder Metlaks?«

»Raahosh!«, ruft jemand und sagt dann einige Worte, die ich nicht verstehe.

Ich schnappe nach Luft. »Sind das deine Leute?« Ich bleibe stehen, drehe mich um und lege eine Hand über die Augen, um zu sehen, ob ich die Person erkenne, die dort ist.

»Zurück zur Höhle«, knurrt Raahosh und strauchelt im Schnee.

Mein Herz macht einen Satz, und ich ziehe an seinem Arm. Es ist etwas ganz anderes, im Bett herumzuspielen, als durch tiefen Schnee zu wandern, und ich mache mir Sorgen, dass er sich überanstrengt. Erst letzte Woche hatte er ein gebrochenes Bein. »Raahosh, warte. Tu dir nicht weh ...« Er greift nach dem Fell meines schweren Umhangs und reißt mich an sich. Ich brauche einen Moment, um zu begreifen, dass er mich hochhebt und wegträgt. Hat er vor, dem Neuankömmling davonzulaufen?

»Raahosh, warte!«

»Sie werden dich mir nicht wegnehmen, Liz«, stößt er aufgewühlt hervor. »Du gehörst zu mir! Du bist meine Gefährtin.«

»Sie können mich dir nicht wegnehmen«, sage ich begütigend und versuche, seine Schulter zu tätscheln. Ich mache mir Sorgen, dass er sich verletzen wird. »Raahosh, bitte. Du machst mir Angst.«

Das bringt ihn dazu, in seiner verzweifelten Flucht innezuhalten. Er bleibt stehen und stellt mich sanft wieder in den Schnee. Dann wandert seine Hand zu meinem Bauch, bevor er mein Gesicht umfasst. »Du bist mein Ein und Alles, Liz«, murmelt er und küsst mich.

»Ich weiß«, sage ich verwirrt.

»Raahosh! Mensch namens Leezh!« Zwei Stimmen, die mir unbekannt sind. »Lauft nicht weg!«

Sie haben uns gefunden.

Raahosh schließt die Augen, drückt mich an sich und greift nach seinem Messer. Das beunruhigt mich. Ich lege meine Hand auf seine, eine stumme Bitte, nicht anzugreifen.

Und dann warten wir ab.

TEIL 5

Liz

Zwei Männer kommen im Schnee auf uns zu, Speere in den Händen. Sie rennen nicht und nutzen die Speere eher als Spazierstock, daher mache ich mir keine allzu großen Sorgen. Noch nicht.

Aber Raahosh ist völlig außer sich.

»Mensch namens Leezh«, brüllt einer von ihnen erneut, eine Hand um den Mund gelegt, »warte dort!«

Ich werfe Raahosh einen unsicheren Blick zu. Auf seinem stolzen Gesicht steht ein Ausdruck von Resignation, und das beunruhigt mich. Ich schiebe meine Hand in seine, um ihm Mut zu machen. Er drückt sie fest und zieht mich dann besitzergreifend an sich.

»Wer sind die beiden?«, frage ich ihn.

»Aehako und Haeden«, sagt Raahosh. Seine Stimme ist von einer Tonlosigkeit, die mir nicht gefällt.

»Freunde von dir?«

Er brummt etwas Unverständliches.

Ach so. Er ist unglücklich, weil sie gekommen sind, um uns zum Stamm zurückzuholen und ich weder einen Braten in der Röhre habe noch über beide Ohren verliebt bin.

Jedenfalls theoretisch.

Ich tätschele ihm den Rücken. »Du hast gewusst, dass sie dich irgendwann finden würden, oder? Ich meine, so wie es sich anhört, bist du mit der Keksdose davongelaufen.«

Er streichelt mir mit einer Hand über meine Zöpfe. Er bewegt sich nicht, aber ich spüre seine wachsende Anspannung, als die beiden Außerirdischen näher kommen.

Sie stapfen durch den hüfthohen Schnee, als sei das keine große Sache. Einer der Männer lächelt, als sie näher kommen, und blickt freundlich drein. Seine Züge sind gröber als die Raahoshs, doch seine muntere Miene lässt ihn umso attraktiver wirken. Anders als Vektal und Raahosh trägt er sein Haar kurz in einem Bürstenschnitt. Das lässt seine großen, gebogenen Hörner noch stärker hervortreten. Er ist am ganzen Körper blaugrau, und obwohl er nicht so groß ist wie Raahosh, hat er Arme wie Baumstämme.

Bäume von der Erde wohlgemerkt, nicht die Bäume von Not-Hoth.

Der Außerirdische neben ihm sieht entschieden weniger freundlich aus. Er trägt dieselbe charmante finstere Miene zur Schau wie Raahosh, aber da hören die Ähnlichkeiten auch schon auf. Seine Haut ist von einem hellen, milchigen Blau, er ist fast so muskulös wie der Mann an seiner Seite und hat eine große Nase und ein kantiges Kinn, das ihn verdammt angepisst aussehen lässt. Sein Haar ist an den Seiten rasiert, und der Schopf auf seinem Kopf ist zu Zöpfen geflochten, die ihm über den Rücken fallen.

Beide tragen einfache Tuniken und Hosen aus Leder, und sie sind bis an die Zähne bewaffnet.

Also doch kein freundliches Hallo.

»Raahosh, wir haben überall nach euch gesucht!« Der freundlich Aussehende tritt vor, um Raahosh auf den Rücken zu schlagen, aber Raahosh bleckt die Zähne, funkelt ihn an und zieht mich hinter sich. Seine Reaktion scheint den Neuankömmling zu überraschen. »Du hast gewusst, dass wir kommen würden. Vektal hat uns hinter dir hergeschickt, weil unsere Khui nicht angeschlagen haben.« Er legt sich eine Hand aufs Herz und tut so, als sei er bekümmert.

Der Gesichtsausdruck des anderen ist völlig ausdruckslos.

»Hallo, ich bin Liz«, begrüße ich die beiden, komme hinter Raahosh hervor und strecke die Hand aus.

Sie sehen mich an, als sei ich verrückt, und der Unfreundliche zieht seinen Speer zurück.

»Nein, ich will nicht nach deiner Waffe greifen. Das ist eine Begrüßung unter Menschen.« Ich schüttele die Hand in der Luft. »Du weißt schon, um sich vorzustellen.«

Raahosh packt mich und zieht mich nach hinten, bevor sie meine Hand genauer untersuchen können. »Sie ist meine Gefährtin«, stößt er zwischen zusammengebissenen Zähnen hervor. »Unsere Khui schwingen füreinander. Es gibt nichts zu besprechen.«

Ich schlage Raahosh gegen den Arm, denn langsam fange ich an, mich zu ärgern. »Wenn du fertig bist, dich wie ein absoluter Neandertaler aufzuführen, kann ich für mich selbst sprechen, besten Dank.«

Die Neuankömmlinge wechseln einen Blick. »Ich heiße Aehako«, stellt der Freundliche sich vor. Dann deutet er auf seinen Kumpel. »Das ist Haeden.« Aehako schaut mich lächelnd an. »Du bist Leezh?«

»Mit einem kurzen I. Liz«, korrigiere ich seine Aussprache.

»Das spielt keine Rolle«, sagt Raahosh und versucht noch einmal, mich zu sich zurückzuziehen. »Sie sollten dich als Raahoshs Gefährtin ansprechen.«

Ich runzele die Stirn. »Einen ganz kleinen Moment mal, verdammt. Ich darf keine eigenen Identität mehr haben?«

»Doch, darfst du«, versichert Aehako mir. »Er übertreibt es einfach mit dem Beschützen. Passiert bei jeder Khui-Paarung.«

Er wirkt verwundert, aber auf Haedens Gesicht sehe ich ein höhnisches Grinsen.

Haeden hebt das Kinn. »Du bist genau wie dein Vater, wie ich sehe. Du biegst dir die Regeln zurecht, wie es dir gefällt. Impulsiv, halsstarrig und töricht. Wirklich ganz der Vater.«

Das ist offensichtlich kein Kompliment. Raahosh fährt sichtlich die Stacheln aus. Sein Mund verzieht sich, und ich sehe seine Zähne aufblitzen. »Ich wollte nicht, dass meine Geschichte so endet wie deine.«

Knurrend stürzt Haeden sich auf Raahosh und stößt ihn rücklings in den Schnee.

Ich schreie, als die Männer mich beiseitestoßen, und Aehako drängt sich vor, um die beiden Männer voneinander zu trennen. Ich stolpere rückwärts und falle auf den Hintern in den Schnee. Raahosh knurrt erneut, und ehe ich weiß, wie mir geschieht, hat er beide Männer beiseitegeschubst und hilft mir zärtlich auf die Füße. Er zieht mich einmal mehr an sich und streichelt mir über die Zöpfe, und ich kann das Hämmern seines Herzens in seiner breiten Brust hören.

Es mit dem »Beschützen übertreiben« ist vielleicht etwas untertrieben.

»Es geht mir gut«, beteuere ich und tätschele seinen Arm. »Ich verstehe nur nicht, was hier los ist.«

»Holt eure Sachen«, sagt Aehako ruhig. Er schaut hoch in den Himmel. »Uns bleiben noch einige Stunden, bevor die Sonne untergeht, und wir sollten uns auf den Rückweg zur Stammeshöhle machen. Rokan sagt, in ein paar Tagen zieht ein Unwetter auf, und du weißt, dass er sich nie irrt.« Ich schaue zu Raahosh.

Er berührt mich am Kinn, und der Ausdruck auf seinem Gesicht ist nachdenklich.

»Mach es uns nicht noch schwerer«, warnt Haeden ihn.

Raahosh streichelt nur weiter mein Kinn. »Wir werden mit euch gehen.«

Es dauert ungefähr eine Stunde, bis wir wieder in der kleinen, gemütlichen Höhle sind, die Raahosh und ich in der letzten Zeit unser Zuhause genannt haben. Aehako ist der Einzige, der redet, und er hält einen munteren Monolog. Raahosh schweigt, und Haeden tut das Gleiche. Auch ich sage nichts, denn ich versuche, meine Rolle zu finden, indem ich die drei genau beobachte. Tatsache ist, es sind Außerirdische. Ihre Kultur unterscheidet sich von meiner, und was auf der Oberfläche unschuldig erscheinen mag, könnte sich später als großes Problem erweisen. Also bin ich auf der Hut und versuche, alles in mich aufzunehmen. Eins muss man ihnen lassen, sie sprechen Englisch, während wir marschieren, sodass ich mich nicht ausgeschlossen fühle. Beim Anblick unserer Höhle bekundet Aehako Überraschung und schlägt Raahosh auf den Rücken, weil es ihm gelungen ist, »direkt vor ihrer Nase« so ein gemütliches Plätzchen zu finden. Raahosh wirkt jedoch nicht erfreut. Er ist ziemlich gut darin, seine Gefühle zu verbergen, aber ich spüre seinen Ärger und seine Frustration.

»Was ist das denn?«, fragt Aehako und hält meinen Bogen in die Höhe.

»Es ist eine Waffe«, erkläre ich ihm und hänge mir den Bogen über die Schulter, während wir unsere Sachen packen. Ich überzeuge mich davon, dass ich neben dem Bogen auch den Köcher voller Knochenpfeile habe. »Ich gehe damit auf die Jagd.«

»Auf die Jagd?« Er zieht die Brauen zusammen. »Aber du bist eine Frau. Du solltest nicht jagen.«

»Bin ich falsch abgebogen und auf dem Planeten der Chauvinisten gelandet?«, frage ich. »Und ob ich jagen kann, verdammt noch mal! Oder glaubst du, wilde Tiere werden sich in mich verlieben, weil ich sie anlocke wie ein Muschi-Rattenfänger? Was …«

Besänftigend legt mir Raahosh eine Hand auf die Schulter. »Die Frauen meines Stammes jagen nicht, hast du das vergessen? Es sind zu wenige.«

Ich schnaube. »Das werden wir ja sehen. Jetzt seid ihr schließlich nicht mehr direkt drei zu eins in der Überzahl.« Außerdem rücke ich demonstrativ meinen Bogen auf meiner Schulter zurecht und funkele Aehako und Haeden an.

Aehako wirkt lediglich amüsiert.

Wir packen das Essen und die Felle in unserer kleinen Höhle ein und nehmen auch unsere Wasserschläuche mit. Ich rolle die überzähligen Pelze zusammen, und als alles in der Höhle aufgeräumt ist, sehe ich mich ein letztes Mal um. Ich bin etwas traurig, dass wir von hier fortgehen. Klar freue ich mich darauf, Georgie, Kira und den Rest der Frauen wiederzusehen, aber ich muss zugeben, der Aufenthalt in dieser Höhle war irgendwie … nett. Gemütlich. Heimelig.

Und irgendwie hat es mir gefallen, mit Raahosh hier zu sein. Der große Mistkerl wächst mir langsam ans Herz. Und gerade als ich mich irgendwie eingewöhnt habe, ziehen wir weiter. Ich sehne mich nach einem Ort, den ich mein Zuhause nennen kann.

Aber dann greift Raahosh nach meiner Hand, und das Gefühl des Verlusts verflüchtigt sich. Statt mich entwurzelt zu fühlen, ärgere ich mich nur ein wenig darüber, dass unsere kleine Idylle gerade dann gestört wird, wenn es richtig sexy wird.

Schwanzblockade durch die Außerirdischen. Verdammt.

Eine Weile wandern wir den untergehenden Sonnen entgegen. Ich würde sagen, es ist Westen, aber so wäre es auf der Erde, und dieser Planet ist definitiv nicht die Erde. Als der Himmel sich rosa und orange färbt, gehen wir zu einem kleinen Wald, wo wir unser Lager aufschlagen. Aehako hat unterwegs Dungbrocken gesammelt und nun einen ganzen Beutel davon als Brennstoff.

Wahrscheinlich war es ganz gut, dass ich ihm nicht die Hand geschüttelt habe.

Wir lassen uns für die Nacht um ein Lagerfeuer herum nieder, und Haeden begibt sich sofort auf den Felsvorsprung in der Nähe, weil er die erste Wache übernehmen will, wie er sagt. Mir soll's recht sein. Er ist nicht unbedingt eine Unterhaltungskanone, und ich habe ja immer noch Raahosh, wenn ich mit jemandem rumhängen will, der leise vor Wut vor sich hin schäumt.

Während ich mich am Feuer niederlasse und mich in meinen Fellumhang hülle, greift Raahosh nach seinem Speer und beugt sich zu mir herunter, um mich auf den Kopf zu küssen. »Ich werde etwas frisches Fleisch für dich suchen.«

»Oh, aber …« Ich sehe ihm nach, als er das Lager verlässt, dann bin ich allein mit Aehako, der das Feuer mit einem weiteren Dungbocken füttert. Stirnrunzelnd betrachte ich ihn. »Willst du ihm nicht nachlaufen?«

»Warum?« Aehako zuckt unbesorgt die Achseln. »Er wird schon wiederkommen. Du bist ja noch hier.«

Ah. Also ist nicht Raahosh die Geisel. Ich bin es. Kapiert. Doch er hat recht. Solange ich hier bin, wird Raahosh zurückkehren. Allein der Gedanke lässt einen warmen Schauer durch mich hindurchlaufen. Was immer geschieht, Raahosh gibt mir Rückendeckung. Ich bin fest entschlossen, das Gleiche für ihn zu tun.

Aber meine Füße schmerzen, und es ist schön, am Feuer zu sitzen, auch wenn es hier draußen kalt ist und uns nichts vor der Witterung schützt. Ich rutsche etwas näher an die Flammen und lagere meine nassen, in Stiefel steckenden Füße hoch, damit sie ein wenig trocknen können. »Erzähl mir, wie es den anderen geht. Geht es ihnen gut?«

»Sie sind so gesund, wie sie nur sein könnten«, versichert

Aehako mir, und ein breites Lächeln zeichnet sich auf seinen Zügen ab. Trotz der angespannten Situation mag ich den Typen. Es wäre wahrscheinlich unmöglich, das nicht zu tun. »Deine Freundinnen haben unserem Stamm viel Glück gebracht«, fährt er fort. »Lange haben wir gedacht, eine Gefährtin sei nur ein Traum, und jetzt ist es ein Traum, der für viele Wirklichkeit geworden ist.«

Ich wünschte, Raahosh wäre hier, um das zu hören. Ich lasse den Blick über die Bäume wandern, doch mein »Gefährte« – ich habe mich immer noch nicht ganz mit der Sache abgefunden – lässt Dampf ab, indem er das Abendessen niedermetzelt. »Das ist schön.«

»Wir hocken alle in unseren Höhlen wie Stacheltiere in einem Schneesturm, aber niemand beklagt sich.«

»Hm. Hat bei noch jemandem der Luis vibriert?«

»Ob noch mehr Khui in Schwingungen versetzt wurden?«

»Ja genau, so heißt das.« Ich bin mir sicher, dass Raahosh es mir gegenüber schon mal erwähnt hat, doch er sagt auch Dinge wie »meins-meins-meins« und »deine Muschi ist voll von meinem Sperma«, daher muss ich meine Worte in der Nähe dieses Typen mit Sorgfalt wählen. »Sind sonst noch Khui in Schwingungen versetzt worden?«

»O ja.« Er stochert im Feuer. »Von Georgie weißt du natürlich. Bei Pashov und Stacy ist der Khui sofort angesprungen, ich glaube sogar, bei ihm, noch bevor ihr Khui überhaupt in ihr war. Es überrascht mich, dass du es nicht gehört hast.« Er lacht leise.

»Hm«, sage ich noch einmal, denn meine Erinnerungen an diese Nacht sind, dass ich »Nein« zu dem Luis sage und Raahosh mich mit einem Fuß fixiert und mich zwingt, den Luis in mich aufzunehmen. Das war nicht gerade unsere Sternstunde. Mein verräterischer Luis schnurrt jedoch bei dem Gedanken an Raahosh, und ich reibe mir geistesabwesend über die Brust. »Ich erinnere mich nicht besonders gut an Stacy. Ist das die, die ständig weint?«

»Sie weint manchmal, aber jetzt weniger, wo Pashov da ist, um ihre Tränen zu trocknen.« Er grinst und lehnt sich entspannt zurück. »Die, die am meisten weint, ist Ariana. Sie ist Zolayas Gefährtin. Ihre Tränen machen ihm schwer zu schaffen.«

»Ja, ich kann mir vorstellen, dass das alles ziemlich neu für sie ist.« Waren die Einzigen, deren Khui in Schwingungen versetzt wurden, die Mädchen aus den Röhren? »Was ist mit Josie? Oder Kira? Oder Tiff?«

Er schüttelt den Kopf. »Bisher hat sich da noch nichts getan.«

»Oh.«

»Sie sind noch jung«, entgegnet er. »Vor ihnen liegen viele Jahre. Jede Menge Zeit, den richtigen Khui-Gefährten zu finden.«

»Und für dich ist keine Gefährtin dabei gewesen?«

Er seufzt, und zum ersten Mal gerät sein fröhliches Lächeln ein wenig ins Wanken. »Für mich gab es noch keine Gefährtin, um eine Familie zu gründen. Allerdings habe ich ja noch jede Menge Zeit.« Trotzdem wirkt er sehnsüchtig. »Aber Marlene und Zennek. Und Nora und Dagesh.«

Dagesh, was für ein merkwürdiger Name – so wie er ausgesprochen wird, klingt es, als würde die zweite Silbe verschluckt und noch einmal durchgekaut. Es ist definitiv kein menschlicher Laut. Also sage ich nur: »Das freut mich für sie. Ich hoffe, sie sind glücklich.«

»Manche schon. Andere müssen sich erst noch eingewöhnen. Aber der ganze Stamm ist froh. Es entstehen viele neue Paare und Höhlen werden geschaffen. Schon bald werden bei uns viele Kleine herumlaufen.« Er streckt die Beine aus und lässt sich dann im Schnee auf die Seite fallen, stützt das Kinn in die Hand.

»So viele neuen Verpaarungen bedeuten neue Unterkünfte für die neuen Familien.«

»Ach wirklich?«

»Niemand will die ganze Nacht ihren vibrierenden Khui zuhören«, sagt er mit einem anzüglichen Grinsen.

Ich spüre, wie ich erröte. Es wird wohl nicht das Einzige sein, was sie nachts hören. »Klingt so, als würden alle es sich gemütlich machen.«

»Mm. Vielleicht gemütlich für die neuen Paare. Haeden und ich haben uns freiwillig gemeldet, euch beide zu suchen. Es ist zu voll für einen Haufen Männer. Alle Jäger verbringen viel Zeit auf der Wanderung. Sie sagen, sie täten es wegen der zusätzlichen Mäuler, die es zu füttern gilt, aber sie tun es auch, weil es für diejenigen, die keine Familie haben, in den Höhlen doch sehr eng ist.« Er zuckt die Achseln. »Wir haben nicht damit gerechnet, dass wir das Problem noch einmal bekommen würden.«

»Noch einmal?«

Aehako nickt, und sein fröhliches Grinsen verschwindet. »Unser Stamm war mal größer. Wir hatten viele Paare, viele Familien. Es war eine gute Zeit für die Sa-Khui. Aber vor fünfzehn Jahren fegte eine Khui-Krankheit durch die Höhlen. Viele sind gestorben.« Er stochert vor sich im Schnee. »Es gab keine einzige Höhle, die nicht von der Khui-Krankheit betroffen war. Wir haben so viele Mütter, Väter, Gefährten verloren ...«

Er setzt sich abrupt auf, und ich sehe Haeden am Waldrand entlanggehen. Ich öffne den Mund, um zu sprechen, und Aehako schüttelt kaum merklich den Kopf und wirft einen vielsagenden Blick in Haedens Richtung.

Ah. Haeden ist also empfindlich, was dieses Thema angeht. Kapiert. »Was ist mit Raahoshs Familie?«, frage ich. »Hat er sie auch durch die Khui-Krankheit verloren, so wie anscheinend Haeden?«

Aehako schaut sich um, dann beugt er sich vor. »Hat er dir nichts von seiner Familie erzählt?«

Ich rücke näher an ihn heran und senke die Stimme. Wir tratschen, aber das hier ist Tratsch, den ich brauche, also ist mir das egal. »Er hat nur gesagt, dass davon keiner mehr lebt.«

»Ja, schon lange nicht mehr«, antwortet Aehako leise. »Seine Situation war … speziell.«

Ich rutsche noch ein wenig näher zu ihm. »Speziell klingt interessant.« Außerdem will ich es wirklich, wirklich wissen. Ich will verstehen, wie mein Raahosh tickt.

Seltsam, dass ich anfange, ihn als »meinen« Raahosh zu betrachten.

»Daya, seine Mutter, hat seinen Vater nie gemocht. Vaashan war kein sehr geduldiger Mann, und Daya liebte einen anderen. Aber wenn der Khui wählt, wählt er.« Aehako zuckt die Achseln. »Raahosh war ihr Kind, und als er fünf war, hat der Khui seiner Mutter wieder für seinen Vater angeschlagen. Daraus erwuchs noch ein Kind. Sie wollte sein Kleines nicht. Weigerte sich, irgendetwas mit Vaashan zu tun zu haben. Sie hat sich sogar an unser Stammesoberhaupt gewandt – das war zu der Zeit Vektals Vater.« Aehako reibt sich das Kinn und wirkt bekümmert. »Unser Oberhaupt hat erklärt, sie müsse sein Kind bekommen, denn eine Khui-Verpaarung lasse sich nicht ungeschehen machen. Aber sie brauche nicht mit ihm zusammenzuleben. Das hat Vaashan furchtbar wütend gemacht. Er hat die Beherrschung verloren und sie entführt. Er brachte sie und Raahosh weg vom Stamm und ist nicht zurückgekommen. Wir haben viele Jahre nach ihnen gesucht, doch niemand hat sie gefunden. Es war, als hätten sie sich in Luft aufgelöst. Dann, nachdem die Khui-Krankheit so viele getötet hatte, ist Vaashan nur mit Raahosh zurückgekehrt, und Raahosh war bedeckt mit Narben, die man auch jetzt noch sieht. Wir haben ihn nach Daya und seinem anderen Kind gefragt, aber er hat bloß gesagt, sie seien tot. Getötet von Metlaks. Dass Vaashan entschieden hatte, Daya fortzubringen und sie dazu zu zwingen, ihn als Khui-Gefährten anzunehmen, obwohl sie das nicht wollte, hat sie und ihr Kleines das Leben gekostet, daher hat das Stammesoberhaupt ihn zur Strafe in die Verbannung geschickt. Raahosh ist beim Stamm zurückgeblieben, damit er in Sicherheit aufwächst.«

Bei dieser schrecklichen Geschichte zieht sich mein Herz zusammen. Sie erklärt ein wenig, warum er sich solche Sorgen macht, er könne mich verlieren. »Armer Raahosh.«

Aehako nickt nachdenklich. »Nach einigen Jahren, als er alt genug war, um allein zu jagen, hat er sich auf die Suche nach Vaashan gemacht. Er hat ihn nie gefunden, aber er berichtet, er wäre auf alte, von Tieren angenagte Lederkleider gestoßen, und die alte Höhle wäre zerstört. Was immer von Vaashan übrig war, war längst verschwunden.«

Armer Raahosh. Ich denke an seine Mutter und das Baby, beide tot. Seinen unglücklichen Vater. Wie sich das alles auf ein so kleines Kind ausgewirkt haben mochte. Kein Wunder, dass er so verzweifelt darum bemüht ist, mich für sich zu behalten, selbst wenn es bedeutet, seinen Stamm zu verärgern. Es ist für ihn die einzig mögliche Reaktion auf das Beispiel seiner Eltern.

Es ist so eine traurige Geschichte. Meine Mutter ist gestorben, als ich noch sehr klein war, aber ich hatte meinen Vater, und ich habe mich bis zum Tag seines Todes immer, immer geliebt gefühlt. Es bricht mir das Herz, dass mein Außerirdischer nach jener schrecklichen Familienfehde beide Eltern auf diese Weise verlor. Deshalb ist er derart besitzergreifend und so beharrlich in seinem Bemühen, mich zu verstecken. Plötzlich würde ich ihn am liebsten trösten und ihn wissen lassen, dass er mich hat. Dass ich ihm gehöre und er mir. Luis hin oder her, ich empfinde etwas für den großen Kerl, und er hat das Leben hier auf diesem seltsamen Planeten erst interessant gemacht.

Die Unterhaltung mit Aehako versiegt, und der Außerirdische macht sich erneut daran, das Feuer zu schüren. Ich sitze im Schneidersitz daneben, tief in Gedanken verloren, bis Raahosh zurückkommt. Er hat ein Tier in der Hand, und nach dem Pfeil zu urteilen, der aus dem Stacheltier herausragt, hat er es mit dem Bogen gejagt, den ich für ihn gemacht habe. Er hat wohl gesehen, wie ich ihn benutze, und sich den Rest zusammengereimt. Wow. Das breite Lächeln, mit dem ich ihn begrüße, ist aufrichtig, und ich stehe auf, um meiner Begrüßung Küsse folgen zu lassen.

Er ist ein wenig benommen von meinem enthusiastischen Willkommen, legt aber einen Arm um mich und drückt mich fest an sich. Und als er die Beute aufschneidet, sorgt er dafür, dass ich die leckersten Bissen bekomme. Er füttert mich damit und will den anderen – oder sich selbst – keinen Happen gönnen, bevor ich gesättigt bin.

Und wirklich: Es ist nicht das Schlechteste, der Nabel der Welt für jemanden zu sein. Irgendwie kann ich mich zunehmend dafür erwärmen.

Und ich hatte die Absicht, ihm meine Wertschätzung zu zeigen.

Raahosh

Liz' gute Laune macht mich misstrauisch. Es ist mir natürlich eine Freude, sie zu sehen, doch ich kann nicht umhin, mich zu fragen, ob meine listige Gefährtin irgendetwas im Schilde führt. Normalerweise begrüßt sie mich mit schneidenden Worten und Verdrießlichkeit, aber jetzt, da Aehako und Haeden hier sind, strahlt sie über das ganze Gesicht und streckt mir die Hände entgegen, als ich auf sie zugehe.

Gar nicht dagegen freut es mich, die beiden Männer zu sehen. Es sind gute Männer, wären sie allerdings nicht gekommen, hätte ich Liz wenigstens noch einige Mondzyklen für mich gehabt, sodass bei unserer Rückkehr zu meinem Stamm klar gewesen wäre, dass wir eine Familie sind und zusammenbleiben müssen.

Jetzt bin ich mir nicht sicher, was die anderen davon halten werden. Ich habe die Gesetze unseres Stammes gebrochen, und Liz' Bauch ist immer noch flach, ohne jede Spur von unserem Kind. Und so ist mein einziger Trost, dass sie mich anlächelt und die Hände nach mir ausstreckt, als ich mich ihr nähere. Wir sind Gefährten, das ist offensichtlich, und ich sehe den Neid sowohl in Aehakos als auch in Haedens Augen.

Ihr Khui hat nicht angeschlagen. Für sie geht das Leben kalt und ohne Gefährtin weiter, aber mit der zusätzlichen Qual, so viele andere ihr Glück finden zu sehen. Zum ersten Mal bin ich derjenige, der beneidet wird. Dieses Gefühl kannte ich bisher nicht.

Es ist ein ruhiger Abend. Aehako fällt das Reden leicht, er war allerdings schon immer ein fröhlicher Bursche. Seine Berichte über die Jagd und das Leben in den Höhlen fesseln Liz' Interesse, aber ihre Hand liegt fest in meiner. Haeden dagegen ist schweigsam, doch auch er schaut jedes Mal her, wenn Liz mich berührt oder ihr Arm meinen streift.

Als es langsam spät wird, legt Liz gähnend ihre Wange an meinen Arm. »Wollen wir schlafen gehen, Baby?«

Sie nennt mich bei dem Liebeswort ihres Volkes. Mir wird warm ums Herz, und mein Khui beginnt leise in meiner Brust zu vibrieren. »Natürlich.« Ich stehe auf und ziehe sie auf die Füße.

Haeden erhebt sich ebenfalls. »Sie sollte hier bei uns am Feuer bleiben.«

Bevor ich einen Protest knurren kann, schnaubt Liz. »Ähm, wir sind Khui-Gefährten, schon vergessen?« Sie tippt sich auf die Brust, und ich kann ihren Khui ein Lied für meinen singen hören. »Ich dachte, das Ziel sei, dass er mich schwängert, damit ihr hier mehr blaue Babys herumlaufen habt.«

Haedens Kiefer verkrampft sich. »Wir beschützen dich.«

»Vor seiner Sahne?« Ein Lächeln spielt um Liz' rosigen Mund. »Dafür ist es etwas spät. Und nun werde ich bei meinem Gefährten schlafen.« Sie greift nach meiner Hand und führt mich ein kleines Stück weg vom Feuer zu ein paar Büschen. Gähnend schlüpft sie aus ihrem Umhang und deutet dann auf das Bündel auf meinem Rücken. »Felle, bitte.«

Wortlos gehorche ich. Ich mache ihr ein Lager aus Fellen, da ich weiß, dass mein Mensch nur ein gewisses Maß an Kälte verträgt. Schon jetzt beim Gähnen zittert sie. Als unser Lager so vollkommen ist, wie ich es machen kann, nehme ich den Umhang aus ihren Händen und lege ihn ihr um die Schultern. »Du musst es warm haben.«

»Oh, ich werde es warm haben«, sagt sie mit einem sanften Lächeln. »Wir werden kuscheln.«

Ich schaue zum Feuer, das nicht allzu weit entfernt ist. Aehako und Haeden beobachten uns. Ob »kuscheln« wirklich eine gute Idee ist? Schon jetzt wird mein Luis von meiner Gefährtin in Schwingungen versetzt, und mein Schwanz stemmt sich gegen meinen Lendenschurz. »Vielleicht sollte ich am Feuer schlafen.«

»Red keinen Unsinn«, sagt sie schläfrig. Sie legt sich in die Felle und klopft auf den Platz neben sich. »Komm her. Ich werde dafür sorgen, dass es schön für dich wird.«

Das sind Paarungsworte. Mein Körper reagiert, auch wenn ich noch einmal zum Feuer schaue. Ihre Worte sind sicherlich nicht so gemeint, wie sie sich anhören. Menschen sind nicht besonders freimütig, jedenfalls wenn man nach dem geht, was Vektal gesagt hat. Schorschi wollte nicht berührt werden, wenn andere in der Nähe waren. Das ist bloß wieder menschliches Geplapper.

»Brrr«, sagt sie und klappert mit den Zähnen. »Es ist wirklich kalt. Ich muss mich an meinen großen Außerirdischen schmiegen.«

Einem solchen Ruf meiner Gefährtin leiste ich natürlich Folge. Mit einem letzten Blick auf die beiden Männer am Feuer lege ich mich neben Liz, und sofort drückt sie sich an mich, schiebt mir ihre kalten Hände unter der Weste auf meine Brust. Ich erdulde es stoisch; ich will, dass sie es behaglich und warm hat. Also lege ich die Arme um sie und stütze mein Kinn auf ihren kleinen Kopf. Mein Khui singt ein Lied des Protestes, doch ich bin zufrieden. Mit Liz in meinen Armen ist mir die Welt da draußen einerlei.

»Mmm«, sagt Liz leise und streichelt meine Brust.

Ich liebkose ihren Arm unter den Fellen. »Liz?«

»Ja, Baby?«

»Was ist Sahne?«

Sie kichert, und mein Schwanz wird noch härter. »Das ist dein Sperma.«

Es ist mir seltsam peinlich, dass sie solche Dinge zu den anderen Männern sagt. Sie macht Witze darüber, dass sie sie vor meinem Sperma schützen wollen? »Du bist recht vorlaut.«

»Ich weiß, aber sie verstehen sowieso nicht, was ich sage, daher ist es egal«, entgegnet sie, und ich kann das Lächeln in ihrer Stimme hören. Ihre Hand wandert an meinem Bauch nach unten, und dann packt sie meinen Schwanz. »Für eine Frau gibt es keinen Schutz vor diesem Ungeheuer.«

Ich schnappe nach Luft und schiebe ihre Hand weg. »Liz!« Ich setze mich auf und schaue zwischen den stacheligen Blättern der Büsche hindurch zum flackernden Feuer. Und tatsächlich, die beiden beobachten uns, obwohl ich bezweifle, dass sie mehr sehen können als unsere Füße.

Ich bin mir jedoch sicher, dass sie uns hören. Meine Gefährtin ist nicht gerade leise.

»Leg dich hin«, befiehlt sie mir und drückt mir eine Hand auf die Brust.

»Sie können dich hören.«

»Na und?« Wieder wandert ihre Hand zu meinem Schwanz, und sie zieht die Finger über seine ganze Länge und liebkost dann meinen Sporn. »Lass sie hören, was sie verpassen.«

Ich schlucke ein heiseres Stöhnen herunter. Mein Khui vibriert wild in meiner Brust, und Liz scheint entschlossen zu sein zu spielen. Und ich? Ich bin ein schwacher Mann, denn ich werde es ihr erlauben. Ich strecke die Hände nach Liz aus, doch sie schiebt sich unter den Fellen nach unten.

»Lass mich dir schöne Gefühle schenken«, flüstert sie, und ich spüre, wie sie an den Bändern meines Lendenschurzes nestelt. Dann fällt er herunter, und sie legt ihre heiße kleine Hand um meinen Schwanz.

Ich beiße daraufhin in meine eigene Hand, um nicht laut aufzustöhnen. Die anderen sollen nicht wissen, welche Lust meine Gefährtin mir bereitet, aus Angst, sie könnte dann aufhören. Denn ich bin selbstsüchtig und gierig, aber ich will mehr davon.

Ihre Hand umschließt die Wurzel meines Schwanzes, und dann kichert sie und streicht mit der Eichel über ihre Lippen. »O Gott, du bist jetzt schon so hart. Das ist verdammt sexy, Raahosh.« Liz' Lippen schließen sich um meine Eichel, und ich spüre, wie sie die Zunge darüber hinwegwirbeln lässt.

Um ein Haar vergieße ich bereits da mein Sperma. Stattdessen beiße ich mir noch fester in die Hand, entschlossen, still zu sein, damit das Ganze hier nicht zu früh endet. Ich hebe die Hüften, will tiefer in ihren Mund gelangen, in diese feuchte Wärme, die mich an ihre Muschi erinnert.

Sie leckt an meinem Schwanz. »So viele Lusttropfen für mich«, murmelt sie. Sie drückt und streichelt die Wurzel, dann ist ihr Mund plötzlich überall: Sie leckt meinen Schaft, knabbert an der Eichel und neckt und leckt dann meinen Sporn, von dem ich gar nicht wusste, dass ich Gefühl darin habe, bis sie damit gespielt hat. Ich bin außer mir vor Wonne, und dass sie leise Laute des Entzückens von sich gibt und ihr Khui vibriert, macht es noch schöner.

Dann schließt sich ihr Mund über der Spitze meines Schwanzes, und sie beginnt erneut zu saugen. Sie nimmt mich tiefer in sich auf, bearbeitet mit ihrer Zunge meinen Schaft, bis ich spüre, wie mein Schwanz gegen ihren Rachen stößt.

Und ihr Khui vibriert immer heftiger. Es ist, als würde sie ihn ermutigen, denn er ist so laut, dass er ihre Haut erbeben lässt, und ich spüre die Vibrationen des Khui auf ihrer Zunge, während sie mich in ihrer Kehle umfängt.

Es ist anders als alles, was ich je zuvor erlebt habe.

Es nützt nichts, mir in die Hand zu beißen, um mein Stöhnen zu unterdrücken. Dann komme ich, und mein Sperma spritzt in ihren heißen, feuchten Mund. Sie gibt leise Wonnelaute von sich, und ich spüre sie schlucken, bevor sie meinen Schwanz freigibt.

Sie schluckt mein Sperma, so wie ich von ihrer süßen Muschi trinke. Wieder stöhne ich und nestele an ihren Beinkleidern. Ich will das Gleiche für sie tun.

Aber sie bremst mich mit einem Klaps auf die Brust und einem Schnalzen ihrer Zunge. »Ist schon gut, Baby. Ich habe das nicht gemacht, nur damit du mich leckst.« Sie streichelt mir über die Brust. »Ich wollte bloß, dass du dich gut fühlst. Damit du weißt, dass ich bei dir bin.« Ein leises Kichern entweicht ihrer Kehle, es klingt süß und melodisch. »Und ich wollte, dass auch sie wissen, dass ich bei dir bin.«

Schlaue Liz. Sie ergötzt mich mit ihrem Mund, damit andere wissen, dass sie freiwillig bei mir ist? Meine Gefährtin ist listig … und wundervoll. Ich ziehe sie an mich und spüre, wie mein Khui im gleichen Rhythmus schwingt wie ihrer.

»Du bist mein Ein und Alles, Liz«, sage ich leise. »Meine Welt. Mein Herz.«

»Ist das eine Liebeserklärung?«, fragt sie schläfrig, ihre Stimme gedämpft von meiner Brust.

Ich nicke. Bei meinem Volk ist es nicht üblich, sich in Liebesbekundungen zu ergehen, aber ich liebe Liz. Sie ist mein, und ich gehöre ihr. »Ich liebe dich, Liz.«

Mehr als leise, anerkennende Laute bekomme ich nicht zur Antwort. Ob sie mich auch liebt? Ist das wichtig, solange sie meine Gefährtin ist? Aus irgendeinem Grund ist es das. Vielleicht tue ich nicht genug, um sie zu erfreuen.

Meine Hand wandert zum Bund ihrer Beinkleider, und ich

schiebe die Finger hinein und suche nach ihrer Muschi. Sie gibt einen schläfrigen Protestlaut von sich, und dann legt sie die Arme um meinen Hals und zuckt zusammen. Ihr Griff wird fester, als ich ihren dritten Nippel finde – ihre Klitoris, wie sie ihn nennt. Sie schnappt nach Luft.

»Vielleicht bin ich doch in der Stimmung für eine kleine Gegenleistung«, sagt sie und beißt mir sanft in den Hals.

Ihre Muschi ist ganz nass von Honig, und ich ziehe meine Finger durch ihre feuchten Lippen, während ich meine andere Hand in ihr Haar schiebe und ihren Mund in eine Position bringe, in der ich sie küssen und ihre Zunge mit meiner paaren kann. Wieder wimmert sie, lauter diesmal, und ich dämpfe das Geräusch mit den Lippen. Sicherlich können die anderen erraten, was wir tun, aber Liz' Lustschreie gehören ganz allein mir.

Ich schiebe einen Finger tief in sie hinein und beginne zu stoßen, ahme meinen Schwanz nach. Ihre Hüften heben sich, und sie murmelt etwas dicht an meiner Kehle. »Meine Klitoris«, sagt sie immer wieder, und mir wird klar, dass ich sie berühren soll, während ich es ihr mit meinem Finger besorge. Ich fange an, mit dem Daumen über die besagte Stelle zu streichen, während ich den Zeigefinger in sie hineinstoße, und sie schreit laut auf. Diesmal ist es unmöglich, das Geräusch zu ersticken. Ich höre eine leise Bemerkung vom Feuer, dann sich entfernende Schritte – irgendjemand verlässt das Lager.

Gut, denke ich grimmig, während ich meine Gefährtin befriedige. Als sie kommt, tut sie es mit einem kleinen Beben und leisen Schreien, ihr Körper verkrampft sich, und der Honig zwischen ihren Beinen fließt. Ich tauche die Finger in all diese Süße, ehe ich die Hand aus ihrer Hose ziehe und dann ihre Säfte von meiner Hand lecke.

»Mein schmutziger Barbar«, flüstert sie mit einem Kichern,

dem ein zufriedener Seufzer folgt. Binnen weniger Augenblicke ist sie in meinen Armen eingeschlafen. Vertrauensvoll. Glücklich.

Ich halte sie fest und koste diese Momente aus für den Fall, dass sie nicht von Dauer sein werden.

Liz

Die »Heimathöhle« des Stammes sieht von außen nicht besonders beeindruckend aus. Tatsächlich unterscheidet sie sich nur deshalb von jeder anderen Felswand, an der wir vorbeigekommen sind, weil Georgie mit ausgebreiteten Armen und einem glücklichen Kreischen aus der Höhle gerannt kommt, als sie mich entdeckt.

Es überrascht mich, dass sie mich so überschwänglich begrüßt, aber ich breite ebenfalls die Arme aus und lasse zu, dass sie sich auf mich stürzt und mich ausgelassen willkommen heißt. Einen Moment später kommt Josie dazu und schlingt als Nächstes die Arme um mich, bis wir umschwärmt sind von meinen ehemaligen Mitgefangenen. Es ist schräg, alle mit glühenden blauen Augen zu sehen, obwohl ich natürlich weiß, dass ich auch welche habe. Das Glühen in unseren Augen zeigt an, dass wir einen Luis haben, und alle sehen gesund und glücklich aus. Seltsamerweise kommen mir plötzlich die Tränen. Es ist, als würde ich nach Hause kommen, vor allem als Kira sich zu uns gesellt und mich lange stumm umarmt. Sie und ich kennen uns am längsten, und sie zu sehen ist so, als würde ich eine Schwester wiedersehen. Daraufhin fange ich an zu weinen und flenne eine Weile, schniefend und so froh, wieder bei ihnen zu sein. Ich berühre Kiras Ohr, an dem immer noch das muschelartige Übersetzungsgerät befestigt ist. »Wie ich sehe, hast du dein Accessoire behalten«, necke ich sie glücklich.

»Das Ding lässt sich nicht so leicht entfernen«, antwortet sie mit einem sanften Lächeln auf ihrem ernsten Gesicht, dann tritt sie beiseite, damit Tiffany mich umarmen kann.

Dann kommt Aehako mit ausgebreiteten Armen auf sie zu. »Gibt es keine Begrüßung für mich, schöne Menschenfrau mit den traurigen Augen?«

Kira errötet und scheucht ihn weg.

»Wie geht es dir?«, fragt Georgie und zieht mich am Arm in die Höhle. »Alles okay bei dir? Wie ist es euch beiden ergangen? Hat Raahosh dir wehgetan?«

Ich schaue mich nach Raahosh um, während ich von einer Welle glücklicher Frauen davongetragen werde. Er steht mit zusammengekniffenen Augen bei Aehako und Haeden, und einen Moment lang denke ich, dass er ... verloren aussieht. Unglücklich.

»Raahosh war ganz wunderbar zu mir«, sage ich laut. Ich werfe ihm von Ferne eine Kusshand zu, dann lasse ich mich von Georgie und Tiffany in die Höhle ziehen.

Die »Heimathöhlen« sind nicht das, was ich erwartet habe. Ich schätze, ich habe gedacht, es wäre etwas extrem Primitives, so ähnlich wie die Höhle, die ich mir mit Raahosh geteilt habe, aber diese Höhle sieht aus wie ein ausgehöhlter Donut. Wenn das hier nicht von intelligenten Wesen gemacht worden ist, fresse ich meine Ledertunika. Die Eingänge zu den einzelnen Privathöhlen sind perfekt abgerundet, und ein Vorhang aus Leder hängt davor. Die Mitte der Donut-Höhle ist warm, beinahe schwül, und im Zentrum bemerke ich ein leuchtend blaues Becken, der schwach nach Schwefel riecht. Ein außerirdisches Kind mit winzigen Hörnern und blauer Haut sitzt auf dessen Stufen, spritzt mit Wasser und klammert sich an eine Gestalt, bei der es sich um eine weibliche Außerirdische handeln muss. Sie ist groß und muskulös und wie Raahosh und die Männer mit hubbeligen Platten bedeckt, was bei ihren femininen Gesichtszügen beinahe erdrückend wirkt.

Es ist seltsam, denn überall sind Leute, und schon bald fühle ich mich von dem Gedränge überfordert. In der Nähe des Wassers spielen weitere Personen, und in einiger Entfernung flicht jemand Körbe. Ich höre viele Stimmen, und wo immer ich hinschaue, ist jemand. Ich sehe das sommersprossige Mädchen aus einer der Röhren, das sich über einen Kochtopf beugt, während ihr jemand das Kochen beizubringen versucht. Auf einer Seite entdecke ich die weinerliche junge Frau – Ariana – auf dem Schoß eines Außerirdischen, an dessen Brust sie sich schmiegt. Sie sieht ganz und gar nicht weinerlich aus.

»Wow, das ist so …« Ich breche ab, ausnahmsweise einmal außerstande, mir einen schlagfertigen Spruch einfallen zu lassen.

»Toll, nicht wahr?« Georgie legt mir einen Arm um die Taille. »Sie haben hier wirklich Platz für uns geschaffen. Die Jäger gehen raus und verbringen viel mehr Zeit auf der Jagd, weil so viele zusätzliche Mäuler gefüttert werden müssen. Kashrem hat so viele Tierhäute gegerbt, wie er konnte, weil er das Leder für uns braucht, und wir haben Höhlen bekommen, und alles ist so wundervoll«, schwärmt Georgie, während sie mich herumführt.

Das ist echt nett von ihnen, aber wohin ich auch blicke, sind Leute. Wirklich viele. Das hier sind nette Wohnräume, doch überall wird laut gelacht. Irgendwie vermisse ich meine stille Höhle, die ich mit Raahosh hatte. Sie war primitiv, aber gemütlich. Es ist ja auch nicht so, dass es hier irgendwo ein Einkaufszentrum gibt. Tatsache ist, mein Leben hat sich an dem Tag, an dem mich die kleinen grünen Männchen aus meiner Wohnung in den Weltraum entführten, von Grund auf verändert.

Georgie führt mich durch die Höhlen und lächelt Leuten zu, die alle möglichen Ausreden finden, um näher zu kommen und mich anzustarren. Die Tatsache, dass Raahosh mich entführt hat, ist wahrscheinlich ein Riesenskandal, obwohl mich das ganze Getuschel langsam nervt. Er hat getan, was er tun musste, und ich bedauere es nicht. Allerdings vermute ich, wir werden noch eine Weile das Gesprächsthema Nummer eins sein. Diese Gemeinschaft ist so klein, dass sich bestimmt jeder in unsere Angelegenheiten einmischen wird.

Ich schaue mich suchend nach Raahosh um, kann ihn aber nirgends entdecken. Vor uns redet Vektal mit zwei älteren Außerirdischen mit langem weißem Haar und gerunzelter Stirn. Vektal schaut zu Georgie und mir herüber und nickt.

»Komm mit«, sagt Georgie und lenkt mich in eine Nebenhöhle. »Wir sollten dich erst einmal von der Heilerin untersuchen lassen.«

»Mir fehlt nichts«, protestiere ich, doch Georgie lässt sich nicht davon abbringen. Also gebe ich auf und lasse mich von ihr in eine der kleinen Höhlen, die von der Haupthöhle abgehen, ziehen.

Drinnen ist eine Frau, eine von den hochgewachsenen, stark wirkenden Frauen der Außerirdischen. Sie hat gebogene Hörner und langes, welliges dunkles Haar. Ihr Bauch ist gerundet, sie ist offensichtlich schwanger, und ihre Augen strahlen. Sie sagt etwas in der Sprache der Außerirdischen, und ihre Stimme klingt nett.

Ich schüttele den Kopf. »Ich spreche kein Na'vi.«

Georgie kichert und schlägt mir gegen den Arm. »Sei nett, Liz. Das ist Maylak. Sie ist die Heilerin des Stammes.«

»Hallöchen«, sage ich.

Maylak streckt die Hände aus und lächelt mich an. »Leezh?«

»Fast.« Ich lege meine Hände in ihre. »Aber, Georgie, sag ihr, dass ich völlig gesund bin. Raahosh hat sich wirklich sehr gut um mich gekümmert. Er ist toll.«

Georgie zieht die Brauen zusammen, als glaube sie mir nicht recht. »Er hat dich entführt, Liz. Du brauchst ihn nicht zu verteidigen.«

»Mensch, auch die kleinen grünen Männchen haben mich entführt, und du hörst mich trotzdem keine Lobeshymnen auf sie singen.« Ich drücke noch einmal Maylaks Hände. »Ich kann bloß wiederholen, Raahosh ist in Ordnung. Wir sind jetzt verpaart, oder wie ihr den Scheiß nennt. Also, nur zu, erzähl der Heilerin, dass mit mir alles okay ist.« Ich liebe Georgie dafür, dass sie uns gerettet hat, doch langsam ärgere ich mich darüber, dass mir niemand zu glauben scheint, wenn ich sage, es gehe mir gut mit Raahosh. Als sie abermals zögert, füge ich hinzu: »Sehe ich so aus, als hätte man mich zur Unterwerfung gezwungen?«

Sie kichert. »Meiner Meinung nach würdest du jeden zu Tode quatschen, der das versucht.«

»Genau!«

Georgie schaut Maylak an und sagt fließend etwas in der Sprache der Außerirdischen. Ich beobachte ihre Gesichter, während sie sich unterhalten, doch es nervt mich, dass ich kein Wort verstehe. Georgie versteht sie bloß, weil sie von dem Raumschiff, das sich irgendwo hier in der Gegend befindet und von dem Raahoshs Leute stammen, die Sprache ins Gehirn übermittelt bekommen hat. Aus irgendeinem Grund kann Raahosh Englisch, aber mir wurde nichts ins Hirn gepackt, daher bin ich da außen vor. Und ich hasse es, außen vor zu sein.

Maylak sagt etwas, und Georgie übersetzt es für mich. »Sie wird zu deinem Khui sprechen und schauen, wie es dir geht.«

»Super. Richte dem kleinen Mistkerl Grüße aus.«

Georgie grinst und bedeutet Maylak anzufangen.

Die Außerirdische schließt die Augen und summt, und ich befürchte für eine Minute, dass sie gleich anfangen wird, ein schreckliches, kitschiges »Ommm« zu singen. Doch ihre Augen glühen irgendwann noch heller, so hell, dass ich sie durch ihre Lider glühen sehe, und mein Luis reagiert darauf. Er singt oder schnurrt nicht, wie er es in der Gegenwart Raahoshs tut, aber es ist fast so, als würde er ... mit ihr reden. Ich spüre, wie er in mir zuckt, und dann tanzt er beinahe.

Es macht mir Angst.

Sie hält weiter meine Hände fest, und ich spüre, wie mein Luis zur Antwort vibriert. Es ist eine andere Art von Schwingung, höher und schneller, als wenn ich mit Raahosh durch die Felle turne. Ich versuche, ihr meine Hände zu entziehen.

»Keine Angst, Liz. Sie untersucht nur ein paar Sachen in dir. Ich verspreche dir, dass dir nichts passiert.« Georgie legt mir eine Hand auf den Arm.

Maylak öffnet die Augen, und mein Luis hört nach und nach auf zu vibrieren. Erst verlangsamt sich die Vibration zu einem schwachen Summen und dann endet sie, und die Heilerin atmet langsam aus. Schließlich lässt sie lächelnd meine Hände los.

Erstaunlicherweise fühle ich mich besser. Ich habe mich vorher schon nicht schlecht gefühlt, aber jetzt fühle ich mich ... verjüngt. Als hätte ich gerade eine einstündige Massage von innen bekommen.

Maylak beginnt zu sprechen, und Georgie übersetzt. »Sie sagt, du wärst ein wenig erschöpft. Das sei normal für die Menschen, weil wir uns immer noch an das Klima gewöhnen müssen und daran, einen Khui zu haben, aber du sollst es ruhig angehen lassen.«

»Das überrascht mich nicht. Ich musste mich um Raahosh kümmern, weil er sich das Bein gebrochen hat.« Ich umklammere Georgies Hände und sehe ihn eindringlich an. »Oh – sag ihr, dass sie Raahosh untersuchen muss. Er hat sich vor einer Weile verletzt, und es hat einige Zeit gedauert, bis er sich davon erholt hat. Sie muss ihn untersuchen, um sicherzugehen, dass bei ihm alles okay ist.«

Georgie wendet sich an Maylak und spricht, und ein kleines, unglückliches Stirnrunzeln zieht über Maylaks Gesicht. Sie sagt etwas, worauf Georgie etwas entgegnet.

»Wovon sprecht ihr zwei?«, frage ich, als sie mich weiter ignorieren.

»Es ist ein wenig kompliziert«, sagt Georgie. »Ich erzähle es dir später.«

Maylak spricht weiter, und sie deutet auf meinen Bauch. Ein Lächeln zeichnet sich auf Georgies Zügen ab, und sie sieht mich an.

»Lass mich raten«, sage ich, bevor sie übersetzen kann. »Ich habe einen Braten in der Röhre.«

Sie reißt die Augen auf. »Du wusstest es schon?«

»Ähm, ich zittere, als hätte ich einen Vibrator in mir, wann immer Raahosh in meine Nähe kommt«, sage ich trocken. »Wir haben möglicherweise ein paarmal ohne Verhütung gevögelt.«

»Ein paarmal?« Sie kichert.

»Okay, ein paarmal am Tag. Aber ernsthaft, darum geht es doch bei diesem Luis, oder nicht? Also überrascht es mich nicht. Ich weiß nicht, was ich davon halten soll, aber ich bin nicht unbedingt schockiert.«

Sie wirft mir einen mitfühlenden Blick zu. »Bist du dir nicht sicher, wie du dazu stehst, weil es Raahoshs ist?«

»Nein.« Mann, warum denken alle, dass ich den Typen hasse? »Ich weiß es nicht, weil ich mir nicht sicher bin, ob ich Mommy werden will, denn ich bin noch ziemlich jung. Ich bin erst zweiundzwanzig. Du bist auch erst zweiundzwanzig. Wir sind alle zweiundzwanzig, und jetzt werden wir alle Kinder bekommen, wenn es nach den Luisen geht.«

Georgie legt sich eine Hand auf den Bauch. »Ich bin auch schwanger.«

Ich schaue zur Heilerin, die schweigend abwartet. »Ist sie sich sicher? Woher wissen wir, dass es nicht einfach Blähungen sind oder so etwas? Vielleicht lässt das außerirdische Essen unsere Dickdärme explodieren.«

»Erstens ist das ganz schön eklig. Und zweitens *weiß* sie so etwas. Sie ist die Heilerin.« Georgie sieht Maylak an und sagt etwas, und Maylak deutet auf ihre Brust und gibt einen weiteren Strom von Silben von sich. Ich muss unbedingt zum Raumschiff der Außerirdischen kommen und mir die Sprache ins Hirn pflanzen lassen, denn ich habe es satt, dass ich die Leute um mich herum nicht verstehe. Georgie nickt, dann sieht sie mich an und übersetzt. »Sie sagt, sie nimmt die Veränderungen in deinem Unterleib wahr. Dein Khui weiß, dass es da ist.«

»Warum vibriert das verdammte Ding dann immer noch ständig, wenn ich in Raahoshs Nähe komme?«

Georgies Mund verzieht sich zu einem kleinen Grinsen. »Weil du angetörnt bist? Ich kann mir vorstellen, der Khui steht genauso auf die Sex-Endorphine wie wir.«

Das Mädel hat nicht unrecht. Ich stoße den Atem aus und starre die Höhlenwände an. »Ich bin also schwanger.«

»Ich auch. Du bist nicht allein.« Sie lächelt. »Vektal ist ganz aus dem Häuschen.«

Ich stelle mir die Aufregung auf Raahoshs Gesicht vor, wenn ich ihm erzähle, dass in meinem Bauch ein blaues Alien-Baby hockt. Ich berühre meinen Bauch. Er wird glücklich sein, aber auch Angst haben. Mir fällt die Geschichte seiner Eltern wieder ein. Es wird uns nichts passieren, das verspreche ich Baby Blue. Dann sehe ich Georgie an. »Raahosh findet es auch ziemlich aufregend, dass sein Khui angeschlagen hat. Er wünscht sich wirklich inständig eine Familie.«

Ihr Lächeln schwindet ein wenig. »Hat er dir wehgetan?«

Ich schüttele den Kopf. »Er war ein paar Mal ziemlich aufdringlich, aber ich hatte alles unter Kontrolle. Als wir dann endlich zusammengekommen sind, war es meine Entscheidung, nicht seine.« Nun, eigentlich war es die Entscheidung des Luis, doch das erzähle ich nicht. Ich habe das Gefühl, dass Georgie das gar nicht hören will. Sie ist total verrückt nach Vektal, so wie ich nach Raahosh, und ich werde ihn verteidigen, selbst wenn das bedeutet, dass wir unterschiedliche Standpunkte einnehmen.

Denn aus irgendeinem Grund fühle ich mich *mächtig* in die Defensive gedrängt. Irgendetwas fühlt sich falsch an, auch wenn ich nicht so recht benennen kann, was es ist.

Doch was Georgie als Nächstes sagt, haut mich um. »Aber mach dich auf eine lange Wartezeit gefasst. Wie es scheint, dauert die Schwangerschaft der hiesigen Ladys drei Jahre oder so.«

Ich verschlucke mich und muss husten. »Scheiße, wie bitte?« Ich bin entsetzt. Neun Monate mit einem aufgeblähten Bauch und geschwollenen Knöcheln klingt schon übel. Drei Jahre Schwangerschaft klingen wie die reinste Folter.

Sie verzieht das Gesicht. »Ich weiß. Anscheinend sind sie erheblich länger schwanger. Maylak meint, die Schwangerschaft würde fünfunddreißig Monde dauern oder so, aber es ist schwer zu sagen, wie lang ihre Mondphasen im Vergleich zu unseren sind, weil niemand eine genaue Uhr oder einen Kalender hat und die Verhältnisse hier anders sind als auf der Erde.«

Ich stöhne entsetzt auf. »Also werden wir irgendwas zwischen neun Monaten und drei Jahren schwanger sein? Bitte erschieß mich gleich hier an Ort und Stelle.«

»Wenn es die Sache für dich besser macht, lass dir gesagt sein, dass du die Neuigkeit erheblich gelassener aufnimmst als Ariana.«

»Lass mich raten – sie hat geweint.«

»Bingo.«

Maylak schaut neugierig zwischen uns hin und her, daher übersetzt Georgie für sie. Dabei kommt mir noch eine Frage in den Sinn. »Wer ist denn eigentlich alles schwanger?«

»Mal sehen – Ariana natürlich. Ich. Du. Marlene. Nora. Stacy. Das sind bisher alle.«

»Kein Khui-Gefährte für Kira, hm?« Ich muss daran denken, wie Aehako vor der Haupthöhle mit ihr geflirtet hat. »Und was ist mit Josie? Tiff?«

»Nein. Maylak sagt, dass der Khui seine Wahl manchmal später trifft, aber weil bei so vielen von uns der Khui beim ersten Blick angeschlagen hat, kann ich es nicht beurteilen.« Sie senkt die Stimme. »Manche sind ziemlich enttäuscht.«

Seltsamerweise verstehe ich das. Es ist, als hätte ihr Luis befunden, sie seien nicht gut genug für Alien-Babys. Und da der Stamm sich anscheinend so verzweifelt Kinder wünscht, muss das schmerzen. »Es wird schon noch passieren. Oder vielleicht auch nicht. Vielleicht wollen ihre Luise nicht Mom werden.«

Georgie lacht. »Möglicherweise sind sie auch einfach noch nicht bereit.«

»Irgendeine Spur von den kleinen grünen Männchen?« Ich reibe mir die Stelle am Arm, an der vor Wochen der Peilsender implantiert und dann kurz darauf herausgeschnitten wurde.

Sie schüttelt den Kopf. »Hier war alles ruhig ...« Der Rest bleibt unausgesprochen. *Bis auf die Sache mit dir.*

Man muss ihr zugutehalten, dass sie versucht, mich vor einem Entführer zu beschützen. Ich kann sie dafür nicht hassen. »Es geht mir gut, Georgie. Wirklich.«

Sie beißt sich auf die Unterlippe und seufzt dann. »Vektal ist richtig sauer auf Raahosh.« Der Blick, den sie mir zuwirft, lässt

Nervosität erahnen. »Hat er dir die Geschichte seiner Eltern erzählt?«

»Ich habe sie von Aehako gehört. Das war nicht ganz das Gleiche.«

»Vielleicht nicht in Raahoshs Augen, aber für Vektal schon. Ihr Stamm hat sehr strikte Gesetze, was solche Dinge angeht, Liz.« Sie schüttelt den Kopf. »Sei einfach auf einen Shitstorm gefasst. Mehr will ich damit gar nicht sagen.«

»Mögen die Stürme beginnen«, sage ich. »Ich bin bereit.«

Maylak erklärt mich endlich für kerngesund, und Georgie und ich verlassen ihre Höhle. Es entgeht mir nicht, dass sie einige hitzige Bemerkungen in der Sprache der Außerirdischen austauschen, ebenso wenig wie mir der besorgte Ausdruck auf Maylaks Gesicht entgeht, als wir uns von ihr verabschieden. Ich bin nicht blind. Unserer Rückkehr haftet etwas Unheilvolles an, und ich weiß, dass es nichts Gutes bedeuten kann.

In der Mitte der Höhle sitzt Vektal auf in den Stein gehauenen Stufen. Er hängt lässig da herum, aber seine Haltung hat überhaupt nichts Lässiges. Er wirkt angespannt. Sauer. Aehako und Haeden reden mit ihm, und Raahosh ist nirgends zu sehen. Andere Männer stehen um die beiden herum, und als Georgie und ich kommen, richtet sich die ganze Aufmerksamkeit auf uns.

Vektal steht auf. Er schaut an mir vorbei, und als ich mich umdrehe, sehe ich, dass Maylak aus ihrer Höhle gekommen ist und einige Schritte hinter mir steht. Er sagt etwas auf Außerirdisch, und ich kriege mit, dass mein Name fällt. Es ist nicht schwer, das »Leezh« aus ihrer Sprache herauszuhören.

Langsam nervt das Ganze. Alle um mich herum reden durcheinander. Ich schnipse vor Vektals Gesicht mit den Fingern. »Hallo, ich stehe direkt vor dir. Rede nicht so, als wäre ich nicht da.«

Ich höre, wie Aehako das Lachen unterdrückt, und Vektal schaut mich schockiert an. »Was tust du da?«

»Sieht es so aus, als würde ich einen Beat schnipsen? Ich versuche, deine Aufmerksamkeit zu erlangen.« Außerdem habe ich es langsam echt satt, dass alle über mich reden. Ich will verdammt noch mal ein Mitspracherecht bei meiner Zukunft haben. Man hat mich lange genug herumgeschubst, und ich werde mich nicht weiter von einem großen blauen Außerirdischen mit Hörnern herumschubsen lassen, nur weil er sagt, er sei der Chef. »Ich bin hier. Du kannst mit mir über mein Lieblingsthema reden – mich.«

Er runzelt grimmig die Stirn. »Ich tausche mich gerade mit der Heilerin aus.«

»Über meine Schwangerschaft? Du könntest auch mich fragen. Ja, meine Eierstöcke haben ein würdiges Gegenüber gefunden, und zwar außerirdisches Sperma.« Ich verschränke die Arme vor der Brust. »Wo ist Raahosh? Ich will zu meinem Gefährten.«

»Liz«, murmelt Georgie in dem Versuch, mich zu beruhigen.

»Wenn du nicht eine Demonstration von Schwangerschaftshormonen in ihrer ganzen Pracht erleben willst, will ich Raahosh sehen, und zwar sofort«, sage ich in mörderischem Ton und zeige auf den Boden. »Mir ist klar, dass du mich unmöglich findest, aber du hast noch gar nichts wirklich Unmögliches gesehen. Ich werde zur größten Nervensäge auf diesem schneebedeckten Planeten, wenn du mir nicht auf der Stelle meinen Mann herholst.« Ich verstehe es nicht. Warum halten sie uns voneinander getrennt? Das seltsame Gefühl, dass »etwas nicht stimmt«, wird immer stärker.

»Das ist ihr Heim, Liz«, sagt Georgie.

»Ich dachte, wir spielen jetzt angeblich alle in derselben

Mannschaft. Das bedeutet, dass das hier auch mein Heim ist, und ich will verdammt noch mal meinen Mann.«

Georgie sieht Vektal an. Er wirft die Hände in die Luft, als wolle er »Regel du das mit ihr!« sagen, und stürmt davon. Georgie wirft mir einen verärgerten Blick zu, aber das kümmert mich nicht. Ich muss Raahosh sehen und wissen, dass es ihm gut geht. Und ich will ihm sagen, dass wir ein Baby bekommen. Doch sie zieht mich weg und flüstert mir ins Ohr: »Raahosh hat die Regeln gebrochen, und er ist in Schwierigkeiten, Liz.«

»Ich weiß.« Ich falte ich die Hände unterm Kinn. »Aber ich will ihn sehen und ihm sagen, dass wir ein Baby bekommen, okay?«

»Okay«, verspricht sie leise. »Ich kann die Sache eine Weile hinauszögern und mit Vektal reden, aber wenn sie eine Strafe für ihn beschließen, gibt es nichts mehr, was ich tun kann, okay?«

Ich zucke die Achseln. Was können sie schon Schlimmes tun? Er ist ein Stammesmitglied und wird bald Dad. Wenn er dazu verdonnert wird, öfter auf die Jagd zu gehen, werde ich einfach mit ihm gehen. Wenn sie ihm irgendeine Art von Strafaufgabe aufbrummen, glaube ich nicht, dass ihn das kümmern wird. Und nach dem, was ich hier gesehen habe, wären Peitschenhiebe oder eine andere körperliche Bestrafung ein bisschen extrem. Was immer es wird, es kann schon nicht so schlimm sein.

Und was es auch ist, wir werden uns dem gemeinsam stellen.

Immerhin habe ich bereits ein paar »Worst-Case-Szenarien« überstanden. Von Außerirdischen entführt, um wie Vieh verkauft zu werden? Bruchlandung auf einem Eisplaneten? Halb verhungert und einige Wochen lang in unserem eigenen Dreck geschmort?

Diese »Worst-Case-Scheiße« habe ich auch überstanden. Danach ist alles andere ein Kinderspiel.

Georgie sagt etwas, und zwei Krieger verlassen die Höhle. Wir warten schweigend, und einige Minuten später kommt Raahosh mit steifen Schritten herein, flankiert von den Kriegern. Er sieht stinksauer aus, die Hände zu Fäusten geballt, und er bebt am ganzen Körper vor Wut. Seine Waffen sind verschwunden, und er hat einen kleinen Bluterguss am Kinn.

Das ist zu viel für mich, und bei seinem Anblick breche ich in Tränen aus wie ein kleines Mädchen.

Sein Gesichtsausdruck wird sofort besitzergreifend, und er drängt sich durch die Menge in der Höhle, um zu mir zu gelangen. Ich höre Gemurmel, aber das ist mir egal. Mein Luis hat angefangen zu vibrieren und singt ein Lied für seinen. Raahosh zieht mich heftig an sich, drückt mich an seine Brust und hält mich mit seinen starken Armen fest. Ich höre seinen Luis im selben Rhythmus wie meinen vibrieren, und ein leiser glücklicher Seufzer entfährt mir.

Ich liege in seinen Armen. Alles ist gut.

Er streicht mir über die Wange. »Was ist los, Liz?«

Ich reibe mir die Augen wie ein Kind. »Ich bin nur müde. Ich will mich irgendwo hinlegen, wo es ruhig ist, und mit dir reden.«

Er streichelt mir übers Haar. »Natürlich.«

Kira kommt auf uns zu, und es überrascht mich, schon wieder Aehako an ihrer Seite zu sehen. Sie beobachtet mich mit ihren traurigen Augen, während Raahosh mich an sich drückt. Ich kann nicht erkennen, ob der Ausdruck auf ihrem Gesicht Neid oder Sorge ist. Womöglich beides? »Sie mussten hier viele Schlafplätze verlegen«, sagt sie. »Ich weiß nicht, ob es irgendwo ein ruhiges Plätzchen gibt.«

Aehako nickt und verschränkt seine starken Arme vor der Brust. »Man hat Raahoshs Sachen bei den anderen Jägern untergebracht. Fünf von ihnen teilen sich eine Höhle. Zolaya und seine Gefährtin sind nun in deiner alten Höhle.«

Raahosh knurrt. »Wo sollen wir dann …«

»Lass uns einfach nach draußen gehen«, sage ich und klammere mich an seinen Armen fest. Ich habe jetzt bereits genug von dieser Höhle und all den Leuten, von der hohen Luftfeuchtigkeit hier und den Blicken. »Ich wäre lieber mit dir draußen.«

»Das geht nicht«, meldet Aehako sich zu Wort. »Es tut mir leid. Vektal will, dass du erst einmal beobachtet wirst.«

Er will mich beobachten lassen, weil sie wissen, dass Raahosh ohne mich nirgendwo hingeht. Ich atme frustriert aus. »Wohin können wir denn dann gehen?«

»Ihr könnt in die ›Junggesellinnenhöhle‹ gehen«, bietet Kira an. »Dort wohnen die menschlichen Ladys, deren Khui nicht angeschlagen hat.«

Ich nicke und klammere mich noch fester an Raahosh. »Und ihr habt auch nichts dagegen, wenn mein großer blauer Freund mitkommt?«

»Ganz und gar nicht«, verspricht sie mir, und ein Lächeln hellt ihr ernstes Gesicht auf.

Aehako fügt hinzu: »Es ist schließlich nicht so, als würden sie dort nicht auch andere große blaue Freunde empfangen …«

Wieder schlägt sie ihm gegen den Arm, und ich sehe, wie sie rot wird, aber beide verbergen ein Lächeln. Da steckt irgendeine Geschichte dahinter und wahrscheinlich eine pikante, doch ich bin gerade zu müde und mental zu ausgelaugt, um dem nachzugehen. Ich will mich einfach nur für eine Weile irgendwo mit Raahosh zusammenkuscheln.

»Ihr könnt mein Bett haben«, bietet Kira an. »Es ist so ziemlich die beste Methode, sich zurückzuziehen, die man hier finden kann.« Sie nickt und bedeutet uns, ihr zu folgen. Kira führt uns zu einer der hinteren Höhlen. Zwei mir vertraute menschliche Gesichter schauen uns an, als wir näher kommen. Doch Kira gibt ihnen ein Zeichen, uns nicht zu behelligen. »Liz braucht Ruhe. Es wird später noch genug Zeit zum Plaudern geben.«

Die »Junggesellinnenhöhle« mit ihrer hohen, glatten Decke ist ziemlich geräumig. Wenn ich raten müsste, würde ich sagen, der Raum ist ungefähr sieben Meter lang und vielleicht halb so breit. Es stehen einige Betten nebeneinander, und in der Mitte befindet sich eine Feuergrube, in die Tiffany gerade Brennmaterial nachlegt, außerdem gibt es auf einer Seite einen mit einem Vorhang abgeteilten Bereich. Kira bringt uns dorthin und zieht dann den Ledervorhang beiseite, hinter dem sich eine Nische in der Wand befindet und in der ihr mit Fellen überhäuftes Bett steht.

»Ich wollte mir die Koje eigentlich mit Nora teilen, aber dann hat ihr Khui angeschlagen ...« Kira zuckt die Achseln. »Ich krieche heute Nacht bei einer der anderen unter. Ruht ihr euch aus. Wenn ihr Hunger kriegt, gebt mir Bescheid, dann bringe ich euch etwas.«

»Danke, Kira.« Ich krieche in das Versteck aus Fellen und Decken, und die Tatsache, dass ich mich ausstrecken kann, lässt mich einen glücklichen Seufzer ausstoßen. Denn meine Füße schmerzen nach dem langen Marsch ziemlich, und als Raahosh den Vorhang wieder zuzieht, haben wir ein ungestörtes Plätzchen. Ich kann mir beinahe vorstellen, wir wären wieder allein.

Beinahe. In der Nähe ist immer noch Stimmengewirr in der fremden Sprache zu hören.

Mein großer, wunderbarer Außerirdischer legt sich neben mich und zieht mich sanft in seine Arme. Seine Finger streichen über meine Wange, und er schaut mich besorgt an. »Geht es dir gut, Liz?«

Ich nicke. »Ich bin nur etwas gestresst. Man scheint hier nicht besonders glücklich zu sein, dich wiederzusehen.«

»In ihren Augen habe ich etwas Böses getan.« Er schüttelt den

Kopf, dann küsst er mich zärtlich auf den Mund. »Doch ich hätte es um nichts in der Welt anders gemacht.«

Ich erwidere verzweifelt seinen Kuss und schiebe die Finger in sein Haar. Ich liebe es, seinen heißen, harten Körper an meinem zu spüren, und fange an, es auch zu lieben, wie mein Luis vibriert, wenn er da ist. »Ich mache mir bloß Sorgen um dich«, sage ich, als ich mich aus dem Kuss löse.

Kurz flackert Überraschung über sein Gesicht. »Um mich?«

»Ja, ich weiß nicht, ob du es bemerkt hast, doch deine Leute verhalten sich wie ziemliche Arschlöcher«, sage ich leise. »Aber keine Sorge. Ich gebe dir Rückendeckung.«

»Rückendeckung?« Er zieht die Brauen zusammen.

»Das bedeutet, dass ich zu dir halte. Was immer passiert, du kannst dich auf meine Unterstützung verlassen.«

Er öffnet den Mund, und für einen Moment scheint er vollkommen sprachlos zu sein. Dann drückt er mich wieder an sich. »Du bist mein Ein und Alles, Liz. Du bist meine Welt.«

»Ich liebe dich auch, Großer«, sage ich. Und dann fällt mir wieder ein, dass ich Neuigkeiten habe, wenn es auch etwas verfrüht sein mag, ihm jetzt schon davon zu erzählen. »He, rate mal, wer Vater wird?«

Raahoshs Augen leuchten auf vor Glück, und er berührt voller Ehrfurcht meinen Bauch. »Wirklich?«

»Bestätigt von der Heilerin«, berichte ich. »Junior wird irgendwann zwischen neun und, ähm, sechsunddreißig Monaten auf die Welt kommen.« Ich versuche, nicht darüber nachzudenken.

»Junior?«

»Ich schätze, wir könnten unsere Namen kombinieren wie Brangelina. Raahiz? Lizhosh?«

»Das klingt alles … grauenvoll.« Seine Finger gleiten über meinen flachen Bauch.

»Da hast du wohl recht.« Ich lächele. »Ich werde mir noch Gedanken machen. Vielleicht etwas Kürzeres. Wie Raaz oder Losh.«

»Unser Kind«, murmelt er und bettet den Kopf auf meinen Bauch. »Unser Kleines. Wir werden eine Familie sein.«

Ich lasse die Finger durch sein Haar gleiten und streichele ihn. »Der Gedanke gefällt mir. Eine Familie.«

Raahoshs Familie.

Während des restlichen Abends stört uns niemand mehr, und irgendwann nicke ich ein. Ich bin zu erschöpft und beunruhigt, um mehr zu wollen, als mich einfach nur ganz eng an Raahosh zu kuscheln, und so verbringen wir die Nacht. Doch am Morgen löst sich unsere kleine, friedliche Blase in Luft auf.

»Liz?«, höre ich Georgie vor dem Vorhang fragen. »Du und Raahosh, ihr müsst da jetzt rauskommen, bitte.«

Ich gähne und mache Anstalten, den Vorhang aufzuziehen. Aber bevor ich es tun kann, zieht mich Raahosh erneut in seine Arme. Er nimmt mein Gesicht in beide Hände und schaut mich ernst an.

»Du weißt, dass du mein Leben bist, Liz«, sagt er leise. Sein Khui und meiner schwingen im Gleichklang, und Raahosh gibt mir einen sanften Kuss auf den Mund.

»Ja, das weiß ich«, antworte ich ihm. Dann ziehe ich den Vorhang zurück.

Davor steht Vektal mit einem finsteren Gesichtsausdruck. Mehrere von den anderen Männern des Stammes haben sich hinter ihm versammelt, und sie sehen nicht glücklich aus. Georgie steht neben Vektal und ringt mit besorgtem Blick die Hände.

»Raahosh«, hebt Vektal mit lauter Stimme an, »auf Bitten meiner Gefährtin hin habe ich dir eine Nacht geschenkt, um dich von deiner Frau zu verabschieden. Aber ...«

»Verabschieden?«, bricht es aus mir hervor. »Was?«

»Aber«, fährt Vektal unerbittlich fort, »das Stammesgesetz wurde gebrochen. Es war dir verboten, die Frau, Leezh, zu nehmen. Du hast es getan und kanntest den Preis.« Er hebt das Kinn, und für einen Moment wirkt er erschöpft, und Traurigkeit flackert in seinen Augen auf. »Die Ältesten haben sich mit mir beraten, und deine Strafe ist Verbannung.«

»Verbannung?«, wiederhole ich, außerstande zu glauben, was ich da höre. »Weil er mich für ein Weilchen ausgeborgt hat?«

»Weil er dich genötigt und dein Leben in Gefahr gebracht hat«, sagt Vektal. »Dafür wird er aus dem Stamm ausgestoßen.«

Raahoshs Miene ist verschlossen, seine Augen schmale, eiskalte blaue Schlitze. Er steht auf und stellt sich neben mich. Dann legt er fest den Arm um meine Schultern. »Das stimmt nicht. Ihr Khui wurde für mich in Schwingungen versetzt.«

»Ich habe dich gewarnt«, kontert Vektal. »Du hast dich wissentlich meinen Befehlen widersetzt. Diese Menschen sind für uns unbekannte Wesen. Was, wenn sie ihren Khui abgelehnt hätte? Was, wenn sie die Hilfe der Heilerin benötigt hätte? Indem du sie versteckt hast, hast du sie in Gefahr gebracht. Du hast sie gezwungen.«

»Der Khui entscheidet«, widerspricht Raahosh energisch. »Das tun nicht wir. Liz gehört zu mir.«

Ich mache mir Sorgen, dass Raahosh wieder mal auf die Meins-meins-meins-Schiene geraten ist, aber er ist außer sich, und ich kann ihm keinen Vorwurf daraus machen. Die Sache hier gerät rapide außer Kontrolle.

»Du bist verbannt«, wiederholt Vektal. »Pack deine Sachen und verlass die Höhlen.«

Erschrocken sehe ich Raahosh an und drehe mich dann wieder zu Vektal. »Aber ich bin schwanger! Von ihm!«

»Du bleibst hier«, sagt der Anführer und verschränkt die

Arme vor der Brust. »Du und dein Kleines, ihr seid hier in den Höhlen in Sicherheit.«

»Du kannst uns nicht trennen!«, knurrt Raahosh. Er drückt mich noch fester an sich, und diesmal klammere ich mich an ihn. Ich will ihn nicht gehen lassen.

»Man wird sich hier um sie kümmern. Das weißt du.« Vektals Stimme ist kälter, als ich je jemanden habe sprechen hören. »Es tut mir leid, mein Bruder, aber als Stammesoberhaupt kann ich darüber nicht hinwegsehen.« Mit einem bekümmerten Blick tritt er zurück, und drei große Männer kommen auf uns zu.

Einer davon ist Aehako, und der Blick, den er Raahosh zuwirft, ist unglücklich. »Komm«, sagt er bittend. »Mach es uns nicht noch schwerer, als es ohnehin schon ist.«

»Nein«, sagt Raahosh und drückt den Mund in mein Haar. »Ich werde meine Gefährtin nicht verlassen!«

Georgie zieht an meiner Hand. »Komm, Liz.«

»Aber … nein!« Ich will ihn nicht gehen lassen! Das darf nicht passieren!

Plötzlich strömen Leute in die kleine Nische. Hände packen mich, und ich schreie, als man mich aus Raahoshs Armen reißt. Er brüllt wie ein verwundetes Tier und wehrt sich, und ich sehe Arme fuchteln und Beine strampeln – nicht nur seine –, während er sich müht, zu mir zu kommen. Sie halten ihn fest und trennen uns voneinander, und Tränen trüben meinen Blick, als sie meinen um sich schlagenden Gefährten aus der Höhle zerren.

»Liz!«, brüllt er. »Liz!!!!«

»Raahosh!«, schreie ich zurück. Ich will mit ihm gehen. Ich schüttele die hilfsbereiten Leute ab, die mich an den Armen festhalten, und versuche, ihm zu folgen, aber Georgie packt mich an den Schultern. Ich versuche, sie wegzustoßen, doch sie sieht mich grimmig an.

»Hör auf, Liz. Du machst es bloß noch schlimmer.«

»Ihr könnt ihn nicht in die Verbannung schicken«, protestiere ich. Ich spüre noch mehr dumme Tränen aufsteigen. »Das dürft ihr einfach nicht.«

»Er hat gegen die Gesetze verstoßen«, sagt Georgie leise. »Sie haben nicht viele, aber das ist das wichtigste. Eine Frau in Gefahr zu bringen ist so etwas wie eine Todsünde hier.«

»Aber – Verbannung? Was ist mit seiner Familie? Ich dachte, das sei der Sinn von alledem!« Ich schlage mir auf die Brust, in der mein Luis verstummt ist. »Ihr wolltet, dass ich einen außerirdischen Gefährten finde, und jetzt nehmt ihr ihn mir weg!«

»Liz!!!!« Raahoshs gequältes Brüllen hallt durch die Haupthöhle, doch es wird leiser. Sie bringen ihn weg.

Das darf nicht passieren. Es kann nicht sein.

Wie ist es möglich, dass ich einen Gefährten finde, nur um ihn dann wieder zu verlieren?

TEIL 6

Liz

Ich starre vom Eingang der Stammeshöhlen aus auf die verschneite Landschaft. In der Ferne, hoch oben auf einem Hügel, sitzt eine einsame Gestalt im Schnee, den Höhlen zugewandt. Die Schultern des Mannes hängen mutlos herab, und wenn ich kräftig blinzele, kann ich ein einzelnes Horn erkennen.

Mein armer Raahosh.

Es ist ihm nicht erlaubt, näher an die Höhlen heranzukommen. Verbannung ist Verbannung, sagt man mir, und er ist hier nicht länger willkommen, weil er sich nicht an die Regeln halten kann.

Es ist mir auch nicht gestattet, zu ihm zu gehen. Mein einsamer Luis singt ein trauriges Lied, wenn ich ihn sehe, und ich kämpfe frustriert gegen die Tränen.

»Das ist falsch«, sage ich zu Kira, die neben mir steht. Irgendjemand ist ständig an meiner Seite oder lungert in meiner Nähe herum. Ich bin nie allein, und das treibt mich in den Wahnsinn. Wir sind erst seit einem Tag hier, und schon herrscht Chaos. Als ich wieder zu Raahoshs einsamer Gestalt oben auf dem Hügel schaue, habe ich einen Kloß im Hals. »Sein Herz hat ihm den rechten Weg gewiesen.«

»Nein, hat es nicht.« Ihre Stimme ist sanft, aber bestimmt. Kira ist immer so ruhig und stark. Sie hat nicht die Entschlossenheit von Georgie oder lässt wie ich schnodderige Bemerkungen vom Stapel oder lächelt ununterbrochen zornig wie Josie.

Kira ist die Ernste, Sachliche. »Sein Herz hat ihm nicht den rechten Weg gewiesen, und das weißt du.«

»Na schön, dann ist er eben ein Arschloch«, sage ich gereizt. »Was willst du von mir? Er ist *mein* Arschloch, und ich will ihn behalten.«

»Komm mit«, sagt sie beschwichtigend, als sie mich vom Höhleneingang wegführt. »Du quälst dich nur selbst damit, und das ist nicht gut für dich.«

»Was gut für ihn ist, zählt nicht?« Ich schlucke gegen den Kloß in meinem Hals an. »Warum interessiert es niemanden, was aus ihm wird?«

»Die Leute sind zornig.« Kira legt mir einen Arm um die Taille und lenkt mich wieder zur »Junggesellinnenhöhle«. »Sie brauchen etwas Zeit, damit die Gemüter sich abkühlen können.«

»Es ist mir egal, ob ihre Gemüter sich abkühlen, solange sie ihre Meinung ändern«, brumme ich, lasse mich aber zurück zu den anderen bringen.

Die Junggesellinnenhöhle unterscheidet sich für mich gar nicht so sehr vom Frachtraum des Raumschiffs, in dem die kleinen grünen Männchen uns gefangen gehalten haben. Megan wartet dort, und Josie und Kira sind auch da. Tiffany ist draußen und hilft Maylak bei ihrem Kleinen – die beiden sind Kira zufolge und trotz der Sprachbarriere bereits dicke Freundinnen. Der einzige Unterschied ist, dass wir jetzt statt Georgie Harlow haben, die einzige von den Frauen aus den Röhren, deren Khui nicht für irgendjemanden in Schwingungen versetzt wurde.

Na ja, das ist natürlich nicht der einzige Unterschied. Wir haben es warm und sind satt, und niemand versucht, uns wie Vieh zu verkaufen, und wir brauchen nicht in einen überfließenden Eimer zu kacken. Es gibt heißes Wasser und Seife, wenn wir baden wollen. Die Leute sind nett. Man hat uns freundlich aufgenommen.

Ich müsste also mopsfidel sein.

Stattdessen rege ich mich immer noch darüber auf, wie man mit Raahosh umgegangen ist. Ich verstehe nicht, wie ein Stamm, der so versessen darauf war, dass wir uns paaren, bereit ist, uns genauso schnell wieder zu trennen. Kümmert es sie nicht, dass er mich liebt und ich ihn und dass wir zusammen ein Baby gemacht haben? Ist das nicht alles Teil ihres Masterplans? Aber ich ringe mal wieder darum, meinen Kummer unter Kontrolle zu halten. Georgie mag überglücklich sein, und vielleicht hat die Heulsuse Ariana aufgehört, die ganze verdammte Zeit zu weinen, doch wenn sie denken, sie wären mit den Tränen hier fertig, täuschen sie sich gewaltig.

Kira steuert mich zu der Feuergrube in der Mitte der Höhle und drückt mich auf einen behauenen Fels, der als Sitz dient und der mit Fellen und Kissen gepolstert ist. »Wie wär's, wenn ich dir einen heißen Tee mache?«

Als ich mich setze, berührt Josie mich am Knie, und in ihrem kleinen, rundlichen Gesicht sehe ich Mitgefühl. »Geht es dir gut, Lizzy?«

Ob es mir gut geht? Wenn ich das nur wüsste! Ich bin mir nicht sicher, ob es mir gut geht, und das ist schon lange so. Ich würde sagen, vielleicht seit einem Monat, seit die kleinen grünen Männchen mich im Schlaf entführt haben, um mich mit einem Haufen fremder Frauen in einen schmutzigen Frachtraum zu sperren. Aber vielleicht ging es mir bereits vorher nicht gut, weil ich einsam und unglücklich war, wegen meines Vaters, den ich seit seinem Tod jeden Tag vermisst habe, und einem Job, der mich völlig ausgesaugt hat.

Also ja, stimmt. Mir geht es nicht gut. Endlich habe ich jemanden gefunden, den ich liebe, der mir wichtig ist und mit dem ich glücklich sein möchte. Jemanden, mit dem ich mir vorstellen kann, zusammen zu sein. Und nun wird ausgerechnet der verbannt und ich bleibe allein mit seinem Baby im Bauch hier zurück? Ich glaube nicht, dass es mir gut geht, nein.

Doch ich bin mir auch ziemlich sicher, dass Josies hoffnungsvolle Miene ins Wanken gerät, wenn ich das sage, und es ist den anderen Frauen gegenüber nicht fair, meinen Zorn bei ihnen abzuladen. Sie haben schließlich nicht die Entscheidung getroffen. Also tätschele ich nur ihre Hand. »Wunderbar. Einfach wunderbar.«

»Du bist so eine miserable Lügnerin«, sagt Megan leise.

Ich schenke ihr ein schmallippiges Lächeln. Sie hat vollkommen recht.

»Du kannst mir helfen«, sagt Kira und drückt mir einen weichen Pelz in die Hand. »Ich mache gerade einen Kapuzen-Poncho. Wir haben zwar jetzt einen Khui, aber es ist trotzdem nicht warm genug für uns, wenn wir die Höhlen verlassen, daher machen wir für alle Menschenfrauen Winterkleidung.«

»Ich bin froh, dass nun die kalte Jahreszeit angebrochen ist«, bemerkt Harlow, und ich sehe, dass auch sie Nähzeug auf dem Schoß hat.

Nähen. Es soll mich bitte jemand auf der Stelle erschießen.

»Tatsächlich haben wir im Moment die warme Jahreszeit«, sage ich, während ich nach der Näharbeit greife und sie entsetzt anstarre. Aus meinem Rock eine Hose zu machen war notwendig. Nähen zum Spaß ist einfach … Bäh.

Stille senkt sich über unsere Höhle.

Kira blinzelt. Sie sitzt mit ihrer eigenen Näharbeit ganz in der Nähe, und die große, aus ihrem Ohr ragende Muschel des Übersetzungsgeräts sieht schmerzvoll aus. »Ich dachte, sie hätten gesagt, dies sei die bittere Jahreszeit.«

»Ja genau«, sage ich und stoße meine Knochennadel durch das Leder. »Das stimmt. Aber dann kommt die grausame Jahreszeit. Die Stammesmitglieder sind echt Esel.«

»Du meinst, es wird noch kälter?« Harlow klingt nicht glücklich. »Ich kann nicht glauben, dass es jetzt für sie warm ist.«

»Hast du nicht die Sommersachen gesehen, die sie tragen? Verdammt, Vektal tanzt hier in einer Weste herum.« Alle schweigen, und ich sehe, dass sie diese Information erst einmal verdauen müssen.

»Wie hast du das herausgefunden?«, fragt Josie.

»Raahosh hat es mir erzählt.« Ich kann es mir nicht verkneifen, das Messer ein wenig tiefer in die Wunde zu bohren. »Du meine Güte. Ich frage mich, was sie euch sonst noch nicht erzählen. Ich dachte, wir sollen gleichberechtigt sein, aber vielleicht besteht das Ziel darin, uns alle als Heimchen am Herd mit Näharbeiten zu beschäftigen.«

Immer noch Schweigen. Josie legt aufgebracht ihre Näharbeit beiseite.

»Ich glaube, ich muss mir die Beine vertreten«, verkündet Megan, steht auf und verlässt die Höhle.

Da ist wohl jemand äußerst unzufrieden. Ich verkneife mir ein Lächeln und nähe fröhlich vor mich hin. Wenn ich schon todunglücklich sein soll, will ich nicht alleine damit bleiben.

Die anderen gehen auseinander, die fröhliche Stimmung Geschichte, und schon bald sitzen nur noch Kira und ich am Feuer und nähen.

»Was machst du?«, fragt Kira.

Ich halte den Poncho hoch. »Nähen wie eine brave kleine Frau.«

»Nein, ernsthaft, Liz. Versuchst du, hier alle aufzuhetzen?« Sie sieht mich mit ihren seltsam blau leuchtenden Augen durchdringend an.

»Und wenn es so wäre?«

Sie legt die Näharbeit in ihren Schoß und presst die Lippen zu einem festen Strich zusammen. »Hast du das durchdacht? Wirklich und wahrhaftig durchdacht?«

»Hör mal, das Einzige, woran ich im Moment denken kann, ist mein Kerl und die Tatsache, dass ein Haufen Arschlöcher mir nicht erlaubt, mit ihm zusammen zu sein! Sie wollten, dass ich einen Gefährten auswähle. Das habe ich getan. Sie wollten, dass er mich schwängert, und kaum ist das passiert, schicken sie ihn in die Verbannung. Du musst mir also verzeihen, wenn ich im Moment keine allzu freundlichen Gefühle für die Eis-Na'vi auf dem eisigen Planeten von Avatar hege.«

Sie atmet hörbar aus. »Hast du jemals darüber nachgedacht, dass wir alle von ihrem Wohlwollen abhängig sind? Sie wissen, wie man hier überlebt. Wir nicht. Sie können hier jagen und kennen sich auf dem Planeten aus. Wir nicht. Bevor sie uns aufgenommen haben, wussten wir nicht, wie man Feuer macht, geschweige denn wie wir uns selbst ernähren sollen. Sieh dich um, Liz! Es gibt hier nirgends einen Supermarkt oder eine Eisdiele. Es gibt keinen Walmart für warme Kleidung, und es gibt keine Zentralheizung. Ich will nicht, dass du die Leute verärgerst, verstanden? Denn wenn wir wieder allein im Schnee landen, könnten uns erheblich schlimmere Dinge zustoßen, als ein bisschen nähen zu müssen.« Sie steht auf und wirft im Gehen ihr seidiges braunes Haar zurück.

In einem System überfüllter Höhlen habe ich es irgendwie geschafft, alle sauer genug zu machen, dass sie mich zum ersten Mal seit anderthalb Tagen allein lassen. Ein klägliches leises Lachen steigt in meiner Kehle hoch und verwandelt sich schon bald in Tränen. Ich schniefe, wische mir über die Wangen und hasse die Tatsache, dass ich weine.

Ich wäre tausendmal lieber draußen in der Wildnis bei Raahosh als hier drin allein, wo ich ihn nur vermisse.

Und es ist erst ein Tag vergangen. Wie sollte ich da einfach weitermachen, als wäre mein Herz nicht gebrochen? Mein Luis schweigt. Er stimmt mir zu. Das ist keine Art zu leben.

Erneut steche ich meine Nadel ins Fell, ganz allein in der Höhle der Menschen.

In dieser Nacht lande ich wieder in Kiras Bett, nur dass nicht Raahosh neben mir liegt, sondern Kira, die sich neben mir in die Felle wickelt. Am Ende weine ich den größten Teil der Nacht leise vor mich hin und fühle mich elend. Wie erträgt Raahosh das bloß? Er ist da draußen in der Kälte ganz allein. Er kann sich zwar eine Höhle suchen und auf sich selbst aufpassen, aber ich muss die ganze Zeit an seine einsame Wache oben auf dem Hügel denken, von wo aus er zur Höhle starrt in der Hoffnung, einen Blick auf mich zu erhaschen.

Ich schlafe sehr schlecht in dieser Nacht, und das, obwohl es in den Stammeshöhlen so angenehm ist. Ich habe einen Albtraum nach dem anderen, und als ich aufwache, ist mir übel. Ich schaffe es kaum, aus der Junggesellinnenhöhle zum Höhleneingang zu stolpern, auf der Suche nach irgendeinem Plätzchen, an dem ich mich übergeben kann. Es gibt mehrere Bäder in den Höhlen, doch der Eingang ist erheblich schneller zu erreichen. Nur wenige Sekunden, bevor ich mich übergeben muss, trete ich in den Schnee hinaus, dann würge ich minutenlang. Schließlich setze ich mich auf den Boden und wische mir über den Mund. Kurz darauf ist auch schon Kira da und bietet mir etwas an, das aussieht wie eine dreißig Zentimeter lange rosafarbene Wimper. »Iss das.«

»Was zum Teufel soll das sein?« Ich umklammere meinen schmerzenden Bauch.

Sie zeigt auf die dürren rosafarbenen Bäume. »Ein Blatt, glaube ich. Sie machen daraus auch Tee, aber Maylak sagt, es sei gut, wenn der Magen verrücktspielt.«

»Woher weißt du das?«

Ein schiefes Lächeln zieht ihre Mundwinkel in die Höhe.

»Weil ich es von Georgie habe? Es überrascht mich, dass ihr zwei euch hier draußen nicht getroffen habt.«

»Oh. Ist das ansteckend? Ich dachte, der Luis würde sich um so einen Scheiß kümmern.«

Ich stopfe mir das dünne Blatt in den Mund und kaue. Es schmeckt bitter und unangenehm, doch das gilt auch für das Zeug, das mir gerade aus dem Hals geflogen ist.

»Das hat mit der Schwangerschaft zu tun. Ich denke nicht, dass es ansteckend ist.« Als Nächstes hält Kira mir einen Wasserschlauch hin, und ich spüle mir den Mund aus. »Es sei denn, du weißt etwas, das ich nicht weiß.«

Ich schüttele den Kopf, spucke das Wasser aus und schiebe dann mit dem Schuh etwas Schnee über mein Erbrochenes. »Ich dachte, es sei noch zu früh für morgendliche Übelkeit.«

»Schon, aber wir sind auch Menschen, und es ist schwer zu sagen, wie sich so eine artübergreifende Zeugung auswirkt, schon vergessen? Wir wissen ja nicht einmal, wann die Babys auf die Welt kommen.«

Ich verziehe das Gesicht und klaube mir Blätterreste aus den Zähnen. »Erinnere mich nicht daran, okay?«

»Falls du dich dann besser fühlst, Ariana und Marlene ist morgens nicht übel.« Sie hält mir eine Hand hin, um mir aufzuhelfen.

»Tatsächlich fühle ich mich dadurch ganz und gar nicht besser. Sie durften nicht nur in den Röhren schlafen, sie bekommen auch die unkomplizierten Schwangerschaften? Ich hasse diese Miststücke.« Ich erlaube ihr, mir auf die Füße zu helfen, und klopfe mir den nassen Schnee von den Ledersachen.

Ein entsetztes Lachen entfährt ihr. »Pst, Liz.« Sie kichert, dann sieht sie sich um, um sich zu vergewissern, dass niemand es gehört hat. »Du bist echt schrecklich.«

»Das habe ich schon öfter gehört.« Wir gehen wieder zum

Höhleneingang zurück, und zu meiner Überraschung lungert Aehako in der Nähe herum, die Arme vor der Brust verschränkt. Als er uns kommen sieht, geht er, und ich runzele die Stirn. »Mann, der Typ ist in letzter Zeit wirklich überall.«

»Mmm.« Kira weicht meinem Blick aus.

Mir kommt ein Verdacht, und ich sehe sie an. »Stalkt er dich oder mich?«

Einer ihrer Mundwinkel hebt sich zu einem kläglichen Lächeln. »Ein bisschen von beidem.«

Ich werfe ihr einen weiteren neugierigen Blick zu. »Und du warst einfach zufällig zur Hand?«

Ihre Wangen färben sich rosa, und sie schaut weg. Ein leiser Seufzer entschlüpft ihr. »Du weißt, dass es keine Rolle spielt, oder?«

»Was meinst du damit?« Sie geht auf Georgies und Vektals Höhle zu, und ich folge ihr, denn ich will mehr darüber hören.

»Maylak sagt, mit unseren Khui sei alles in Ordnung. Und der Khui aller Frauen schlägt irgendwann an.«

»Und?«

»Na ja, sagen wir, ich verliebe mich in jemanden und dann wird mein Khui bei einem anderen in Schwingungen versetzt.« Sie sieht traurig aus. »Es hat keinen Sinn, sich mit jemandem einzulassen, wenn das nirgendwo hinführt oder ich mit dem Mann Schluss machen muss, sobald mein Körper eine andere Entscheidung trifft.«

»Ah.« Ich schätze, es ist Kira noch nicht in den Sinn gekommen, einfach nur zum Spaß mit einem Mann zu vögeln. Vielleicht ist sie nicht so gestrickt. Tatsächlich ist sie, wenn ich es recht bedenke, definitiv nicht so gestrickt. Kira ist dermaßen ernst. Vielleicht ist es sogar ganz gut, dass Aehako mit ihr flirtet. Er lächelt die ganze Zeit. Davon könnte sie sich eine Scheibe abschneiden.

Irgendjemand verdient es zumindest, in diesem Durcheinander glücklich zu sein.

Georgie empfängt uns mit einem Gähnen und schnuppert dann an ihrem Zopf. »Ich stinke. Kommt ihr mit baden?«

Ich blicke mich zum Becken um, das sich in der Mitte der Haupthöhle befindet. Es ist ein beliebter Treffpunkt hier, doch ausnahmsweise einmal ist niemand da. Zwei Frauen schaben in der Nähe Häute ab und unterhalten sich, aber ansonsten ist es ziemlich ruhig. Baden hört sich gut an.

Die Sache hat bloß einen Haken. »Ich habe keinen Badeanzug.«

Georgie grinst mich spöttisch an. »Man ist hier nicht so schamhaft. Es kümmert keinen, wenn du nackt bist.«

»Ähm, mich kümmert es.«

»Wirklich? Ich habe gehört, du hättest mit Raahosh wild rumgemacht, während sich Haeden und Aehako nur wenige Schritte entfernt befanden.«

»Das musst du von jemandem gehört haben, der gern redet«, necke ich sie zurück. Aber sie hat natürlich recht. »Na schön. Her mit der Seife. Dann bade ich nackig mit dir.«

Sie schnappt sich ein paar Seifenstücke und reicht mir eins davon. Es riecht nach Beeren, und eine Erinnerung schießt durch mich hindurch. Raahosh nimmt die gleichen Beeren zum Waschen. Während ich das Seifenstück umklammere, frage ich mich, ob er an diesem Morgen immer noch draußen herumstreicht. Ich habe ihn vorhin vor der Höhle nicht gesehen.

Georgie und ich ziehen uns aus und steigen in das Becken in der Mitte der Haupthöhle. Das Wasser riecht schwefelig und ist warm wie in einer Badewanne. Ich stöhne vor Wonne. Es ist, als hätte man mitten im Haus einen Whirlpool. Okay, dann ist diese Höhle vielleicht doch nicht so übel.

»Echt gut, oder?«, sagt Georgie, taucht unter und kommt

dann wieder an die Oberfläche, um Luft zu holen. Sie sieht zu Kira, die am Rand des Beckens sitzt, ihren Lederrock hochzieht und die Beine ins Wasser taucht. »Du solltest sie überreden, zu uns ins Wasser zu kommen.«

»Ja genau, Kira«, sage ich, während ich mich mit meinem Seifenstück abreibe. »Was ist los? Willst du nicht reinkommen?«

Sie wird rot. »Ich fühle mich ganz wohl hier.« Sie bewegt die Beine im Wasser, macht aber keine Anstalten reinzukommen.

Georgie wirft mir einen wissenden Blick zu, hebt das Kinn und deutet auf etwas hinter mir. Ich folge ihrem Blick, und tatsächlich, ein Stück entfernt steht schon wieder Aehako und tut so, als sei er sehr beschäftigt. »Dieser Mann braucht ein Hobby«, sage ich.

»Vektal hat ihn gebeten, eine Weile ein Auge auf dich zu haben«, flüstert Georgie mir zu.

»Das habe ich mir schon gedacht.« Ich seife meine Arme ein und nehme mir dann meinen Oberkörper vor. »Findest du, ich sollte ihm eine kleine Vorstellung geben?« Ich tue so, als würde ich mir überaus obszön unter Wasser die Brüste waschen.

»Hör auf damit, Liz!«, sagt Kira errötend.

»Du hast recht. Wenn ich seine Aufmerksamkeit erregen will, sollte ich eher deine Brüste waschen«, necke ich sie.

Schnaubend springt sie auf und stürmt davon. Ich schaue ihr nach und sehe dann zu Aehako hinüber, der sie ebenfalls beobachtet.

»Sie ist etwas empfindlich«, sagt Georgie und setzt sich auf einen der Unterwasser-Steine.

»Sind wir das nicht alle?«, entgegne ich und denke an meinen eigenen Mann. Auf Georgie hört Vektal. Auch wenn ich sie am liebsten unter Wasser drücken würde, bis sie ihn zum Einlenken überredet, weiß ich andererseits ganz genau, dass ich bei meiner Mission, Raahosh zurück in den Schoß des Stammes zu holen, eher zum Ziel komme, wenn sie mich nicht hasst wie die Pest. Ich setze mich auf einen der anderen Steine und lege meine Seife auf den Rand des Badebeckens. »Das ist wirklich eine total merkwürdige Höhle.«

»Ja, nicht wahr?«, pflichtet Georgie mir bei. »Ich habe Vektal danach gefragt, und er hat gesagt, seine Vorfahren hätten sie aus dem Fels gehauen. Ich frage mich, ob sie damals in ihrem Raumschiff irgendwelches Werkzeug hatten, das jetzt nicht mehr da ist.« Sie zuckt die Achseln. »Wie dem auch sei, ich bin dankbar dafür. Vor allem für das Badebecken.«

»Ein Bad ohne Fische, die einem ins Gesicht beißen, ist wirklich schön«, stimme ich ihr zu. Das bringt eine weitere Flut von Erinnerungen an Raahosh und unsere erste Knutscherei am Fluss. Verdammt, ich vermisse ihn so sehr! Es ist wie ein Schmerz in meiner Brust, der einfach nicht weggehen will. Während ich gegen Tränen anblinzele, bemerke ich, dass die Frauen, die in der Nähe Felle abschaben, kichernd die Köpfe zusammenstecken und zu mir herüberschauen.

»Ich dachte, du hättest gesagt, es interessiert hier niemanden, wenn wir nackt sind«, sage ich zu Georgie.

»Es interessiert auch keinen«, antwortet sie und weicht meinem Blick aus.

Ein komisches Gefühl breitet sich in meinem Magen aus. »Was?«

Sie beißt sich auf die Unterlippe. »Raahosh taucht alle paar Stunden mit einem erlegten Tier hier auf.«

»Mit einem Tier?«, wiederhole ich verständnislos.

Georgie nickt und wringt ihre nassen Locken aus. »Fleisch, damit seine Gefährtin genug zu essen hat. Er sagt, dir hätten die Stacheltiere am besten geschmeckt. In den letzten Stunden hat er vier Stück vorbeigebracht oder so, und sie müssen ihn immer wieder wegjagen.«

Wärme durchströmt meinen Körper, und das ist nicht dem whirlpoolartigen Becken geschuldet. Er versucht immer noch, für mich zu sorgen. Was für ein absoluter Schatz! Wieder brennen mir Tränen in den Augen. »Ich liebe ihn, Georgie.«

»Ich weiß, Liz. Wir müssen dem Ganzen einfach etwas Zeit geben.« Sie zuckt hilflos die Achseln. »Vektal kann in dieser Sache nicht nachgeben, wenn gleichzeitig so viele andere Männer um die Frauen herumschleichen. Er macht sich auch um sie Sorgen. Bei sechs Frauen hat der Khui noch nicht angeschlagen, und er befürchtet, dass er sie in Gefahr bringt, wenn er Raahosh gegenüber zu nachsichtig ist. Manche der Männer hatten noch nie eine Gefährtin. Sie sehnen sich nach einer Familie. Was soll sie daran hindern, eine von den Frauen zu entführen und sie monatelang gefangen zu halten – oder sogar jahrelang –, um ihren Khui mit Gewalt dazu zu bringen, für ihn anzuschlagen?«

»Würde das denn funktionieren?« Ich bin schockiert.

Sie zuckt erneut die Achseln. »Vielleicht, man weiß es nicht. Wir sind alle jung und gesund, daher liegt es nahe, dass, wenn ihr Khui noch nicht angeschlagen hat, er es sehr bald tun wird.«

Die Situation ist viel komplizierter, als ich gedacht habe. Vektal tut mir sogar ein wenig leid, denn er versucht offensichtlich, die Situation von allen Seiten zu betrachten. Und dann werde ich sauer, dass mir der Mann leidtut, der mir meinen Gefährten vorenthält. »Bei uns ist es anders«, erkläre ich Georgie. »Raahoshs Khui hatte bereits für mich angeschlagen, als er mich entführt hat. Das ist nicht das Gleiche.«

Sie nickt kaum merklich. »So habe ich auch argumentiert, in der Hoffnung, dass er bleiben darf. Vektal ist total fertig, weißt du. Immerhin ist Raahosh einer seiner besten Freunde. Es war wirklich schwer für Vektal, ihn in die Verbannung zu schicken. Er ist gerade draußen und versucht, mit ihm zu reden, ihn dazu zu bringen, die Situation zu verstehen.« Sie verzieht das Gesicht. »Dein Gefährte ist … nicht besonders verständnisvoll.«

»Er sieht nur, dass ihr ihn von mir fernhaltet.« Sie werden doch wohl nicht ernsthaft erwarten, dass er darüber glücklich ist.

Georgie nickt. »Es ist schwer für mich, weil ich mich gern auf deine Seite stellen würde … aber Vektal ist mein Gefährte. Ich muss darauf vertrauen, dass er weiß, wie er seinen Stamm zu führen hat, oder ich sabotiere ihn ebenfalls.«

Ich seufze. »O Gott, das ist alles so kompliziert.«

»Ich weiß. Ich versuche, die Wogen zu glätten, wo ich kann.« Sie beschreibt mit den Händen kleine Kreise im Wasser.

»Ach echt?« Ich weiß nicht, ob mir gefällt, wie sich das anhört.

Georgie zögert, dann atmet sie tief ein. »Werd nicht sauer, okay? Du sollst nur wissen, dass ich die Situation bereits entschärft habe.«

Ich starre sie an, und mein ganzer Körper verkrampft sich. »Nun, jetzt solltest du besser mit der Sprache rausrücken, oder ich werde wirklich sauer.«

Sie verzieht gequält das Gesicht und wringt dann erneut ihr lockiges Haar aus. »Also … Vektal will die Sache klären, damit so bald wie möglich wieder Ruhe einkehrt und alle ihr normales Leben wieder aufnehmen können. Und es gibt mehrere Witwer hier, die bereits erwachsene Kinder haben …«

»Nein«, knurre ich sofort. Ich weiß, worauf das hinausläuft, und die Idee kann er sich sonst wohin stecken. »Nein, nein, noch mal nein!«

»Er denkt, dass sie bereit wären, eine Gefährtin mit einem Kind anzunehmen«, spricht sie schnell weiter. »Aber ich habe ihm erklärt, dass Menschen so nicht ticken und es eine wirklich, wirklich schlechte Idee ist.«

»Ich kann nicht fassen, dass er so etwas überhaupt in Erwägung zieht«, explodiere ich. »Ist das dein verdammter Ernst? Raahosh ist erst seit einem Tag in der Verbannung, und er versucht bereits, mich mit jemand anderem zu verkuppeln!«

Georgie fuchtelt beschwichtigend herum in dem Bemühen, mich dazu zu bringen, die Stimme zu senken. »Er denkt das nicht als Mann einer Gefährtin«, erklärt sie, »sondern als Oberhaupt seines Stammes. Dann habe ich ihn gefragt, wie er sich fühlen würde, wenn das Gleiche mit mir passieren würde, und das hat der Diskussion schnell ein Ende gesetzt.«

Ich schlinge mir im Wasser die Arme um den Leib und versuche, mein Zittern in den Griff zu kriegen. Das Ganze ist einfach lächerlich.

Ich muss eine Lösung für dieses Problem finden, und zwar bald.

Die Stammeshöhlen sind die pure Folter.

Ich bin umgeben von glücklichen Paaren, von denen mehrere erst kürzlich zusammengekommen sind und die die Hände nicht voneinander lassen können. Es ist hart zuzusehen, wie Vektal Georgie über den Arm streichelt, die gerade ein Netz knüpft. Es ist hart, wenn Ariana in Gegenwart ihres Gefährten nicht aufhören kann zu kichern. Es ist sogar hart zu sehen, wie Maylak ihr kleines Kind an ihren Mann weiterreicht, weil ich so schrecklich neidisch bin.

Die Nächte sind natürlich noch schlimmer. In den Höhlen ist es überwiegend still, aber da sie nicht besonders groß sind, kann man immer jemanden – oder mehrere – beim Sex hören. Gelegentlich kichert eine der Frauen in der Junggesellinnenhöhle, wenn wir hören, wie Georgies Stimme sich zu einem leisen Schrei steigert, den zu unterdrücken ihr nicht besonders gut gelingt. Doch mich macht es vor allem eifersüchtig und traurig.

Manch eine der ungebundenen Frauen schleicht sich jede Nacht aus der Junggesellinnenhöhle. Ich mache ihnen keinen Vorwurf.

Vielmehr bringt es mich, wenn ich sie so herumschleichen sehe, auf eine Idee.

Ich warte, bis alles totenstill und die Nacht weit vorgerückt ist. Dann erhebe ich mich lautlos von meiner eigenen Pritsche und den Fellen darauf (man hat mir mittlerweile »aufmerksamerweise« einen festen Schlafplatz zugewiesen) und schleiche auf Zehenspitzen in die Haupthöhle.

Und natürlich schläft dieser Mistkerl Aehako am Eingang zur Junggesellinnenhöhle. Er wirft mir einen verschlafenen Blick zu und setzt sich auf, als ich versuche, mich an ihm vorbeizuschieben. »Wo willst du hin?«

»Pinkeln«, sage ich.

»Wir haben einen Raum für solche Dinge«, bemerkt er und steht auf.

»Und wo willst du hin?«, frage ich, während ich versuche, mich an ihm vorbeizudrängen.

»Dir nach natürlich.«

»Igitt. Könntest du das bitte bleiben lassen?«

Er seufzt, sieht sich um und zieht mich dann in die Haupthöhle, wo wir in eine Nische treten. Dann beugt er sich vor und flüstert: »Versuchst du zu fliehen?«

»Eine Flucht setzt voraus, dass ich gefangen gehalten werde, nicht wahr?« Ich verschränke die Arme vor der Brust. »Sag du es mir. Versuche ich zu fliehen?«

»Du bist sehr halsstarrig, oder?« Er verschränkt seinerseits die Arme vor der Brust, imitiert meine Haltung.

»Kumpel, du hast ja keine Ahnung.«

Er wirkt verwirrt. »Wenn ich eine Ahnung hätte, würde ich nicht fragen.«

Ich winke ab. »Ironie. Frag Kira. Hör mal, ich will nur Raahosh sehen, okay? Ich vermisse ihn.« Meine Stimme bricht ein wenig. »Ich will wissen, ob es ihm gut geht.« Tatsächlich *weiß* ich, dass es ihm nicht gut geht, aber ich will ihn trotzdem sehen.

Ich rechne damit, dass Aehako meinem Ansinnen einen Riegel vorschieben und verlangen wird, dass ich wieder zu meinem Schlafplatz gehe, doch stattdessen sieht er sich nach allen Seiten um. Er beugt sich wieder vor. »Wenn ich dich hinausgehen und mit ihm reden lasse, muss ich dich um etwas bitten.«

»Nämlich?« Ich versuche, mir meine Aufregung nicht anmerken zu lassen.

Ausnahmsweise einmal lacht er nicht und hat auch kein Lächeln im Gesicht. Vielmehr ist es ganz starr vor Anspannung. »Du musst ihm sagen, dass er weggehen soll. Er kann nicht bleiben.« Als ich ihn nur weiter anstarre, fährt er fort: »Es bringt ihn um. Er ist unaufhörlich auf der Jagd, und er schläft nie. Seinen einzigen Daseinszweck sieht er darin, für dich zu sorgen, und er zerstört sich dabei selbst. Im Moment hat er kein Gefühl für seinen eigenen Wert. Du musst ihn davon überzeugen, fortzugehen und ein neues Leben anzufangen.«

Es zerreißt mir das Herz. Was Raahosh wohl durchmacht? Ich fühle mich schuldig, weil ich hier bin, Gesellschaft habe und im Becken baden darf, während er da draußen unglücklich und allein ist. Ich zwinge mich zu nicken. »Klar, mach ich.«

Ich lüge wie gedruckt. Ich habe nicht die Absicht, ihm zu sagen, dass er weggehen soll. Aber wenn das notwendig ist, um Aehako zu überzeugen, werde ich alles sagen.

Er mustert mich lange, bevor er schließlich nickt. »Dann komm mit.«

Ich muss meine Aufregung unterdrücken. Mein Luis fängt bei dem Gedanken an Raahosh sofort an zu pochen, und ich drücke mir eine Hand auf die Brust, um ihn zum Schweigen zu bringen.

Raahosh

Ich ziehe den Pfeil aus meiner erlegten Beute, und der Zorn ist das Einzige, das mich aufrecht hält. Zorn und der Drang, meine Gefährtin zu versorgen.

Sie halten mich von ihr fern, aber sie können mich nicht davon abhalten, meiner Pflicht ihr gegenüber nachzukommen.

Ich stecke den Pfeil wieder in den Köcher und hebe meine Beute auf. Es ist ein fettes Stacheltier und sollte ein gutes Mahl für Liz ergeben. Ich sehe es vor mir, wie sich ihre weichen rosigen Lippen zu einem widerstrebenden Lächeln nach oben ziehen, während sie gefüttert wird, und sie mich dabei wissen lässt, dass sie nicht glücklich darüber ist. Dass sie ohne meine Hilfe essen kann, besten Dank auch. Dass sie eine genauso starke und tüchtige Jägerin ist wie ich.

Ich reibe mir die Brust, die bei dem Gedanken an ihr wunderschönes Gesicht wehtut. Mein Khui ist stumm. Er spürt ihren Verlust genauso schmerzhaft wie ich.

Es ist schon spät, die Monde stehen hoch am Himmel, von wo aus sich ihr Licht über den Schnee ergießt. Mir tun die Knochen weh vor Erschöpfung, und ich kann mich nicht daran erinnern, wann ich das letzte Mal etwas gegessen habe, aber es spielt auch keine Rolle. Nur der Wunsch, Liz zu nähren, lässt mich weitermachen. Ich habe schwache Erinnerungen an die Verzweiflung meines Vaters beim Tod meiner Mutter – an seine Qual und seine Unfähigkeit, über lange Phasen hinweg das Bett zu verlassen, um mich zu versorgen oder meinen kränkelnden kleinen Bruder, dessen Schicksal es war zu sterben, weil sich niemand richtig um ihn gekümmert hat.

Damals habe ich sein Leid nicht verstanden. Jetzt schon. Ich durchlebe gerade das Gleiche.

Der Wind treibt mir die Schneeflocken in die Augen, und die nächtliche Brise frischt auf. Sofort spanne ich die Muskeln an. Die Kälte macht mir nichts aus, aber ich bin besorgt um meine Liz. Menschen sind extrem empfindlich. Was ist, wenn die anderen sie nicht warmhalten? Was, wenn sie sich nicht so gut um sie kümmern, wie ich es tue? Nackte Angst packt mich, und umgehend greife ich mir mein jüngstes Beutetier und laufe auf die Stammeshöhlen zu. Ich werde Liz' frische Mahlzeit dort ablegen und dann Jagd auf die Kreatur mit dem wärmsten Fell machen, die ich finden kann. Vielleicht ein zotteliges Dvisti. Die Weibchen, die kurz davorstehen, ein Junges zu gebären, haben einen dicken Wollpelz, woraus sich ein schöner Umhang für meine Gefährtin machen ließe ...

Zwei Gestalten erscheinen im Schnee. Ich kann lediglich ihre glühenden Augen ausmachen und umklammere mit einer Hand meinen Bogen. Ein Paar Augen bewegt sich ungefähr auf meiner Höhe, aber die andere Gestalt ist viel kleiner und würde mir kaum bis zur Brust reichen. Die einzigen Geschöpfe von dieser Größe sind ...

Menschen.

Liz!

Ich lasse das erlegte Tier fallen und laufe durch den Schnee, und auf der Stelle beginnt mein Khui zu singen. Bevor ich auch nur ihr Gesicht sehe, höre ich ihren Khui mit meinem im selben Takt schwingen. Das lässt mich meine Schritte beschleunigen.

»Raahosh?«, erklingt leise ihre geliebte Stimme, und einen Moment später liegt ihr kleiner Körper in meinen Armen. Ich presse sie an meine Brust, nehme ihr Gesicht in beide Hände und bedecke ihre Stirn mit Küssen.

Meine Liz. Meine Geliebte. Mein Ein und Alles.

Bebend legt sie die Arme um mich. »O Gott, Raahosh. Deine Haut ist ja eiskalt, Baby. Was machst du zu dieser Zeit hier draußen? Du solltest an einem Feuer sitzen …«

»Pst«, unterbreche ich sie. Sie ist hier, nichts anderes zählt, und sie liegt in meinen Armen. Einen Schritt entfernt sehe ich, dass es Aehako ist, der sie begleitet hat, und für einen Moment brandet Eifersucht in mir auf. Er scharwenzelt um meine Gefährtin herum, obwohl sie mir gehört. Das gefällt mir nicht, aber zumindest kann ihr dann nichts passieren.

Ihre kleinen Hände wandern über meine Brust und dann an meinem Bauch hinab, und sie keucht auf. »Ich kann deine Rippen fühlen, Raahosh. Hast du etwas gegessen?«

Ob ich etwas gegessen habe? Ich weiß es nicht. Seit sie sie mir weggenommen haben, sind meine Gedanken düster und nicht ganz meine eigenen. Ich zucke die Achseln. »Das ist nicht wichtig. Geht es dir gut? Geht es unserem Kleinen gut?« Ich berühre sie überall und streichele über ihre Arme und dann über ihren Bauch.

»Das Baby ist putzmunter, ich habe die morgendliche Kotzerei, und es stinkt mir, dass ich noch drei Jahre lang schwanger sein werde«, sagt sie. »Kannst du das glauben?«

»Ja?«

Sie tätschelt meinen Arm. »Das war nicht ernst gemeint, Baby.« Ihre Hände wandern unter meine Tunika, und ich spüre ihre Finger auf meiner Haut. Sie sind kalt, aber ihr Khui summt vereint mit meinem ein Lied, und mein Schwanz reagiert sofort. Ich ignoriere es, weil Aehako noch immer in der Nähe ist. Er lehnt an einem Felsen und tut so, als höre er uns nicht.

Ich nehme ihre Hand in meine und schiebe meine Finger zwischen ihre, küsse ihre Knöchel. Für mich spielt es keine Rolle, dass sie vier Knöchel hat statt drei. Sie könnte acht an jeder Hand haben und wäre trotzdem das schönste aller Geschöpfe für mich. »Warum bist du so spät in der Nacht hier draußen? Warum ist Aehako bei dir?«

»Er bewacht mich«, sagt Liz und hebt den Kopf, damit ich sie küsse.

Ich beuge mich vor, außerstande zu widerstehen, mit meinen Lippen über ihre zu streichen. Dann dringen ihre Worte zu mir durch, und mir wird ganz kalt vor Angst. »Er bewacht dich? Droht dir dort Gefahr? Was …«

»Er bewacht mich, weil sie denken, ich würde mit dir weglaufen.«

»Wie dumm.«

»Wie schlau«, sagt sie. »Ich würde es auf der Stelle machen. Ich will bei dir sein. Ich will, dass wir als Familie zusammen sind.«

Bei ihren Worten schießt schmerzhafte Sehnsucht durch mich hindurch. Mit unendlicher Zärtlichkeit berühre ich ihre blasse, glatte Wange. »Du musst bei den anderen bleiben, Liz. Ich habe gesehen, wie es ist, wenn man in der Verbannung lebt. Es ist gefährlich, allein zu sein.«

»Ich wäre nicht allein. Ich wäre bei dir. Wir könnten zusammen jagen und aufeinander aufpassen.«

Ich streiche mit dem Daumen über ihre Oberlippe. »Und was ist, wenn unser Kleines kommt? Was dann?«

»Wir lassen uns etwas einfallen!« Ihre Finger verkrampfen sich in meinen. »Ich lasse nicht zu, dass sie sich von dir abwenden, wie dein Vater es getan hat. Du bist mein Gefährte, und wir bleiben zusammen.«

Ich schüttele den Kopf. »Vektal hat seine Entscheidung getroffen.«

Sie wendet sich mir zu, und das Lächeln, das um ihre Lippen spielt, ist eines, das mir bekannt vorkommt. So sieht Liz aus, wenn sie einen Plan hat und es ihr egal ist, ob er einem gefällt oder nicht. »Dann werde ich seine Meinung wohl ändern müssen, oder?« Sie sieht mich an und wackelt mit den Augenbrauen. »Ich werde keine Ruhe geben, bis du wieder an meiner Seite bist, wo du hingehörst.«

»Bring dich nicht in Gefahr …«

»Bestimmt nicht«, versichert sie mir. »Schon vergessen, ich habe eine *Du kommst aus dem Gefängnis frei*-Karte?« Sie tätschelt sich den Bauch.

Keins dieser Worte ergibt einen Sinn für mich. »Gefängnis frei?«

»Vertrau mir einfach, Baby.« Sie hebt unsere verschränkten Finger an die Lippen und küsst meine Knöchel, so wie ich zuvor ihre geküsst habe. »Aber gib mir ein paar Tage Zeit, okay? Du musst um meinetwillen besser auf dich achten. Du musst schlafen und essen. Ich will, dass mein Gefährte am Leben bleibt.«

Ich nicke langsam, denn am Leben zu bleiben war bisher nicht wirklich mein Ziel. Mein einziger Gedanke galt der Notwendigkeit, so lange wie möglich für Liz zu sorgen, bis meine Kraft versiegt. Doch wenn sie will, dass ich besser auf mich achtgebe, werde ich es tun. Ich löse meine Finger aus ihren und streichele ihr abermals über die Wange, wo ich die Tränen fühle, die auf ihrem Gesicht gefroren sind. »Ich werde alles tun, was du von mir verlangst, meine Gefährtin.«

»Ich verlange nur, dass du mir vertraust und auf dich aufpasst«, sagt sie. »Um den Rest kümmere ich mich.« Und als sie mir das Gesicht zuwendet, damit ich sie noch einmal küsse, kann ich nicht widerstehen.

Liz

Gerade einmal zwei Tage dauert es, bis das erste Geschenk auf meiner Türschwelle auftaucht.

Es kommt von einem der Witwer. Zuerst rege ich mich furchtbar darüber auf, aber dann beschließe ich, dass ich es als Instrument für mich nutzen werde.

Ich biete den kleinen Beutel mit Kräutertee einer älteren Frau namens Sevvah an, die an diesem Morgen ebenfalls im Becken badet. Sie ist nett und inoffiziell die »Mom« der Höhlen. Sie ist Aehakos Mutter, und sie geht mit ihm genauso liebevoll um wie mit ihren anderen Söhnen, Rokan und einem Jungen namens Sessah. Trotz der Sprachbarriere macht sie ständig großen Wirbel um uns Schwangere, wahrscheinlich weil sie sich wünscht, der Khui einer ihrer Söhne hätte angeschlagen. Die Arme hat drei Jungs, und alle drei sind noch immer bei ihr zu Hause.

Georgie runzelt die Stirn, als ich Sevvah den Kräutertee anbiete. Die ältere Frau sagt etwas und lächelt; es deutet nicht viel darauf hin, dass Sevvah älter ist als wir, bis auf einige Lachfältchen an ihren glühenden Augen und einer weißen Strähne in ihrem langen Zopf. »Sie sagt, dass sie das Geschenk nicht annehmen kann, Liz. Es ist ein Geschenk von Vaza, und er bekundet damit sein Interesse an dir.«

»Aber ich habe bereits einen Gefährten«, erkläre ich zuckersüß und halte Sevvah den Tee wieder hin. Schließlich drücke ich ihn ihr in die Hände und gehe, bevor sie das Geschenk zurückweisen kann.

Georgie steht auf und folgt mir, eine tiefe Falte zwischen ihren Brauen. Sie ist sauer, weil ich mich, na ja, wie ein Miststück verhalte und Ärger mache. Ich stelle alles infrage, angefangen bei dem Umstand, dass die Menschen, die einen Gefährten gefunden haben, die kleinsten Höhlen haben (was bei Ariana einen weiteren Heulkrampf auslöst), die Außerirdischen uns in Bezug auf die Jahreszeiten angelogen haben, und alles andere, was mir einfällt. Ich überzeuge die Französin Marlene davon, dass sie Mehrlinge erwartet, weil ihr Gefährte Zennek altersmäßig sehr nah an seinen beiden Brüdern ist und dass sie sie nur belügen, wenn sie behaupten, keine Drillinge zu sein. Oh, und Tiffany hat mit einem Typen rumgemacht, aber das lief nicht gut, als sie von der Existenz seines »Sporns« überrascht wurde, worauf ich mit aufgerissenen Augen verkündete, dass sie uns Menschen alle möglichen Informationen vorenthalten. Man füge dem noch hinzu, dass ich nicht gerade superfreundlich bin und Vektals Blick sich jetzt bei jeder unserer Begegnungen verfinstert und Georgie ständig angepisst wirkt.

Okay, vielleicht bin ich doch ein wenig zu weit gegangen, als ich, nachdem mir niemand Material für neue Pfeile gebracht hat, den ganzen Tag über verkündet habe, dass »die Männer« mich unterdrücken.

Aber in Wirklichkeit gehört das natürlich alles zu meinem Plan. Ich werde mich so lange wie ein Miststück aufführen, bis ich kriege, was ich will, und was ich will, ist Raahosh.

Er treibt sich immer noch draußen herum, und jeden Morgen finden wir vor dem Höhleneingang ein frisches Stacheltier für mein Frühstück. Doch alles in allem jagt er weniger, und ich habe die Hoffnung, dass er meinen Rat beherzigt und auf sich aufpasst.

»Was führst du im Schilde, Liz?«, fragt Georgie, die sich mir mal wieder auf die Fersen geheftet hat, während ich mich durch die Höhlen schlängele und zurück zur Junggesellinnenhöhle gehe.

»Wer, ich?«, frage ich mit zuckersüßer Stimme zurück. Die Wahrheit ist, sie liegt richtig mit ihrem Verdacht. Ich führe immer etwas im Schilde.

»Ja, du. Vektal platzt noch ein Aneurysma, wenn du dich weiter so aufführst.«

»Dann stehen wir ja bald beide ohne Gefährten da«, entgegne ich und schaue über meine Schulter.

»Sehr witzig«, sagt sie, und ihre finstere Miene verrät mir, dass sie das überhaupt nicht witzig findet. »Du hast gerade ein Werbungsgeschenk weitergegeben und damit Vazas Gefühle verletzt. Jetzt schämt sich Sevvah, weil sie glaubt, sie hätte sich zwischen euch gestellt.«

»Dann behalt du es doch«, schlage ich Georgie vor. »Ich will es nicht. Ich habe einen Gefährten, schon vergessen? Daran erinnert sich anscheinend keiner.«

»Ja, aber er ist in die Verbannung geschickt worden«, sagt Georgie und macht Anstalten, nach meinem Arm zu greifen. »Strebst du das auch an? Dich wie ein echtes Biest aufzuführen, bis sie dich ebenfalls verbannen?«

»Oh, ich bitte dich.« Ich verdrehe die Augen. »Haeden führt sich auch wie ein Mistkerl auf, und ihn schickt niemand in die Verbannung. Wir wissen beide, dass man nur in die Verbannung geschickt wird, wenn man so eine Nummer abzieht, wie Raahosh es getan hat …«

Und plötzlich formt sich in meinem Kopf ein Plan.

Ich starre Georgie mit großen Augen an, während sie weiterredet und mich darüber belehrt, dass wir die Gesetze des Sa-Khui-Volkes befolgen und brave Stammesgefährtinnen sein müssen und so weiter und so fort. Ich höre nicht zu, denn stattdessen überschlagen sich meine Gedanken.

Natürlich. Warum ist mir das nicht schon vorher eingefallen!

Ich umarme Georgie und falle ihr einfach ins Wort. »Du bist die Beste, weißt du das?«

Sie blinzelt. »Echt?« Für einen Moment sieht sie mich genauso argwöhnisch an, wie Vektal es immer tut. »Du wirst Stacy nicht noch einmal erzählen, dass man sie mit Ratten füttert, oder?«

»*Moi?*« Ich lege mir in gespieltem Entsetzen eine Hand auf die Brust. »Und ich habe nicht gesagt, dass es Ratten sind. Nur dass sie so etwas wie Ratten seien und sie sie uns gäben, um zu sehen, was Menschen so essen.«

»Oje«, murmelt Georgie. »Dir ist schon klar, dass sie jetzt andere Leute dazu bringt, alles vorzukosten, bevor sie etwas isst?«

Okay, das war also keine meiner Sternstunden. Aber bei einer Sabotage-Kampagne muss eine Frau eben manchmal zu verzweifelten Mitteln greifen, wenn sie ihren Gefährten wiederhaben will. Und Raahosh zurückzubekommen ist mein einziges Ziel.

Ich brauche einige Stunden, um den richtigen Zeitpunkt zu finden, meinen Plan in die Tat umzusetzen. Rastlos laufe ich durch die Höhlen und verärgere jeden, der mir über den Weg läuft, bis Kira sich meiner erbarmt. Sie reicht mir einen geflochtenen Korb. »Hier. Du kannst mitkommen und Seifenbeeren mit mir sammeln. Bei all den Neuen in den Höhlen geht unser Vorrat langsam zur Neige.«

»Bist du dir sicher, dass ich die Höhle verlassen darf?« Ich werfe einen vielsagenden Blick auf Aehako, meinen allgegenwärtigen Wächter. Er steht ein paar Schritte entfernt und schnitzt mit seinem Messer an irgendeinem Stückchen Knochen herum. Das Ergebnis hat eine gewisse Ähnlichkeit mit der Gestalt einer Frau, und auf der einen Seite ihres Kopfes ist ein Hubbel, der etwas zu auffällig an Kira mit ihrem Übersetzerding erinnert. Interessant. Der Mann macht keinen Hehl aus seinem Interesse an ihr, aber Kira scheint ihn auf Abstand zu halten.

Nicht mein Problem im Moment.

Sie errötet und geht zu Aehako. »Ich nehme Liz mit zum Seifenbeerensammeln. Wir werden ständig in Sichtweite der Höhle bleiben. Wir gehen nicht weit weg.«

Er schiebt sein Messer in die Scheide, steht auf, reckt sich gemächlich und reibt sich dann den Bauch. »Ich begleite euch.« Kiras Blick folgt aufmerksam seiner Hand.

Mein eigener Blick liegt auf seinem Messer.

Sie stöhnt frustriert, doch Aehako lässt sich nicht beirren. Wir Menschen vermummen uns mit Umhängen und schweren Stiefeln, dann gehen wir nach draußen, jede von uns einen Korb in der Hand. Aehako läuft einige Schritte hinter uns, unauffällig, aber immer da. Es ist ein heller Tag, und die Doppelsonnen stehen hoch am Himmel. Sie gucken hinter der omnipräsenten grauen Wolkendecke hervor und machen mich in all dem Weiß um uns herum beinahe blind. Weiße Hügel bedeckt mit Schnee, weiße Felsen, endlose weiße Täler, alles weiß, weiß, weiß.

Raahosh sehe ich nicht. Wenn ich meinen Plan in die Tat umsetzen will, ist es auch besser so, aber ich verzehre mich trotzdem nach einem Blick auf seine hohe, schlanke Gestalt und sein vernarbtes Gesicht.

Ohne ihn fühle ich mich nicht vollständig.

Der Gedanke an meinen verbannten Gefährten gibt mir den Mut, meinen Plan umzusetzen. Der Schuss könnte nach hinten losgehen, doch meine Optionen schwinden zusehends, und das hier ist das Beste, was ich tun kann, um zu beweisen, wie ernst es mir damit ist, ihn zurückzubekommen. Also tue ich auf dem

Weg den Hügel hinauf so, als würde ich im Schnee stolpern und Mühe haben, allein aufzustehen. Ich werfe meinen Korb weg und beobachte voller Genugtuung, wie er einen verschneiten Hügel herunterkullert. »Verflixt und zugenäht.«

Kira dreht sich um und sieht mich besorgt an. »Alles okay?«

»Ja, schon. Ich habe mir nur ein wenig den Fuß vertreten.« Als sie auf mich zukommt, um mir wieder auf die Beine zu helfen, zeige ich zur Seite. »Mir geht es gut. Aber könntest du wohl meinen Korb holen?«

Sie nickt und läuft los, und ich bleibe liegen und tue so, als würde ich mir den Knöchel reiben. Aus dem Augenwinkel sehe ich, wie Aehako angelaufen kommt. Er beugt sich über mich.

»Kannst du mir helfen aufzustehen?«, bitte ich ihn und halte ihm die linke Hand hin.

Als er sie ergreift, strecke ich die rechte Hand sofort nach dem Messer in der Scheide an seinem Gürtel aus.

Er will danach greifen, ist jedoch nicht schnell genug. Ich habe das Messer und ziele damit auf seine Lenden. »Keine Bewegung!«, befehle ich.

Die dicken Brauen des Außerirdischen zucken in die Höhe, und er wirkt eher belustigt als beunruhigt. »Was hast du damit vor?«

»Ich nehme dich als Geisel«, sage ich und stehe auf. Dann trete ich hinter ihn und drücke die Spitze der Klinge an die Stelle, wo sich beim Menschen die Nieren befinden. Keine Ahnung, wo sie bei einem Sa-Khui ist, doch die Absicht bleibt dieselbe.

»Du nimmst mich als Geisel?«, wiederholt er.

»Genau. Wenn es das ist, was man tun muss, um von dieser Gemeinschaft in die Verbannung geschickt zu werden, nehme ich dich als Geisel. Hände hoch, Kumpel!«

Aehako lacht, tut aber, was ich sage, und als Kira mit beiden

Körben in der Hand den Hügel heraufkommt, verzieht sie grimmig das Gesicht.

»Was machst du da, Liz?«

»Das ist eine Geiselnahme«, erkläre ich munter. »Du musst zurück in die Höhlen und allen sagen, welche Bedingungen ich für seine Freilassung stelle.«

»Wie umwirbt man als Mann eine Menschenfrau?«, fragt Aehako, während er mit seiner Rute obszöne Gestalten in den Schnee zeichnet. Er liegt auf der Seite und langweilt sich offensichtlich.

»Man küsst sie, bis sie nicht mehr weiß, wo oben und unten ist.« Ich sitze im Schneidersitz neben ihm, und wir haben beide den Blick auf den Horizont gerichtet. Nachdem Kira gegangen war, hat Aehako sein Messer wieder an sich genommen, sich aber bereit erklärt, mir zuliebe weiter mein »Gefangener« zu bleiben. Seitdem sitzen wir herum und unterhalten uns.

Und wie alle Typen hier will Aehako mehr über Menschen wissen. Woraufhin wir auf das Thema Umwerbung und Sex gekommen sind. »Sie will nicht küssen.«

Nein? Kira muss verrückt sein. »Dann gib ihr Geschenke.«

Er denkt nach. »Was für Geschenke? Etwas, das ich mit meinen eigenen Händen gemacht habe?«

Da ich immer noch in der Stimmung bin, Schabernack zu treiben, kommt mir eine Sache in den Sinn, die Kira mit Sicherheit wahnsinnig peinlich wäre. »Menschliche Männer geben der Frau, mit der sie sich paaren wollen, ein ganz besonderes Geschenk.«

»Oh?« Er setzt sich auf.

Ich nicke bestimmt. »Eine Nachbildung seines Penis aus Leder oder Holz oder Knochen. Damit sie ihn ausprobieren und schauen kann, ob ihr gefällt, was er mitbringt.«

Gern geschehen, Kira!

Statt schockiert wirkt Aehako eher nachdenklich. »Ich habe auf jeden Fall einen hübschen Schwanz.«

»Davon bin ich überzeugt.« Und ich bin mir ziemlich sicher, dass ich ihn nicht sehen will.

»Und einen großen Sporn. Sehr groß. Soll ich den ebenfalls mit einschließen?« Er sieht mich an. »Bei meiner Nachbildung?«

»Hm, das ist eine gute Frage. Menschen haben keinen Sporn.«

Das schockiert ihn nun doch. »Keinen Sporn? Warum nicht?«

»Alter, woher soll ich das wissen? Ich habe nicht ›vergleichende Anatomie‹ am College belegt, und ich bin mir ziemlich sicher, dass wir den Sporn nichts Ähnliches entgegensetzen können. Welchem Zweck dient er?«

Er denkt kurz nach, dann zuckt er die Achseln. »Welchem Zweck dienen Eier?«

Meint er das ernst? »Darin werden die Spermien gebildet.«

Aehako wirkt überrascht. »Wirklich? Aber wie …« Er bricht ab und zeigt zum Horizont. »Sie kommen.«

»Endlich«, sage ich und stehe auf. Irgendwie bin ich froh, dass wir den Sexualkundeunterricht abbrechen können, denn ich kenne mich im Grunde nur mit menschlicher Anatomie aus. Kira kann das Thema ja mit ihm vertiefen. »Ich sollte mir wahrscheinlich das Messer zurückholen, wenn wir die Sache mit der Geiselnahme richtig machen wollen.«

Er zieht es heraus und reicht es mir mit dem Griff zuerst rüber. »Versuch, mich nicht zu verletzen.« Er hält inne. »Es sei denn, du glaubst, Kira spielt gern die Heilerin.«

»Das bezweifle ich ernsthaft«, sage ich, trete hinter ihn und setze ihm das Messer an den Hals, während die anderen den Hang hinaufstapfen. Es ist eine ziemlich große Gruppe, und ich entdecke Vektal, Georgie und einige andere männliche Außerirdische neben Kira.

Und Vektal sieht fuchsteufelswild aus. Ich recke das Kinn hoch und starre ihm direkt in die Augen. Ich lasse mich von niemandem mehr herumkommandieren. Es ist mein Leben, und Raahosh ist mein Gefährte. Sie können ihn nicht länger von mir fernhalten und mich nicht von ihm.

»Du bist wie eine Klette an meiner Rute, Liz«, bemerkt Vektal im Näherkommen. »Hast du die Absicht, mich so in Rage zu bringen, dass ich auch dich verstoße? Denn das wird nicht passieren. Du bist eine Frau im gebärfähigem Alter.«

»Ich entführe gerade jemanden«, erkläre ich und deute mit dem Messer auf Aehakos Rücken. »Das ist doch die Strafe für Entführung, oder? Verbannung? Also, schick mich in die Verbannung.«

Das Oberhaupt der Außerirdischen mustert mich mit zusammengekniffenen Augen und verschränkt die Arme vor der Brust. »Deine Situation ist eine andere.«

»Oh, bringen wir jetzt Situationen mit ins Spiel? Was wäre, wenn mein Khui bei Aehako anspringt und ich ihn entführe? Würdest du mich trotzdem in den Höhlen bleiben lassen, nur weil ich eine Vagina habe?«

Er runzelt die Stirn und sieht Georgie an. »Wa- was ...?«

Sie kneift sich in den Nasenrücken. »Eine Muschi. Sie spricht von ihrer Muschi. Liz, was zum Teufel ist dein Problem?«

»Ich will meinen Gefährten zurückhaben!«, brülle ich. »Das ist mein verdammtes Problem! Wenn er nicht in die Höhlen zurückkehren darf, dann schickt mich zu ihm!«

»Du würdest die Annehmlichkeiten des Lebens beim Stamm aufgeben?«, fragt Vektal, und plötzlich wirkt er nicht mehr sauer. Bloß noch müde. Als hätte ich ihn zu sehr angestrengt. Gut so.

»Es ist nicht mein Stamm.« Aus irgendeinem Grund bin ich

plötzlich genauso müde, wie Vektal wirkt. Müde und einfach nur traurig. »Ihr vergesst, dass ich noch vor sechs Wochen ein ganz anderes Leben geführt habe. Dann werde ich, ohne dass ich gefragt werde, von Außerirdischen entführt. Sie sagen nicht: ›Hey, Liz, was hältst du davon, wie ein Stück Vieh verkauft zu werden? Oder als Sklavin? Bist du damit einverstanden?‹« Georgie verdreht die Augen, aber ich spreche weiter. »Dann landen wir hier, und wieder werde ich von Außerirdischen gefangen genommen. Und wieder sagt man mir, wie mein Schicksal aussehen wird, bloß dass es diesmal das Leben als Ehefrau und Babyproduzentin ist. Niemand fragt, ob Liz Kinder will. Niemand fragt, ob Georgie welche will. Niemand fragt uns bei irgendetwas.« Meine Stimme zittert leicht. Es geht mir gewaltig gegen den Strich, dass ich wegen dieser ganzen Scheiße immer noch so emotional bin. »Aber irgendwie machen wir mit. Und ich lerne Raahosh kennen, und zuerst kann ich den Typen absolut nicht ausstehen, oder? Doch mit der Zeit wird mir klar, dass er nur versucht, sich so gut er kann um mich zu kümmern. Und als ich aufhöre, so genervt von ihm zu sein, merke ich, dass ich ihn mag. Er ist klug, fürsorglich und entschlossen. Und irgendwann verliebe ich mich in ihn. Und dann, peng, nehmt ihr ihn mir wieder weg.« Ich schlucke, um den Kloß in meinem Hals loszuwerden. »Er ist jetzt mein Zuhause. Für ihn würde ich alles zurücklassen. Er gehört zu mir, und ich gehöre zu ihm. Du würdest das Gleiche für Georgie tun. Ich tue es für ihn.«

Vektal seufzt erneut, deutet aber ein Lächeln an, und in Georgies Augen glänzen Tränen. Sie versteht mich, auch wenn ihr Gefährte es nicht tut. Er sieht sie an, und sein Gesichtsausdruck wird weicher. Er zieht seine Gefährtin an sich und legt ihr einen Arm um die Schultern, und vielleicht versetzt er sich gerade in Raahoshs Lage. »Es muss Regeln geben«, sagt Vektal wieder. »Und Strafen.«

»Zwing ihn dazu, mit Liz zusammenzuleben«, witzelt Aehako. »Das ist für jeden Strafe genug.«

Ich protestiere nicht einmal gegen seine Bemerkung.

Vektal reibt sich das Kinn. »Ich werde darüber nachdenken, was du gesagt hast, Liz. Und ich werde mit den Ältesten über Raahosh sprechen. Letzten Endes ist es meine Entscheidung, aber ... ich werde darüber nachdenken.«

»Ich habe ebenfalls das ein oder andere zu sagen«, murmelt Georgie und legt ihm eine Hand auf den Arm.

Abermals wird seine Miene ganz sanft, als er seine Gefährtin anschaut. Er nickt. »Wir werden auch darüber reden.« Er dreht sich zu dem Mann vor mir um. »Aehako, trommele die Jäger zusammen und dann sucht nach Raahosh und bringt ihn zurück. Wir werden reden.«

Aehako hebt das Kinn und deutet mit dem Kopf auf mich. »Man hält mich gefangen.«

»Hoppla, Entschuldigung.« Ich gebe ihm sein Messer zurück. »Es steht dir frei zu gehen und so weiter.«

Er packt mich, zieht mich an sich und wuschelt mir wie ein großer Bruder durchs Haar. »Das war eine gute Idee«, flüstert er mir ins Ohr, bevor er mich loslässt.

Dann tritt Georgie vor und greift nach meinem Arm. »Komm. Wir werden dich keine Minute mehr aus den Augen lassen.« Sie späht an mir vorbei zu ihrem Gefährten. »Und steck deine Messer gut weg, Vektal.«

Ich warte ungeduldig in den Höhlen, und es fühlt sich an, als wären schon Stunden, nein, Tage, vergangen. Seit ich bewiesen habe, dass mir nicht zu trauen ist, hat man zwei Männer am Eingang zur Junggesellinnenhöhle postiert, beide mit eigenen Gefährtinnen, also Männer, wie ich vermute, die sich nicht von menschlichen Reizen umstimmen lassen. Tiffany ist es gelungen, sich aus Knochen Stricknadeln zu machen, und ich nehme mir, was davon übrig geblieben ist, und schnitze daraus Pfeile. Obwohl es mir nicht gestattet ist zu jagen (was Schwachsinn ist), kann ich zumindest tun, worin ich gut bin, nämlich Waffen fertigen.

Entweder das oder herumsitzen und langsam verrückt werden.

Natürlich erlaubt man mir nicht, Messer zu haben, daher kann ich nicht viel mehr tun, als gute Pfeile herzunehmen und die Spitze an einem harten Stein anzuspitzen wie einen Bleistift.

Vektal war den ganzen Tag in seiner Höhle, und man hat mir erzählt, es seien einige Leute bei ihm gewesen und wieder gegangen. Georgie ist ebenfalls verschwunden.

Genau wie Aehako und seine Gruppe. Nicht dass ich mir Sorgen machen würde oder so. Aber ... was ist, wenn sie Raahosh nicht finden? Was, wenn er so müde und hungrig ist, dass er unvorsichtig geworden ist und sich verletzt hat? Mir gehen so viele Gedanken durch den Kopf. Ich weiß nicht, was ich tun werde, sollte ich ihn verlieren.

Vor den Höhlen herrscht plötzlich Aufruhr, und ich höre erregtes Stimmengewirr. Sofort werfe ich meine Pfeile beiseite und laufe zum Eingang der Junggesellinnenhöhle, in der Hoffnung, ein vertrautes Gesicht mit nur einem Horn und einem abgebrochenen Stumpf, wo das andere früher war, zu sehen. »Raahosh?«

»Bleib stehen«, sagt einer der Außerirdischen, die die Höhle bewachen, mit dem Namen Dagesh. Ich glaube, er ist Noras Gefährte, und er beobachtet mich, als sei ich eine Schlange. Vermutlich hat er Angst, dass meine Halsstarrigkeit ansteckend ist.

Oder er hat gehört, wie gemein ich zu Stacy war, und macht sich Sorgen, dass ich mich als Nächstes auf seine Gefährtin stürzen könnte. Tja, wo gehobelt wird, da fallen auch Späne und so weiter.

Aber dann erscheint eine große Gestalt in der Tür und drängt die Männer beiseite, und ich kann das entzückte, mädchenhafte Kreischen, das aus mir herausbricht, nicht unterdrücken, als Raahosh mich in seine Arme zieht.

»Du bist da!«, rufe ich und klammere mich mit den Armen und Beinen an ihn wie ein Affe. Er packt mich und hält mich fest an sich gedrückt, und dann küssen wir uns wild, und meine Hüften reiben sich an seinen, während ich mich weiter an ihn klammere. Mein Luis summt glücklich ein Lied, und ich spüre seinen in seiner Brust genau wie den Ständer unter seinem Lendenschurz.

Verdammt, habe ich diesen Mann vermisst!

»Du bist verrückt, meine Gefährtin«, sagt Raahosh mit leiser Stimme, noch während er seinen Mund immer wieder auf meinen presst, weil er nicht aufhören kann, mich zu küssen.

»He, ich habe immerhin Resultate erzielt, nicht wahr? Du bist hier.« Und jetzt, da ich ihn wieder in den Armen halte, werde ich ihn nie mehr loslassen.

Er drückt mich an sich, und in unserem Brustkorb singen unsere Luise im Duett. Wenn ich daran denke, dass ich noch vor wenigen Wochen dagegen angekämpft habe ... Mit ihm fühle ich mich vollständig. Zwar habe ich nicht gleich erkannt, was für einen guten Geschmack mein Luis hat, aber ich danke Gott dafür.

»Kommt mit«, sagt Dagesh und schaut zur Haupthöhle hinüber. »Vektal will mit euch über eure Strafen sprechen.«

Oje. Der Plural in dieser Bemerkung macht mir Sorgen. Doch ich nicke ... und klammere mich weiter an Raahosh. Sie müssen mich mit Gewalt von ihm losreißen, wenn sie beabsichtigen, uns wieder voneinander zu trennen.

Mein Gefährte lacht lediglich leise und legt mir beide Hände auf den Hintern, hebt mich hoch und trägt mich in die Haupthöhle.

Bei unserem Erscheinen ist vereinzeltes Gelächter zu hören. Es kümmert mich nicht. Sollen sie ruhig lachen. Ich drücke die Wange an Raahoshs warme Brust und höre, wie sein Luis im Verein mit meinem vibriert. Bitte sei gerecht, flehe ich Vektal stumm an. Bitte mach, dass Georgie dir den besten Prostatakitzel der Welt verpasst und dich davon überzeugt hat, dass Raahosh und ich zusammen sein müssen.

In der Haupthöhle hat sich eine ziemliche Menge an Leuten versammelt, und es riecht nach Schwefel und Feuchtigkeit. Wir gehen an einigen Leuten vorbei, dann stellt Raahosh mich widerstrebend auf die Füße. Ich halte den Atem an und zittere förmlich vor Anspannung. Ich habe schreckliche Angst vor dem, was passieren wird. Wenn wir jetzt ein »Nein« bekommen, glaube ich nicht, dass wir Vektal jemals überzeugen können, dass wir zusammengehören.

Überall in der Haupthöhle sind Leute, einige liegen im Wasserbecken, aber die meisten sitzen an den Höhleneingängen und an der Seite. Dort, auf den Stufen zu dem, was ich im Stillen den »Chefsessel« nenne, entdecke ich Vektal. Er sitzt zwischen Georgies Beinen, seine kräftigen Arme auf ihre Knie gestützt. Es ist eine lässige Haltung, doch er schaut ernst. Georgies Gesicht ist dagegen völlig emotionslos, sie zwinkert mir allerdings zu, als sich unsere Blicke begegnen.

Und ich kann endlich wieder atmen.

Es wird alles gut.

»Raahosh, Sohn von Vaashan, du hast die Gesetze dieses Stammes gebrochen.« Vektal steht auf und verschränkt die Hände hinter dem Rücken und beginnt, auf und ab zu gehen.

Ich versteife mich und greife nach Raahoshs Hand. Er hält sie fest. Das klingt nicht gerade vielversprechend.

»Normalerweise würde die Gefährdung des Lebens einer anderen Person Verbannung bedeuten. Doch die Menschen sind nicht vertraut mit unseren Gepflogenheiten, ebenso wenig wie wir vertraut sind mit den ihren.«

»Da bin ich ganz deiner Meinung«, murmelt Aehako.

Nach einem strengen Blick auf den Jäger dreht er sich wieder zu uns um und fährt fort: »Wenn der Khui in Schwingungen versetzt wird, kann das die Beteiligten auf unerwartete Weise treffen, und genau das hat diesen Fall bestimmt. Ihr wart eurem Khui hilflos ausgeliefert, das muss ebenfalls berücksichtigt werden.«

Mein tödlicher Griff um Raahoshs Hand lockert sich ein wenig.

»Du und deine Gefährtin, ihr werdet in die Jägerhöhlen verbannt. Für die nächsten zweieinhalb Jahre – oder bis euer Kleines kommt – müsst ihr immer sieben Tage draußen bleiben und jagen und dürft euch nur an einem Tag davon ausruhen. Ihr müsst genug Fleisch herbeischaffen, um den Stamm zu versorgen, und die Eislager über zwei Spannen der grausamen Jahreszeit gefüllt halten. Unsere Zahl ist gewachsen, nicht aber die Zahl unserer Jäger, und deshalb ist die Jagd wichtiger denn je.« Er bedenkt uns mit einem ernsten Blick. »Ihr werdet keine Familienhöhle bekommen, bis eure Strafe aufgehoben wird. Solltet ihr zu irgendeiner Zeit das Leben eines anderen Stammesmitglieds gefährden, wird die Verbannung wieder zu einem dauerhaften Zustand erklärt.«

Raahosh stößt den Atem durch die Nase aus und nickt langsam. »Danke, o Stammesoberhaupt.«

»Und was bedeutet das jetzt?«, frage ich und versuche, nicht zu aufgeregt zu klingen.

»Es bedeutet, dass du mehr auf der Jagd sein wirst als hier in den Höhlen«, erklärt Vektal mir.

»Wirklich? Wir beide dürfen zusammen auf die Jagd?«

Vektal nickt. »Hast du nicht gesagt, du willst jagen? Dann behandeln wir dich auch wie einen Jäger. Und das Gleiche werden wir mit jeder anderen Frau tun, die ihren Beitrag leisten möchte. Georgie und ich haben heute Nachmittag über vieles gesprochen. Bloß weil es die Sa-Khui so halten, dass ausschließlich die Männer jagen, heißt das nicht, dass es zwangsläufig auch für Menschen gelten muss, und wir können euch nicht dazu zwingen, Sa-Khui-Frauen zu werden.«

Auf Georgies Gesicht liegt ein zufriedenes Lächeln.

»Wir werden hart arbeiten, um den Stamm mit Nahrung zu versorgen«, verspricht Raahosh mit gedämpfter Stimme. »Noch mal danke, mein Freund.«

Vektal nickt, und der strenge Blick des Stammesoberhauptes weicht aus seinen Zügen. Er tritt vor und zieht den völlig überraschten Raahosh in eine Umarmung. »Willkommen zurück, mein Freund«, murmelt er. Dann versetzt er Raahosh einen brüderlichen Schlag auf den Rücken, der ihn taumeln lässt, und beide Männer grinsen. »Du hast heute Nacht, um dich vorzubereiten. Morgen machst du dich mit deiner Gefährtin an die Arbeit!«

»Es ist also alles in Ordnung?«, frage ich. Wieder halte ich den Atem an, nur für den Fall, dass ich das alles falsch verstanden habe. Ich kriege meinen Mann. Ich darf auf die Jagd gehen. Ich komme raus aus den überfüllten Höhlen, und wir können wieder wir selbst sein. Ich meine, klar, es wird eine Menge Arbeit werden, aber ich jage gern.

»Alles in Ordnung«, sagt Vektal.

Das ist … fantastisch. Ich kreische und springe erneut in Raahoshs Arme.

»Okay«, sagt Georgie, während wir den Lagerraum im hinteren Teil einer der neuen Unterkünfte begutachten. Es handelt sich um Arianas Höhle, die sie sich mit Zolaya teilt, und diente davor als Lager. Zum Leidwesen der armen Ariana wird in den Nischen an den Wänden der Höhle immer noch jede Menge Zeug aufbewahrt. »Los, wir bereiten dich auf die Jagd vor, damit du morgen früh gleich aufbrechen kannst.«

Neben uns gibt Kira einen kleinen Laut von sich. »Ich lasse dich gar nicht gern fort, Liz. Es war schön, dich wieder bei uns zu haben.«

»Ich komme doch bald wieder«, sage ich ihr. Die Wahrheit ist, ich bin total aufgeregt. Endlich kann ich wieder mit Raahosh losziehen, in den Schnee und die Sonne, und darf jagen und lieben und die Welt erkunden und ... ja, einfach das Leben genießen. Ich begutachte die Stapel von Fellen, die Körbe mit getrocknetem Leder, die Knochen und alles andere, was uns nützlich sein könnte. Meine Gedanken sind keineswegs bei der Jagd. Sie drehen sich um Raahosh. Ich bin einfach furchtbar glücklich. Mein Gefährte redet in der Höhle des Stammesoberhaupts mit Vektal, und ich mache mich reisefertig.

Heute Nacht werden wir mit allen anderen Jägern zusammen in der Jägerhöhle schlafen.

Und morgen früh brechen wir auf.

Das hier fühlt sich an wie Weihnachten.

Und ich habe den Verdacht, dass ich all das Georgie verdanke. Sie muss Vektal für mich weich gekocht haben. Also drehe ich mich, statt meine Ausrüstung einzusammeln, zu meiner Freundin und umarme sie stürmisch.

Sie tätschelt mir lachend den Rücken. »Womit habe ich denn das verdient?«

»Dafür, dass du das alles in Ordnung gebracht hast.«

»Ich habe gar nicht viel getan«, behauptet sie. »Du vergisst, dass Raahosh auch sein Freund ist. Ich habe ihn bloß daran erinnert, wie unterschiedlich unsere Kulturen sind.«

Soso. Schön, wenn sie nicht zugeben will, dass sie ihn mit sanfter Gewalt überredet hat, werde ich sie nicht zwingen. Ich drücke sie ein letztes Mal glücklich an mich, dann umarme ich Kira, deren für gewöhnlich so trauriges Gesicht zur Abwechslung einmal recht fröhlich aussieht. Ich selbst bin verdächtig weinerlich. Glücklich, aber weinerlich. Ich drehe mich zu dem Haufen an Zubehör um. »Was, meint ihr, brauche ich?«

»Von allen warmen Sachen ein Exemplar?« Georgie holt einen Korb mit alten Ledersachen hervor und wühlt darin herum. »Was denkst du, wohin ihr zwei als Erstes gehen werdet? Irgendwelche Ideen? Vektal sagt, es gäbe massenhaft Jägerhöhlen in einem Umkreis von ein paar Meilen. Sie haben ein System, und da die Jäger häufig draußen bleiben, sind alle Höhlen eingerichtet wie Minihäuser mit Feuerholz, Fellen und anderen Dingen.«

Ich überlege. »Wenn ich es entscheiden darf, will ich zu dem alten Raumschiff – dem, mit dem ihr Volk einst hergekommen ist. Ich würde mir gern die Sprache ins Hirn übertragen lassen.« Ich habe es so satt, dass ich die Leute um mich herum nicht verstehe. Ich will an dem, was hier läuft, teilhaben.

»Die Idee gefällt mir«, meldet Kira sich zu Wort. »Vielleicht kann ich ja auch irgendwann hin.«

»Ach wirklich?« Ich drehe mich zu ihr. »Was ist mit dem Ohrhörer?«

Sie berührt ihn und verzieht das Gesicht. »Ich hasse ihn. Ich will ihn loswerden. Außerdem mache ich mir Sorgen, dass sie zurückkommen und ihn sich holen werden, wenn sie mitkriegen, dass er immer noch aktiv ist.«

Kira hat recht. Ich weiß, dass sie den Ohrhörer nicht entfernen kann – sie haben ihn chirurgisch an ihrem Ohr befestigt. Doch mir war nicht klar, wie sehr er sie stört.

Wir plaudern weiter, während wir ein Bündel mit lauter unverzichtbaren Dingen für mich packen – Nähzeug, etwas Schnur, getrocknete Seifenbeeren, warme Stiefel und Lederumhängen, und schließlich bleibt mir nichts anderes mehr zu tun, als mich von meinen Freundinnen zu verabschieden.

Kira macht ein trauriges Gesicht. »Ich wünschte, ich könnte dir irgendeinen Rat für frisch Vermählte geben«, sagt sie. »Ich habe das Gefühl, dass das angemessen wäre.«

Georgie sieht plötzlich sehr selbstzufrieden aus. »Ich hätte einen Rat für dich.«

»Welchen denn?«, frage ich.

»Willst du ihn um den Verstand bringen? Dann gebe ich dir nur ein Wort mit auf den Weg.« Sie hebt einen Finger. »Doggy Style.«

Ich reiße die Augen auf. »Aber dann würde der Sporn ja …« Als sie langsam nickt, ist es an Kira, die Augen aufzureißen. »Ohhhh«, hauche ich. »Du bist ein schmutziges, schmutziges Mädchen, Georgie.«

»Ein schmutziges Mädchen mit einem glücklichen Gefährten«, sagt sie.

Wer sollte da widersprechen?

Der Tag vergeht schneller, als mir lieb ist. Es müssen Vorbereitungen getroffen und Waffen überprüft und repariert werden, Kleider müssen geflickt und Leute umarmt werden. Außerdem ist Maylak entschlossen, uns jedes Heilkraut – inklusive einer Erläuterung – mitzugeben, das sich in ihren Beständen findet, falls wir etwas brauchen sollten. Jäger, erklärt Georgie mir, während sie übersetzt, sind daran gewöhnt, ohne dergleichen Vorkehrungen loszuziehen, aber da Raahosh mit mir unterwegs ist (und ich schwanger bin), wollen alle sicherstellen, dass wir gut vorbereitet sind.

Und dann ist das Abendessen auch schon vorbei, und Raahosh kommt, um mich von meinen Freundinnen abzuholen, die bei mir Maß für neue Tuniken genommen haben. Anscheinend wurde in den Junggesellinnenhöhlen viel genäht, und jetzt habe ich zwei neue Tuniken, zwei Hosen und robuste fellgefütterte Stiefel.

»Komm«, sagt Raahosh und zieht mich sanft hinter sich her. »Wir brechen morgen in aller Frühe auf.«

Nach letzten Umarmungen verabschiede ich mich und gehe mit meinem Gefährten. Es ist ja nicht so, als würden wir für immer weggehen – eigentlich sind wir bloß eine Woche fort. Aber es ist eine Veränderung, und wir Menschen waren in letzter Zeit so vielen Veränderungen ausgesetzt, dass ich den anderen Frauen keinen Vorwurf mache, wenn sie bei dem Gedanken daran, mich ziehen zu lassen, feuchte Augen bekommen.

Doch ich bin nicht traurig. Ich kann es vielmehr kaum erwarten, mit meinem Gefährten zusammen zu sein. Ich kann es kaum erwarten, mit ihm allein zu sein und ihn von oben bis unten abzulecken, bis er mich an den Haaren zieht.

Total seltsam, aber ich stehe darauf.

Leider wird meine Geilheit durch die Jägerhöhle ausgebremst. Wir bleiben heute Nacht hier – wie jede Nacht, seit wir wieder bei der Gruppe sind. Ich dachte, sie wäre … keine Ahnung. Ich dachte, sie wäre nicht ganz so voll? Wir hätten mehr Privatsphäre?

Die Höhle besteht lediglich aus einer Reihe von Pritschen mit null Privatsphäre. Sie ist klein und mit nur wenigen Besitztümern ausgestattet, und hier wohnen die meisten der jungen Männer, die keine Gefährtin haben. Raahosh stellt sie mir vor: Ereven, Taushen, Cashol und mein bester Kumpel Haeden, der, als er mich sieht, finster das Gesicht verzieht. Raahosh und ich stellen unsere Bündel auf den Boden und rollen uns im letzten

Bett zusammen, das für uns frei geblieben ist, da Zolaya unlängst mit Ariana ausgezogen ist.

Es ist Teil unserer Strafe, das ist mir klar. Im Grunde befinden wir uns in einer Art Gemeinschaftsschlafsaal, bis die Verbannung aufgehoben wird. Und das ... ist echt ätzend. Denn ich musste so viele Tage ohne meinen Raahosh verbringen, dass ich mir nichts mehr wünsche als wochenlang Sex mit ihm.

Und wir haben null Privatsphäre.

Er streckt sich neben mir aus, zieht die Felle über uns und legt schützend seinen Arm um mich. Mein Luis beginnt zu schnurren, und ich höre, wie der von Raahosh das Lied aufgreift und fortsetzt. Einer der Männer schnaubt, steht auf und verlässt die Höhle.

So, einer ist schon mal weg. Damit bleiben außer uns bloß noch drei übrig. Ich seufze.

Ich liege ihm zugewandt auf der Seite, weil ich ihn die ganze Nacht ansehen möchte. Mit dem Finger zeichne ich jede seiner Narben nach und lasse die Hände über seine Hörner gleiten, bis er schließlich meine Hand festhält und die Innenfläche küsst. »Hör auf damit, oder ich muss dich hier vor den anderen nehmen«, murmelt er, und seine Hüften drücken sich gegen meine.

Ich kann seine Erektion spüren, hart und unnachgiebig. Und ich will ihn.

Scheißhöhle voller blöder Jägertypen!

Mein Luis dröhnt noch lauter, und meine Hand wandert zu seiner Brust. Ich liebe es, ihn zu berühren. Ich bin schon fast so weit, dass es mir egal ist, ob er mich vor den anderen nimmt oder nicht. Solange er mich überhaupt nimmt, und zwar ordentlich.

Aber dann seufzt einer der Männer und rollt sich auf seinem Lager herum, und mir kommt eine Idee.

»O Raahosh«, stöhne ich laut, »mach doch bitte wieder die Sache mit deiner Rute!«

Mein Gefährte reißt vor Schreck die Augen auf, und ich muss mir das Lachen verkneifen. Irgendwo an der Wand murmelt ein anderer Mann etwas in der Sprache der Außerirdischen, dann verlässt er ebenfalls die Höhle, gefolgt von einem weiteren. Jetzt ist abgesehen von uns nur noch einer übrig, und ich wette, den kann ich ebenfalls verscheuchen.

»Genau so«, rufe ich, obwohl Raahosh mich entsetzt anstarrt. »Mach die Sache mit deiner unartigen Rute!«

Raahosh hält mir den Mund zu, um mich zum Schweigen zu bringen, aber es funktioniert. Wieder erhebt sich jemand von seinem Bett, und als ich über Raahoshs Schulter schaue, sehe ich, wie Haeden mir einen zornigen Blick zuwirft, bevor er die Höhle verlässt.

Außer uns beiden ist niemand mehr da.

»Du bist recht übermütig in letzter Zeit«, murmelt Raahosh und zieht mich an sich, damit er an meinem Hals knabbern kann. »Nun werden sie mich immer, wenn sie mich sehen, fragen, was ich mit meiner Rute mache.«

»Du hast doch Fantasie«, necke ich ihn. »Benutze sie.«

»Ich brauche keine Fantasie.« Seine Stimme nimmt einen Brummton an. »Ich habe schließlich Hände.« Er drückt mich auf den Rücken und zerrt mir meine Hose von den Hüften. Eifrig löse ich die Bänder, weil ich mich so sehr danach sehne, ihn bei mir zu haben, nackt neben ihm zu liegen. Sobald meine Hose sich lockert, streife ich sie ab und werfe sie beiseite. Meine Tunika folgt, und unter den Fellen zieht Raahosh so schnell wie möglich seinen Lendenschurz aus. Mein Luis singt, was das Zeug hält.

Raahosh legt mir eine Hand auf die Brust und reibt mit dem Daumen über meine Brustwarze, und ich stöhne. »Meine Liz«, haucht er. »Meine Gefährtin.«

Und dann schnippt etwas über meine Muschi. Ich keuche auf und schaue nach unten. Seine Rute.

»Du hast gesagt, ich soll meine Fantasie benutzen«, murmelt er und lässt eine Hand zu meiner Muschi hinabwandern. Mit den Fingern spreizt er meine Schamlippen, und seine Rute gleitet durch die Feuchtigkeit dort. »Ist das alles, was ich benutzen soll?«

»Natürlich nicht.« Ich beuge mich vor und packe seinen Schwanz, während er mit seiner Rute an meiner Klitoris spielt. »Ich will, dass du vor allem den hier benutzt.«

Stöhnend schiebt er sich über mich, und ich genieße es, sein Gewicht auf mir zu spüren.

Zum Teufel mit dem Vorspiel – ich will ihn schnell und hart in mir, und zwar sofort.

Als er meine Beine auseinanderdrückt und mich küsst, fällt mir der Rat von Georgie, wie ich ihn um den Verstand bringen kann, ein. Ich lege ihm eine Hand auf die Brust, um ihn zu stoppen. »Hey, Baby. Ich habe eine Idee.«

Raahosh stutzt und schaut mich verwirrt an. »Was denn?«

»Ich will, dass du mich von hinten nimmst.«

Er legt den Kopf auf so komische Weise schräg, dass ich beinahe lospruste. »Aber dein Schwanz ...«

»Existiert nicht«, bemerke ich und zeichne mit dem Finger seine Brustwarze nach. »Wir Menschen tun so etwas ständig. Du kannst mich einfach auf den Bauch drehen und in mich eindringen und ...«

Ich habe die Worte kaum ausgesprochen, als er mich schon mit seinen großen Händen umdreht, und einen Moment später ist mein Hintern in der Luft. Ich kichere und komme auf alle viere. Es ist nicht schwer, Raahosh auf die dunkle Seite hinüberzuziehen, wie ich sehe.

Seine Hand gleitet über meinen Hintern, und ich stoße einen

leisen, lustvollen Seufzer aus und schließe die Augen. »Das fühlt sich gut an.«

»Du bist so … nackt dort.« Seine große Hand bewegt sich über meinen Hintern, und seine Finger wandern zwischen meine Pobacken. »Es ist …«

»Sündhaft?«, schlage ich vor und fühle mich dabei selbst ziemlich unartig.

»Wunderschön.«

Wie lieb. Ich will gerade eine Bemerkung über seine süße Wortwahl machen, aber da schiebt er auch schon seine Finger zwischen meine Beine und streichelt mich von hinten. Ein Ruck geht durch meinen ganzen Körper, und ich schnappe nach Luft. Gütiger Gott, das fühlt sich viel zu gut an!

»Bist du feucht genug, um mich in dir aufzunehmen?«, fragt er und lässt seine Finger in mich hinein- und wieder herausgleiten. Ich bin so feucht, dass ich sogar höre, was er mit seinen Fingern macht, also nicke ich zur Antwort. Ein aufgeregtes Keuchen baut sich in mir auf, als er mit der Spitze seines Schwanzes gegen den Eingang meiner Muschi drückt, und ich beuge mich vor und halte den Atem an.

»Bitte«, sage ich. »Jetzt.« Ich habe das Gefühl, eine Ewigkeit auf meinen Geliebten gewartet zu haben.

Er dringt in mich ein, und ich schreie auf, weil es sich so unglaublich anfühlt. Einen fantastischen Zentimeter nach dem anderen schiebt er den Schwanz in mich hinein, und ich winde mich und drücke mich gegen ihn, wild entschlossen, das Ganze zu beschleunigen.

Gerade als ich denke, ich kann nicht mehr von ihm aufnehmen, weil ich mich bis zum Äußersten gedehnt fühle, stupst etwas gegen meinen Hintern.

O Gott.

Das muss sein Sporn sein.

Und es gibt keine Worte dafür, wie gut es sich anfühlt. Ich kralle die Finger in die Felle und schreie erneut auf.

Raahosh versucht, mich zum Schweigen zu bringen, aber dann zieht er sich ein Stück zurück und stößt von Neuem zu, und ich kann meine Schreie einfach nicht unterdrücken. Mit jedem Stoß seines Schwanzes dringt der Sporn in meinen Hintereingang ein, gerade weit genug, um mich vor Lust fast um den Verstand zu bringen. Es dauert nicht lange, bis ich komme, und ich komme heftig und schreie dabei seinen Namen. Jeder Muskel in meinem Körper zieht sich um ihn zusammen, und er bohrt die Finger in meine Hüften und stößt wild in mich hinein. Dann kommt auch er.

Mit einem glücklichen kleinen Seufzer greife ich hinter mich und halte mich an ihm fest, während er uns auf die Seite dreht. Er haucht Küsse in meinen Nacken und auf meine Schulter, und ich rekele mich in seinen Armen, denn ich fühle mich seltsam erregt, weil sein Schwanz (und sein Sporn) noch immer in mir sind. Ich bin müde, habe schwache Knie und bin außer Atem … aber dennoch bereit für die zweite Runde.

»Ich glaube, du musst lernen, leiser zu sein, wenn wir in dieser Höhle sind, meine Gefährtin«, sagt Raahosh. »Deine Schreie haben wahrscheinlich alle Kleinen auf der anderen Seite der Höhle geweckt.«

»Scheiß drauf«, sage ich noch ganz benommen. »Wenn sie wollen, dass wir leiser sind, müssen sie uns eben unsere eigene Höhle geben.« Denn der Doggy Style … Donnerwetter. Der bringt einen wirklich um den Verstand.

»Wir müssen zuerst unsere Verbannung hinter uns bringen.« Raahosh beißt mir sanft in die Schulter. »Bist du dir sicher, dass du das willst, Liz?«

Schläfrig von den ganzen Endorphinen fahre ich ihm mit einer Hand durchs Haar, während er meine Brüste liebkost. »Es noch mal von hinten machen? Ich steh total drauf. Also ja, absolut.«

»Nein. Ich meine, ob es für dich in Ordnung ist, mit mir fortzugehen. Meine Verbannung mit mir zu teilen.«

Was für eine dumme Frage! »Natürlich. Hier hält mich nichts, wenn du nicht da bist.«

»Es wird harte Arbeit sein. Durch die Vergrößerung des Stammes haben wir viel mehr hungrige Mäuler zu stopfen. Wir werden unaufhörlich jagen, bis es zu kalt wird, um die Höhlen zu verlassen.«

»Dann gehen wir eben unaufhörlich jagen«, antworte ich. »Ich liebe die Jagd.«

Seine Hand bewegt sich zu meinem Bauch und streichelt ihn. Er ist nach wie vor flach – und wird es wahrscheinlich noch eine ganze Weile bleiben, wenn es stimmt, dass eine Schwangerschaft drei Jahre dauert. »Es wäre leichter für dich, wenn du hierbliebest.«

Ich schüttele den Kopf. »Verstehst du es denn nicht, Raahosh? Du bist für mich das Wichtigste. Du bist der Grund für mich zu leben. Als wir von den anderen Außerirdischen von der Erde entführt wurden, habe ich mich ... verloren gefühlt. Wenn ich mit dir zusammen bin, bin ich nicht verloren. Ich bin glücklich.« Ich berühre seine Wange. »Ich bin vollständig.«

»Meine Gefährtin«, murmelt er. »Meine Liz. Mein Ein und Alles.«

»Ich gehöre dir«, sage ich ihm. Und es ist die Wahrheit. Solange ich mit Raahosh zusammen bin, kann es schneien, soviel es mag, der Stamm kann uns so viel Arbeit aufbürden, wie er will, und wir können in den Jägerhöhlen schlafen. Solange ich bei ihm bin, bin ich glücklich.

BONUS-EPILOG: SPIELE

Liz

Heute Morgen hat Raahosh eine Scheißlaune.

Ich schaue zu ihm hinüber, als wir uns von den Heimathöhlen entfernen, aber es ist offensichtlich, dass er nicht reden will. Nicht dass mich das früher davon abgehalten hätte. Doch ich versuche, einfühlsam zu sein. Ich weiß, das Ganze ist hart für ihn. Obwohl wir jetzt zusammen sind, störe ich mich immer noch an der Tatsache, dass die Arschlöcher, die er seinen Stamm nennt, ihn bloß wegen einer kleinen Entführung in die »Verbannung« geschickt haben.

Ich meine, klar, man muss für den Stamm ein Exempel statuieren und so weiter, aber scheiß drauf. Er ist mein Mann, und wenn er traurig ist, bin ich wütend auf alle, die ihn traurig gemacht haben.

Während wir über die verschneiten Pfade gehen, streichele ich ihm die Hand. Er trägt unser Bündel, sein Bogen hängt über seiner Schulter und in einer Hand hat er seinen Speer. Ich trage nur meinen Bogen, weil er darauf bestanden hat, alles andere zu nehmen, wie ein richtiger, sich auf die Brust trommelnder Neandertaler.

Aber dadurch habe ich die Hände frei, und so stupse ich mit meinem kleinen Finger gegen seinen, als er auf meine erste Berührung seiner Hand nicht reagiert.

Raahosh sieht mich an, und nicht das kleinste Lächeln kräuselt seine Lippen.

»Lass mich raten«, sage ich. »Du bereust es bereits, dass du mich am Hals hast, weil du weißt, dass ich die bessere Jägerin bin, und du es hasst, vorgeführt zu werden.«

Ich rechne damit, dass seine Mundwinkel zu einem Lächeln in die Höhe zucken, aber er streckt bloß die Hand aus und streicht mir mit den Fingern über die Wange. »Ich bin dankbar dafür, dass wir zusammen sind. Das ist alles.«

Mann. Heute kriege ich nicht einmal die Andeutung eines Lächelns aus ihm heraus.

Ich fühle mich versucht, vorzulaufen und mir die Hose herunterzuziehen, nur um zu sehen, ob mein nackter Hintern ihn zu einer Reaktion bringt. Irgendeiner Reaktion. Ich störe mich nicht an Raahoshs Wut oder seiner angepissten Miene. Doch ich liebe sein Lachen und seine Neckereien.

Es macht mich verdammt noch mal fertig, ihn traurig zu sehen.

Da wir jetzt allerdings zusammen sind, ist es mein Job, ihn aus seiner Depristimmung herauszuholen. Wenn ich zu Clown Liz werden muss, um ihm ein Lächeln zu entlocken, bitte schön. Wenn ich der geilste Mensch sein muss, der je über das Antlitz dieses Planeten spaziert ist (und lasst uns ehrlich sein: das bin ich wahrscheinlich bereits), dann soll es so sein. Wir werden die glücklichsten gottverdammten Verbannten sein, die man je auf diesem Eisplaneten gesehen hat.

Aber wenn er noch ein wenig vor sich hin brüten will, halte ich ihn nicht davon ab. Noch einmal streiche ich mit meinem kleinen Finger über seinen, und der Blick, den er mir zuwirft, ist schlicht und einfach genervt. Grrr. »Ich will nur deine Hand halten, okay? Ich fasse dich eben gern an. Verklag mich doch!«

Er drückt meine Hand, als brauche er etwas, woran er sich festhalten kann, und es versetzt mir einen neuen Stich. Es muss jedes Mal wahnsinnig schwer für ihn gewesen sein, wenn er allein aufgebrochen ist, und das macht mich bloß noch wütender auf die anderen. War ihnen denn nicht klar, wie verdammt einsam er schon immer gewesen ist? Und dann von seinem besten Freund fortgejagt zu werden … Es macht keinen von ihnen sympathischer.

Schweigend gehen wir nebeneinanderher, und das Wetter ist durchaus angenehm, als würde uns zumindest der Planet eine kleine Atempause gönnen.

»Es tut mir leid«, sagt Raahosh nach einer Weile. »Ich bin nicht besonders unterhaltsam.«

Ich drücke seine Hand. »Das ist das Coole daran, Gefährte zu sein. Du kannst dich wie ein absolutes Arschloch verhalten, ich liebe dich trotzdem. Auch bei mir gibt es Tage, an denen ich nicht der reinste Sonnenschein bin, ob du es glaubst oder nicht.« Ich schaue grinsend zu ihm hinüber. »Dann könnte ich sogar ein bisschen unangenehm werden.«

Als einzige Reaktion auf meine Neckerei brummt er etwas Unverständliches. Tja. Vielleicht hebt sich seine Laune ja, wenn wir etwas mehr Weg zurückgelegt haben. »Wie sieht der Plan für die Jagd aus?«

»Wir gehen in die Berge«, sagt Raahosh. »Die Vorratslager dort sind am schwersten zu füllen, weil sie am weitesten entfernt sind. Als Jagdrevier scheinen mir die Berge ein ebenso guter Ort zu sein wie jeder andere, aber wir werden auf Metlaks achtgeben müssen.«

Es liegt mir auf der Zunge, ihm zu sagen, dass wir die schwierigen Aufgaben jemand anderem überlassen sollten, doch ich habe den Verdacht, ihn reizt die Herausforderung – und die Entfernung zwischen uns und dem Stamm. Außerdem ist der Gedanke an eine lange, anstrengende Jagd irgendwie aufregend. »Ich bin dabei.«

Mein großer Außerirdischer schaut mich an. »Der Weg dahin

ist beschwerlich. Bist du dir sicher, dass du nicht zurückbleiben willst …?«

In meinem Kopf habe ich tausend Schimpfwörter, die ich ihm am liebsten entgegenschleudern würde, aber ich bringe ein gepresstes Lächeln zustande. »Ich dachte, wir hätten das Thema abgeschlossen. Es ist mir egal, wo wir hingehen, Hauptsache, ich bin bei dir. Du denkst, ich wäre zufrieden, Däumchen drehend am Feuer zu sitzen und darauf zu warten, dass du nach Hause kommst? Nein, danke. Ich kann an deiner Seite jagen. Ich kann helfen, die Vorratslager der Höhlen aufzufüllen. Und wo immer du hingehst, da gehe auch ich hin. So läuft das hier.« Ich bin versucht, ihn anzuknurren, dass ich ihn, wenn er versucht, mich zurückzulassen, ausnehmen werde wie einen Fisch, doch ich bemühe mich, die nette Liz zu sein und nicht die Psycho-Liz.

»Ich weiß, dass du dazu fähig bist. Keine andere Frau ist so tüchtig wie du.« Er hält inne, dann erscheint wieder der ernste Ausdruck auf seinem narbigen Gesicht. »Ich will nur sicher sein …«

»Ich bin mir sicher, dass ich, wenn du mich zurücklässt, alles in Schutt und Asche legen werde.«

Das erzielt nicht den Lacher, auf den ich gehofft habe. Raahosh mustert mich mit einem Stirnrunzeln.

»Das sagt man bloß so. Ich bin immer noch wütend darüber, wie sie dich behandelt haben. Du bist mein Mann. Ich will nicht, dass irgendjemand dich auf die Idee bringt, du wärst ein schlechter Kerl. Du bist wundervoll, und in jeder Minute, die wir zusammen sind, bin ich glücklich. Diese Jagd wird toll, du wirst schon sehen.«

Nun bringt er doch ein Lächeln für mich zustande, und es fühlt sich an, als ginge die Sonne auf.

Ich werde diesen Mann noch öfter zum Lächeln bringen, und wenn es das Letzte ist, was ich tue.

Raahosh

Gestern Abend war ich noch überglücklich, dass meine Gefährtin mich in die Verbannung begleitet. Nicht weil man uns zusammen verbannt hat, sondern weil ich nicht mehr allein sein werde. Wir werden zusammen jagen und die Nächte zusammen am Feuer verbringen. Auf etwas Besseres konnte ich wirklich nicht hoffen.

Aber im Morgengrauen habe ich angefangen, mich zu fragen, ob ich nicht zu leichtsinnig bin. Meine Liz ist nicht annähernd so stark wie die schwächste Sa-Khui-Frau. Sie ist eine tüchtige Jägerin, doch sie kennt diese Welt nicht so gut wie ich. Diese Welt ist grausam und unbarmherzig, und es gibt unzählige Raubtiere. Das Wetter wird hart für sie sein. Das Marschieren wird hart für sie sein. Und sie trägt unser Kleines in sich. Heute Morgen, bevor wir die Haupthöhle verließen, musste sie sich sofort nach dem Aufwachen übergeben. Sie hat nichts gefrühstückt, sondern nur etwas Wasser getrunken, ehe wir aufgebrochen sind. Außerdem schwört sie, das sei nicht ungewöhnlich, aber ich habe da meine Zweifel.

Vielleicht hätte ich sie dortlassen sollen. Vielleicht ist es selbstsüchtig von mir, sie mitzunehmen.

Doch Liz ist das halsstarrigste Wesen – ganz gleich ob weiblich oder männlich –, das mir je begegnet ist. Wenn ich versucht hätte, sie zurückzulassen, wäre sie mir nur gefolgt und hätte mich die ganze Zeit über beschimpft. Es hätte sie verletzt, und der Gedanke, Liz wehzutun, zerreißt mich innerlich. Also drücke ich sie fest an mich, während wir weitergehen. Ich weiß, dass meine Laune nicht angenehm ist. Sonst jage ich immer allein, und es fällt mir schwer, jemanden zu »unterhalten«. In jüngeren Jahren bin ich stets mit Vektal auf die Jagd gegangen, aber jetzt, da wir erwachsen sind, ist es sinnvoller, getrennt zu jagen, um mehr Nahrung herbeizuschaffen. Gesellschaft zu haben ist neu für mich.

Als sich die Doppelsonnen dem Horizont nähern, beginne ich, die Hügel nach der nächstgelegenen Jägerhöhle abzusuchen. Es gibt eine hinter der nächsten Anhöhe, doch Liz wird immer langsamer, und nach einem langen Tagesmarsch verlassen sie zusehends die Kräfte. Sie knabbert im Gehen an etwas Dörrfleisch, aber sie hat nicht so viel gegessen, wie mir lieb wäre. Ich sollte sie den Rest des Weges tragen, bin mir allerdings nicht sicher, wie gut das bei ihr ankommen wird.

Meine Gefährtin kann ziemlich widerborstig sein.

»Lass uns ein Spiel spielen«, schlägt Liz plötzlich vor.

»Ein Spiel?«

Sie nickt und betrachtet eingehend den Schnee. »Wir könnten *Ich sehe was, was du nicht siehst* spielen. Ich sage dir die Farbe eines Gegenstands in der Nähe, und du rätst, was es sein könnte.«

Ich deute auf die verschneiten Hügel, die verschneiten Felsen und die schneebedeckten Berge in der Nähe. »Hier ist alles weiß. Das wäre kein gutes Spiel.«

Der Laut, den sie von sich gibt, klingt genervt. »Es war ja bloß ein Vorschlag. Wir können auch etwas anderes spielen, wenn du willst.«

»Will ich nicht.« Ich zeige auf die ferne Felswand. »Wir werden heute Nacht dort schlafen. Ich sollte dich tragen.«

»Wie bitte?!« Sie reißt ihre in einem Handschuh steckende Hand aus meiner und schaut mich trotzig an.

Ich wusste, dass sie beleidigt sein würde. Ich bleibe stehen und betrachte ihre geröteten Wangen. Ihre blonde Mähne löst sich aus ihrem Zopf, einzelne Strähnen wehen um ihr verschwitztes, gerötetes Gesicht. Ihre Augen funkeln blau, als sie mich anstarrt, und aus irgendeinem Grund bringt mich das zum Lächeln. Meine Gefährtin kann so zornig sein. So grimmig. Ich liebe ihre wilde Seite. »Du bist müde, und deshalb kommen wir so langsam voran. Es wäre besser, wenn ich dich trage.«

Sie wirft mir einen argwöhnischen Blick zu, und ich rechne damit, dass sie sich mit mir streiten wird. Meine Rute zuckt, und es ist seltsam, wie erregend ich den Gedanken finde. Ich mag es, wenn sie mich herausfordert. Es ist eine Sache, die mir an meiner Gefährtin am teuersten ist – dass sie nicht aufgibt … niemals.

»Du darfst mich tragen … wenn wir ein Spiel spielen.«

Ich verkneife mir ein genervtes Stöhnen. »Na schön. Such dir ein Spiel aus, und wir werden es spielen, während ich dich trage.«

»Lass uns spielen, wir suchen einen Namen für das Baby.« Mit einem Grinsen wirft sie sich in meine Arme.

Ich fange sie ächzend auf, denn auch wenn Liz klein ist, ist sie ziemlich kompakt. »Wie ich sehe, isst du nun schon für zwei.«

»Das habe ich jetzt besser überhört«, sagt sie gut gelaunt, schlingt mir die Arme um den Hals und drückt ihr Gesicht an meins. »Trag mich nur, mein mürrischer Prinz, und lass uns über einen Namen für unser Kind nachdenken.«

Ein seltsames Spiel, aber zumindest erlaubt sie mir, sie zu tragen. »Wir wissen nicht, ob es ein Mädchen oder ein Junge wird.«

»Dann denken wir uns eben Namen für beide Geschlechter aus.« Liz streicht mir eine Locke meiner Mähne aus dem Gesicht, zärtlich trotz unserer Zankerei, und mein Herz schmerzt bei der Erkenntnis, wie sehr ich diese Frau brauche. Ich drücke sie noch ein wenig fester an mich und spüre das dringende Bedürfnis, sie zu beschützen. »Wollen wir mit Jungennamen anfangen?«, schlägt sie vor. Als ich nicke, legt sie den Kopf schräg und denkt nach. »Lass uns für ein Weilchen die Brangie-Idee verfolgen.«

»Was ist Brangie? Ist das ein Vorfahr von dir?«

»Schön wär's«, murmelt sie. »Das sind die schönsten beiden Menschen auf der Erde, und statt sie Brad und Angelina zu nennen, wurden sie von allen in Brangie oder Brangelina abgekürzt. Daraus hat sich der Trend entwickelt, Namen zu kombinieren.«

In dieser Hinsicht unterscheiden wir uns gar nicht so sehr. »Wir tun etwas ganz Ähnliches. Viele Eltern benennen ihre Kleinen mit einer Verbindung von Lauten aus den Namen der Mutter und des Vaters.«

»Wie süß. Also, was hältst du von Raahiz, sollte es ein Junge werden? Halb dein Name und halb meiner?«

»Ich glaube, ich hasse den Namen.«

Sie lacht, und bei dem Laut schnürt sich mir das Herz zusammen. Es kostet mich große Überwindung, nicht das Gesicht in ihrer Mähne zu vergraben und sie einfach fest an mich zu drücken wie ein gefühlsduseliger Narr. Das ist ein dummes Spiel, aber ich bin froh, dass sie hier ist. Wirklich froh.

»Na schön, also nicht Raahiz. Losh? Rizzosh?« Sie rümpft die Nase. »Klingt, als würde Snoop Dogg unseren Kindern Namen geben.«

»Noch ein Vorfahr?«, frage ich, aber diesmal ziehe ich sie auf.

Sie gibt irgendetwas zwischen Kichern und Schnauben von sich. »Razzosh? Rizzo? Raahozo? Mein voller Name lautet Elizabeth, aber das macht es vielleicht noch schlimmer. Lizzaraa klingt wie ein Schurke aus einer Comic-Serie aus den Achtzigern.«

Ich habe keine Ahnung, wovon sie spricht, doch ich bin damit zufrieden, ihr zuzuhören und sie über die Anhöhe zu tragen, während sie einen Namen nach dem anderen ausprobiert. Sie mag keinen von ihnen und findet sie alle gleich schrecklich, und als wir in der Jägerhöhle ankommen, ist sie des Spiels überdrüssig. Vielleicht wird sie es auch bald satthaben, mit mir unterwegs zu sein, und verlangen, dass ich sie morgen früh zurückbringe.

Bei dem Gedanken wird mir schwer ums Herz.

Liz

Raahosh ist immer noch ziemlich schlecht drauf, als wir die Höhle erreichen, und während ich unzählige miese Kombinationen unserer Namen herunterrassele, kann keiner von ihnen ihm ein Lächeln abringen. Das ist schon in Ordnung. Ich liebe Herausforderungen und werde dafür sorgen, dass er auf dieser Reise glücklich ist. Meine Trickkiste ist noch nicht annähernd leer. Ich weiß, wie ich ihn in meinen Bann ziehen kann.

Doch in der Höhle ist es kalt, und nachdem Raahosh sich überzeugt hat, dass kein Tier hier untergekrochen ist, verbringen wir eine ganze Weile damit, Feuer zu machen und etwas zu Trinken darüber zu erhitzen. Ich bin neugierig, also stöbere ich, nachdem ich unser Bettzeug ausgebreitet habe, in der Höhle herum, um festzustellen, was wir gebrauchen können. Das meiste ist der normale Unsinn – vorbearbeitete Tierhäute, Knochen, um Waffen damit zu reparieren, getrockneter Fisch und Dörrfleisch und ein paar Felle. An einem Vorsprung in der Felswand weiter hinten hängen einige Schläuche mit irgendeiner Flüssigkeit, und ich öffne einen davon und schnuppere daran. Es riecht fruchtig und süß. »Was ist das?«

Raahosh nimmt mir den Schlauch aus der Hand, riecht daran und gibt ihn mir gleich wieder zurück. »Sah-Sah, ein fermentiertes Getränk, das bei uns zu Festen genossen wird.«

Alk. Und ausgerechnet jetzt bin ich schwanger. Typisch. Ich könnte Raahosh betrunken machen. Vielleicht hat er dann ein wenig Spaß. Ich lasse den Schlauch verlockend nah vor seinem Gesicht baumeln. »Ich finde, du solltest etwas davon trinken. Und mit etwas meine ich das Ganze.«

Er schaut kurz auf, dann hockt er sich ans Feuer und legt etwas Brennstoff nach. »Nein.«

»Ich finde, du solltest dich betrinken, wenn ich es schon nicht kann.«

Raahosh schüttelt den Kopf. »Davon würde ich morgen früh nur Kopfschmerzen haben, und wir wollen bei Sonnenaufgang aufbrechen.«

Mann, dieser Typ ist allergisch gegen Spaß. »Also bleiben wir einfach noch eine Nacht? Wen schert das? Es ist nicht so, als würden sie uns allzu bald zurückerwarten.«

»Ich würde es vorziehen, wenn meine Sinne scharf blieben.« Er winkt mich zu sich ans Feuer. »Wärm dich auf. Du frierst.«

Ich muss ihn irgendwie aus dieser Stimmung reißen. Raahosh verhält sich, als wäre ich bereits seit einer Ewigkeit schwanger und nicht erst seit wenigen Wochen. Ich setze mich ans Feuer und halte ihm meinen Fuß ins Gesicht. »Ziehst du mir den Stiefel aus?«

Statt mit mir zu streiten ... tut er es einfach. So macht das keinen Spaß. Er pellt den letzten, feuchten Lederlappen von meinen Zehen, dann beugt er sich vor, und sein warmer Atem streicht über meine Haut, bevor er sich meinen Fuß an den Bauch drückt. Ich versuche, ihn wegzuziehen, aber er wirft mir nur einen strengen Blick zu. »Ich wärme ihn für dich.«

Okay. Durch diese sexy Atemwolke ist mir gerade ein ganz neues Spiel eingefallen. »Danke«, sage ich zuckersüß. »Du brauchst aber meine Füße nicht für mich zu wärmen. Das schaffe ich schon alleine.«

»Ich bin dein Gefährte. Ich wärme dich gern.«

»Na gut. Ich habe aber noch etwas anderes, das ein wenig

Wärme braucht. Dieses Etwas ist wirklich, wirklich kalt und sehnt sich nach etwas Aufmerksamkeit.«

Raahosh sieht mich erschrocken an, als hätte er irgendwie versagt, indem er mich hat durch den Schnee trotten und dabei auskühlen lassen. »Wo? Zeig es mir.«

Es ihm zeigen? Aber gern doch. Ich befreie mich aus seinem Griff, schäle mich aus meinen Beinkleidern und reibe dann mit einer Hand über meinen Venushügel. »Genau hier. Diese Stelle muss gewärmt werden. Und ich denke, wir sollten dein Gesicht dazu nehmen.«

Sein Blick verfinstert sich, als ihm klar wird, dass ich ihn reingelegt habe.

Doch ich ziehe immer noch lächelnd einen Finger durch meine Schamlippen. »Sehr kalt. Ich brauche hier etwas Warmes, das sich dagegendrückt, und zwar pronto.«

Die Irritation in seiner Miene wandelt sich zu etwas anderem, und ich weiß, dass ich gewonnen habe. Raahoshs Blick nimmt etwas Herausforderndes an, und er legt sich rücklings auf den Höhlenboden, den Kopf auf den Fellen, die ich für unser Lager ausgebreitet habe. Er winkt mich zu sich. »Komm her und drück die Stelle auf mein Gesicht. Ich werde sie für dich wärmen.«

Ich zappele vor Erregung. Facesitting. Das ist verdammt heiß. Er nimmt meine Herausforderung an. Einerseits fuchst es mich, dass ich die Oberhand verliere, aber andererseits erregt mich das höllisch, denn … ich soll mich auf sein Gesicht setzen. Sex mit Raahosh ist immer gut. Er ist der aufmerksamste Mann, mit dem ich je zusammen war, und er macht es mir mit dem Mund wie eine gottverdammte Bestie.

»Komm«, verlangt er mit einer ungeduldigen Handbewegung in meine Richtung. Seine Augen sind voller Hitze, und ich sehe, wie sein Schwanz sich gegen seinen Lendenschurz drückt, hart bei dem bloßen Gedanken daran, mich zu vernaschen. »Du wolltest spielen. Lass uns spielen. Wir werden sehen, wie lange ich deine Muschi lecken kann, bevor du kommst.«

Bei diesen Worten überläuft mich ein Schauer. Ich streife meine verschwitzte Tunika ab und werfe sie auf den Höhlenboden. »Du bist mit deinen Erhebungen auf der Zunge total im Vorteil durch die Tatsache, dass ich durch die Schwangerschaft supergeil bin.«

»Wäre es dir lieber, wenn ich die Wülste auf meiner Zunge nicht benutzen würde?«, fragt er ausgesprochen höflich.

»Wir wollen nicht übertreiben. Tu das, wovon du denkst, dass ich dadurch schneller komme, und ich werde mein Bestes tun, dir zu trotzen.«

»Trotzen kannst du gut.« Er schnurrt praktisch, und meine Muschi zieht sich daraufhin zusammen. Gütiger Gott, dieser Mann ist eine Sexbestie!

Und wer bin ich, all dieser herrlichen Männlichkeit zu widerstehen? Ich werfe mir das Haar über die Schulter, als wäre ich eine Königin, und gehe zu ihm, als täte ich ihm einen Gefallen. Sobald ich mich neben ihn knie, streckt er die Hand nach mir aus, und mir bleibt kaum Zeit, ein Bein über seine Schulter zu schieben, bevor er seinen Mund auf mich drückt. Ein erstickter Laut entweicht mir, und ich falle nach vorn und benutze sein Horn als Griff, um mich festzuhalten. Ach du Scheiße, er macht das wirklich gut. Seine schlüpfrige, heiße Zunge gleitet über meine Schamlippen, und ihre Wülste reiben über meine empfindlichsten Stellen. Eine große Hand packt meinen Oberschenkel und hält mich fest, und Raahosh gibt einen Laut tiefster Zufriedenheit von sich, während er mich leckt.

»Fuuuuck. Fuck Fuck Fuck«, singe ich vor mich hin, während ich mich an seinem Mund reibe. Er wechselt ab zwischen dem Verwöhnen meiner Klitoris und Neckereien seiner Zunge am

Eingang zu meiner Muschi. Seine Nase stößt gegen meine Klitoris, woraufhin ein Ruck durch meine Hüften geht.

»Ist dir da immer noch kalt?«, fragt er.

»Mir wird schon wärmer«, wimmere ich und klammere mich an sein Horn, während ich mich an seinem Gesicht reibe. Seine Finger bohren sich in mein Bein, und seine Zunge dringt tief in mich ein, sodass ich unwillkürlich die Schenkel anspanne. Ich bewege mich heftiger und vergesse völlig mein Gelübde, so lange wie möglich durchzuhalten. Es fühlt sich so gut an, und wenn es um ihn geht, kenne ich einfach keine Zurückhaltung. Ich reibe meine Muschi an seinem Mund, schamlos, wie ich bin. Als er einen Finger hinzunimmt und ihn tief in mich bohrt, während er Kreise um meine Klitoris leckt, komme ich gewaltig und benetze dabei sein Gesicht mit meinen Säften, bevor ich über ihm zusammensinke.

Und Raahosh lässt immer noch nicht von mir ab. Er leckt einfach weiter meine Muschi und zieht die Nachbeben meines Höhepunkts in die Länge, bis ich ihn an den Haaren ziehe, damit er aufhört. »Meine Gefährtin«, murmelt er, und in seiner Stimme liegt eine leise Vibration, die mir sagt, dass sein Khui zufrieden summt. »Habe ich gut mit dir vorgespielt?«

Stöhnend rolle ich mich von ihm herunter und lasse mich auf die Felle neben ihm fallen. »Das war so gut.« Ich bin außer Atem und vollkommen erschöpft. »Deine Zunge bringt mich um.«

Das entlockt ihm ein heiseres Kichern. »Was ist mit dem Rest von mir?«

»Der darf ebenfalls bleiben.« Hey, ich habe ihn zum Lachen gebracht. Sex ist offensichtlich die richtige Methode, um seine Stimmung zu heben. Mir soll's recht sein. Ich drehe mich um und schmiege mich an ihn. »Wie geht es dir, Babe?«

Raahosh drückt mir einen Kuss auf den Kopf. »Gut.«

Obwohl er hart ist und ihm bestimmt die Eier wehtun? Obwohl er den ganzen Tag über beschissene Laune hatte? Ich würde ihn ja ob dieser Lüge zur Rede stellen, aber ich will auch keinen Streit anzetteln, jetzt, wo ich so entspannt und befriedigt bin. Also beschließe ich, das Thema behutsam anzuschneiden. Ich bette das Kinn auf seine Brust, als sei alles in Ordnung, und frage: »Hast du Probleme damit, dass ich dich auf diesem Jagdausflug begleite?«

Ich spüre, wie er sich neben mir verkrampft. »Wie kommst du darauf?«

»Ich will nur sichergehen, dass zwischen uns alles gut ist. Du wirkst heute ein wenig geistesabwesend.«

Er drückt mich fester an sich. »Es ist ein großes Glück für mich, dich bei mir zu haben. Ich frage mich bloß, ob es nicht eine selbstsüchtige Freude ist.«

»Warum sollte es selbstsüchtig sein?« Ich stütze mich auf einen Ellbogen, um ihm ins Gesicht sehen zu können. Sein Mund ist geschwollen von seinen Bemühungen, mir Lust zu bereiten, und seine Lippen haben einen tiefblauen Farbton angenommen, bei dem sich in mir erneut alles vor Verlangen zusammenzieht.

Seine Hand wandert meine Wirbelsäule entlang. »Weil es sicherer für dich wäre, beim Stamm zu bleiben. Die Heilerin ist dort, und du hast dich heute Morgen übergeben. Was ist, wenn du krank wirst, während wir auf der Jagd sind?«

Darüber habe ich ebenfalls schon nachgedacht, aber ich bin lieber bei ihm, als dass ich auf Nummer sicher gehe. »Dann stopfst du mir einen Haufen Heilkräuter in den Mund und lässt den Khui den Rest erledigen. Weißt du noch, wie ich mich um dich gekümmert habe, als du dir das Bein verletzt hattest? Damals hast du mich nicht so behandelt, als sei ich aus Glas.«

»Damals warst du auch noch nicht schwanger mit unserem Kleinen oder hast dich übergeben«, kontert er.

Ich strecke ihm die Zunge heraus.

»Ich meine es ernst. Du bist ein Mensch. Das hier ist nicht deine Welt. Ich mache mir Sorgen, dass es zu viel für dich ist.«

Bei diesen Worten verdrehe ich die Augen. »Es ist auch nicht deine Welt, Kumpel! Ihr seid hier auch bloß gestrandet. Erinnerst du dich an die Ahnenhöhle? Und ihr habt euch den Verhältnissen angepasst. Was die Kotzerei betrifft, das nennt man morgendliche Übelkeit, und das haben viele menschliche Frauen in der Schwangerschaft. Es sollte in ein paar Monaten vergehen. Bis dahin muss ich einfach aufpassen, was ich morgens esse, und einen Bogen um die Dinge machen, bei denen sich mir der Magen umdreht.« Ich zucke die Achseln. »Ich werde nicht im Bett liegen und darauf warten, dass es weggeht. Wenn eure Frauen drei Jahre schwanger sind, könnte ich es fast genauso lange sein, und ich habe nicht die Absicht, herumzusitzen und …«

»Däumchen zu drehen, das sagtest du schon.«

Ich verkneife mir ein Lachen. »Genau. Ich bin hier bei dir, und ich könnte nicht glücklicher sein. Na ja, das nehme ich zurück. Ich wäre vielleicht glücklicher, wenn du mir ein klitzekleines Lächeln schenken würdest.« Und weil ich neben ihm liege, streiche ich mit den Fingern über seine Rippen und kitzele ihn. Er ist doch sicher kitzlig, oder?

Raahosh blinzelt mich nur verwirrt an. »Was machst du da?«

»Du Hurensohn bist kein bisschen kitzelig?« Ich kitzele ihn heftiger und versuche, ihm eine Reaktion zu entlocken. »Das ist so ungerecht!«

»Sollte das irgendetwas bewirken?«

»Ja«, maule ich frustriert. »An den Seiten solltest du …«

Er kitzelt mich, indem er die Hände über meine Seiten wandern lässt.

Ich kreische, als läge ich im Sterben, und winde mich aus seiner Reichweite. »Nein!!!!«

Raahosh lacht darüber, der grausame Kerl, und drückt mich

wieder in die Felle. »Ah, jetzt habe ich eine neue Waffe, die ich gegen meine Gefährtin einsetzen kann!« Seine Finger gleiten über meine Seiten und kitzeln mich wie verrückt, und ich schreie vor Lachen, während ich mich winde und verzweifelt versuche freizukommen. »Bist du kitzelig, Liz?«

»Nein!«, schreie ich, aber ich lache so heftig, dass es wehtut. »Nein, nein, nein! Halt, Aufhören!«

Doch er hört nicht auf. Er kitzelt mich einfach weiter, bis ich völlig fertig bin, und nach einer Weile verwandelt sich die Kitzeligkeit in Erregung, und ich beginne zu stöhnen. Auch er stöhnt, und statt weiter über meine Seiten zu streichen, legt er die Hände auf meine Brüste und spielt mit den Brustwarzen. »Führt Kitzeln zu so etwas?«

Ich stöhne einfach weiter, völlig erschöpft.

»Ich weiß«, murmelt er, und ein hinterhältiger Glanz tritt in seine Augen. Er betrachtet mich eingehend. »Wir werden ein Spiel spielen.«

Oh verdammt, warum ist das so heiß? Meine Muschi zieht sich zusammen. »Was für ein Spiel?«

Raahosh steht auf und geht zu dem einzigen Sitzplatz in der Höhle, einem versteinerten Baumstumpf neben der Feuergrube, den eine unternehmungslustige Seele, dem die Idee gekommen ist, diese Höhle ein klein wenig behaglicher zu machen, dorthin gezerrt hat. Raahoshs Schwanz ragt obszön in die Luft, steif und erigiert, und die Spitze weist denselben dunklen Farbton auf wie seine Lippen und ist bedeckt mit Lusttropfen. Heiße Erregung flattert bei dieser Erkenntnis durch mich hindurch. »Mir ist auch kalt«, sagt er und deutet auf seinen Schwanz. »Du kannst ihn für mich wärmen.«

Dieser hinterlistige Hurensohn! Er verwendet all meine Einfälle gegen mich. Und ich war noch nie im Leben so erregt.

Langsam komme ich auf die Füße, und meine Knie sind total

wackelig, als ich die kleine Höhle durchquere, um neben meinen Gefährten zu treten. Er ist wunderschön, mein Raahosh. Die Narben kümmern mich nicht, die eine Hälfte seines Gesichtes bedecken, ebenso wenig wie das abgebrochene Horn. Seine Augen leuchten und sind einfach nur schön mit diesem eigenwilligen Funken, den ich so sehr liebe, und wenn er mich ansieht, tut er das mit purer Ehrfurcht. Er streckt die Hände aus, um mich an sich zu ziehen, dann hält er mich fest und vergräbt das Gesicht an meinem Busen, und ich ziehe die Finger durch sein dickes Haar.

»Dreh dich um«, sagt er.

»Ich dachte, ich soll …« Ich deute auf seinen Schwanz.

Er nickt. »Du kannst ihn wärmen, indem du dich daraufsetzt.«

Ich stöhne abermals, denn wenn ich mit dem Rücken zu ihm auf seinem Schoß sitze, wird das seinen Sporn gegen meinen After drücken und das Ganze noch tausendmal unartiger werden lassen. Jetzt, da er es erwähnt hat, will ich es natürlich mehr denn je, und ich lasse mich von ihm auf seinen Schoß ziehen. Er hilft mir, mich mit dem Rücken zu ihm rittlings auf ihn zu setzen. Sein Schwanz dringt in mich ein, groß und dick und so perfekt, dass ich am liebsten weinen würde, so gut fühlt er sich an. Zentimeter um Zentimeter senke ich mich über seiner harten, wulstigen Erektion, und als sein Sporn sich in meinen Hintern bohrt, weiß ich, dass ich fast alles von ihm in mir habe.

Ich keuche, als ich endlich mit ganzem Gewicht auf ihm sitze, und er legt die Hand auf meinem Bauch. Und dann … rührt er sich nicht mehr.

»Raahosh?« Ich winde mich.

»Pst«, sagt er und drückt mir einen Kuss auf die Schulter. »Du wärmst meinen Schwanz für mich.«

Raahosh

Wenn meine Gefährtin Spielchen spielen will, kann sie sie kriegen.

Ich drücke sie fest an mich, fasziniert von dieser neuen Stellung. Ihr Vorschlag, ich solle ihre Muschi mit meinem Gesicht wärmen, hat mich auf eine ganz neue Idee gebracht, und jetzt sitzt sie hier und zappelt auf meinem Schwanz herum, als ob sie verzweifelt versucht, fortzukommen. Ihr Stöhnen und die Art, wie sie zittert, verraten mir jedoch, dass sie nicht wirklich woanders sein will – es gefällt ihr dort, wo sie ist.

Und mir gefällt es auch.

Vollkommen reglos zu verharren, während Liz sich auf mir windet, ist schwer. Aber ein Teil meines Genusses rührt daher, ihre Reaktionen zu beobachten. Zu beobachten, wie sie keucht und ihr Gewicht verlagert, während sie versucht, still zu sitzen. Es bringt mich nur dazu, weiter so zu verharren, einfach dazusitzen und die Lust noch zu vergrößern.

»Raahosh«, wimmert Liz, »beweg dich endlich!«

»Ich soll mich bewegen?« Ich tue so, als würde ich darüber nachdenken. Ihre Muschi schließt sich fest um meinen Schwanz, und mein Sporn ist in ihrem Hintereingang vergraben. In dieser Stellung kann ich jedes Beben spüren, das sie durchläuft, jedes Zucken ihres Körpers. Es fühlt sich unglaublich an … doch das Beste dabei ist ihre Reaktion. »Ich dachte, du wolltest ein Spiel spielen, meine Gefährtin.«

»Du bist ein verdammtes Arschloch.« Sie keucht, dann wimmert sie erneut, während sich ihre Muschi noch fester um mich schließt.

Das entlockt mir ein Grinsen. »Aber ich dachte, du magst Vorspiele. Und du warst diejenige, die ein Spiel vorgeschlagen hat.«

Sie keucht und krampft sich erneut zusammen. »Das ist … nicht … fair …«

Meine zornige, wunderbare Gefährtin. Ich lasse die Hände über ihren Körper gleiten und halte sie auf meinem Schoß fest. Mein Schwanz zuckt in ihr, und es kostet mich große Anstrengung, sie nicht auf mir auf und ab zu bewegen. Dass ich sie festhalte, macht sie ganz wild, und als sie den Kopf dreht, um mich anzusehen, ist ihr Gesichtsausdruck voller Frustration. Zornig, weil sie nicht ihren Willen bekommt. »Du findest, ich behandele dich nicht, wie es gerecht wäre?«, necke ich sie, denn es gibt nichts Schöneres, als Liz zu necken. »Ich werde dir Gerechtigkeit widerfahren lassen.«

»Bitte«, stöhnt sie.

Ich fasse sie an den Seiten und kitzele sie, so wie sie es bei mir versucht hat. Auf meiner abgehärteten Haut fühlt es sich nach nicht viel an, aber Liz' Reaktion kommt prompt. Ein Ruck durchläuft sie, dann ein Krampf, und mir wird klar, dass sie, als sie aufschreit und dabei meinen Schwanz zusammenpresst, kommt. Ich knurre freudig überrascht und bewege sie auf mir, während sie kommt und kommt und kommt. Die Antwort ihres Körpers spornt mich an, und während sie sich zusammenkrampft, lasse ich meinen eigenen Höhepunkt kommen und stoße in meine bebende Gefährtin.

Ich drücke die Lippen in ihren Nacken und presse sie an mich, während ich darum ringe, die Beherrschung wiederzugewinnen. Mich mit Liz zu paaren ist immer so gut. Ich erwarte nicht, dass es langweilig ist, doch manchmal frage ich mich, wann es zur Gewohnheit werden wird – wann mein Herz aufhören wird zu rasen und mein Khui nicht mehr zu singen beginnt, nur weil sie in der Nähe ist. Bisher ist es nicht passiert, aber ich mache mir Sorgen, dass Liz mich satthaben wird, lange bevor ich mich mit ihr langweile.

Sie erbebt noch einmal an meiner Brust und reibt sich dann die Arme. »Können wir uns mit den Fellen zudecken? Nicht alle sind so gebaut, dass sie im Lendenschurz im Schnee herumrennen können.«

Ich hauche ihr einen letzten Kuss auf die Haut. »Geh du schon mal zu den Fellen. Ich hole etwas, mit dem wir uns sauber machen können.«

Wir lösen uns voneinander, und es bereitet mir ein verrücktes Vergnügen, als Liz dramatisch zu den Fellen hinübertaumelt, als hätte unser Liebesspiel ihr alle Kraft geraubt. Ich eile zum Feuer, um Wasser in einem Schlauch zu erwärmen, und lege einen heißen Stein aus der Glut darauf, um das Ganze zu beschleunigen. Als es warm genug ist, befeuchte ich einen Felllappen und wische meinen Schwanz ab, dann gehe ich zu meiner Gefährtin und säubere die Stelle zwischen ihren Schenkeln.

Liz beobachtet mich mit nachdenklicher Miene. »Fühlst du dich besser?«

»Ich habe mich vorher nicht schlecht gefühlt.«

Sie gibt einen ungläubigen Laut von sich. »Du warst total knurrig. Sag mir nicht, dass das nicht stimmt. Dafür kenne ich dich zu gut.«

Ich zucke die Achseln. »Es fällt mir jedes Mal schwer wegzugehen, wenn ich weiß, dass meine Leute zornig auf mich sind. Dass ich sie enttäuscht habe. Es frisst mich auf – mehr als ich erwartet habe.«

»Mmm.« Liz rollt sich auf die Seite und klopft auf die Felle zum Zeichen, dass ich mich neben sie legen soll. Ich tue es und ziehe meine Gefährtin an mich. Ihre Haut fühlt sich immer kälter an als meine, und ich versuche, nicht das Gesicht zu verziehen (jedenfalls nicht zu sehr), als sie ihre kalten Füße an meine wärmere Haut drückt. »Würdest du irgendetwas ändern wollen? Wenn du zurückkehren und etwas ändern könntest, würdest du es tun?«

Etwas ändern? Liz nicht entführen, damit sie meine Gefährtin werden kann, sobald sie ihren Khui empfangen hatte? Nicht die Zeit mit ihr allein haben? Ich schnaube. »Ich würde gar nichts ändern, nein.«

»Dann mach dir keinen Stress wegen der Konsequenzen.« Sie rückt näher an mich heran und bettet den Kopf so, dass ihre Mähne nicht unter meinem Arm feststeckt, dann kuschelt sie sich an mich. »Wir sind zusammen. Das ist alles, was ich wollte. Jetzt können wir jagen und vögeln und tun, was wir wollen ... und den anderen gelegentlich etwas zu essen bringen. Das heißt, wenn sie nett zu uns sind.« Ihre Hand wandert an meinem Bauch hinab. »Du weißt das vielleicht nicht von mir, aber ich kann ziemlich nachtragend sein.«

Das bringt mich zum Lachen. Das weiß ich nicht von ihr? »Meine Gefährtin, das weiß jeder von dir.«

Sie kichert und grinst dann. »Was soll ich sagen, ich kann meine Gefühle nun mal nicht gut verbergen.«

Das ist wahr. Doch ich kann es auch nicht. In dieser Hinsicht sind wir uns sehr ähnlich. Ich fahre mit den Fingern durch ihre herrlich weiche Mähne und wünschte, ich könnte aufhören, mir Sorgen zu machen, dass Liz unglücklich sein könnte. Es ist der Schatten meines Vaters und seiner Gefährtin, denke ich. Ich war noch sehr jung, als sie starben, aber ich weiß noch, wie erbittert sie gestritten haben und wie sehr meine Mutter meinen Vater gehasst hat. Halb rechne ich damit, dass Liz sich gegen mich wenden wird, dass sie mir ihre Verachtung zeigen wird, so wie meine Mutter gegenüber meinem Vater. Es ist diese Erinnerung, die mich zu meinen nächsten Worten bringt. »Wenn du zu den anderen zurück willst, verstehe ich es.«

Mit einem tiefen Seufzer atmet Liz aus. »Raahosh, ich habe nicht meine Zeit damit verschwendet, den ganzen Stamm zu verärgern und Aehako zu entführen, nur um eine einzige Nacht mit dir zu verbringen. Wann wirst du begreifen, dass ich es ernst meine, wenn ich sage, ich gehe mit dir durch dick und dünn?«

»Du gehst mit mir durch dick und dünn?«

»Es bedeutet, dass ich bis zum bitteren Ende bei dir bleiben werde. Ganz gleich, was geschieht, wir sind Liz und Raahosh, Raahosh und Liz ... und irgendwann Ra-shizzle oder wie immer wir unser bedauernswertes Kind nennen werden.« Sie greift nach meiner Hand und legt sie auf ihren flachen Bauch. »Du, ich und das Kind. Wenn ich sonst niemanden habe, ist mir das scheißegal. Verstanden?«

»Verstanden.« Erfreut drücke ich sie fest an mich. »Ich werde mich bemühen, nicht mehr so ... wortkarg zu sein.«

»Das war nicht wortkarg«, sagt Liz. »Das war ultraschlecht gelaunt. Dabei sind wir zusammen, und ich bin toll. Du solltest überglücklich sein.«

Sie hat recht. Sie ist toll, und ich *bin* glücklich darüber, dass wir zusammen sind. »Das stimmt. Ich werde nicht mehr so launisch sein. Ich werde glücklich sein und dir beständig die Ohren vollreden ... genau wie die Kleine.« Ich meine die Frau mit dem gebrochenen Bein, die unaufhörlich redet und Haeden mit ihrem Geplapper in den Wahnsinn treibt.

»Wie Josie? O Gott, nein. Bei der sind es Kampfansagen.« Liz richtet sich auf und greift nach meinen Handgelenken – als könnte sie mich festhalten –, dann schaut sie mich in gespieltem Ärger an. »Ich mag dich so, wie du bist. Du brauchst nicht die ganze Zeit zu reden. Ich will einfach nur, dass du bei mir bist. Das ist alles.«

Ich verstehe, was sie meint – wenn ich an ihrer Seite bin, lebe ich im Augenblick und mache mir keine Sorgen über andere Dinge. Ich nicke, dann mache ich mich von ihr los. Ich tausche mit ihr die Position, packe jetzt ihre Handgelenke und werfe ihr einen herausfordernden Blick zu. »Ich finde, ich sollte oben sein, wenn wir uns wieder paaren.«

»Wer hat gesagt, dass wir uns wieder paaren werden?«, gibt Liz zurück.

»Ich.« Ich lasse sie los und strecke eine Hand aus, um eine Brustwarze zu necken. »Oder bist du zu müde?«

Sie schnappt nach Luft, dann mustert sie mich mit zusammengekniffenen Augen.

»›Stein, Schere, Papier‹, darum, wer oben sein darf.«

»Was?« Ich sehe sie stirnrunzelnd an. »Was ist das?«

»Noch ein Spiel.« Sie macht es mir vor und zeigt mir die Handzeichen und welches welches schlägt. Als Kleines habe ich mit Vektal ähnliche Spiele gespielt, wenn auch nicht »Steinsche Re Papor«. »Bist du so weit?«, fragt sie mich und hebt die Faust. »Ich zähle bis drei.«

Als sie »drei« sagt, strecke ich die Hand flach aus, während ihre weiter eine Faust bildet.

»Verdammte Scheiße!«, schimpft Liz erbost, weil sie verloren hat.

Ich grinse sie an. Es ist ihr nicht wirklich wichtig, wer oben ist, aber sie hasst es zu verlieren. »Ich fange an, diese Spiele zu mögen.«

»Tatsächlich? Wer zwei von drei Spielen gewinnt«, sagt sie herausfordernd und legt ein Bein mit dem ganzen Gewicht über meine Hüften auf meinen Schwanz, der sofort hart wird. Während wir wieder die Hände ausstrecken, bewegt sie sich rhythmisch auf mir, und als ich schließlich doch gewinne, ist die Muschi meiner Gefährtin feucht in neuer Erregung, und es schert mich nicht länger, wer oben liegen darf oder welches Spiel wir spielen.

Ich habe Liz. Ich habe bereits gewonnen.

Personenverzeichnis

Der Häuptling und seine Frau

VEKTAL – Häuptling des Stammes der Sa-Khui. Sohn des früheren Häuptlings Hektar, der an der Khui-Krankheit verstorben ist. Er ist mit Leib und Seele Anführer und Jäger und bewaffnet mit einem Schwert und einer Bola. Und er ist es, der Georgie findet; die Resonanz zwischen den beiden ist so stark, dass sie sein Khui schon schwingen lässt, bevor sie selbst ihr Khui empfängt.

GEORGIE – Inoffizielle Anführerin der Menschenfrauen. Ursprünglich aus Orlando, Florida. Hat lange goldbraune Locken und tritt entschlossen auf. Wird schwanger, nachdem Vektals Khui auf sie angesprochen hat.

Paare und Familien

RAAHOSH – Ein ruhiger, aber mürrischer Jäger. Eins seiner Hörner ist abgebrochen, sein Gesicht vernarbt. Ungeduldig und kühn, entführt er Liz augenblicklich, sobald sie ihr Khui empfangen hat. Ihre Khui sprechen aufeinander an, und er wird verbannt, weil er die Menschenfrau entführt hat.

LIZ – Eine vorlaute Jägerin aus Oklahoma, *Star Wars*-Fan, die gern überall ihren Senf dazugibt. Wird von Raahosh entführt, sobald sie ihren lebensrettenden Khui empfangen hat. War als Jugendliche eine meisterhafte Bogenschützin. Spricht auf das Khui von Raahosh an und geht freiwillig mit ihm in die Verbannung.

ARIANA – Eine der Frauen aus den Tiefschlafröhren. Kommt aus New Jersey und war Studentin der Anthropologie. Bricht leicht in Tränen aus. Zart gebaut mit dunkelbraunem Haar. Ihr Khui spricht auf den von Zolaya an. Weint immer noch viel.

ZOLAYA – Ein geschickter Jäger. Zuverlässig und geduldig. Sein Khui wird von Ariana in Schwingungen versetzt, und er scheint sich als Einziger nicht an deren Weinerlichkeit zu stören.

MARLENE – Eine der Frauen aus den Tiefschlafröhren. Französischsprachig. Ruhig und selbstsicher, verströmt Sex aus allen Poren. Ihr Khui und der von Zennek resonieren miteinander.

ZENNEK – Ein stiller, schüchterner Jäger. Bruder von Pashov, Salukh und Farli, einer der Söhne von Borran und Kemli. Sein Khui spricht auf Marlene an.

NORA – Eine der Frauen aus den Tiefschlafröhren. Von eher fürsorglicher Art und ziemlich aufgebracht, dass man sie auf einem Eisplaneten abgeworfen hat. Ihr Khui gerät bald mit dem von Dagesh in Schwingungen. Das dämpft ihren Ärger.

DAGESH – Ein stiller, zielstrebiger und verantwortungsbewusster Jäger. Spricht auf Nora an.

STACY – Eine der Frauen aus den Tiefschlafröhren. Ist erst einmal weinerlich, nachdem sie aufgeweckt wurde. Kocht gern und hat vor ihrer Entführung in einer Bäckerei gearbeitet. Spricht auf Pashov an und scheint damit glücklich zu sein.

PASHOV – Sohn von Kemli und Borran, Bruder von Farli, Salukh und Zennek. Ein Jäger, der als ruhig gilt. Sein Khui schwingt mit dem von Stacy.

MAYLAK – Eine der wenigen weiblichen Sa-Khui. Sie ist die Heilerin des Stammes und Vektals frühere Geliebte. Als ihr Khui und das von Kashrem aufeinander angesprochen haben, beendete sie ihre Beziehung zu Vektal. Schwester von Bek.

KASHREM – Der sanftmütige Gerber des Stammes. Verpaart mit Maylak.

ESHA – Die kleine Tochter der beiden.

SEVVAH – Eine Stammesälteste und eine der wenigen Sa-Khui-Frauen. Mutter von Aehako, Rokan und Sessah; für die anderen in der Höhle ist sie wie eine Mutter. Ihre ganze Familie ist verschont geblieben, als vor fünfzehn Jahren die Khui-Krankheit ausbrach.

OSHEN – Ein Stammesältester, Gefährte von Sevvah. Brauer.

SESSAH – Ihr jüngstes Kind.

KEMLI – Eine ältere Frau. Mutter von Salukh, Pashov, Zennek und Farli. Die Pflanzenkundige des Stammes.

BORRAN – Kemlis viel jüngerer Gefährte, einer der Ältesten.

FARLI – Eine noch nicht zehnjährige Sa-Khui. Ihre Brüder sind Salukh, Pashov und Zennek.

ASHA – Eine verpaarte Sa-Khui. Sie ist die Gefährtin von Hemalo, ist aber schon länger nicht mehr in dessen Fellen gesehen worden. Ihr gemeinsames Kind haben sie kurz nach dessen Geburt verloren.

HEMALO – Ein Gerber von stiller Art. Ist (unglücklich) mit Asha verpaart.

Die ledigen Menschenfrauen

CLAIRE – Eine stille, schlanke Blondine mit Kurzhaarschnitt. Findet die neue Welt extrem Furcht einflößend.

HARLOW – Eine der Frauen aus den Tiefschlafröhren. Rothaarig, mit Sommersprossen und einem Faible für alles Mechanische. Findet für jedes Problem eine Lösung.

JOSIE – Eine der früh entführten Frauen; hat sich bei der Bruchlandung ein Bein gebrochen. Klein und niedlich, redet gern viel (auch über andere), träumt und singt auch gern.

KIRA – Der als Ersten entführten Menschenfrau ist von den außerirdischen Entführern ein großer metallischer Übersetzer ans Ohr getackert worden. Still und ernsthaft mit traurigen Augen.

MEGAN – Megan befand sich, als sie entführt wurde, im Frühstadium einer Schwangerschaft, die jedoch von den Außerirdischen abgebrochen wurde. Sie ist von Haus aus von sonnigem Gemüt, solange keine außerirdischen Entführer im Spiel sind.

TIFFANY – War daheim auf der Erde ein Mädchen vom Bauernhof. Hatte viel zu leiden, während sie auf Georgies Rückkehr wartete. Ist von den außerirdischen Entführern schwer traumatisiert worden. Eine Perfektionistin, die harte Arbeit gewohnt ist.

Die ledigen Jäger

AEHAKO – Ein immer zum Lachen und Flirten aufgelegter Jäger. Sohn von Sevvah und Oshen, Bruder von Rokan und Sessah. Scheint immer gut gelaunt zu sein. Enger Freund von Haeden.

BEK – Ein Jäger, der als unfreundlicher Typ mit schwachen Nerven bekannt ist. Bruder von Maylak.

CASHOL – Ein etwas zerstreuter und tollpatschiger Jäger. Cousin von Vektal.

EREVEN – Ein ruhiger, ausgeglichener Jäger.

HAEDEN – Ein düster-ernster Jäger mit ausdruckslosem Blick; sein Khui war von einer Frau des Stammes in Schwingungen versetzt worden, aber sie starb an der Khui-Krankheit, bevor sie sich verpaaren konnten. Hat inzwischen einen neuen Khui. Bleibt gern für sich.

HARREC – Jäger ohne Familie, der versucht, seinen Platz im Stamm mit Witzen und Sticheleien zu behaupten. Etwas vom Pech verfolgt.

HASSEN – Als leidenschaftlicher, mutiger Jäger ist Hassen impulsiv und neigt zu vorschnellem Handeln.

ROKAN – Sohn von Sevvah und Oshen; Bruder von Aehako und Sessah. Ein Jäger, dessen merkwürdige Voraussagen sich allzu oft bewahrheiten.

SALUKH – Der bullige Sohn von Kemli und Borran, Bruder von Farli, Pashov und Zennek. Sehr stark und leidenschaftlich.

TAUSHEN – Ein noch jugendlicher, aber fast erwachsener Jäger. Eifrig darauf bedacht, sich zu beweisen.

WARREK – Sohn des Ältesten Eklan. Ein sehr stiller, sanfter Jäger mit langem, glattem schwarzen Haar. Warrek lehrt die Kinder des Stammes das Jagen.

Älteste

ÄLTESTER DRAYAN – Ein freundlicher Alter, der am Stock geht.

ÄLTESTER DRENOL – Ein mürrischer, einzelgängerischer Alter.

ÄLTESTER EKLAN – Ein ruhiger, netter Alter. Vater von Warrek, der auch geholfen hat, Harrec großzuziehen.

ÄLTESTER VADREN – Ein Ältester.

ÄLTESTER VAZA – Ein einsamer Witwer und Jäger. Versucht, so hilfreich wie möglich zu sein. Interessiert sich sehr für die neuen Frauen.

Verstorben

DOMINIQUE – Eine rothaarige Menschenfrau. War nicht mehr sie selbst, seit die Außerirdischen auf dem Raumschiff sie vergewaltigt haben. Nach der Bruchlandung auf Not-Hoth ist sie in den Schnee hinausgelaufen und hat den Tod durch Erfrieren gesucht.

KRISSY – Menschenfrau, umgekommen bei der Bruchlandung.

PEG – Menschenfrau, umgekommen bei der Bruchlandung.

Nachwort der Autorin

Hallo, alle miteinander!

Ich bin super aufgeregt, dass ihr diesen Band jetzt in Händen haltet. Ich glaube, niemand ist so aus dem Häuschen wie ich, ihn jetzt endlich herausgebracht zu haben! Aber ich weiß auch, dass Liz und Raahosh für viele Fans der *Ice Planet Barbarians* das Superpaar schlechthin sind, also könnte es doch noch einige von euch geben, die mich in meiner Begeisterung übertreffen. Vielleicht sitzen wir alle zu Hause und beißen uns auf die Finger, damit wir nicht so laut schreien, dass die Nachbarn es hören?

(Und möglicherweise bin ich das gerade! Wer weiß das wirklich so genau?)

Keine Ahnung, ob euch das in meinen Büchern schon aufgefallen ist: Ich hänge wirklich sehr an den Nebenfiguren. Als Jugendliche liebte ich nichts so sehr wie ein ganzes Ensemble von Figuren in einer Buchreihe, denn das gab mir die Gelegenheit, sie im Geist alle zu Paaren zusammenzustellen. Ich wusste einfach, dass Pern's F'nor eine Drachenreiterkönigin brauchte, dass Samwise Gamgee seinen Arsch endlich heimwärts schwingen musste, damit er Rose Cotton heiraten konnte, und dass Dragonlance' Tika Waylan viel mehr Platz für eine eigene Story verdiente. Vielleicht lag es daran, dass ich mit Comics groß geworden bin, in denen Figuren wie Wolverine die Stars waren, doch ich hätte sterben können für eine einzige Zeichnung, auf der Gambit Rogue sehnsuchtsvoll ansieht.

Wie auch immer, ich zwinge meine Nebenfiguren in eine Paarbeziehung, und dabei ist mir jedes Mittel recht. Sobald Liz ihren ersten Auftritt hatte, wusste ich, dass sie ihren eigenen Band haben musste. Ursprünglich war nicht vorgesehen, dass sie eine große Klappe haben und ständig herummaulen sollte. Ich wollte einfach nur eine Kämpferin in der Gruppe haben. Kira war die Kluge, Vernünftige, Georgie das patente Mädchen, also wurde Liz die starke Kämpferin. Aber schon, als ich ihre erste Szene schrieb, wurde sie die mit der großen Klappe. Liz hatte zu allem und jedem etwas zu bemerken, es war immer sarkastisch und schneidend, und ich habe sie wirklich so sehr geliebt! Ich dachte, entweder lieben alle sie so, wie ich sie liebe, oder ich würde für ihre Geschichte einen Shitstorm bekommen. Was auch okay gewesen wäre. Ich versuche als Schriftstellerin, meine Figuren mit unterschiedlichem Temperament und verschiedenen Charaktereigenschaften auszustatten, und wenn sie dann nicht den Kriterien aller Leser entsprechen, ist dagegen nichts einzuwenden. Ich stelle mir die Figuren eines Buches stets wie die Mitarbeiter in einem großen Büro vor. Einer von ihnen ist ein Vermittler, ein Friedensstifter. Einer ist der Schleimer. Ein Faulpelz ist auch dabei, dessen Pausen jedes Mal zu lang ausfallen und dessen Arbeit oft die anderen machen müssen. Und irgendeiner ist dieser merkwürdige Knabe am letzten Schreibtisch, der sich immer im Büro die Nägel schneidet.

(Okay, normalerweise versuche ich zu verhindern, dass dieser Typ sich in meine Romane schleicht, denn: igitt! Warum glauben manche Kerle, so ein Büro sei die perfekte Bühne für ihre Körperpflege? Männer, wenn ihr das gerade lest: Lasst eure verdammten Nagelscheren und Clipper zu Hause, wo sie hingehören! Ihr ekelt die Frauen an!)

Liz ist also der unausstehliche Nervzwerg im Büro, der überall seinen Senf dazugeben muss und dem es egal ist, ob die anderen ihn mögen oder nicht. Mir gefällt die Kühnheit von jemandem, dem es einerlei ist, ob er bei den anderen ankommt oder nicht. Ich bin viel zu sehr darauf bedacht, anderen zu gefallen, um so zu sein wie Liz, aber ich wünschte, ich hätte mehr von ihr!

Ich bin da sehr viel mehr wie Raahosh. Er ist derjenige, der ständig das Gefühl hat, nicht richtig zu den anderen zu passen, obwohl er schon immer dabei war. Er steht meistens etwas am Rande, sieht zu, wie die anderen ihren Spaß haben, und wünscht, er könnte das auch. Er ist ein sturer Hund und ungeduldig, klar, doch er hat auch eine empfindsame Ader und würde wirklich gern von allen anderen gemocht werden. Deshalb trifft es ihn so hart, dass er in die Verbannung geschickt wird. (Spoiler-Alarm? Kann ich im Nachwort mein eigenes Buch spoilern?). Und er ist sehr besorgt, dass er nicht gut genug ist, um Liz glücklich zu machen. Die Beziehung seiner Eltern war ein einziger Kampf, und er ist seit seiner Kindheit (sowohl innerlich als auch äußerlich) vernarbt und verstümmelt. Ihm ist klar, dass es absolut falsch ist, Liz zu entführen, und dass es ihn viel kosten wird, aber gleichzeitig sieht er darin den einzigen Weg, zu einer Partnerin zu kommen. Also schreitet er zur Tat. In seiner Partnerschaft ist Raahosh der mit den starken Gefühlen und der Sehnsucht, und vielleicht klappt ja aus diesem Grund alles so gut? Die beiden gehören jedenfalls zu den Paaren, deren Geschichte ich am liebsten geschrieben habe, und ich weiß, dass sie auch das Lieblingspaar vieler Leser sind.

Liz' und Raahoshs Geschichte ist ursprünglich nach und nach erschienen, so wie auch der erste Band, *Georgie und Vektal*. Als ich damit fertig war, habe ich begonnen, weiter vorauszuplanen. Alle liebten meine großen blauen Leckerbissen (mich eingeschlossen), und ich wollte für jede Figur in meinem Tableau ein Buch schreiben. Wenn es gut lief, dachte ich, könnte ich bis zu Josies Geschichte weitermachen und die Sache auch zu Ende bringen. Das wäre doch ein schöner, sauberer Abschluss, oder? Daher habe ich in diesem Band kurz erwähnt, welche Paare sich sonst noch durch ihre Khui finden, ihre Geschichte aber noch nicht erzählt. Ich war davon ausgegangen, dass ich nie wieder auf sie zurückkommen oder vielleicht einige von ihnen sterben lassen würde.

(Ruby wusste früher noch nicht, wie weichherzig sie war und wie schwer es ihr fallen würde, alle sterben zu lassen. Außerdem hat Ruby früher wirklich sehr unterschätzt, welchen Erfolg die Bücher haben würden.)

Am Ende dieses Bandes befinden sich Liz und Raahosh in einer sehr milden Form von Verbannung, und viele Leser waren mir deswegen böse und wegen meiner Darstellung Vektals als unnachgiebigen Anführers. Raahosh und Liz liebten einander doch, oder nicht? Und wenn sie beide damit klarkamen, warum sollten sie dann dafür bestraft werden? Mir allerdings kam das völlig vernünftig vor. Um auf den Vergleich mit dem Büro zurückzukommen (ihr kennt mich und meine Vergleiche inzwischen ja), nehmen wir einmal an, es ginge nicht um eine Entführung, sondern um ... Zigarettenpausen. Vektal wäre der Chef der IPB GmbH, und seine Angestellten machen sehr oft eine Zigarettenpause. Also sagt er ihnen, dass es nur noch eine pro Tag für jeden gibt. Raahosh ist sein bester Angestellter, macht jedoch fünf Pausen pro Tag. Vektal kriegt es mit, genau wie alle anderen im Büro. Mit anderen Worten: Raahosh ist super, was seine Arbeit angeht, aber er schert sich einen Dreck um die Regeln. Falls Vektal nichts unternimmt, riskiert er, dass jetzt alle anfangen, tausendmal am Tag Zigarettenpausen einzulegen (denn wenn er Raahosh nicht bestraft, wie kann er da andere bestrafen?), also muss er etwas tun. Er kann das Fehlverhalten nicht ignorieren, bloß weil er Raahosh freundschaftlich verbunden ist. Sonst wäre er vielleicht ein guter Freund, aber ein schlechter Chef. Und ebenso muss in meiner Geschichte Vektal Raahosh bestrafen, auch wenn es ihm schwerfällt, denn sonst werden sich die anderen Jäger ebenfalls entschließen, eine Menschenfrau für sich zu entführen.

Ich hoffe, das leuchtet euch ein (und ihr greift nun nicht zu einer Zigarette). Die Kurzfassung: Gelegentlich ist es Mist, der Chef/Anführer zu sein, und man muss als solcher manchmal Entscheidungen treffen, die alles andere als cool sind.

Ich wünsche euch viel Spaß mit diesem Buch und bedanke mich, dass ihr es lest. Und vor allem danke, dass ihr Fans der Serie seid!

Ruby Dixon

Inhaltswarnung

Ice Planet Barbarians – Liz und Raahosh enthält potenziell triggernde Inhalte.

Diese sind:

Entführung, sexuelle Gewalt (erwähnt), Blut und Verletzungen, Tod der Eltern (erwähnt), Schwangerschaft.